특허받은
무당왕

특허받은 무당왕

가프 장편소설

1

前生
房

청어람
도서출판

목차

시작하는 글

〈운명창 설정〉

운명창은 총 여섯 가지로 보입니다.

[가정운 上中下 00%]

[건강운 上中下 00%]

[재물운 上中下 00%]

[학벌운 上中下 00%]

[애정운 上中下 00%]

[명예운 上中下 00%]

＊가정운은 부모 형제, 친인척, 가정생활 등을 포함합니다.

＊건강운은 수명과 질병, 사고 등을 포함합니다.

＊재물운은 직업과 재산, 부동산 등의 금전운을 망라합니다.

＊학벌운은 진학이나 학식, 학력 등을 포함합니다.

＊애정운은 남녀 관계, 결혼운 등을 포함합니다.

*명예운은 출세와 승진, 명예를 포함합니다.

[총운명지수 上中下 00%]
*총운명지수는 위 여섯 가지 운의 평균치가 아니라 우세한 운세
가 전체를 좌우합니다. 예를 들어 上이 둘이요, 下가 넷이라면 평균
점수로 中이 되는 것이 아니라 下에 속하게 됩니다.

위 운과 운명지수는 각각 상중하로 나뉘되 상상, 상중, 상하, 중상,
중중, 중하, 하상, 하중, 하하로 세분됩니다.
*상은 상하 61—70%, 상중 71—80%, 상상 81—90%까지,
*중은 중하 31—40%, 중중 41—50%, 중상 51—60%까지,
*하는 하하 01—10%, 하중 11—20%, 하상 21—30%까지,
*총운명지수 역시 하는 01—30%, 중은 31—60%, 상은 61—90%입
니다.
총운명지수가 50%를 넘으면 좋은 운명으로 봅니다. 다만 어느 한
항목의 운 지수가 최상이나 최악을 보일 때는 예외로 합니다. 각 지
수의 최상은 '90%'로 하고 91% 이상은 극상으로 표현합니다. 예외로
'행운기', '액운기' 등의 [유니크] 운세가 나올 수도 있습니다.

· ● ·

전생점 봤다고요?
심심풀이로 보는 오늘의 운세나 별점처럼 별것도 아니더라고요?
어허, 펄펄 끓는 염화지옥에 떨어질 불경스러운 소리!
내 점사는 달라요.

특허받은 무당이니까요.

전생신에게 특허를 받은 무당!

의사 면허나 변호사 자격 같은 것에 댈 게 아니죠.

이 특허 자격을 하사하신 분은 국가 무슨 무슨 '원장' 정도가 아니라 神, 전생신이거든요.

내 몸주가 그분이십니다.

그분은 여기저기 부르면 응하는 무신(巫神)하고 달리 오직 내 전속 무속신이십니다.

궁금하면 복채 놓으세요.

재미로 보는 전생, 다른 무당들이 곁다리로 봐주는 전생과 퀄리티가 어떻게 다른지 보여 드리죠.

당신은 이미 대박 난 거예요.

내 신당의 문을 연 그 순간부터!

단, 카드는 정중히 사절합니다.

죽어서 만난 몸주

"히유우!"

한숨조차도 매가리가 쥐뿔도 없다. 이제는 한숨도 말라 버린 모양이다. 가만히 제단을 바라보았다. 습기 흘러내린 바위 위에 촛불이 일렁거린다. 단출하지만 미류에게는 신령스러운 제단이었다. 생존 3대 무당으로 꼽히는 표승 만신에게 신내림을 받고 나서 11년 만에 박수무당으로 독립을 시작한 곳. 그랬기에 인왕산의 국사당, 홍제동의 삼신당, 노량진의 용궁당, 광나루 건너의 허주당도 부럽지 않았다.

40여 년 세월, 돌아보면 늘 2%가 부족했다. 진국 탕에 소금을 빼먹듯, 해외여행 나설 때 여권을 잊고 출발하듯 결국 그 운은 신당 독립 후 이어졌다.

선밥에 화룡점정 없는 그림.

한마디로 되는 일이 없었다.

'전생에 무슨 죄를 지었기에…….'

전생에 큰 관심은 없지만 입에 달고 산 말이 그랬다. 전생이 잘못

되지 않고서야 이럴 수가 없었다. 될 듯 말 듯, 될 듯 말 듯 이 생에 새긴 삶의 조각 전부가 그런 느낌이었다.

제단 위에 놓인 건 그때처럼 정성스러운 상차림이 아니라 암적색의 병 하나였다. 병을 땄다. 싸한 냄새가 새어 나왔다.

박수무당 오상준, 무속명 미류 법사.

무속계에 몸담은 지 햇수로 20여 년. 신내림 후 절반은 신아버지 표승의 뒤치다꺼리 조무로 보냈고, 독립 후에는 자타공인 사이비 '선무당'으로 보냈다. 덕분에 아직 창창한 40대 초반이건만 몸도 늙고 마음도 삭아버렸다.

'그래도 한때는 잘나갔지.'

촛불 뒤에 가득 세워둔 무신도를 바라보았다. 잘나갔다는 건 그저 위로였다. 데뷔와 함께 누린 우연한 신빨은 두 달도 가지 못했다. 그 후의 신빨은 가뭄에 콩 나거나 눈칫점의 연속이었다.

선무당이기에 사람 잡은 적도 많았다. 눈칫점, 구라점을 믿고 투자해서 가산을 탕진한 손님은 너 죽고 나 죽자고 칼을 휘둘렀고, 남편이 바람났다고 일러준 손님은 의부증으로 파경을 맞았다.

"너 때문에 생과부 됐어! 네 고추라도 잘라 버릴 거야!"

흥분한 그녀는 가위를 찰칵거리며 달려들었다.

"인생 불쌍하오. 왜 그리 사오?"

어떨 때는 점을 보러 온 사람이 되레 미류의 점을 봐주고 간 적도 있었다. 그런 날이면 독주로 쓰라린 마음을 달랬다.

결혼 생활도 최악이었다. 그건 가는 마당에 떠올리고 싶지도 않았다.

그래도 살아야 했던 건 막연한 기대감과 목구멍 때문이었다.

'언젠가는 나도… 접신하겠지.'

'영험한 만신 한번 모시겠지.'

독립한 후 한 번도 접신하지 못한 무속신. 남들 신당에서는 하다 못해 잡신이라도 날뛴다는데 미류에게 들린 신은 착각이거나 지독한 게으름뱅이가 분명했다.

'대기만성이라잖아. 더 좋은 신이 접신하려고 이러는 거야. 영험함으로 소문나 방송 예능에도 출연하고 차기 대통령도 점지하면서 외제 차 한번 굴리는 날이 오겠지.'

카드 독촉장 날아오고 의료보험 차압 딱지 붙을 때마다 스스로를 달래며 보낸 날이 11년 차다. 이제 남은 건 빚뿐이었다. 개도 안 물어 가는 무신도(巫神圖)와 부적, 비웃음뿐이었다.

"내가 해도 당신보다 나아, 이 개사이비야!"

심심찮게 들은 손님들의 비난은 기정사실이 되어버렸다.

"웬만하면 이 골목 좀 떠나시지?"

점집 골목의 무속인들도 거의 한입으로 노래를 불렀다. 그 비난은 발암물질이 되어 의지까지 부패시켰다. 급기야 인터넷에서 약을 구하게 되었다.

저승 직통행 극약이었다.

'망할 놈의 무신들.'

정말 야속한 신들이었다. 능력 있는 무당은 여러 무신을 모실 수도 있는 법. 혹시나 궁합 맞는 무신이 따로 있을까 싶어 온갖 신을 찾아 헤맨 미류였다.

천신, 일신, 월신, 성신부터 산신과 신장신, 장군신…….

미류의 신당에는 무신도 천지였다. 치성을 드린 날에는 그 신들이 교대로 어른거리도 했다. 알고 보니 훌륭한 착각이었다. 착각의 유효기간이 너무 길었다. 이제는 정리할 때가 되었다.

다행인지 불행인지 가족은 일찌감치 정리가 되었다. 서른한 살 점집 독립 때 만난 색기탱천, 절정요부 마누라는 보란 듯이 외도를 일삼다 떠났고, 늙은 홀어머니는 오래전부터 요양원에서 보호해 주고 있으니 앞가림 못하는 건 미류뿐이었다.

'한 많은 삶, 접자!'

약병을 바라보았다. 제단도 바라보았다. 제단 뒤에 오색으로 둘러선 무신들이 단체로 비웃는 것 같았다. 열불이 치솟았다. 무신도는 모두 미류의 작품이었다. 처음에는 돈 주고 샀지만 정성이 부족한가 싶어 스스로 그려 붙인 미류. 그것도 그냥 그린 게 아니라 그 어렵다는 석채로 그린 무신도였다.

'이놈의 무속신들, 죽어서 만나기만 해봐. 손해배상이라도 청구할 테니.'

20대 디자인 전공 대학생 시절, 신열이 뻗치며 들어선 무속의 길. 당대 최고로 꼽히는 신아버지를 도와 무사(巫事)를 배우며 내일을 꿈꾸었지만 헛발질일 뿐이었다.

숨을 들이켠 미류는 미련 없이 극약을 털어 넣었다. 원샷이다.

툭!

병이 굴러떨어졌다. 목에 불길이 솟으며 창자가 꼬이는 게 느껴졌다. 그야말로 전격적이었다.

꾸룩!

미류는 비명조차 지르지 못하고 제단 위로 쓰러졌다. 촛불이 넘어지면서 무신도에 닿았다. 불이 옮겨 붙었다. 실낱같은 목숨의 끝자락이 찬란하게 잘려 나가는 게 보였다.

선무당 미류가 마지막으로 본 것은 훨훨 타는 무신도였다. 자신이 그린 그림이다.

'그래도 내 손길을 받았다고 마지막 가는 길은 같이 가주는구나.'

유일한 위안을 안고 미류는 죽었다.

〈저승 전입을 환영합니다!〉

소리도 없는 소리가 들려왔다.

소리는 나름 착하고 친절했다.

인생을 하직하자 바람 한 줄기가 토굴 안으로 들어왔다. 바람은 미류의 혼을 사뿐 들어 올려 하늘로 올라갔다.

"와랑다랑!"

어디선가 경 읽는 소리가 들려왔다. 경은 귀신들과 통하는 암호문. 죽어 귀신이 되었으니 이렇듯 잘 들리는 모양이다.

몸도 새털처럼 가벼웠다. 빚 걱정도 없고 끼니 걱정도 없었다. 신당에 파리 날릴 걱정도 물론 종합 세트로 사라졌다. 새벽처럼 일어나 치성을 드릴 일도 없으니 늦잠을 자도 될 판이다.

좋네!

'해방이다.'

선무당 소리를 듣든 말든 생업을 유지하는 동안 새벽 치성을 빼먹지 않던 미류는 마음이 홀가분해졌다. 지옥이든 천국이든 도착하기만 하면 잠부터 원 없이 잘 생각이다.

한들한들 꽤 날아왔다. 검푸른 강이 보인다. 투명한 배들도 보였다. 배는 배지만 실체가 아니었다. 그저 안개 같은 의식이다. 강 건너 마을에 닿았다. 원숭이가 보인다. 꼬리가 신기했다. 제 키보다 크게 자란 꼬리는 웃자란 나뭇가지처럼 보였다. 사슴도 그랬다. 뿔 자리에는 꽃이 만발했다. 그들 사이로 영혼들이 지나갔다. 투명한 흰옷을 입고 있다. 다들 비슷해 보인다. 얼굴 같은 건 알아보기 힘들었다.

'제대로 죽었구나.'

미류는 깨달았다. 마침내 사후 세계에 온 것이다.

사후 세계의 분위기가 이런 줄 알았더라면 눈칫점 치는 데라도 보탬이 되었을 것을. 생이란 뭐든 조금 늦게 온다더니 헛소리가 아니었다.

'하긴 나는 이제 무당도 아니지.'

생각하는 동안 시야가 트였다. 무채색이던 주변이 색깔을 머금었다. 꽃잎이 휘날려 왔다. 향기가 끝내줬다. 하필이면 미류가 가장 좋아하는 복숭아꽃이었다.

꽃잎은 여의도 벚꽃 축제장처럼 푸짐하게도 내렸다.

'내가 천국에 가려나?'

그럴 리가.

세차게 부정하면서도 시선을 떼지 못했다.

지옥이 이런 풍경일 리 없었다. 하지만 마음을 놓지 않았다. 살아오면서 딱히 선행을 한 것도 없었다. 선행은커녕 신당을 찾아온 사람들에게 원성만 샀으니 그 또한 업장이 되었을 판이다. 그러니 무슨 복에 천국을 꿈꿀까?

'요즘은 천국도 돈이 있어야 간다던데……'

입방정이 개방정인가 보다.

천국처럼 내리던 꽃잎들이 딱 멈추더니 음산한 회오리가 불기 시작했다. 회오리 안에서 뒤틀린 삼라만상이 원을 그리며 돌았다. 각각의 원 안에서 차마 들어줄 수 없는 비명과 절규가 새어 나왔다. 미류는 혼이 뒤틀리는 것 같았다.

'이럴 줄 알았다니까.'

역시 지옥행이다.

형체도 희미한 몸이건만 괜히 움츠려졌다. 회오리는 미류를 중심으로 원기둥을 이루더니 소리도 없이 멈췄다.

"……?"

바람이 멈춘 자리에 형상이 갖춰지기 시작했다. 미류는 또 한 번 뒤집혔다. 삼라만상의 자리에 강림한 건 무속신들이었다. 한둘도 아니고 단체 입장이다. 염장을 제대로 지르고 있었다.

"빌어먹을!"

생각이 말이 되어 튀어나왔다. 치성을 들여가며 찾을 때는 코빼기도 안 보이던 무속신들. 사람 속 뒤집는 것도 아니고 죽고 나니 단체 강림은 또 뭐란 말인가? 이제는 아무짝에도 쓸모없는데 말이다.

"왔느냐?"

천신이 손을 내밀었다.

"크어억!"

천신이다. 몸주로 삼을 수만 있다면 천하만신 무당이 되고도 남는 천신. 이름값답게 비주얼 또한 압도적으로 화려하지만 쳐다보지 않았다. 죽은 미류에게는 개똥만큼도 쓸모없는 일이다.

"반갑구나."

다음은 일신이었다. 그 또한 외면했다. 죽은 몸이라지만 배알은 있었다. 차례로 손을 내미는 무속신들을 다 외면하며 걸었다. 무능력한 무당의 소심한 복수였다. 기분은 괜찮았다.

'이제는 무당도 아닌데, 뭐. 지들이 어쩔 거야?'

쩔쩔매는 건 살았을 때로 충분했다. 죽어서까지 무속신들에게 휘둘리고 싶지 않았다.

한참을 걸었다. 다시 복숭아꽃잎이 하나둘 휘날렸다. 그것들은 곧 아까와 같은 상황을 연출했다. 미류를 뺑 돌아 막아서며 삼라만상의 회오리가 되고 그게 그치면 무속신 등장이 반복되는 것이다.

"아, 진짜 좀!"

버럭 성질을 내버렸다. 이제 싫다는데 왜? 죽어서는 종교의 자유도 없단 말인가?

"네가 우리를 목 놓아 부르지 않았느냐?"

마음을 읽은 천신이 살랑 바람결을 따라 물었다.

"됐어요! 그건 살았을 때 말이지! 그때는 오지게 외면하더니 이제 와서 뭐요? 이제는 다 부질없는 일입니다!"

미류가 소리쳤다. 그렇잖아도 패닉 직전으로 상해가던 빈정. 살아서 받은 스트레스를 이제라도 풀고 싶었다.

"그건 이유가 있었다."

천신이 수염을 쓸며 말했다.

"무슨 이유요?"

독기만 남은 미류가 따지듯 물었다.

"네 잘못 아니냐? 신을 하나만 불러야지 허구한 날 온갖 신을 다 불러대니… 임시변통으로 신장이라도 붙여줄까 하면 그새 산신을 찾고 있고 산신을 보낼 채비를 하는 중에는 용궁대감을 찾고 있으니……."

"그거야 하도 접신이 안 되니까 그런 거죠."

"허어, 이것 참, 네가 여간 빈정 상한 게 아니로구나?"

"신경 끄세요. 내 여기서는 다시는 무당 같은 거 안 할 테니까."

"그거야 네 마음이겠지만 사실 우리는 잘못 없다."

"예, 고상하신 무속신님들이 무슨 잘못을요. 잘못은 빌어먹을 내 잘못이지요. 하다못해 택배라도 했으면 먹고라도 살 것을 이것도 팔자라고 박수무당이 되었으니 가정 개판, 생활 쪽판, 비전 막판. 결국은 빚 때문에 사채업자들 깽판에 못 이겨 여기까지 밀려온 죄가 오죽하겠습니까?"

"그거야 우리도 안다만 애당초 네 시작이 잘못되었으니 하는 말 아니냐? 치성도 엉뚱했고."

"어이구, 이젠 아주 누명까지 씌우는군요. 솔직히 시작은 내 정신 아니었다는 거 인정하지만 치성만큼은 대한민국 누구 못지않았다고 요. 밥을 굶어도 신굿은 매년 올렸거든요. 나보다 치성 열심히 드린 무속인 있으면 나와보라 그래요!"

미류는 목청을 높였다.

정말이지 잠자는 일만 빼고는 치성과 무가(巫歌) 익히는 데 공을 들인 미류였다. 무신도도 자기 힘으로 그렸고 부적도 원방에 충실했다. 없는 살림에 부적의 재료로 쓰이는 비싼 경면주사를 사느라 마누라에게 당한 걸 생각하면 아직도 치가 떨렸다.

그건 점집 골목 무속인들이 다 아는 사실이다.

실력이 없으니 정성으로라도 때울 생각이었다. 수능을 그렇게 공부했다면 서울대 붙고도 거슬러 받았을 것 같다. 그런데 그 고귀한 치성에 태클을 걸다니?

"흥분하면 해롭다."

"남이사요. 이젠 몸도 없으니 흥분해도 오를 혈압도 없거든요."

"내 말은 네 정성이 아니라 치성의 방향을 말하는 것이다."

"방향이라고요?"

"저쪽을 보거라."

천신이 왼편을 가리켰다. 거기 검은색과 흰색으로 꼬인 칼날 구름을 베고 늘어져 자고 있는 무속신이 보였다.

"팔자가 늘어졌군요."

미류가 냉소를 쏟아냈다.

"그 친구가 바로 전생신이니라."

"전생신요?"

"전생, 현생, 내생을 관장하는 전. 생. 신!"

천신이 세 글자에 힘주어 말했다.

그렇거나 말거나.

나하고 무슨 상관?

"솔직히 네가 강신무를 잘 추느냐, 탈혼을 잘하느냐? 말이 나왔으니 말이지만 작두도 너처럼 못 타는 무당은 무속 역사상 없을 것이다."

"그래도 내림굿 받던 날은 최고라는 소리 들었다고요."

"그거야 개 발에 땀났던 거고……."

"그럼 어쩝니까? 작두에 올라가려 하면 벌써 누가 올라가 앉아 있는데."

미류가 짜증을 쏟아냈다. 그건 거짓말이 아니었다. 내림굿 받던 날, 벌벌거리던 미류는 작두에 올라가지 못했다. 사람 키 두 길도 넘는 작두대가 무섭긴 했다.

맨 아래에는 아이 키만 한 드럼통, 그 위에 널빤지, 널빤지 위에 항아리, 항아리 위에 널빤지. 그러나 꼭 그것 때문만은 아니었다. 그 작두날 위에 무엇인가가 있었던 것이다.

"……!"

그러다 잠시 동안 물체가 사라졌다.

미류는 그때 작두 위로 날아올랐다. 얼떨결에 무아지경으로 작두를 탔다. 그게 끝이었다. 영원히 빠이빠이였다. 그 이후로도 작두만 타려 하면 뭔가가 먼저 턱하니 선점하고 있는 것이다.

"그리고 말이 나왔으니 말인데, 요즘 작두가 뭐 그렇게 중요합니까? 우리 스승님이 작두 좀 타지만 어린 학생들은 그게 작두인 줄도 모른다고요."

"그때 작두에 누워 있던 게 뭔지 궁금하지 않으냐?"

"예?"

핏대를 올리던 미류가 주춤거렸다.

어떻게 궁금하지 않을까? 늘 궁금했다. 표승에게도 몇 차례 물은 일이다.

"작두 위에 뭐가 있는 것 같습니다."

"그렇다면 네 조상 중에 누군가가 작두를 말리는 것 같다만……."

표승의 대답이었다. 그 조상신을 추적하는 굿판을 벌였지만 밝혀 내지 못했다.

"바로 저기 있는 전생신이다."

"예?"

"네 몸주가 될 무속신은 저 친구였는데 네가 한 번도 부르지 않았 지? 오죽하면 저 친구가 20년째 잠만 자고 있겠느냐?"

"20년째라고요?"

"정확히는 21년 하고도 9개월 22일째지?"

"이제 와서 그게 무슨 의미인데요?"

"둘 다 가련해서 그러는 거 아니냐. 무속 사상 처음으로 특별 배당 된 전속 몸주였는데 네가 접신을 시도하지 않고 엉뚱한 신만 주야장 창 불러내니 백수신에 노숙자신 신세가 된 거지."

"나 참, 신도 백수가 있습니까? 그리고 내가 안 부른 신은 없거든요."

"아무튼 간에 저 친구가 네 전속으로 배정되어 무속 인생을 꽃피 워 줄 신이었으니 기왕 온 김에 얼굴이나 보고 가거라."

천신은 그 말을 남기고 사라졌다. 다른 신들도 그 뒤를 따라 하나 둘 자취를 감췄다. 바닥에 남은 건 두 가지뿐이었다. 눈처럼 밟히는 복숭아꽃잎과 널브러져 자고 있는 전생신인지 나발인지…….

'치잇, 이제 와서 무슨…….'

'그리고 웬 전생신? 내가 전생신 모시고 대박 쳤다는 무당 말은 들은 적이 없다.'

그건 맞았다.

몸주라면 적어도 용궁대감이나 강감찬 장군 정도는 되어야지. 아니, 관운장도 무난하다. 그도 아니면 신통력이 빵빵한 동녀신까지도 괜찮았다.

그런데 전생신?

"네 이년, 보아하니 전생에 남의 집 하녀였구나. 그 빌어먹을 비루함을 버리지 않으면 근심 걱정이 끊이질 않을 것이야."

"이놈아, 전생에 대상단의 상주였다. 어려운 일 닥쳤다고 꼬리 빼지 말고 뚝심과 신용으로 밀어붙이면 결판이 날 것이니 술이나 여자 타령하며 인생 조지지 말고 시련과 맞짱뜨거라!"

전생 콘셉트.

그거로 먹힐까? 차라리 앞집 왕재수 공길문에게 타로 카드를 배우는 게 더 폼 날 것 같았다.

"에잇, 재수 옴 붙었지. 몸주라고 배정된 게 하필이면 전생신? 내가 전생에 무슨 죄를 지었기에 꼴랑 전생신이야!"

꽃잎을 걷어차 버렸다. 그런데 그게 꽃잎이 아닌 모양이다. 지화(종이꽃)처럼 바삭 소리가 나나 싶더니 흰 소용돌이가 일었다.

'깨어나는 거야?'

하나도 반갑지 않았다.

"아흠, 이제야 나를 불러주다니…….'

전생신 기상이시다.

'알 게 뭐람. 저 혼자 잘해보라지.'

외면하고 돌아서려 할 때 세 개의 빛 고리가 뭉게뭉게 앞을 막아섰다.

검은색, 흰색, 회색의 차례였다.

'우엑!'

놀란 미류는 그 자리에 얼어붙어 버렸다. 어느 틈에 작아진 세 개의 빛 고리를 머리에 이고 등장한 전생신. 바랜 초록빛 쾌자를 걸친 모습이다.

"닌 하오? 곰방와? 신짜오? 밤새 안녕? 어디 사람? 하도 오래되어 내 담당 무속인의 나라도 잊어버렸네."

"당신이 전생신?"

"오냐. 이름 불러주길 기다리다 온몸에 곰팡이가 슬었다."

그가 쾌자를 휘적거리자 녹색이 아련하게 흩어져 나갔다. 진짜 곰팡이인 모양이다. 녹색 안에서 드러난 쾌자는 흰색과 회색, 검은색이 사이좋게 섞인 모습이었다.

허여멀건, 거무스레, 섬뜩한 색감.

낯익었다.

'작두…….'

미류의 머리에 면도날이 스쳐 갔다. 내림굿을 받던 그날, 그 작두 위에 늘어져 있던 물체, 딱 그 색감이다.

얼굴을 보았다.

"어억?"

비명과 함께 말문이 확 막혀왔다.

본 적이 있다. 딱 한 번 희미하게 스친 그 얼굴. 뭔가 무지하게 난해한 느낌이던 그. 그날 무수한 다른 무속신 사이에서 언뜻거리던,

그러나 다른 무속신들에게 묻혀 버린 그 얼굴.

"그런데 왜 여길? 너 꼴까닥한 거야?"

전생신이 입을 열자 검은 꽃잎이 주르륵 날아와 미류의 목을 감아 버렸다. 등골이 오싹해 왔다. 목을 감아쥔 꽃잎 때문이 아니었다. 무당으로 사는 동안 문득문득 스쳐 가던 풀 수 없는 아련함. 온갖 무속신을 석채로 그려내는 동안에도 가시지 않던 한 줄기 갈증. 그게 정수리를 쪼는 기분이 들었다.

빡! 빡!

그러나 이제 와서 뭘? 이미 죽은 몸이니 다 일장춘몽일 뿐이다.

"됐으니까 이거나 풀어주시죠. 난 댁한테 관심 없거든요."

미류가 꽃잎 올가미를 보며 소리쳤다.

"그러면 섭섭하지. 20여 년이나 기다린 나는 어쩌라고?"

"그럼 잡아먹든 끓여 먹든 마음대로 하시고……."

"이런 답답한 인간, 그러니까 진작 나를 불렀어야지. 왜 엉뚱한 신들만 불러댄 거야?"

전생신이 모질게 꾸짖었다. 그러고 보면 신으로서도 짧지 않았을 시간이다.

"내 전속으로 배당되었다면서 먼저 손 내밀면 어디 덧나요? 그리고 솔직히 까놓고 말해서 전생 가지고 뭐하게요? 그걸로는 무속에서 대박 못 쳐요."

"어어, 아무리 죽은 인간이기로 말은 똑바로 하자. 난 손 내밀었다. 아니, 발도 내밀었지."

"기억에 없습니다. 당신이 언제 나한테 접신했는데요?"

"하려고 갔었지. 내림굿할 때. 그러다 네가 하도 작두 앞에서 오줌을 지리길래 잠들고 말았지. 그 작두 위에서."

"예?"

"너는 작두 탈 무당 아니거든. 전생 전문 무당이 왜 작두 타? 이건 그냥 폼 나게 신방울이나 부채 정도 흔들면 되는 거야. 그래서 구경이나 좀 하다가 올라오지 말라고 할 참이었는데……."

"……?"

올라가 버렸다.

그건 미류도 기억하고 있다.

올라갈 뿐 아니라 신명나게 놀았다. 단 한 판. 그러나 두고두고 회자될 정도였다. 알고 보면 맛이 간 상태가 분명했다. 온갖 잡신이 보이긴 했지만 진짜 몸주는 없었던 것. 그런데도 그날 공수는 화려해서 꼬깃꼬깃 쌈짓돈을 꺼내 신장대에 비는 여자, 부채 위에 돈을 올리는 여자들에게 신기를 작렬시킨 것이다.

족집게!

그때 들은 그 말. 그러고는 영원한 안녕으로 사라진 신빨.

"말도 안 돼. 그때 당신 형체를 대충 보기는 했어요. 하지만 내가 작두 탈 때는 안 말렸잖아요."

"하필이면 그때 신탈이 나서 측간엘 좀 가느라고……."

"푸헐, 신도 화장실을 간답니까?"

"당연하지. 그럼 신밥은 왜 차려주는데? 자고로 밥이란 먹으면 나오게 되어 있지. 너희들 것하고는 차원이 다르긴 하지만."

"……."

"아무튼 밀어내기 한판 하고 나오니 다 끝나고 없더라고. 너는 온갖 잡신들에 둘러싸여 헬렐레 헛발질이고. 속도 좀 편치 않고 제 놈에게 들어올 신을 구분하나 못 하나 구경 좀 한다는 게 깜빡 잠이 들어……."

"허얼! 됐거든요. 그렇게 헐렁하신 주제면 모셔봤댔자 내 팔자 도 긴개긴이었겠네."

척 보니 견적이 나왔다.

"이놈아, 듣자니 말본새가 아름답지 않구나. 내가 그냥 전생신인 줄 아느냐? 난 삼생관장신이다. 전생에 현생, 내생까지 총괄하시는."

"뭐라고요?"

"긴말 필요 없고, 보거라. 네 전생을 보여줄 테니."

전생신이 휜 바람을 너울거리자 커다란 영경(靈境)이 생겨났다. 거기 미류의 모습이 비춰졌다. 보일 듯 말 듯 나른한 형체였다. 하지만 머리 위는 달랐다. 푸르뎅뎅한 엷은 광채를 이룬 서클이 아른거렸다.

"이게 뭔 줄 아느냐?"

"……"

"바로 전생륜이라는 거다."

'전생륜?'

심드렁하게 대꾸하던 미류의 표정이 달라졌다. 전생륜이라니… 그런 게 있단 말인가?

가만 집중하니 영적 빛이 더 생생해지기 시작했다. 또렷해졌다. 미류의 전생 삶들이 원을 이루며 도는 영적인 빛.

빛 사이에서 손가락 두 마디만 한 크기의 인형들이 엿보였다. 그게 바로 전생령이었다. 전생을 지나온 모습을 하나하나 영령으로 보여주는. 하지만 미류의 전생령 행색은 죄다 남루했다.

"이게 내 전생이라고요?"

파릇한 빛 하나를 집어 손바닥 위에 놓았다. 먼 과거의 무당 모습이다.

조선 시대다. 그 뒤로 몸주가 보였다. 육임신장과 육계신장이었다.

신장 중에서도 서열이 한참 뒤쪽에 있는 신분이니 무당 팔자가 필리 없었다.

"네가 네 생의 16번째 환생인데 보다시피 매번 인생이 화룡점정 배우기로구나. 마지막 한 점. 용을 살리는 화룡점정. 그걸 못해 일생이 죄다 배배 꼬이는. 그래서 그 보답으로 이번 생에서는 대박 인생 한번 살아보라고 특별히 나를 전속 몸주로 붙여준 건데 제 복을 걷어 찼으니… 쯧쯧!"

"걷어찼다고요?"

"그래."

"그게 말이 돼요? 몸주로 정해졌으면 후딱 접신부터 했어야지 신탈이나 나고 졸기나 하다가 남의 인생 망친 게 누구신데 그럽니까?"

"그 후로 접신 거부한 건 누군데?"

"나요?"

"오냐!"

"무슨 그런 누명을……."

"잘 생각해 봐라."

"젠장, 생각하고 말 것도 없습니다. 어딘가 나하고 맞는 무속신이 있을 것 같아서 온갖 무속신을 다 찾아보았지만 당신은 없었다고요."

"있었다."

"……?"

"네가 작두를 내다 버린 그날."

"……?"

"그때 내가 잠깐 잠을 깨는 바람에 이제라도 가야지 하고 내 초상을 보냈는데……."

보냈다고?

응? 엥?

"으아악!"

골똘하게 생각하던 미류가 비명을 질렀다.

생각이 났다. 그러니까 작두를 처분하고 무신도 종합 세트를 구한 그날, 궁합이 맞는 새 무속신을 맞이하려고 벌인 산제의 동굴이었다. 거기서 딱 한 장의 그림을 태워 버린 것이다.

이유는 있었다. 그 그림은 무속신 풍이 아니라 영 다른 삘이 났던 것이다. 난해하기 그지없었다.

"우워어!"

다시 전생신 얼굴을 보니 명쾌해졌다. 희고 검은 옷에 서린 회색 색감, 기생오라비 같기도 하고 아수라백작 같기도 한 얼굴. 바로 이 전생신의 초상이었다.

그제야 생각이 또렷하게 모였다. 내림굿을 받던 날, 온갖 잡신 틈에 엿보이다 사라진 얼굴. 그게 몸주가 될 신이었기에 그런 건가? 왠지 마음이 허전하고 지향 없이 아슴푸레하던 기억. 그 빈 곳에 전생신을 넣으니 퍼즐이 떡하니 맞춰졌다.

'빌어먹을!'

빌어먹고 또 빌어먹을이다.

"이제 생각이 났느냐? 우연에도 다 그만한 의미가 있는 것."

"……"

말도 나오지 않았다.

온갖 무신을 다 청한 미류였다. 그런데 딱 하나, 잘못된 게 따라온 것 같아서 버린 그림이 '대박 운명'이었다니.

멘붕이다. 그것도 완벽한 멘붕이다.

수능 시험장에서 문제 잘 풀고 답 밀려 쓴 꼴이 아니고 뭐란 말인가? 미류는 꼬이고 뒤틀린 운명에 화가 치밀어 견딜 수가 없었다.

"우아악, 우악, 우악, 우아악!"

미칠 듯이 절규했다. 재수가 없어도 이렇게 없을 수가 있단 말인가? 들어온 복을 차버리다니. 아니, 홀라당 태워 버리다니. 자책의 발광 모습을 바라보던 전생신이 굵직하게 한마디를 던져왔다.

"억울하냐?"

"그럼 안 억울해요? 차라리 말이나 하지 말든지."

"다시 살려줘?"

"예?"

핏대를 올리던 미류의 귀가 솔깃해졌다.

"살려주느냐고?"

"그게 가능해요?"

"그럼 내가 괜히 신이냐?"

"……"

"내가 봐도 딱하잖아? 인생 꿀 한번 빨 기회였는데 망쳤고… 내 과실도 일부 있으니… 어디 보자. 다음 환생까지는 적체가 심해서 무려 688년이나 남았는데…….”

688년?

길었다.

조선 개국 이래 지금까지가 600여 년인데 그만큼을 기다린다고 생각해 보라. 폼 나는 천국도 아니고 이런 요상 야릇한 곳에서 시간을 때워야 한다고 생각해 보라.

안 돼!

절대 안 돼!

"저 좀 살려주세요!"

미류는 바로 무릎을 꿇었다. 자존심이고 뭐고 가릴 때가 아니었다.

"조건이 붙는다!"

전생신이 두 눈을 부릅떴다. 그렇잖아도 시원한 이마에서 다북솔처럼 뻗친 눈썹이 용틀임이라도 치나 싶다.

"뭔데요?"

"환생하면 나만 섬겨야 한다."

"왜죠? 무당은 원래 여러 신을 받을 수 있는 거 아닌가요?"

"나는 별로. 사람이든 무신이든 지조가 있어야지. 그래서 특별 전속신 제도에 응모했던 거야. 게다가 다른 신? 너도 알잖아? 저 양반들, 죽 쑤고 있잖아?"

죽?

틀린 말은 아니었다.

어떤 무당이든 자기가 모시는 신이 영험하다고 하지만 무속은 나날이 명맥이 말라가고 있었다.

"원하신다면 약속합니다. 마르고 닳도록 당신만 모시겠어요. 사실한 분만 모시면 헷갈리지도 않고 좋지요, 뭐."

"그럼 찍어라!"

전생신이 계약서를 내밀었다.

"……?"

그걸 본 미류는 바로 엉덩방아를 찧었다.

'저, 저승부?'

인간의 몸이 아니길 다행이지 자칫 심장마비로 갈 수도 있었다. 그건 바로 계약서의 바탕에 깔린 천부(天符) 때문이다.

말로만 듣던 저승의 부적이었던 것. 召喚(소환)이라는 한자를 기본으로 쓴 부적은 그야말로 하나의 우주를 이루며 맹렬한 기세를 뿜고 있었다.

소환부!

약속한 것을 제자리로 돌려놓는 소환부였다. 그 어떤 신통한 무당이 쓴 것과도 비할 수 없는 신묘함과 엄숙함이 깃든.

미류는 떨리는 마음으로 손바닥을 대었다. 놀랍게도 저승부의 서명란에 미류의 혼이 깃들어 버렸다.

"바탕부적이 뭔지는 알고 찍었겠지?"

"소환······."

"오냐. 네 말대로 무속 공부는 제대로 한 모양이구나. 믿어보겠다."

"그런데······."

미류는 조심스럽게 궁금한 점을 물었다.

"어떻게 대박을 친다는 거죠?"

전생과 현생, 내생의 신. 미류가 꼽던 계보에 없던 신이다.

―신격(神格)은 어느 위치?

―신통력 적중률은 얼마?

난생처음이니 도무지 감이 오지 않았다.

"네 전생령들··· 하나하나 머리에 대보거라."

"머리에요?"

"말이 많구나. 무릇 신실한 신제자라면 그저 성심성의껏 행하면 될 일을······."

"예······."

미류는 찍소리 못 하고 화공 전생령을 집었다. 그런 다음 바로 머리로 가져갔다. 그랬더니 신기하게도 화공으로 살던 마음과 경험이 느껴졌다.

새로운 기법을 찾으려는 수련과 열정, 그 실패로 인한 좌절, 나아가 목마름과 성취감까지…….

"이번에는 점쟁이!"

전생령을 바꾸었다. 점쟁이령을 대자 점괘와 복술이 저절로 튀어 나왔다.

다음은 가수령!

막 노래가 하고 싶어진다.

"신고산이 우르르!"

얼른 입을 막았다.

창을 하는 가수였던 모양이다. 그냥 노래만 느껴지는 게 아니다. 그때 앓았던 목의 아픔까지도 전해왔다. 아니, 아니다. 그리고 보니 실제로도 미류는 목이 조금 아팠다. 가수의 전생에서 아픈 것들이 딸려 온 모양이다.

"……!"

놀란 미류는 벌린 입을 다물지 못했다. 신기 그 자체였다. 전생을 가져다 대면 전생의 기억이나 사고방식, 당시 주변 사람들까지 떠오르는 것이다. 심지어는 그때의 아픈 부위까지.

"그만하면 되었다."

"……."

"이건 마지막 보너스로 보여주마!"

이번에는 전생신이 전생령 하나를 뽑아 미류의 정수리에 끼워 넣었다.

그 생에서 미류는 프랑스의 귀족 공녀였다.

황태자와 약혼을 했지만 그가 흑사병으로 죽어 개털이 되었다. 황태자와 약혼한 여자. 결혼도 못 할 팔자였다. 뒤이어 가문이 몰락하자 평민 남자와 결혼했다. 그래도 귀족이던 전생, 평민 남자를 가혹하게 부려먹었다. 그가 보는 앞에서 다른 남자들과 붙어먹기도 했다.

남자는 여자의 허영을 만족시키기 위해 무리하게 일을 했다. 간이 망가졌다. 배에 물이 차고 만성피로에 시달려 죽어가면서도 위로 한 번 받지 못하고 일한 남자. 가여웠다. 그런데 그 남자, 어디선가 스쳐간 인연 같은 느낌이 들었다.

누구더라?

어디서 봤더라?

"이번 생의 네 마누라였느니라."

미류의 마음을 읽은 전생신이 선언했다.

"……!"

엑?

누구라고라?

말도 나오지 않았다.

"저 남자도 그 생의 너와 결혼하게 되었을 때는 너무나 행복했었다. 가문이 몰락했다지만 귀족이 아니었느냐? 하지만 결혼 이후 지옥을 만났지. 남자는 그렇게 살다 죽었고 그 인연이 이번 생에 다시 닿아 네게 돌려주는 인과의 삶을 살게 되었다. 이해가 되느냐?"

"그러니까 제가 전생에 아내에게 해를 끼쳤기 때문에?"

"생이란 먼지가 쌓여 바위가 되고 바위가 깨져 먼지가 되는 법이니라."

미류는 마음이 착잡해졌다.

그저 한없는 원망으로 지내온 마누라의 악행. 그런데 그게 미류의 전생 부채였다니. 카르마였다니!

"이제 전생륜의 힘에 대해 감이 좀 오느냐?"

골똘해 있는 미류에게 전생신이 물었다.

"그러니까 전생령이 사람 됨됨이를 바꿀 수도 있군요?"

"멀리 보고 넓게 보거라. 운명도 바꿀 수 있지. 그 생의 삶을 수정해 뒤틀린 균형을 맞추면 생의 길이 바뀌게 되는 법."

"맙소사!"

"전생을 아는 건 하나의 여유이기도 하다. 오늘의 내 모습이 내 전체 생의 전부가 아니라는 걸 알게 되고 현재의 길흉사가 자기 인과로 비롯된 것을 알면 현생을 살아가는 태도도 바뀌게 되니까. 인생이란 한 존재가 전생과 현생을 합쳐 그 우주의 자아 완성을 이루어 가는 과정이라는 말씀."

'자아 완성?'

저 인간은 사사건건 철천지원수. 그런데 전생에는 내가 그의 원수. 그걸 알면 상대를 용서하고 이해할 수 있는 발판이 된다. 해원(解冤)도 어렵지 않다는 말이다.

게다가 적기(適期)와 적성, 궁합, 사업 아이템, 인연 등도 줄줄이 풀릴 일.

으어어!

공감 100%!

완전 대박!

"어이쿠, 전생신님!"

미류는 이마가 터져라 큰절을 바쳤다.

이건 대학 입시 맞히고 사업운, 이사 방향, 남편 바람기에 동티 잡귀 따위를 몰아내 주는 것과는 차원이 다른 일이었다.

"명쾌하게 전생을 알면 삶에 초연해지지. 자아가 확장되니까. 그런데 그걸 아는 방법은 여기와 거기가 좀 달라. 저 아래 세상에서는 머리에 대는 게 아니라 정수리에다 찔러 넣어야 한다. 명의가 금침 놓듯 살포시."

"……?"

"왜 그런 눈을 하느냐?"

"환생을 하면 남의 전생이 막 보인다는 건가요? 누르면 정수리에도 들어가고요?"

그게 돼요?

내가 신도 아닌데?

궁금한 게 한두 가지가 아니었다.

"주문이라도 알려달라?"

"강신도 안 하시니… 아시다시피 제 부적도 별 효험 없고……."

"효험이 있는지 없는지 어떻게 아느냐? 네가 내 초상 태운 후로 주로 잠만 잤는데."

"어떻든 묘법을 주셔야……."

"그 방법은 지상에 가면 있느니라."

"지상에요?"

"내려가면 네가 정리해야 할 열두 명의 인간이 있을 게다. 그 인간들 전생륜은 그냥은 안 보일 테니까 깨자마자 부적부터 그리도록."

"날도 안 받고요?"

"지금 내가 받아주고 있지 않느냐?"

'그러네?'

'깨자마자!'

그게 길일이라는 뜻이다.

"내가 죽은 토굴에는 부적 그릴 종이나 도구가 없습니다."

"종이는 필요 없으니까 땅바닥에 그리면 된다."

"……?"

"네 머리카락. 그걸 피 열두 방울하고 섞어서 태운 가루로 그린 후에 모아서 먹거라."

"예?"

"고이 드시라고. 그래야 열두 경락이 실눈을 뜨게 되어 내가 예비
한 인간들의 전생륜이 보일 테니까. 한 톨도 남기지 말고."

"강신은 안 하고요?"

"계약서만 쓰고 잔금 치르는 거 보았느냐? 일에는 다 단계가 있는
법이다."

"……."

"시킨 대로 다 끝내면 네 열두 경락에 완전한 빛이 들어오면서 영
력이 눈을 뜨게 될 게다."

"그때가 되면 전생신님과 접신이 된단 말이로군요?"

"그건 열두 경락이 열린 후에 보자꾸나!"

전생신은 다섯 영력을 강조했다.

특허!

전생 특허!

무속신들의 합의까지 처음 만들었다는 전속 특허 제도.

단숨에 단어의 매력에 뻑 가버린 미류였다.

"그럼 열두 명의 인간이 어디에 사는지……."

"돌아가면 그냥 다 만나게 되어 있어."

"네……."

"검은색을 명심하거라. 네 멋대로 다른 색 밀어 넣으면 바로 여기
로 소환이야. 괜히 이 부적 저 부적 가지고 상황 바꿔보려고 하지 말
고. 알겠느냐?"

"예……."

"대신 나도 도의적인 책임감이 있으니까 잃어버린 22년의 절반은

건져주마."

"예?"

미류가 고개를 발딱 들었다.

"그렇다고 점사 나불대고 다니면 꽝이야. 지나간 11년의 흐름에는 직접 개입하지 말란 말이다. 절대로!"

11년의 흐름.

강산이 두 번은 바뀐 시간이다.

그동안 대통령만 해도 두어 번 바뀌었다. 애석하게도 로또 1등 번호는 하나도 기억 못 하지만 대통령은 기억했다. 그것만 맞혀도 단박에 용한 무속인으로 부각될 건 뻔한 일. 그 유혹에 선을 긋는 전생신이었다.

그러나 무엇보다 매력적인 일이었다. 사람들은 버릇처럼 말한다.

'내가 십 년만 젊었어도.'

새로 뭔가를 할 텐데.

'그 일을 도전해 보겠는데.'

바로 그 십 년이 아닌가?

"알겠습니다."

있는 대로 힘주어 대답했다.

대통령 당선자를 맞혀야만 부각되는 건 아니다. 용한 무속인이 되기만 하면 돈 잘 벌고 존경받을 일은 널리고 널려 있다.

"천신 영감 오기 전에 눈을 감거라. 그 양반이랑 상의도 없이 환생시키면 잔소리 털어댈 게 분명하니까."

"예."

"내 말을 명심하거라. 네 마음대로 처리하거나 49일 안에 해결 못 하면 다시 이 자리로 직행이고, 제대로 하면 벽에 똥칠할 때까지 대운을 누릴 거야."

"예."

"부적은 팔괘다. 그 안에 동서남북, 그 안에 천지인, 마지막은… 동심원."

전생신의 목소리와 함께 천둥소리가 들렸다.

우르릉!

천둥소리 안에서 수억 인간의 직업과 무수한 동물들이 반짝거렸다. 미류는 천둥 속에서 튀어나온 벼락에 휘감겨 지상으로 떨어졌다.

"우워어어어!"

11년, 절반의 보상

비명과 함께 눈을 떴다.

"……?"

낯익은 곳이다. 미류는 발딱 몸을 일으켰다.

'여긴……?'

토굴?

아무리 돌아봐도 토굴 안이었다. 제단에는 촛불이 타고 있다. 하지만 무신도는 보이지 않았다. 아까 분명 촛불이 붙었던 무신도들. 몸을 움직이다 병에 닿았다. 극약 병이 아니라 생수병이었다.

'뭐지?'

달랐다.

미류가 죽을 때의 풍경이 아니었다. 토굴은 그 토굴이고 제단도 그 제단인데 자살할 때와는 그림이 달랐다. 가지런히 자리를 잡은 밤색 나무 접시가 보인다. 그리고 가방, 눈에 낯익은 가방이 들어왔다.

가방?

미류는 재빨리 가방을 당겼다.

가방에는 무신도가 가득 들어 있었다.

'이 그림들……'

아뜩한 기억들이 시간을 타고 넘어왔다.

"으악!"

놀란 미류는 무신도 뭉치를 놓치며 엉덩방아를 찧었다. 그 진동에 짤랑 하며 빨강, 파랑, 하얀 삼색 천 달린 신방울이 울었다.

짤랑짤랑짤, 짤랑!

방울 소리가 동굴 가득 메아리가 되어 퍼졌다. 옆으로 신문지가 보인다. 앞쪽만 펴본 신문. 날짜를 보니 2005년, 그러니까 11년 전의 것이다.

무신도 뭉치와 가방, 그리고 11년 전의 새 신문.

"……!"

그제야 생각이 났다.

산제(山祭)였다. 무속에 들어선 후 11년간 애동제자로 신아버지 따까리를 해온 미류. 신아버지의 배려로 독립을 하게 되었다. 늙어 영험함이 바래진 신아버지. 이제 손님 발길도 예전 같지 않기에 미류의 독립을 미룰 수 없었다. 그러나 자기 주제를 아는 미류. 개업을 하기 전에 뭔가 전환점이 필요해 각오를 다지기 위해 산제를 지내러 온 것. 미류는 바로 그 순간으로 돌아온 것이다.

손을 만져보았다. 정화수에 얼굴도 비춰보았다. 선명하지는 않지만 40대의 중늙은이가 꼬라지는 아니었다. 손도 마찬가지였다.

'내가 진짜 환생한 거야?'

'그것도 11년 전으로?'

"우워어어!"

신문지를 움켜쥐었다. 그때 울림 소리 하나가 티잉 하고 대뇌 안에서 울려 나왔다.

부적!

'부적?'

전생신의 말이 떠올랐다. 깨어나자마자 부적을 쓰라고 했다. 그걸 먹으라고 했다.

'머리카락?'

정신없이 가방을 열었다. 다행히 과도가 있었다.

…다행이 아니었다. 왜 과도인지 알 것 같았다. 과일은 잘리지만 머리카락은 잘리지 않았다. 눈물 콧물 범벅이 되며 머리카락을 쥐어 뜯고 잘라내며 끊어냈다.

고통 때문에 욕이 입술에 걸렸지만 웃었다. 가장 행복한 표정으로 웃었다. 부적은 부정 타면 그만이다. 대박 인생이 온다는데 간인들 못 떼어주랴.

다음으로 작고 날카로운 조각을 주워 손가락 끝을 찔렀다.

피 열두 방울을 쥐어짰다. 머리카락과 함께 태우자니 냄새가 속을 뒤집었다.

재는 얼마 되지 않았다.

'맨 바깥은 팔괘, 다음은 천지사방, 그다음은……'

부적 한두 번 써본 미류가 아니다. 계산할 것도 없이 가루가 모자랐다. 미류는 또 한 번 눈물을 머금어야 했다. 이번에는 제대로 된 분량이 나왔다. 평평한 돌바닥을 찾았다. 두 손으로 정성껏 먼지를 쓸었다. 그 위에 팔괘부터 그렸다. 마지막으로 동그라미, 즉 동심원을 그렸다. 숨을 돌리며 재를 모았다. 모아보니 보기보다 많았다.

'후우!'

심호흡을 하고 재를 털어 넣었다.

"캑캑캑!"

목이 아파왔지만 그냥 욱여넣었다. 눈물이 빡빡하게 쏟아졌다. 신빨 받는 무당이 된다는 건 어떻게든 고행의 길이 분명했다.

꾸룩!

혀끝에 걸린 마지막 재를 넘기자 숨이 턱 막혀왔다. 목으로 들어간 부적의 재가 몸에다 형상을 그리고 있었다. 하나하나가 불덩이를 이룬다. 그것들은 불길이 되어 열두 경락을 치고 목으로 올라갔다. 그러고는 이마를 통해 튀어나갔다.

"으헉!"

뜨거움에 겨운 미류는 토굴 밖으로 뛰었다. 그러다 토굴 입구의 돌부리에 이마를 찧으며 나뒹굴었다.

"왜 그러슈?"

토굴 앞에서 한 남자가 물었다.

"……?"

그는 등에 짐을 지고 있었다.

"아따, 신당 낸다고 산제 지내러 왔다더니 그새를 못 참고 조셨나? 머리카락 다 태워먹었네? 요즘 무당들 참… 못 본 걸로 할 테니 수고비나 주쇼."

제수 음식을 내려놓은 남자가 손을 벌렸다. 생각이 났다. 그때 토굴까지 음식 운반을 부탁한 아저씨였다. 인상은 구리다. 눈도 원숭이 똥구멍처럼 벌겋게 충혈되었다. 호흡도 많이 불량스럽다. 산길이 힘들어 막걸리라도 몇 잔 꺾고 올라온 모양이다.

"아저씨……."

"돈!"

"나 보여요?"

"어허, 돈!"

"좀비라든가 귀신처럼 보이지 않느냐고요?"

"내가 심장은 가끔 지랄을 떨지만 눈은 멀쩡하니까 돈!"

심장이 나쁘다는 아저씨, 오직 돈을 강조했다.

"오늘이 몇 년 며칠이죠?"

"무당 체면에 잡귀가 들었나, 잠이 덜 깼나? 빨리 돈이나 내놔!"

아저씨의 손이 코앞까지 다가왔다. 잘하면 한 대 칠 기세다.

"얼마 드리면⋯⋯?"

"5만 원인데 2만 원 깎았잖아? 그 정신으로 박수무당 해먹겠어?"

"여기요."

주머니를 뒤지자 지갑이 나왔다. 돈은 4만 원뿐이었다. 석 장을 꺼내 안겨주었다.

"갑니다. 그 토굴 말이야, 전에 공부하던 관상쟁이 말이 가끔 구렁이가 나온다는데 안 물리게 조심하쇼."

아저씨는 엄포를 놓고 지게를 졌다. 심장 나쁘다는 말이 농담은 아닌 듯 손으로 가슴을 문지르며 호흡을 골랐다. 한참을 그런 다음에야 그는 산을 내려갔다.

'햇살⋯⋯.'

미류는 이마를 쪼는 햇살을 보았다. 이마는 아직도 뜨끈했다. 다만 다른 열은 사라지고 없었다.

'바람⋯⋯.'

머리카락을 흔드는 바람도 시원했다.

'그리고⋯⋯.'

복숭아꽃 냄새다. 복숭아나무는 토굴 옆에 있었다. 생각이 났다.

복숭아나무에 반해 두말없이 신단으로 정한 곳. 미류가 만지니 반갑다는 듯 파르르 가지를 흔들어주던 그……

'정말 내가 살아난 거야? 그것도 11년 전으로?'

꼬집고 때리고 깨물어도 보지만 그때마다 아픔이 파도처럼 덮쳐왔다. 미류는 안으로 뛰었다. 그리고 무신도 뭉치를 풀어 헤쳤다.

'있다!'

천신도 뒤에서 나온 그림 한 장을 집어 들었다. 전생신이다. 다른 무속신과 달리 검은색 흰색 옷, 얼굴에도 근엄함보다 난해함이 서린 이미지라 부정 탈까 제대로 보지도 않고 태워 버렸던 미류.

어쩐지…….

어쩐지 그때 잘 안 타더라니…….

어쩐지 태우고 나서 무지막지 허전하더라니…….

"으아악, 아악, 아아악!"

전생신의 무신도를 품은 미류는 미칠 듯이 소리를 질렀다. 환생이 분명했다. 더 의심하고 말 것도 없었다. 다른 건 다 불 붙이고 전생신만을 제단 벽에 고정시켰다. 그런 다음 무릎도가니가 터질 때까지 절을 올렸다.

고맙습니다. 고맙습니다.

다시 출발이다.

박수무당으로서의 새 삶.

전생 특허 무당으로서의 새 삶.

뿌듯했다. 하지만 오버하지는 않았다. 아직은 특허장의 효력을 신차(神借)한 게 아니었다.

산을 내려오는 길은 가뜬했다. 마흔 줄에 접어들며 아프기 시작하던 오른 무릎의 관절도 아무렇지 않았다. 뛰어도 보고 둥글게 돌려도 보았지만 아주 멀쩡했다.

'후우우우!!'

앙가슴 쭉 펴고 숨을 뿜어보았다. 골방 생활 10여 년으로 저질 체력이 된 폐와 심장도 싱싱하기만 했다. 스프링처럼 탄력적이던 30대 때의 몸이 분명했다.

'요 아래가 논산 이모네 집이었지?'

산 밑에 이르자 기억이 새록새록 살아났다. 토굴을 소개해 준 아줌마 집이 근처였다. 그 아줌마의 원래 고향이 논산이었다. 부처님의 착한 마음을 빼닮은 아줌마. 이래저래 인사라도 해야겠다 싶어 마당으로 들어섰다.

"산제 끝났어요, 법사님?"

마당 낙엽을 쓸던 아줌마가 미류를 돌아보았다.

"네, 인사라도……."

아줌마가 두 손을 모으고 합장을 해왔다. 이쪽 산은 영험한 골짜기가 많았다. 그래서인지 영험함을 보려는 수련자들과 산제가 꼬리를 물었다. 그들을 상대하다 보니 무당에 대한 호칭을 아는 아줌마였다. 보통은 만신으로 부르면 좋아하지만 미류는 아직 초짜. 그래서 법사도 황송했다.

"푸훗!"

미류를 보던 아줌마가 입을 막으며 웃었다. 쥐에 뜯긴 듯한 머리 모양 때문이다.

"산제 열심히 지내셨나 보네요. 머리카락이 엉망인 걸 보니."

"네……."

미류는 얼굴을 붉히고 말았다.

"땀 좀 봐. 닦으세요."

착한 아줌마가 수건을 내밀었다.

"고맙습니다."

"물도 드려요?"

"그러면 더 고맙죠."

"저기 마루에 앉으세요. 머리 대충 다듬어 드릴게요. 제가 미용 배우다 말았지만 대충 하거든요."

"괜찮은데……."

"안 돼요. 법사님 체면이 있죠. 게다가 저랑 약속도 있잖아요?"

'약속?'

마루에 엉덩이를 걸치며 생각했다. 11년 전에 아줌마랑 무슨 약속을 했더라? 저세상을 다녀온 탓인지 잘 생각나지 않았다. 고개를 갸웃거리다 벽면의 거울에 눈이 닿았다.

"……!"

그 얼굴이 분명했다. 해사한 31살의 청년(?) 시절. 맑은 얼굴빛에 살짝 올라간 눈매, 그것 때문에 인상 매워 보인다는 소리를 귀에 달고 살던 젊은 얼굴이 거기 있었다. 거울로 보니 더욱 확실했다.

"마서요."

아줌마가 물을 내밀었다.

"잘 먹겠습니다."

아줌마는 미류의 목에다 보자기를 감았다. 그러고는 가위를 절그렁거렸다. 거절할까 싶었지만 그냥 두었다. 아무리 못 깎아도 과도로 베어낸 것만 못하랴.

"다 끝났어요. 우리 아들 불러올게요."

머리를 털어준 아줌마는 말릴 사이도 없이 마당을 끼고 돌았다. 오래지 않아 그녀는 아들을 데리고 나타났다.

아들?

효자에다 공부까지 잘한다는 아들. 그제야 낡은 기억 속에서 단어 하나가 펑 튀어나왔다.

사법 고시였다.

법대 졸업과 동시에 사법 고시에 합격한 아들. 연수원 성적도 좋아 판사로 뽑힌 것이다.

"우리 아들이에요. 뭐 해, 용하신 법사님께 인사드리지 않고!"

번갯불에 굴비 굽듯 아들을 소개한 아줌마가 아들 등을 밀었다.

"안, 안녕하세요?"

"아, 네……."

말이 법사지 아들과는 나이 차이도 별로 나지 않는 상황. 무당 신분으로 판사님 인사를 받아도 되나 싶은 마음에 몸을 일으키다 기겁하고 말았다.

"……!"

거기 있었다. 아들의 머리 위. 이마가 뜨끈해지나 싶더니 바로 눈을 차고 들어온 전생륜. 그의 전생령이 알뜰살뜰 바글거리는 전생륜.

환생하기 무섭게 미션에 맞닥뜨리고 만 미류였다. 그리고 그 대상자는 법 없이도 살 천사표 아줌마의 장한 예비 판사 아들.

'설마?'

전생신이 말한 검은색 전생령이 마음에 걸렸다. 다 그런 건 아니지만 세상만사 검은 것으로 상징되는 것들치고 좋은 게 별로 없기 때문이다.

"잘 좀 부탁해요. 우리 아들, 법원장님 정도는 될 수 있는지……."

아줌마가 웃었다. 정말이지, 착한 표시가 줄줄 흐르는 미소였다. 밥도 차도 여러 번 얻어 마셨다. 그때마다 새 밥이었다. 주말이나 휴

가철에는 5만 원, 10만 원씩 하는 옆방을 그냥 내준 적도 있다.

그런 착순이 아들의 머리 위로 전생륜이 돌고 있었다.

사람이 선해서 그럴까? 보기에도 선명하다. 전생령은 딱 아홉 개였다. 말하자면 이 아들은 열 번째 생을 사는 셈이다.

아홉 개의 전생령은 각각의 색깔을 띠고 있었다. 흰색은 망나니령이었다. 임금에게 불충한 신하의 목을 베었는지 어깨에 걸친 칼에는 핏물이 흥건했다. 노란색은 닌자 같은 모습이었다. 그 손에 들린 칼에도 핏물이 낭자했다. 몇 가지 엿보이는 아들의 전생륜은 잔혹한 삶에 속했다. 그렇다면 까만색은…….

"……?"

'빌어먹을!'

검은색 전생령을 확인한 미류의 정신이 격렬하게 출렁거렸다.

"왜요? 안 좋아요?"

아들 일이라 함께 집중하던 아줌마가 물었다.

"아뇨. 그냥……."

고개를 저으며 전생령을 다시 확인했다.

아무리 보아도 검은 전생령의 모습은 변하지 않았다. 그건 목에 쇠사슬이 걸린 살인자령이었다. 그냥 살인자가 아니었다. 복장으로 보아 중세 시대의 산적. 살육을 통해 얻은 뼈로 목걸이를 만들어 차고 팔찌를 만들고 피까지 몸에 바른 살인광이 아닌가?

츄릿!

살인광은 미류가 전생 감응을 하는 동안에도 셋을 베었다. 한 뼘보다 넓은 무식한 광도(廣刀)가 그의 살인 도구였다. 이제 보니 목을 베인 영혼들이 아들 뒤에 줄을 섰다. 잘하면 그 줄이 서울까지도 닿을 것 같았다.

'으헉!'

미류는 목을 더듬으며 흠칫거렸다. 제 목이 달아난 느낌이다.

살인자령!

'진심 돌아버리시겠네.'

법 없이도 살 아줌마와 아들에게 웬 살인자령? 상상 속에서 아들의 겸손한 얼굴에 수갑이 겹쳤다. 차디찬 감옥도 살포시 겹쳤다.

'그럼 이 아들이 죄인이 되어 교도소로?'

푸헐!

말도 안 돼!

미친 또라이.

그건 정말 못 할 짓이었다. 판사 출근을 앞둔 사람에게 감옥이 가당키나 하단 말인가?

'진짜 장난도 아니고……'

미류가 주저할 때 전생신의 소리가 귀를 관통하고 지나갔다.

'검은색 전생령을 쑤셔 박지 않으면 저승으로 원위치!'

묻지도 따지지도 말라!

지나간 소리가 되돌아와 부적을 이루었다. 미류가 손바닥 지장을 찍은 천부, 즉 저승부였다.

召喚(소환)!

한자 두 글자가 안개처럼 너울거렸다. 꿀꺽 침이 식도를 넘어가다 걸렸다.

"콜록!"

멋대로 나오는 기침도 시답지 않았다. 자칫하면 나 살자고 착한 아줌마와 아들의 뒤통수를 후려쳐야 할 판이다.

"어때요?"

아줌마가 재촉했다. 얼굴에서 천사가 걸어 나왔다. 차라리 악마라면 위로라도 되련만.

'어쩐다?'

그래도 할 수 없지.

고민하던 미류는 신방울을 집어 들었다. 첫판부터 엇나가면 환생이고 나발이고 좋날 일이다. 이미 머리카락까지 자르고 태워먹으며 발동을 건 미류. 더구나 이건 전생신의 뜻이자 아줌마 아들의 운명이니 자신의 관여 밖이라고 생각하기로 했다.

짤랑!

"방울을 보세요."

결국 신방울을 흔들었다. 그래도 명색이 박수무당 내공 11년 차다. 신당 하나 갖지 못한 애동제자 주제였지만 옛날 길바닥 사주팔자 보듯이 넙죽 무업(巫業)을 행할 수는 없었다.

짤랑!

방울 소리를 따라 삼색천이 하늘거렸다.

"눈을 감으세요."

"감았어요."

아들은 얌전히 주문에 따랐다.

"마음을 편하게 하세요."

그 말과 동시에 미류는 아들의 전생륜에서 검은색 전생령을 뽑아 들었다. 손가락에 걸린 살인자령이 웃었다. 빨리 활개를 치게 해달라는 것 같다. 생각 같아서는 확 패대기를 쳐서 자근자근 밟아주고 싶지만……

딸랑딸랑!

방울 소리를 높이며 정수리를 찾았다.

부들부들!

손 떨림도 방울 소리 비슷할 것만 같았다.

눈 딱 감고 전생령을 밀어 넣어버렸다. 상상이 빗나가기를, 대반전이 있기를 기도하면서. 전생령은 푸시시 아지랑이를 만들며 머리 안으로 들어갔다.

'뭐야?'

한참을 바라보지만 별일 생기지 않았다. 아들의 표정도 멀쩡했다.

'기우였나? 아니면 전생신의 말 자체가 사기?'

별의별 생각이 드는 사이에 아들이 입을 열었다.

"다 됐어요?"

"네? 네……."

"눈 떠도 돼요?"

"네……."

"저 훌륭한 판사가 될 것 같나요?"

아들이 물었다. 그런데 변화가 보였다. 미소가 아까와 달랐다. 방금 전의 미소가 천사의 그것이었다면 지금의 미소에는 얼음 기운이 묻어 나왔다.

그리고 그 머리 위에 거짓말처럼 운명창 하나가 떠올랐다. 게임 레벨창을 보는 것 같지만 아주 흐릿했다.

[학벌운 00 00%]

간신히 글자를 읽었다. 학벌운 뒤의 것들은 다 공백이었다.

'이건 또 뭐야?'

그나마 몇 번을 반짝거리더니 사라져 버렸다.

"좋네요. 천지개벽하실 겁니다. 기대하세요."

미류는 얼렁뚱땅 넘겨 버렸다. 그저 자리를 뜨고 싶을 뿐이었다.

"정말요? 그럼 복채 많이 드려야겠네!"

옆에 있던 아줌마가 목청을 높였다.

"복채는 무슨……."

"좋은 점은 공짜로 보면 효험이 없다잖아요. 많이는 못 드려요."

아줌마는 깨끗한 봉투에 넣은 10만 원을 찔러주었다.

인사를 나눈 미류는 허둥지둥 마당을 나섰다. 불안해서 엉덩이를 붙이고 있을 수가 없었다.

'휴우, 이것도 못 할 짓이네. 그런데 제대로 하기는 한 건가?'

기억을 되감아보았다. 아들 머리 위의 전생륜. 그중에서도 까만색을 골라 정수리에 찔러 박았다. 하지만 일어난 일은 예상 밖이었다.

[학벌운 00 00%]

그걸 보라고 전생령을 박으라고 한 걸까? 학벌운이라면 재물운, 건강운, 애정운, 가정운, 명예운 등과 더불어 여섯 손에 꼽히는 사람 팔자의 갈래이다. 말하자면 그것 하나만 똑소리 나게 봐도 용한 무당 소리는 따놓은 당상.

〈대입 전문 무속인!〉

〈족집게 진학 무당!〉

비전이 저절로 보인다.

대한민국 부모들처럼 아이들 대입에 목을 매는 민족이 또 어디 있단 말인가? 강남의 학원이나 유명 인강 강사 한둘과 연합하면 바로 한국 무속계 스타로 등극할 수도 있는 일이다.

'나를 시험하는 건가? 아니면 시간이 필요한 건가?'

논산 아줌마 아들의 전생륜에서 받은 느낌이 영 찜찜하기만 한 미류였다.

'어쩌면 내일 무슨 일이 일어날 수도…….'

'아니면 한 달 후? 일 년 후에?'

그러고 보니 전생령을 넣으면 무슨 일이 일어나는지 구체적으로 듣지 못했다. 그렇다고 그걸 물으러 다시 그 길을 갈 수도 없는 일.

"후우!"

길가의 작은 의자에 앉아 숨을 돌렸다. 미류는 가방에 고인 챙긴 전생신 무신도를 꺼내보았다. 무신도는 아무 말도 하지 않았다.

'아무튼 시킨 대로 했으니⋯⋯.'

그런 생각으로 일어설 때였다. 아줌마 집 마당에서 찢어지는 비명이 터져 나왔다.

"아악!"

소리와 함께 짐꾼 아저씨가 가슴을 움켜쥐고 기어 나왔다. 허덕거리던 아저씨는 문 앞에서 늘어져 버렸다.

"까아악!"

그걸 본 동네 사람들이 너나없이 비명을 질러댔다.

애애애앵!

경찰차가 왔다.

삐뽀삐뽀!

구급차도 왔다.

"김 씨가 술김에 칼을 들고 논산댁을 어째보려다가 논산댁 아들에게 도리어 칼을 맞았대요."

"아이고, 저걸 어째. 그 인간, 심장을 맞아 즉사했대요."

동네 사람들의 웅성거림과 함께 아들이 경찰에 끌려 나왔다. 아들의 손에는 수갑이 채워져 있었다. 아줌마는 아들의 허리를 잡고 울부짖었다.

"우리 아들은 안 돼요! 판사님이 될 사람이라고요! 차라리 나를 잡아가세요!"

'우워어어!'

예감 적중 100%!

신빨 110%!

미류는 느티나무에 기대 주르륵 흘러내렸다.

'하아하아!'

숨이 막힌다. 오줌도 쌀 것 같다. 전생륜 때문이다. 전생령이 바뀌면서 아들의 현생이 바뀐 것이다. 착한 마음을 밀어내고 살인자령이 들어가면서 그 본성이 발현된 모양이다.

'아줌마, 미안해요.'

경찰차와 구급차 소리가 완전히 멀어진 후에도 미류의 넋은 돌아오지 않았다. 굉장한 신통력을 확인했지만 그 충격은 상상 밖이었다. 전생 하나 바꿔서 한 사람의 인생을 조진 것이다.

완전히!

판사에서 살인자로!

'우워어어억!!'

11년 전…….

그때의 풍경은 비교적 고요했다. 표를 끊고 승차장으로 향했다. 누군가 뒤에서 불렀다.

"아저씨!"

미류가 돌아보았다. 부른 사람은 할머니였지만 대상은 미류가 아니었다. 할머니는 미류 옆의 중년 신사에게 지갑을 내밀었다.

"이거 떨어뜨렸어."

"어이쿠, 고맙습니다."

40대 중반의 남자가 덥석 지갑을 받았다.

"총각, 서울 가?"

대기실에서 옆 의자에 앉은 할머니가 미류에게 말을 건넸다.

"저, 저요?"

놀란 미류가 되물었다.

"그럼 여기 누가 또 있어?"

"……?"

돌아보니 휑하니 미류뿐이었다.

'아차, 내가 서른한 살로 돌아왔지?'

그제야 현실을 깨달았다. 후줄근한 40대 박수무당 아저씨로 살던 기억이 남아 있던 것이다.

"전화 한 통 걸어줘. 이거 우리 딸이 사준 전화기인데 받을 줄만 알지 걸 줄을 몰라."

할머니가 내민 건 구형 폴더폰이었다.

'아차, 지금이 11년 전이지?'

2000년대 초중반, 그때는 폴더폰 시대였다. 오랜만에 만져보니 기억이 새로웠다. 돌아보니 모든 풍경이 달랐다. 그저 어디서든 스마트폰에 고개를 처박고 눌러대던 사람들, 심지어는 증강 현실 게임인지 뭔지를 한다고 법석을 떨던 풍경 같은 건 하나도 보이지 않았다.

통화를 연결해 주고 버스에 올랐다. 고속버스는 11년 전에도 별다르지 않았다. 원래는 버스를 타면 자동으로 졸리던 미류, 오늘은 창밖에 시선을 묶어두고 졸지 않았다.

전생신의 무신도를 꺼내보았다. 머리카락이 쭈뼛 섰다가 내려왔다. 논산댁의 기억은 가히 충격 그 자체였다.

"후우!"

한 번 더 한숨이 나온다. 그러고 보면 운명이란 변화무쌍한 것 같다. 조금만 옆으로 비켜나면 완전히 다른 길로 가버린다.

11년 전의 기억을 계속 더듬었다.

서울로 가면 미아리 뒷동네의 새 신당에 신아버지 표승 만신이 있을 것이다. 미아리는 무속인들이 붙어살던 곳. 그중에서도 점집 골목으로 불리는 곳이다. 주변 200미터 안에 점집, 사주팔자, 관상, 타로 점집 등이 10여 채 붙어 있다. 미류의 신당은 그중에서도 가장 후미진 장소였다. 그중에서도 가장 인기가 없었다.

그나마 자리를 잡은 건 만신 덕분이었다. 혼자 외따로이 있는 것보다 무속인 몰린 곳이 나을 거라며 한 자리를 알아준 것이다.

쌍골선사, 꽃신선녀, 대운사주, 멍석철학관, 부채신녀, 옥수부인, 타로 등 지겹도록 보던 간판과 신간대에 걸린 삼색천들은 아직도 머릿속에서 선명히 나부꼈다.

동시에 아픈 기억들도 마구 달려들었다. 점집 골목에서 미류는 소문난 사이비였다. 오죽하면 점집 골목의 무속인들이 간판 내리라고 협박을 할 지경이었다.

그 11년 전의 11년 전, 그러니까 미류의 나이 20살이 되었을 때다. 미대에 예비 번호로 합격했을 때의 일이다. 고1 즈음부터 발현된 이상한 현상이 더 심해져 버렸다. 먹기만 하면 토하고 잠만 들면 이상한 꿈을 꾸었다.

꿈에서는 늘 조상들과 어울렸다. 신들도 등장했다. 옥황상제도 있고 선녀도 있고 대감도, 장군도 있었다. 밤새 그들과 놀았다. 몸은 아프지만 진단은 나오지 않았다. 대학병원에서도 고개를 저었다.

〈스트레스성!〉

〈신경성!〉

가는 데마다 나오는 진단이 거기서 거기였다.

대학 2학년 들어 통증이 더 심해지자 어머니가 용하다는 박수무당을 찾아갔다. 그 사람이 바로 신아버지가 된 표승 만신이다.

내림굿을 받았다. 푸른 이끼가 두껍게 낀 돌담 아래였다. 잎이 홀수로 달린 신간대가 하늘을 향해 긴 목을 빼고 있었다. 신간대는 본시 세습무에서 주로 쓰는 것. 하지만 강신무에서도 더러 신의 하강로로 사용하기도 했다.

둥다당!

신간대를 따라 황 선생과 선모의 북, 장구 소리가 하늘로 메아리쳤다.

"어허!"

조상 모시는 축원문에 이어 신장을 모시기 시작했다.

표승이 물었다.

"무슨 신을 모시고 드느냐?"

"강감찬 장군을 모시고 듭니다."

되는 대로 대답했다. 실제로 장군 형상 비슷한 게 보이긴 했다.

"장군의 본색을 찾아오거라."

본색 찾기가 시작되었다.

표승은 단 하나도 허투루 지나치지 않았다.

용궁부인에 칠성할매, 고깔애기씨까지 갖다 대자 딴죽을 걸고 나섰다.

"신령이 온다고 넙죽넙죽 받지 말거라. 잡신이나 허깨비의 속임수일 수 있으니 신인지 허주인지 가려서 모셔야 할 것이다."

표승이 내린 다음 과제는 방울과 부채 찾기였다.

어찌나 단단하게 감췄는지 한 시간 가까이 걸린 일이다. 표승의 두 팔은 지지치도 않았다. 쉼 없이 사설 가락을 뽑아냈다. 굿판 위로 달빛이 선연했다.

쌔애애쌔애애!

달빛을 느낀 애월충들이 여기저기서 합창을 했다.

이날 내림굿은 산맞이굿으로 시작해 신청울림을 돌아 소슬굿으로 끝나는 과정이었다.

그 절정 중의 절정은 작두 타기였다. 강신무가 굿거리의 절반도 돌기 전에 미류는 졸렸다. 하품이 나왔다.

"허어, 역시나 잡신들만 몰려온 모양이구나."

허침밥과 부정을 방지하는 삼색 헝겊이 든 바구니를 던진 표승이 탁한 소리를 냈다. 벌써 네 번이나 거꾸로 떨어진 것이다.

그러다 마침내 비수 작두거리에 닿았다.

표승이 등을 밀지만 미류는 움츠릴 뿐이었다. 이유는 저승에서 알고 왔다. 작두 위에는 임자가 있었다. 표승도 그건 몰랐던 모양이다. 어찌어찌 전생신이 빈 시간에 작두를 탔다. 다시 생각해도 제정신이 아니었다. 굿판의 분위기에 눌린 것이다. 거기 서성이던 수비, 즉 꼬맹이 신들에게 꿰인 모양이다. 그렇지 않고서야 몸주도 받지 못한 주제에 어찌 작두에 올라갈 수 있었을까?

잡신들의 장난이 맞았다.

그날 표승은 허주굿을 제대로 했다.

다만 사방이 터진 곳이다 보니 고춧가루가 끼었다. 보신탕 먹은 만취한 주정뱅이가 느닷없이 굿판에 끼어든 것이다. 황 선생이 수습하긴 했지만 개운한 일은 아니었다.

어쨌든.

"신밥 먹을 팔자 맞아!"

작두에서 내려오자 표승이 말했다. 그렇게 표승 만신의 신아들이 되었다. 그러나 그뿐이었다. 얼떨결에 놀아준 작두 타기는 그게 처음이자 마지막이었다.

그래도 다른 일은 게을리하지 않았다. 솜씨도 나쁘지 않았다. 무속을 공부하고 무신도를 그리며 정진했다.

부적 공부와 제상 차림 어느 하나 허투루 하지 않았다. 부적 하나를 써도 원리부터 단단하게 공부했다.

일 년에 여섯 번밖에 없는 길일인 경신일이면 기일 제사 올리듯 만사 제치고 부적을 썼다. 효험은 개뿔도 없었다. 부정이 탔나 하고 아내 몸도 쳐다보지 않았고 손가락 끝을 잘라 피를 더해도 차이는 없었다.

굿상은 말할 것도 없다.

신의 하강로에 국화, 목단, 연꽃, 작약의 지화를 고이 세우고, 떡 접시에 다는 작은 신간에도 백화를 하나하나 말아 정성을 다했으며, 알록달록 지화도 아기 다루듯 조심한 미류였다. 신수와 관련된 목판으로 제장을 사용하는 것도 잊은 적이 없었다.

점술 역시 단주와 염주를 신줏단지처럼 정갈히 하고 살점과 엽전, 방울과 오색실까지 동원해 봤지만 신기(神氣)는 깨알만큼도 실리지 않았다.

"그렇게 쪼잔하니까 신이 안 오지. 좀 대범하게 해봐, 쫌!"

속 모르는 마누라는 그때마다 저주를 퍼부었다. 미류는 묵묵히 기도로 맞섰다.

'정성이 부족해.'

'하다 보면 되겠지.'

잡귀를 쫓기 위해 항마진언을 외우고 옥추경을 외웠다.

세월이 좀먹느냐고 누가 말했을까?

정말 모르시는 말씀이다. 세월은 좀을 먹으며 흘러갔다. 미류의 바람은 슬슬 변해갔다.

―글렀어.

―나는 안 되나 봐.

보다 못한 표승이 독립을 권했다.

표승의 세월도 같이 흘렀기 때문이다. 죽기 전에 신아들을 독립시키려는 배려였다. 뭔가 계기가 생기고 각오가 달라지면 신빨을 받을 수도 있다는 판단을 내린 것이다.

'작두가 안 되면 다른 신……'

무속의 신은 하나가 아니다. 하나만 모시라는 법도 없다. 좀 나간다 하는 무당은 조상신 10여 명을 모시는 경우도 허다했다. 그렇기에 작두를 내려놓고 그 많은 무신 중에서 하나라도 건져보려고 산제를 지내러 간 미류였다.

끼익!

버스에서 내렸다.

점집 골목에 닿았다. 사이비 점쟁이로 불리며 11년간 애를 끓이던 그곳이다.

대반전의 신당개업

〈쌍골선사〉, 〈꽃신선녀〉!

입구의 두 간판이 눈에 들어왔다. 이 점집 골목의 간판타자들이다. 그 뒤로 옹기종기 다른 간판들이 보였다.

〈대운사주〉, 〈부채신녀〉, 〈타로전문〉, 〈멍석철학관〉, 〈옥수부인〉…….

간판이 한눈에 들자 그 지긋지긋하던 악몽의 날들, 그날의 기억들이 칼바람처럼 스쳐 갔다.

아팠다.

죽었다 살아났어도 심금이 아팠다.

'두고 보자. 이번에는…….'

미류는 입술을 물고 걸었다. 특히나 〈타로전문〉 앞이 그랬다. 타로전문가 공길문. 백팔번뇌보다 더 많은 한이 맺힌 인간이기 때문이다.

철컹!

문을 열었다.

작은 마당을 지나 거실로 올라섰다. 신당은 산제를 지내러 가기 전에 차려둔 그대로였다. 다른 소소한 것들도 11년 전의 것이 맞았다. 어쩌면 칙칙해 보이기도 하는 유행 지난 옷들. 그래도 무척이나 반갑기만 했다.

벽에 찬란하게 걸린 온갖 무속신 무신도부터 걷어 내렸다. 그 자리에 전생신 무신도를 걸었다. 고이 합장을 올리고 신방울의 천부터 갈았다. 일반적인 신방울은 빨강, 파랑이 기본을 이룬다. 하지만 미류는 흰색, 검정에 회색을 더해 견고하게 묶었다. 전생신 스타일로 통일한 것이다.

절그렁절그렁!

기분 탓일까? 소리가 더 깊고 투박해진 느낌이다.

조금 후에 표승이 도착했다.

"산제는 잘 다녀온 게냐?"

그가 물었다.

"예."

"우담 할망은 지방에 큰 굿이 있어 당분간 보기 힘들고 매아당은 바빠서 못 왔다."

몇 마디 설명을 붙인 표승. 봉평댁이 내민 가방을 받더니 옷을 갈아입었다. 흰 꽃갓과 무복에 더한 전립 차림이었다. 그것만으로도 사람이 달라졌다. 아무에게나 갖다 붙이는 만신이 아니라 무속신들을 다 아우르고도 남을 듯한 포스가 우러나오는 표승이었다.

11년 전, 2005년…….

그때쯤부터 신빨이 빠지기 시작한 표승. 그러나 이때까지 그는 여전히 대한민국 현존 3대 만신으로 꼽히는 거물급 무당이었다.

"새로 들인 몸주시냐?"

무신도를 보며 표승이 물었다.

"예, 제가 모시는 전생신이십니다."

"전생신?"

"예."

미류가 대답했다.

전생신!

삼신도 아니고 전생신이라니. 일반 무당들이 잘 모시지 않는 신이다. 더구나 미류는 박수무당이니 보통은 대신할미나 불사할미, 선녀보살, 동녀신 등이 주로 접신하는 법.

표승은 탓하지도 되묻지도 않았다. 신아들이라도 접신하는 능력은 다를 수 있었다. 더구나 현재의 미류라면 저 말미 서열의 신이라도 그저 강신해 주기만을 바라는 그였다.

그로부터 얼마 후에 신당개업 굿이 시작되었다. 아니, 되돌아온 11년 전이니 재신당개업으로 보는 게 옳았다.

"만신 어른, 준비 끝났습니다!"

봉평댁이 문밖에서 소리쳤다.

"자, 그럼 시작해 볼까?"

재비로 불려 온 황 선생이 장고 채를 들었다. 신아들의 신당에 축원이 깃들게 하기 위해 은퇴한 그를 불러온 표승이다. 기는 좀 쇠했다지만 북과 장구재비로 그 이상인 사람이 없기 때문이다.

미류의 한 손에는 신방울, 또 한 손에는 삼선불이 그려진 부채가 들렸다. 철릭은 검은색을 안으로 입고 훤한 흰색을 밖에다 덧걸친 차림이다. 봉평댁이 준비한 건 홍철릭이었지만 미류가 바꿨다. 무복은 모시는 신에 따라 갖추는 것이니 그게 옳았다.

마당에서 신당의 입구까지는 흰 무명과 검은 무명이 신의 하강로로 이어져 있었다.

미류의 무복과 매치되니 기묘한 분위기가 연출되었다.

둥다당!

마침내 굿판이 시작되었다.

꿀꺽!

마른침이 넘어갔다.

당장 두 가지 걱정이 생겼다. 하나는 공수였다. 개업 굿을 열었으니 영험한 공수 한 번쯤은 던져줘야 앞길이 열린다. 지난번 개업식 때도 그랬다. 그때 본 두 명의 손님. 하나는 대충 눈칫점으로 넘어갔지만 두 번째 점사에서 임자 만나는 통에 가시밭길을 시작한 미류였다. 하지만 아쉽게도 미류의 몸주는 아직 가계약 단계. 이런 자리라고 사정 봐서 강신할 분은 아닌 것 같았다.

또 하나는…….

사실 미류는 그게 더 걱정이었다.

논산 아줌마의 아들에게서 겪은 일 때문이다. 만약 손님 중에 추악한 전생륜을 가진 사람이 있어 이 자리에서 또 다른 비극을 만들어낸다면? 혹은 말도 안 되지만 스승 표승이나 그 식술들에게 전생륜이 떠서 그들을 사지로 몬다면?

'어억!'

머리가 복잡해지기 시작했다.

둥둥다당!

황 선생의 북소리가 높아졌다. 왼손엔 열채를, 오른손엔 궁굴채를 쥐고 북을 후린다. 심금 두드리는 소리의 질이 여느 재비와 다르다. 굼뜬 선모가 그에게 배웠지만 함께 앉으면 허당과 프로의 차이가 무엇인지 한눈에 보일 정도이다.

짤랑!

신방울이 허공에 궤적을 그리더니 표승 만신의 신당개업 축하 굿거리가 시작되었다. 구경 나온 사람들은 숨을 죽인 지 오래였다. 구경꾼들 사이로 아는 얼굴들이 많아지기 시작했다. 점집 골목의 쌍벽이라는 쌍골선사와 꽃신선녀가 보인다. 그리고 이 골목의 '무속 군기 반장'을 자처하는 타로 공길문도 등장했다.

"……!"

놈의 상판대기를 보는 것만으로도 스트레스 호르몬이 우상향 곡선을 그리며 머리카락을 삐쭉 세웠다.

'기왕이면 저놈 머리에 천하비참 전생류가 떠서 뽀작을 내주면 좋을 텐데…….'

흰 갓의 챙 사이로 소망해 보지만 그의 머리 위에는 시원한 하늘뿐이었다. 그 못지않게 미류를 무시했던 쌍골과 꽃신도 마찬가지였다.

둥다다당!

그사이에 굿은 멀찌감치 나가 있었다. 황 선생의 북소리는 앞서는 듯 뒤서는 듯 날아다니며 만신을 무아의 세계로 이끌었다. 그 처음은 당연히 주당물림이다. 잡귀를 간단하게 몰아낸 표승 만신의 입에서 인간 세상 저편의 소리인 듯한 비음이 새어 나왔다.

"홍으응어어웅!"

만신의 신어들이 반복되는가 싶더니 장구 소리가 훌쩍 높고 빨라졌다.

"천상옥경, 천존신장, 천상옥경, 태을신장, 삼태칠성, 제대신장……."

표승은 초부정거리로 내달았다. 그의 신통력을 높여주던 모든 신의 이름을 마다하고 미류가 알려준 신 이름으로 마무리를 했다.

"정성을 드리나니 신령님 오십사 청배하나이다. 전생신이시여!"

미류는 무릎을 꿇은 채 허리를 접고 또 접어 절을 올렸다. 그때마다 이마가 땅에 닿았다. 팔을 벌렸다가 모았다. 정수리를 여는 동작이다. 신은 어깨와 정수리를 통해 들어오는 것이니 이미 전생신을 들였지만 하나의 예법으로 따랐다.

둥당당!

잠시 가락이 쉬는 사이 만신은 신명상 위에 놓인 아홉 개의 종지를 향해 성큼 다가섰다. 그는 그것들을 미류의 머리와 어깨에 부었다. 쌀과 참깨, 콩 따위가 옷을 타고 흘러내렸다.

"……!"

지화로 알록달록한 흰 고깔을 쓴 미류는 제상 앞에 있었다.

"휘어아이아으이!"

당쿵당쿵쿵!

북소리와 함께 마침내 표승의 목소리가 마른번개처럼 하늘을 찢으며 울려 퍼졌다. 원래는 작두날을 어를 시간이었다. 봉평댁이 나서 버선을 벗기고 발을 씻길 시간이었다. 혀로 작두날을 얼러 살(殺)을 빼고, 삼각으로 접은 한지를 물고 작두를 밟을 시간이었다.

그러지 않았다.

준비한 작두를 치운 것이다. 그 또한 미류가 미리 부탁한 일이다. 작두를 타려면 몸에 신장신쯤은 들어야 가능할 일. 그러나 미류의 신은 갈래가 완전히 달랐다. 거기에 더해 전생신도 원치 않는 일이다.

'신방울이나 부채면 충분해!'

그건 일단 매우 고마운 허락이었다. 그래서 흔들었다. 미치도록 방울을 흔들었다.

절렁절렁절겅!

"어흐아이이!"

신음 같은 공명을 울리던 표승이 향한 곳은 진설상 아래였다. 그 아래에서 박으로 만든 누런 바가지를 꺼냈다. 안에는 메 지을 쌀이 흰 창호지에 덮여 있었다.

마당으로 가져온 표승이 창호지를 열었다. 원래는 죽은 사람의 넋을 체크하는 일. 누군가 죽어 저승에 가지 못하고 짐승이 되어 떠돌면 그 발자국이 찍히는 것. 그런데…….

"……?"

바가지를 본 표승의 눈에 쩌억 충격이 가해졌다.

〈大通〉

쌀 위에 찍힌 글자는 대통이었다. 운수대통할 때의 그 대통. 아주 선명한 한자였다.

"얼쑤, 신께서 네 정성에 응답하시는구나."

표승은 미류가 아니라 구경하던 사람들에게만 쌀바가지를 내보였다.

"어이구, 용한 무당 나나 보네."

"그러게. 굿판 구경 좀 해봤지만 저런 건 처음 보네."

구경꾼들이 중얼거렸다. 골목 무속인들의 눈도 휘둥그레졌다. 그들도 현존 3대 만신으로 불리는 표승의 이름 두 자 정도는 알고 있기에 긴장하는 기색이 역력했다. 자칫하면 밥그릇을 뺏길 수도 있다는 긴장감 때문이다.

"전생신 맞으러 갑니다."

미류를 향해 돌아선 표승이 물었다.

"네 신이 전하는 글자를 말해보거라."

'글자?'

내 신?

내 신은 전생신.

오래 생각하지 않았다. 11년 전과는 달리 이제는 몸주가 누군지 명쾌하게 아는 미류였다. 전생신은 미류를 살려주었다. 그의 뜻을 살포시 공개하기도 했다.

꿀 한번 빨게 해주마!

덕분에 이 자리로 다시 돌아왔다. 그렇다면 원하는 단어는 하나뿐이었다.

쩔렁쩔렁쩔렁!

미류의 방울이 소리를 높이기 시작했다.

'신방울이나 부채면 충분해!'

그가 말했다. 그랬기에 무아지경으로 흔들었다. 방울은 소리의 폭포를 이루며 마당을 촘촘히 채워 나갔다. 사람들의 귀 하나하나, 마당의 구석구석을 다 채웠다고 생각했을 때, 미류는 벼락처럼 소리를 끊어내며 한마디를 토했다.

"大通!"

대통!

정말이지, 한번 보란 듯이 성공하고 싶었다. 남들에게 뻐기고 으스대고 싶어서가 아니라, 기왕에 들어선 길이니 최고가 되어보고 싶었던 것이다.

단어를 들은 표승이 대통이라고 한 번 복창한 후 쌀을 미류의 머리 위에서 가지런히 부었다. 그러자…….

"……!"

이번에도 놀라운 일이 일어났다. 미류의 발아래로 쏟아진 쌀알도 大通이라는 글자를 이루었기 때문이다.

"우우!"

구경꾼들은 일제히 물러서며 놀라움과 경탄을 쏟아냈다.

"전생신령, 전생신장, 전생대감, 전생할미, 전생동녀……."

노련한 만신 표승도 뒷목이 뻣뻣해지는 걸 느꼈다.

이제야 애동제자가 제 그릇을 만들어 가는가? 꽃갓 사이로 비치는 표승의 눈에 눈물이 어리는 게 보였다. 미류의 성공을 자기 일보다 기뻐하는 그였다.

신당으로 들어선 표승은 뒤따라온 미류가 단정히 앉는 사이에 소나무 가지를 들었다. 그곳에 청수(淸水)를 축여 미류의 머리에 뿌렸다. 정갈한 물로 잡신을 씻어내고 몸주에게 신당을 연다는 보고를 올리는 것이다.

"어제, 오늘, 내일의 정성을 모아 전생신께 비나오니……."

표승은 명부시왕과 초강대왕의 눈빛으로 마당을 내다보며 축원으로 뒤풀이를 마감했다.

"여기 모인 모든 분 댁내 만수무강하소서, 입신양명하소서, 무병장수하소서, 부부화합하소서, 가내화평하소서, 일마다 소원성취하게 해주소서!"

"예에!"

"얼쑤!"

구경하던 여인네 몇이 입을 맞춰 호응했다.

숨을 돌린 표승이 미류의 어깨를 두드려 주었다.

둥두르르르르르르르르당당, 당!

황 선생의 궁굴채도 마지막 소리를 끊어내며 멈췄다. 굿판이 끝난 것이다.

만신의 신당개업 굿!

만신이 제자에게 베풀어주는 잔치이자 축제였다.

"우리 미류 법사님, 이번 산제에서 죽을 각오로 접신하셨나 보네? 대박이야, 대박!"

둥둥다당!

신명 오른 황 선생이 궁굴채를 흔들며 좋아했다.

"아유, 그러게요. 내가 다 속이 후련하네."

조무로 따라온 봉평댁까지 싱글벙글한다.

"축… 하… 해."

말을 더듬는 선모도 눈시울을 붉혔다. 셋은 오랜 시간 미류와 생활하며 지켜본 사람들. 그렇기에 표승만큼이나 애를 태우던 바다.

"자, 우리 미류 법사님 신당 개시인데 어떤 분이 일착으로 공수를 받으시려우?"

표승 만신이 구경하던 여인들을 바라보며 물었다.

"……!"

올 것이 왔다!

굿판이 끝난 후의 첫 공수.

미류가 긴장하기 시작했다. 신빨 날린 굿판이었다. 신이 강신한 것이다. 그런 공수는 따질 것도 없이 영험하다. 소위 족집게가 나오는 것이다. 하지만……

하지만 미류의 속은 속절없이 타들어갔다.

"내가 할라요."

"무신 소리! 나가 찜했당께!"

"에이, 난 나흘 전부터 만신 어른께 선예약이에요."

쌀의 신비를 본 손님들이 제상으로 뛰었다.

누구는 돼지 코에 돈을 꿰고, 누구는 부채 위에 돈을 놓았다. 신단 위에 봉투를 놓는 사람도 있었다. 무속이 쇠퇴하는 요즘에 보기 힘든 광경이다. 모든 게 표승 때문이다.

"받으셔야지?"

표승이 미류에게 물었다.

"피곤해서 다음에 하면……."

미류는 힘에 겨운 척 최상의 전략을 택했다. 전생신의 호의로 새 생명에 새 기회를 얻었다지만 아직은 여전히 선무당이 아닌가?

'신빨이 오르면 귀신점이요, 명기가 떨어지면 눈칫점…….'

세상 무속인의 두 타입이다.

그러나 다시 태어나 열게 되는 신당이었다. 지긋지긋한 길을 걸어 간 눈칫점으로 같은 길을 시작하기는 싫었다.

"아이고, 우리 젊은 법사님, 그러지 마시고 저 좀 봐주세요."

맨 처음 돼지 코에 돈을 꿴 손님이 절룩거리며 다가왔다. 순간, 미류의 눈동자가 뜨끈해지는가 싶더니 그 사람의 머리에…….

"……?"

피었다.

〈전생륜!〉

'으억!'

놀란 미류가 엉덩방아를 찧었다.

"산제를 치르느라 기력이 많이 상했구나. 다음으로 미루는 게 좋겠다."

표승이 다가와 낮게 말을 건넸다.

미류를 잘 아는 표승이다. 새 신령을 들였다지만 그도 잘 모르는 신인 터. 그렇기에 무리하게 권할 수 있는 입장도 아니었다.

"한 분만 보겠습니다."

미류는 쓰러진 채 엉거주춤 전생륜이 핀 손님을 바라보았다.

'이휴우!'

말을 하면서도 긴 한숨이 새었다. 눈썰미 하나는 쓸 만하던 미류. 암기력도 나쁘지 않아 길고도 긴 서사 무가도 바로 외워대던 머리이다. 그랬기에 전생신의 말을 잊을 리 없었다.

〈미션을 피하면 환생이고 나발이고 꽝〉

'그럴 수는 없지.'

미류는 멋대로 와들거리는 척추를 달래며 중년의 손님을 바라보았다.

'검은색 전생령……'

이미 한 번 경험한 미류이다. 바늘구멍보다 어려운 사법 고시에 합격한 예비 판사의 운명을 구렁텅이로 밀어놓고 온 미류이다.

더구나 여기는 자리가 자리였다. 표승이 축원을 내린 개업 신당. 골목 무속인들이 죄다 미류의 신빨을 보려고 나온 판이다.

이렇게 되면 11년 전의 그날이 그나마 나았다. 그때는 어떻게 얼버무릴 수라도 있었다. 하지만 오늘 주어진 건 전생륜이었다.

전생륜…….

결국 우려하던 일이 터졌다.

이번에는 어떤 일이 벌어질 것인가?

이런 자리에서 손님의 해원을 들어주기는커녕, 비방(秘方)의 공수를 내주기는커녕 지옥의 절망을 안겨준다면? 늙은 스승의 가슴에 비수를 박는 일이다.

그렇다고 피할 수도 없었다. 손님들을 그냥 돌려보냈으면 모르되 눈으로 전생륜을 본 이상 비껴갈 방도도 없었다.

'에라!'

내가 죽을 판에 뭔들 못 하랴. 미류는 그런 심정으로 벌떡 일어났다.

"어디 보자. 이리 와 앉거라."

신당에 좌정한 미류가 중년 손님을 향해 높게 뒤틀린 소리를 냈다.

지금은 접신 중. 그렇다면 미류가 신이었다. 신의 위엄을 뿜어야 했다.

"아이고, 우리 법사님!"

아줌마는 절룩절룩 들어서더니 장탄식으로 고개를 조아렸다. 걷는 모양이 무릎뼈 마디에 고질 잡신이라도 단체로 몰려든 형국이다.

절경!

"네 무슨 고민으로 우리 전생신을 찾아왔느냐?"

방울을 한 번 흔들고 물었다.

"젊은 날부터 온 마디가 쑤시는데 병원에서 물리치료를 해도, 침을 맞아도 그때뿐 영 효험이 없습니다. 남편이라는 인간은 허구한 날 처먹고 놀고 건사해야 할 자식들은 많은데 몸뚱어리 하나뿐인 년, 불쌍히 여겨 이놈의 골수에 맺힌 통증 좀 베어 가주세요."

"골수에 맺힌 아픔이라?"

"예……"

"남편은 먹고 놀고 부양할 자식은 많고?"

"그 인간이 또 애 낳는 재주는 좋아 살만 닿으면 애가 생기니 어쩌겠습니까? 제가 쓰러지면 집안에 줄초상 날 판입니다."

"어허, 신령님 앞에서 못 하는 소리가 없구나."

여기까지는 좋았다. 강철이라도 뚫을 듯 전생륜을 바라보는 미류. 아줌마의 전생륜은 희미하다 못해 흩어지기 직전의 안개 같아서 보고 또 봐야 검은색을 골라낼 지경이었다.

'부적을 써서……'

재수 옴 붙은 검은색 전생령이 나오는 걸 막으면? 유혹이 굴뚝같지만 고개를 저었다. 그만한 실력도 없지만 이 부적 저 부적 써서 상황 바꿀 생각 말라고 일침을 놓던 전생신이다.

이렇게 되면 방법은 한 가지. 그저 싹싹 비는 수밖에.

'제발······.'

접신을 바랄 때보다 간절하게 원했다. 혹시라도 앉은뱅이나 앞 못 보는 장애령 같은 게 나오면 그만한 낭패가 없을 일이었다. 제 발로 들어온 손님이 업혀 나간다면 잘 끝난 굿판 산통 깨는 일이 아닌가?

"······?"

검은색 전생령을 바라보던 미류는 눈을 두어 번 끔벅거렸다. 검은 물결 속에서 일렁인 건 우람한 황소를 닮은 검투사령이었다. 검투사령은 목숨을 걸고 싸워 받은 품삯으로 가족을 먹여 살렸다.

그 옆의 생은 아버지 재산으로 계집이나 후리며 놀고먹는 한량 선비령, 또 그 옆은 아홉 가족을 위해 짐수레 끄는 일꾼령. 이 아줌마는 몇 생을 반복해서 가족을 부양하거나 혹은 반대로 후려먹는 대조의 생을 반복하는 모양이다.

'황소 같은 뚝심의 검투사령!'

그가 철퇴를 휘두르며 상대를 향해 돌진하고 있었다. 힘 하나는 천하무적이다. 철퇴를 막는 상대의 방패는 박살이 나고 있다. 그는 지칠 줄도 몰랐다. 정말이지, 미친 황소 한 마리가 거기 있는 것만 같았다.

이 전생령을 밀어 넣으면 황소라도 되는 걸까?

움머어?

미친 황소?

'설마?'

해보면 알겠지.

"당신 무릎은 죽은 할머니가 차지했어. 쇠몽둥이 맞아 으스러진 듯 삭신이 아파 죽겠지? 이건 병원도 필요 없어. 보약도 안 돼. 우리 전생신님께서 그 고질병, 시원하게 씻어 가주실 거야."

미류는 귀신의 입김 쏘인 소리를 내며 전생륜의 회전을 세웠다. 그리고 검은색 전생령을 뽑아냈다.

"위휘이후위이!"

분위기를 맞추기 위해 비튼 신음을 낸 미류는 미친 듯이 방울을 흔들고는 두 손을 비벼대는 아줌마의 정수리에 검투사령을 밀어 넣었다.

쩔렁쩔렁!

방울 소리가 높아졌다.

절렁절렁!

점점 높아졌다. 이 또한 전생신이 원한 일이다. 팔이 부러져라 흔들어댔다. 제발 초만 치지 말아주세요. 빌고 또 빌면서.

"……?"

절렁!

방울 소리를 끊어냈다. 아줌마에게서 조짐이 왔다. 전생령에 감응한 모양이다.

"웩!"

허얼!

이 아줌마 좀 보소. 단말마와 함께 고개를 발딱 들어버린다. 미류의 눈도 덩달아 커졌다. 아줌마는 온몸을 부르르 떨더니 벌떡 일어섰다. 그러고는 제자리에서 경중경중 무릎 도약을 했다.

"아이고, 신통도 해라. 신령님 용력을 여기다 박아주셨나? 날아갈 것만 같네. 날아갈 것 같아요!"

아줌마는 오두방정에 버금가는 기쁨을 표하며 관절을 움직여 보았다. 조금 전까지 뼈마디를 절던 아줌마는 언제 그랬냐는 듯 무릎을 개다리처럼 휘저으며 디스코까지 찔러댔다.

"아이고, 신령님, 고맙습니다. 고맙습니다아!"

아줌마는 미류를 들쳐 업고 신당을 나와 작은 마당을 돌았다.

"보세요! 내 다리가 나았어요! 하나도 안 아프다고요!"

소리까지 꽥꽥 질러대는 아줌마였다.

짝짝짝!

여기저기서 박수가 터져 나왔다.

그때 아줌마 머리 위로 운명창이 나른하게 떠올랐다.

[가정운 00 00%]

"……!"

눈알이 터져라 힘을 주며 쏘아보았다. 논산 아줌마 아들에게서 본 학벌운이 아니고 가정운 창이었다. 뒤는 처음과 같았다. 주르륵 공백이다.

"애고, 저 용한 공수를 내가 받았어야 하는데……"

미류의 정신은 구경꾼들 애간장 녹는 소리에 제자리를 찾았다.

"신빨이야?"

"저게 말이 돼요? 꽃신 누님 정도면 몰라도… 짜고 치는 고스톱 냄새가 좀 나네?"

골목 무속인들이 속닥거렸다. 타로가 주동이다.

오냐, 이 자식!

매를 벌어라.

미류는 타로에게 꽂힌 시선을 겨우 거두었다.

그사이에 미류를 내려놓은 아줌마는 넙죽 큰절까지 덤으로 붙였다.

"고맙습니다, 전생신령님! 고맙습니다, 미류 법사님!"

아줌마가 축원을 하는 사이에 미류는 전생신 무신도를 바라보며 안도의 숨을 내쉬었다.

"휴우우우우!"

길고 긴 한숨이었다. 다행히 이번 결과는 나쁘지 않았다.

'신당개업이라고 봐주신 건가? 고맙습니다, 전생신님.'

어쩌면 피바람까지도 각오한 미류였다. 그런데 좋은 결과가 나왔다. 이건 신이 제대로 내린 무당이 아니면 이끌어낼 수 없는 공수였다. 무엇보다 검은색 전생령이 꼭 나쁜 결과만 만드는 건 아니라 다행이었다.

하지만 그것으로 끝이 아니었다. 그만 파하려 할 때 다른 중년 부인이 미류의 다리를 부여잡은 것이다.

"법사님, 저도 좀 살려주세요."

목과 귀, 팔목에 부귀를 휘감은 부인. 좀 천박해 보이기는 하지만 부자인 건 확실해 보였다.

"한 번만 부탁드립니다. 복채는 얼마든지 드릴게요."

"……!"

부인은 아예 엉겨 붙어 떨어지지 않았다.

"다음에… 다음에요."

"애고고, 안 됩니다. 공수 주시는 김에 자비 좀 부탁드려요!"

"이러지 마시고… 오늘은 우리 전생신께서 여기까지만 하라고… 제가 약속드리죠. 다음에 1번으로 예약을……."

"안 돼요. 못 갑니다. 안 봐주시면 여기 누울 겁니다. 꼼짝도 안 할 거라고요."

부인은 아예 엉덩이를 땅에 붙여 버렸다.

난감했다. 본래 신점은 예약을 받는 것. 하지만 영험함을 확인한 탓에 무데뽀로 나오는 부인이다. 부인을 달래며 슬쩍 얼굴을 바라보았다. 전생륜은 없었다. 겨우 위기를 넘긴 미류. 다시 눈칫점을 봐야 할 판이다.

악몽이 스쳐 갔다.

11년 전에도 비슷했다.

그날 본 딱 두 명의 손님.

그때도 첫 손님은 눈칫점으로 때웠다.

"용하네!"

손님은 고개를 끄덕이고 돌아갔다. 하지만 이어진 두 번째 판에서 신빨이 뽀록나 망신살이 뻗친 미류였다.

'죽어도 못 봐.'

첫 공수는 행운이었다. 논산 아줌마의 집에서 일어난 일과 달리 좋은 결과를 낸 것. 하지만 행운이라는 놈, 그렇게 자주 오는 게 아니었다. 그러니 눈알이라도 뒤집어 신빨이 너무 센 척 기절을 해서라도 피할 생각이다.

그런데 미류가 궁리를 짜는 사이에 부인이 밖을 향해 멋대로 고함을 질렀다.

"이놈아, 뭐 해, 빨리 와서 법사님께 매달리지 않고?!"

미류는 부인의 목청을 따라 시선을 들었다. 손님들도 그랬다. 여러 사람의 시선이 향한 곳에 검은색 스포츠카가 멈춰 있다. 부인은 그 차의 문을 열고 날라리 하나를 끌어 내렸다.

"아, 씨발. 쪽팔리게 진짜……."

손가락 굵기의 금목걸이를 걸친 날라리가 짜증을 폭발시켰다. 20대 후반의 우람한 체격이다.

"뭐, 쪽팔려? 너 엄마 죽는 꼴 볼래? 빨리 못 와!"

"에이씨, 저번에는 땡중이더니 또 어떤 인간이 우리 엄마 허파에 바람 넣은 거야? 어떤 년이야?"

마당에 들어선 날라리는 눈알을 부라리며 기세를 올렸다.

"웜메? 이제는 여자도 아니고 남자?"

미류를 본 남자는 어이가 없다는 표정을 지었다.

"너냐? 우리 엄마 꼬셔서 돈 뜯어먹는 무당 새끼가?"

날라리는 다짜고짜 미류의 멱살을 거머쥐었다. 천하 불한당이 따로 없었다.

"이놈이 미쳤나? 어디서 감히 법사님 멱살을 잡아? 천벌받기 전에 그 손 못 놔?"

부인이 날라리를 잡고 늘어졌다.

"너 한 번만 더 우리 엄마 꼬드기면 내 후배들 시켜서 손모가지 빠쑤고 이 집도 쪼샤 삐린다. 알굿나?"

날라리는 미류의 멱살을 마구 흔들어댔다. 보다 못한 선모가 달려들어 멱살을 풀었다. 힘으로는 누구에게도 지지 않을 선모였다.

"애고, 저 꼬라지하고는……."

"완전히 망나니네, 개망나니."

손님들이 손가락질을 하는 사이, 미류는 얼어붙고 말았다. 목이 아파서가 아니었다. 수치심 때문도 아니었다. 눈알을 부라리던 날라리의 머리 위, 거기에 희미한 빛이 아른거린 것이다.

"……?"

푸허얼!

전생륜 추가!

그걸 알리는 빛이다.

"애고애고, 법사님, 우리 아들 한번 살려주십시오. 이놈이 사업에 재주가 있는 거 같아 밀어주었는데 귀신에 씌었는지 처음만 조금 빤하다가 손대는 일마다 망조라 엎어지고 자빠지고 깨지니……."

"부인, 사정은 알겠지만 신당 앞에서 이 무슨 무례입니까?"

보다 못한 황 선생이 나서는 순간.

"봐드리죠."

미류의 허락이 떨어졌다. 이 또한 피해 갈 수 없는 일이었다.

"아이고, 고맙습니다, 법사님. 이놈아, 뭐 해? 그 손 놓고 어서 절 드리지 않고!"

애간장을 졸이던 부인이 아들의 두툼한 목덜미를 눌렀다.

"아, 진짜 엄마는 왜 이런 사기꾼 새끼들한테 놀아나요? 요즘 세상에 귀신이 어디 있고 점 같은 거 봐서 뭐한다고."

"됐으니까 어여 들어가. 이 어미 소원 한 번만 들어다오."

"못 가!"

아들이 버텼다.

"그럼 나도 더 이상 사업 자금 안 대줄 테니까 알아서 해."

부인도 비장의 무기로 받아쳤다. 돈보다 더한 무기가 어디 있을까? 날라리는 마지못해 부인의 협박을 받아들였다.

"들어오너라."

미류가 먼저 신당으로 들어섰다. 연달아 두 번 등장한 전생륜. 그렇다고 피해 갈 처지도 아닌 상황이다. 기왕 이렇게 된 거라면 빨리 끝내기로 마음먹었다. 매도 미리 맞는 게 속 편하지 않은가.

"씨발, 분위기 존나 구리네. 뭔지 모르지만 빨리 보기나 하셔!"

반갑지 않은 이심전심이다. 날라리는 있는 건방을 다 떨며 신당에 앉았다.

쩔겅!

미류는 전생신 앞에서 신방울을 흔들었다.

'신당개업하는 자리에서 열두 명 시험을 다 끝낼 작정이신가?'

전생신 무신도를 향해 마음으로 물었다.

"……!"

대답하지 않는다.

'좋습니다. 망하든 흥하든 마음대로 하세요.'

"……!"

그래도 대답은 없다.

쩔렁!

허공을 방울 소리로 가르며 돌아섰다.

"그래, 네 무슨 일로 우리 전생신의 영험함을 얻으러 왔느냐?"

부인을 향해 칼칼한 목소리를 토해냈다.

"이놈이요, 제 아비 죽은 후로 집안을 거덜 내고 있습니다. 아무 사업이나 덥석 물어서 허구한 날 돈을 뭉치로 날리고 있으니 남편 묘를 잘못 쓴 건지 이놈에게 귀신에 씐 건지 제발 좀 살려주세요."

"뭘 잘못 처먹었구나?"

"그런 것도 같습니다. 제가 시골 상가에 다녀올 때 거기 아이들이 장난삼아 제 가방에 떡을 넣어두었어요. 해서 버리려고 식탁에 꺼내 두었는데 저놈이 술 먹고 들어와 날름……."

'동티다!'

감이 왔다.

예나 지금이나 상가는 늘 조심해야 할 곳. 그곳에서 가져온 음식을 먹었으니 상문잡신이 쓰인 모양이다. 동티는 재앙과 질병을 유발하는 부정적인 것들의 통칭이다. 정신적인 것부터 물질적인 것까지 망라하고 있다.

간단히 말하면 악귀를 건드리거나 신의 노여움을 사서 재앙과 질병을 불러일으키는 일이다. 선무당 11년에 이론은 대충 빠삭한 미류. 그러나 영험함이 없으니 퇴치할 방법이 없었다.

전 같으면 이 비방, 저 비방에 온갖 부적이라도 들이대 보련만 전생신은 오직 시키는 일만 주문하지 않았는가.

'할 수 없지.'

일단 축귀경부터 외웠다.

"나무동방삼지축귀신… 나무남방삼지축귀신… 옴 급급여율령 사바하!"

축귀경은 떠돌이 잡귀를 쫓는 경문. 으슥한 밤길을 걸을 때에도 유효하다.

"신령님, 신령님, 그저 우리 아들에게 쓰인 유흥귀신, 실패귀신, 나태귀신, 무례귀신 좀 싹싹 몰아내 주십시오."

부인이 경을 따라 손바닥이 터져라 빌어대지만 아들은 그 순간에도 나름의 과학 정신을 발휘하고 있었다.

"아, 진짜… 마더, 이거 다 사기라니까. 이런 미신에다 바칠 돈 있으면 나나 주던가?"

오냐!

미류의 눈에 힘이 빡 들어갔다. 이런 개차반이라면 불행 막심한 전생령이 걸려도 대환영할 일이다.

뭐가 좋을까?

'노숙자가 되어 배를 쫄쫄 굶는 거지령?'

약해!

'온갖 질병에 걸려 오늘내일 골골하는 만성병자령?'

그것도 약해!

'성병에 걸려 고름 눈물 줄줄 흘리며 고추가 썩어가는 색병령?'

음, 그거라면…….

"이놈이 어디서 부정 타게. 고개 숙이지 못해?"

부인이 아들의 머리를 다시 눌렀다. 그 머리 위로 희미하게 맴을

도는 전생륜. 논산댁의 아들과는 아주 달랐다. 이 인간은 싸가지 상실에 탐욕으로 물든 인간.

'그래서 전생륜도 그 꼬라지를 닮은 건가?'

미류는 제발 최악의 전생령이 걸려들기를 고대하며 시선을 바르게 세웠다.

'크어억!'

첫 번째 전생령을 본 미류는 기가 막혀 말도 나오지 않았다. 첫 주자가 거상이었다. 중세 대륙에서도 제일가는 상단의 거상. 밥상도 아니고 거상이라니?

숨을 고르며 다음 령으로 옮겨 갔다. 다음도 어이 상실할 정도로 좋았다.

조선의 만석꾼!

다음도, 그다음도 돈을 긁어모으는 삶이 이어졌다. 아프리카의 금광 주인, 중국의 거대 포목상 주인. 아무리 눈을 씻고 봐도 개고생을 시킬 전생령이 없었다. 이 인간, 전생이 진심으로 부러웠다. 조금씩 다르지만 재물의 최고봉을 만끽하는 삶이 아닌가?

'크허얼!'

어찌 이런 일이!

전생신님, 취향 한번 독특하셨다. 그래도 살인자령이나 정신병령, 문둥병령 같은 것보다는 나았다. 마음에는 안 들지만 신당개업판을 망칠 걱정은 줄어드는 일이다.

미류는 검은색 전생령을 집어 들었다. 다른 삶에 비해서 조금 처지지만 그 역시 전의(錢意)에 불타는 상인령이었다.

"움직이지 마라!"

쩔렁쩔렁쩔렁!

칼칼한 소리로 분위기를 잡은 미류가 방울 소리를 높이며 날라리의 정수리에 전생령을 대었다. 바로 감이 왔다. 까칠하게 팔딱거리던 날라리의 눈빛이 풀어진 것이다. '에이씨'까지 발음하던 입술도 얌전하게 멈췄다.

"네 행실을 보아하니 저승 제1대왕 진광대왕의 입안에 밀어 넣어 염화지옥에 더불어 삼재팔난을 안겨주어도 시원치 않을 것이나 네 어미의 정성이 갸륵해 잡귀를 거둬 가노라!"

미류는 그럴싸한 공수와 함께 전생령을 밀어 넣었다.

"우버버버!"

날라리는 신음과 함께 거품을 뿜으며 넘어갔다.

"……?"

부인은 아들과 미류를 번갈아 바라볼 뿐 어쩌지를 못했다. 아들을 건드렸다가는 부정이 탈 것 같았기 때문이다. 날라리는 미친 듯이 발광했다. 신당 벽을 들이받은 그가 마당으로 훌쩍 뛰었다.

"접신이다!"

구경꾼들이 놀라 물러섰다.

표승과 황 선생 등도 놀라는 기색이다. 하지만 둘은 굿판의 백전노장. 우묵한 눈으로 미류를 바라볼 뿐이다.

"우억, 우억!"

날라리는 마당에 웅크린 채 진저리를 쳐댔다. 어찌나 격렬하게 움직이는지 사지가 다 분리될 것만 같았다. 마당에 내려선 미류의 얼굴은 하얗게 변해 있었다. 피하고 싶던 순간을 리얼하게 보여주려는 것인가, 아니면……. 오만 가지 상념으로 뼈가 후들거릴 때 날라리가 발악을 멈췄다.

"웩!"

성난 악귀처럼 발딱 고개를 든 날라리의 눈. 그건 사람의 것이 아니었다. 시뻘겋게 물든 눈동자에서 핏물이 주르륵 쏟아졌다. 날라리는 제 눈알을 움켜쥐더니 사지를 뒤틀며 기괴한 절규를 토했다.

"꾸에엡!"

잠시 후, 눈알의 핏기가 멈추는가 싶더니 뭔가를 미친 듯이 게워내기 시작했다.

"웩, 웨엑!"

그가 게워낸 건 검게 변한 떡 덩어리였다. 그것도 부인이 가져온 딱 세 덩어리. 아직 형체도 선명한 상태였다.

"아이고, 법사님, 우리 아들 좀 살려주세요!"

그걸 본 부인이 눈알을 뒤집으며 비명을 쏟아냈다.

쩔렁쩔렁!

미류는 검은 떡을 향해 신방울을 흔들었다.

쩔렁쩔렁쩔렁!

미친 듯이 흔들었다. 할 수 있는 건 그것뿐이었다. 묻지도 따지지도 말라니 다른 방도가 없었다. 방울 소리는 동서남북 중앙의 오방을 울리더니 떡 위로 쏟아졌다. 떡 덩어리가 저절로 움직였다.

"우우!"

구경하던 사람들이 한 걸음 물러섰다. 떡은 잠시 흔들리더니 검은 연기와 함께 저절로 사라졌다.

"캘록캘록!"

순간, 밭은기침과 함께 날라리가 동작을 멈췄다. 구경꾼들도 따라서 멈췄다. 미류의 방울 소리도 딱 끊겨 있었다.

'어떻게 될 것인가?'

동티는 해결된 것 같았다. 전생령 덕분이다. 전생신의 신기가 들이

치자 동티의 원인이 알아서 긴 것이다. 영험한 신이라면 동티 정도 해결하는 건 문제도 아니기 때문이다.

하지만 가장 중요한 것이 남았다. 전생령으로 인한 변화. 날라리는 어느 편으로 갈 것인가? 미친 발작을 하며 미류를 개망신으로 몰고 갈 것인가, 아니면······.

부르르 머리를 털어낸 그가 눈을 떴다.

"······!"

미류의 눈이 휘둥그레졌다. 맛이 간 눈이 아니다. 뜻밖에도 차분하고 공손해 보였다.

'이히유우!'

얼음판 위에 서 있던 미류는 일단 안도의 숨을 내쉬었다. 차분하고 공손하게 변한 날라리의 눈빛. 그 눈빛 위로 또 새로운 운명창이 보였다.

[재물운 00 00%]

이번에는 재물운이다.

재물창 뒤는 여전한 공백.

공백 안에서 뭔가가 희끗 지나간 것 같지만 확인은 불가능했다. 순식간이었기 때문이다.

한 번도 아니고 세 번을 보게 되니 궁금증이 발동했다. 저 뒤에는 뭐가 있는 걸까? 뒤의 글자는 늘 저렇게 비어 있는 것일까? 운명창 자체에 서려오는 어떤 느낌도 마찬가지였다. 그 이면에도 뭔가 있는 것 같은데 보이지 않았다. 마치 총알처럼 달리는 차 안에서 스쳐 가는 이정표를 보는 듯······.

'저 안을 볼 수만 있다면······.'

[학벌창]

[가정창]

[재물창]

세 개의 운명창을 한 군데로 떠올리니 궁금증은 몇 배로 늘었다. 그러나 그림의 떡이었다. 지금은 그저 전생신의 인도대로 따라가는 수밖에.

물을 한 모금 들이켠 날라리가 차분한 소리로 부인에게 입을 열었다.

"어머니, 여기가 어디죠?"

"재욱아?"

부인은 눈물범벅이 된 얼굴로 아들을 안았다.

"머리가 아파요. 집에 가요."

"아이고, 우리 아들. 제정신이 돌아왔구나, 돌아왔어."

"어머니, 죄송합니다. 이제부터 인중직사형(人中直似衡)의 정신으로 사업할게요."

"아이고, 엄마가 해준 말을 잊지 않고 있었구나. 그런 정신이면 되었다."

"어머니!"

날라리는 고개를 떨군 채 부인의 품에 안겼다. 인중직사형은 사람은 바르기가 저울 같아야 한다는 의미. 그녀가 사업에 나선 아들에게 내린 좌우명이었다.

부인은 미류를 향해 절을 하고 또 절을 올렸다. 전생령이 날라리에게 든 잡귀를 몰아내고 그의 상재(商材) 눈을 뜨게 한 것이다.

대박!

미류는 혼자 중얼거렸다. 상상치도 못한 반전이 일어난 것이다.

"아이고, 여러분네들, 내 전국의 용하다는 무당은 다 찾아다녔지만 여기 법사님 같은 분은 처음이네요! 우리 아들 좀 보세요! 단번에 돈

퍼먹는 귀신, 지랄발광 귀신을 몰아내 주셨어요!"

부인은 입술이 터져라 자랑을 했다. 신단에 두툼한 봉투까지 하나 더 올려놓고 물러갔다.

"우, 진짜 용하네!"

"표승 만신님 제자라 달라!"

구경꾼들도 이구동성이다.

두 번의 전생륜 체험은 그야말로 일대 반전이었다. 앞서 겪은 예비 판사 건과는 아주 달랐다. 덕분에 미류의 이름은 단박에 점집 골목 무속인들에게 각인되었다. 어정쩡한 공수를 내린 11년 전과는 비교도 되지 않았다.

커다란 불행이라도 야기할까 봐 걱정하던 미류는 걱정을 덜었다.

하지만 두 번 거푸 일어난 전생신의 호의는 단지 떡밥에 불과했다. 차마 말하기 어려운 극악의 사건들은 아직 개봉박두조차 선언하기 전이다.

아무튼 신당개업식은 호평으로 끝을 맺었다.

11년 전과는 달리 신빨 한번 제대로 세웠다.

그분의 깊은 뜻

"이거 거두어주시죠."

굿판이 마무리된 후에 미류가 봉투를 표승에게 내밀었다. 뒤풀이를 겸해 황 선생과 봉평댁, 선모와 막걸리를 마시던 참이다. 초라하지만 그래도 방은 세 개였다. 안방에 차린 신당과 나란히 딸린 작은 방 두 개. 미류네는 신당 옆방에 자리를 잡았다.

"이걸 왜 내가?"

표승은 봉투를 마다했다.

"선생님!"

미류도 고집을 꺾지 않았다.

그동안 신아들 노릇도 변변하게 못 한 참이다. 수발이며 조무야 성심껏 챙겼다지만 표승이 미류에게 기대하는 건 잔심부름일 리가 없었다. 그러니까 신아들로서는 처음으로 받은 복채이다. 열어보지도 않았지만 표승에게 주는 게 당연했다.

11년 전에는 그러지 못했다.

"나는 필요 없다. 이제 늙어서 돈 쓸 데도 없고… 너야말로 신당을 열었으니 이래저래 돈이 필요할 게야. 요즘 무업도 돈 없으면 못 한다니 넣어두고 쓰거라. 신제자도 광고를 해야 먹고사는 세상이라며?"

표승이 웃었다.

그냥 하는 말이 아니었다. 이 즈음부터 전국의 무속인들을 상대로 광고를 하라는 사람들이 활개를 치기 시작했다. 광고 한 번으로 굿한 번만 더 들어와도 본전이라는 게 그들의 유혹이었다. 광고만이 살길이라는 게 그들 주장이었다.

"아닙니다. 받아주세요."

"돈보다 궁금한 게 있다."

표승이 화제를 돌렸다.

"……!"

봉투로 실랑이를 하던 미류의 얼굴이 굳었다. 뭘 물을지 알고 있기 때문이다.

〈전생신!〉

미류는 무신도를 바라보았다.

신당 안에 걸린 무신도는 여전히 하나였다. 보통 무당들은 여러 무신도를 숭배한다. 평범한 무당이라도 삼신제왕, 주장대왕, 약사도사, 천수도사, 산신도사, 천상장군, 천태장군, 제석할머니, 천상선녀, 산신동자, 천산동자 정도는 모시고 있다.

이들은 고정 신이 아니라 변하기도 한다. 어떤 신은 가고 또 새로운 신이 온다. 접신하는 무신이 많으면 만신 소리를 듣기도 한다.

그런데 미류가 신당에 내건 무신도는 달랑 하나. 그조차 어느 계열인지 만신 표승조차도 갈피를 잡기 어려운 신이었다. 그렇기에…….

어떻게 받은 신이냐?

표승이 알고 싶은 건 그것이다.

"산제를 지내다 우연히 신몽(神夢)을 했습니다. 제 주제에 여러 신을 받들 깜냥도 아닌 것 같아 넙죽……"

미류는 절반만 자수를 했다.

"확실하게 접신을 했느냐?"

"딱 절반만 했습니다."

"절반?"

"반은 시간이 걸리신다니 제가 성심을 다해 신기를 마저 받도록 하겠습니다."

미류는 표승의 마음을 질러 나갔다. 미류를 아는 표승은 고개만 끄덕거렸다. 접신이나 강신은 욕심만으로 되는 일이 아니었다.

"아따, 우리 만신님, 욕심도 많으시지. 언제는 신빨만 확인해도 좋겠다더니 뭘 더 바라시우? 쌀바가지에서 신령이 쏟아졌는데."

막걸리 잔을 비워낸 황 선생이 핀잔을 주며 나섰다.

"뭐, 그건 그러네."

표승도 웃어넘겼다. 그렇게 보면 표승은 이제 애동제자로서 10여 년을 허비한 미류의 걱정을 던 판이다. 오늘 보인 두 점사는 전성기의 그를 뛰어넘을 만한 일대 사건이었기 때문이다.

"아무튼 우리 만신님 영험함에 놀랐수다. 솔직히 미류 법사 독립시킨다기에 걱정 많이 했는데 미류 법사가 무속에 눈을 뜨는 계기를 신들리게 읽어내시다니……"

"그게 어디 내 영험함인가? 다 미류가 노력한 덕분이지."

"아따, 그만하고 내 술이나 받으쇼. 그동안 애 많이 끓인 거 나도 알고 있수다."

황 선생이 막걸리를 권했다. 한때는 눈짓만으로도 서로의 마음을 알아채던 단짝. 그렇기에 서로의 속내도 잘 아는 사이였다.

"그러세. 아까 우리 미류 몸주님 신통력 봤지? 사실 내가 모시던 몸주께서도 그 정도는 아니었어."

표승은 술을 받으면서도 미류를 대견해했다.

쿨럭!

잊고 있던 기침이 스승의 목에서 나왔다.

"그 기침, 다시 시작했소?"

"무업을 내려놓으려니 내 몸주께서 노한 모양이지. 다시 신병으로 나를 조지려나?"

표승은 입을 막으며 두어 번 잔기침을 토했다. 그러다 봉평댁을 보며 말을 이었다.

"승애 보살은?"

"오늘 온다고 했는데……."

진득한 봉평댁이 뒷목을 긁을 때 미류의 온몸에 한기가 스쳐 갔다.

노승애!

봉평댁이 소개한 젊은 여자이다.

무당이 되기 위한 내림굿을 받지는 않았지만 절이나 무속인의 집에 머물면 머리와 속이 편안하다는 여자. 곁다리 신밥이라도 먹어야 할 팔자였다.

그런 그녀에게 놀라는 이유는 따로 있었다.

그녀가 바로 미류의 아내가 될 여자를 데려왔기 때문이다. 말하자면 아내는 노승애의 친구였다.

"이모, 승애는 안 보내주셔도 됩니다."

미류는 반대 의사를 분명히 했다. 아내는 발암물질과 비슷했다. 그걸 반복할 생각이 없었다. 게다가 미류는 요리를 잘한다. 뭐든 있는 대로 만들어내는 데는 거의 대가 수준이었다.

표승의 조수만 10년 내공이다. 그 안에는 산제나 용신제, 지방 출장 굿 등에서 먹고 입는 일도 포함되었다. 그러니 도와주는 조수가 없어도 크게 불편할 일이 없었다. 조금 궁상스러우면 그만일 뿐.

"아따, 좋으면 좋다고 하지 뭘 그래? 그 아가씨 얼굴도 참하던데, 나 같으면 땡큐네, 땡큐!"

입담이 걸쭉한 황 선생이 웃었다. 11년 전과 비슷한 풍경이다. 그때도 황 선생 때문에 승애를 거절하지 못했다.

"그래, 당장 온다는 사람도 없으니 같이 지내면서 결정하거라. 오늘 정도만 하면 이 골목에서 금세 자리를 잡을 테니."

표승이 마무리를 하고 일어섰다.

"선생님!"

"쿨럭!"

미류가 손을 내밀었지만 표승은 번복하지 않았다.

"그럼요. 아까 보니 여기서 좀 행세한다는 쌍골선사하고 꽃신선녀까지 뻑 간 눈치더라고요."

표승 대신 봉평댁 목소리만 높았다.

"심… 부… 름… 있… 으면… 나… 불… 러."

맨 뒤로 빠져 있던 선모도 주저주저 한마디를 보탰다. 어릴 때 신열을 앓아 띄엄띄엄 말하는 노총각. 숱한 사연을 가진 그 역시 표승이 거느리고 있는 차였다.

"아재, 애썼어요."

미류는 그를 아재라 불렀다. 형님보다 친근한 호칭 같아서였다.

이래저래 승애 이야기를 마무리 짓지 못했다. 배웅을 하고 돌아와 보니 표승이 앉아 있던 방석 아래로 봉투가 보인다. 끝내 두고 간 것이다. 표승은 그런 사람이었다. 한평생 돈과 인연이 없는 사람. 그건 2007년 대통령 선거 때만 봐도 알 수 있었다. 이름만 대면 알 만한 기업인들이 돈을 싸 들고 왔었다.

"이번 VIP는 누가 될까요?"

표승은 입을 열지 않았다. 하지만 미류는 알고 있었다. 그가 적어 둔 점사에서 '천기'를 엿보았던 것. 표승은 그 대선의 주인이 누구인 지 처음부터 정확하게 알고 있었지만 일언반구 내색하지 않은 사람 이었다.

봉투를 열었다.

하나는 30만 원이 들었고, 또 하나는 수표로 300만 원, 마지막은 만 원권 현금으로 200만 원이었다.

돼지 귀와 코 등에 꽂힌 봉투까지 더하니 580만 원.

돈 봉투를 보자 눈물이 절로 흘렀다. 죽기 직전 미류가 마지막으 로 받은 점의 복채가 3만 원이었다. 그나마 카드를 내민 손님이었다. 카드 단말기가 없다고 하자 국세청에 신고한다고 길길이 날뛰다가 면 전에 만 원짜리 석 장을 뿌리고 갔다.

그런 차에 빳빳한 만 원권과 수표로 580만 원. 마치 한국은행 금 고라도 만난 기분이다. 더구나 아직은 5만 원권조차 나오기 전이다.

서윤희!

신당에 홀로 앉아 아내를 생각했다.

그녀와의 전생연을 알게 되었다.

'그녀와 그런 사연이었다니······.'

이해는 되지만 용서까지는 되지 않았다. 그녀와 다시 그 지옥의 삶을 되풀이하고 싶은 생각은 털끝만큼도 없었다.

가만히 기억을 더듬었다. 그녀는 승애가 데려온 여자였다.

"······!"

그러고 보니 그때 그 시간에 가까웠다. 승애가 찾아올 시간.

'올까?'

괜스레 초조해졌다.

11년을 거슬러 환생한 미류.

생각도 사건도 조금씩 다르게 전개되고 있었다. 어쩌면 아내가 오지 않을 수도 있었다.

'히유우!'

심란한 마음에 깊은 숨이 나왔다.

아내는 첫눈에 도화살이 줄줄 흘렀다. 그 도화살에 정통으로 꿰인 미류였다. 신제자들의 결혼 생활은 대개 평탄하지 않다는 걸 알면서도 그녀에게 빠졌다.

풍덩 소리가 날 정도였다.

그녀는 도화살만 가진 게 아니었다. 사악함까지 세트로 곁들인 요녀였다.

오죽하면 미류 몰래 표승의 이름을 팔아 허튼 계약을 하고, 반반한 남자 손님이 오면 꼬드겨 육보시까지 서슴지 않았을까?

그런 일로 시도 때도 없이 싸웠고, 그녀가 한 말은 아직도 가슴에 선명한 비수로 꽂혀 있었다.

"그럼 돈 좀 제대로 벌어보든가."

"남자구실 좀 제대로 하든가."

아팠다.

아직도 여전히······.

'서윤희는 안 돼.'

절대!

미류는 완강히 고개를 저었다.

다시 태어난 생에서는 새 길을 간다. 미류의 결심은 박달나무보다 단단했다.

"어이, 법사!"

점집 골목에 돌릴 떡을 준비하는 사이에 느끼한 목소리가 들려왔다. 미류의 인상이 바로 구겨졌다. 타로점을 보는 공길문이었다. 그는 자칭 이 골목의 터줏대감이자 모사꾼, 더불어 카사노바였다. 한때는 아내에게도 추파를 던진 인간이다. 그 손에는 싸구려 와인이 한 병들려 있었다.

"개업 축하주 한잔?"

타로가 병을 들어 보였다.

뽕!

코르크 마개가 빠지면서 술판이 벌어졌다.

"여기선 내 한마디면 다 오케이야. 알아?"

그의 입담이 시작되었다.

"손님 없으면 말만 하라고. 내가 다 밀어줄 테니까. 저 앞 꽃신선녀 님 뜬 것도 실은 내가 밀어준 거라고."

"그러세요?"

"술 떨어졌네?"

"……?"

"사람이 눈치가 없어? 이래 가지고 점사 제대로 보겠어?"

미류의 주머닛돈이 털리며 와인이 급 조달되었다.

"나보다 어린 거 같은데 앞으로 형님이라고 부르라고."

11년 전.

그때의 풍경이다.

시간적, 공간적으로는 그때와 똑같은 날, 하지만 미류는 손을 들어 타로를 막았다.

"사양합니다. 겨우 개업식 마친 주제인 데다 49일 정진 기도에 들어간 몸이라……."

"49일 기도? 누가 죽었어?"

반응이 마음에 안 드는지 타로가 눈알을 뒤룩거렸다. 그러더니 이내 표정을 바꾸어 음산하게 물어왔다.

"얼마 줬어?"

"뭐 말입니까?"

"에이, 선수끼리 왜 이래? 아까 그 바람잡이들 말이야."

"바람잡이라뇨?"

"아까 공수 청하고 생쇼한 사람들, 바람잡이 아니야? 연기 잘하던데?"

"뭐라고요?"

미류가 미간을 찡그리는 사이에 타로는 허락도 없이 신당으로 고개를 디밀었다.

"어디 보자. 무슨 신을 모시는지……."

"이봐요."

미류가 점잖게 한마디를 날렸다.

"아아, 알았어. 알았다고. 그냥 구경 좀 하는 거야. 그런데 분위기 싸하네? 다른 집 무속신들은 다 알록달록하던데?"

타로가 미류를 돌아보았다.

"무속인마다 모시는 신이 달라요."

"내가 그것도 모를까? 그럼 당신이 모시는 신은 존함이?"

"전생신이십니다."

"전쟁신?"

"전생신이요!"

미류는 또렷하게 대답해 주었다. 타로가 전생점으로 짭짤하게 재미를 보는 걸 알고 있기 때문이다. 그런데 그 재미는 점사로만 얻는 게 아니었다. 좀 만만한 아가씨가 오면 바로 작업에 착수한다. 그렇게 건드린 아가씨가 한둘이 아닌 타로였다.

"말도 안 돼!"

그가 버럭 소리를 높였다.

"뭐가 말이죠?"

"당신이 모시는 신 말이야. 전생신이라며?"

"예."

"그럼 전생점을 주로 본다는 거잖아?"

"그렇지요."

"그러니까 말도 안 된다는 거야. 내가 말이야, 전생점연합회 총무에 이 골목 전생점의 대가라고. 그런데 상도의도 없이 어디서 전생이야?"

"뭐라고요?"

"전생은 안 돼. 다른 걸로 아이템 바꿔."

잘라 말하는 타로.

"누구 마음대로요?"

"내 마음대로다, 왜. 기득권 몰라?"

'푸헐! 이 인간……'

생떼도 여전하네.

"아직 풋내 나는 애동이라 물정 모르는 모양인데, 이건 예의가 아니야. 이 골목에서 전생은 내 전매특허라고. 꽃신선녀님도 전생점은 안 건드리는 거 몰라?"

"그 특허는 누가 주었는데요?"

"줘? 이 친구, 말귀 못 알아듣네?"

"미안하지만 나는 진짜 전생점 특허를 가지고 있습니다만!"

미류가 맞섰다. 사실도 그랬다. 원조 논쟁을 펼친다고 해도 꿀릴 일이 없었다.

"뭐야?"

"전생점 특허요."

"허헛, 이 친구, 보자 하니 완전 '사' 자네. 굿판에서부터 폴폴 냄새 풍기더니만……."

"무슨 뜻입니까?"

미류가 물었다.

"끝까지 시치미네. 아까 내린 공수 말이야. 그거 구라인 거 누가 모를 줄 알아? 짜고 치는 고스톱이잖아? 나한테는 안 통해요!"

"말씀 삼가세요. 구라라뇨?"

"아니면? 그런 게 가능해? 이 골목 양대 산맥 쌍골선사님과 꽃신선 녀님도 해도 너무한다고 고개를 젓던데?"

"내 몸주는 그분들 몸주하고 다릅니다."

"곧 죽어도 실력이다?"

"하늘에 맹세코 무속인으로서 신의 뜻을 빌려 중생을 구제한 것뿐입니다."

"구라 아니면 한판 떠볼까?"

타로가 주머니에서 타로 카드를 꺼내 들었다. 그렇다고 입으로만 먹고사는 건 아닌 타로. 그의 타로점은 어느 정도 정평이 나 있었다. 간단히 말해 지금 붙으면 타로의 상대가 되지 않았다. 그의 머리에 전생륜이 뜨지 않는 한.

느끼한 표정 사이로 드러난 머리를 보았다.

전생륜은 보이지 않았다. 생각 같아서는 지상에서 가장 비참한 운명의 전생령을 해머로 퍽퍽 때려 박아 넣어주고 싶은 미류. 아직 때가 아니지만 강단 있게 받아쳤다.

"붙죠!"

미류의 목소리에 비겁 따위는 없었다.

"어쭈구리? 이 친구, 간댕이가 부었군. 나 방송에도 나온 사람이야!"

"아무튼 49일 기도가 끝나면 봅시다. 전생점이 뭔지 제대로 알려 드릴 테니."

"지금 장난해?"

"정진 기도 기간에는 허튼 일에 관여하지 않습니다. 당신도 그 정도는 아실 거 같은데요?"

"꼬리 빼는 방법도 가지가지로군. 전생 특허? 나 참……."

제 뜻대로 되지 않자 타로는 냉소로 응수했다.

"나가주시죠."

"아무튼 잘 생각해. 무신도부터 보아하니 사이비 냄새 폴폴… 표승 만신이 유명하시다니 봉투 두둑이 안기고 내림굿 받았나 본데 실력도 없이 깝치다가 한 방에 가는 수가 있어."

"나가세요!"

"돈 주고 내림굿은 받은 거 맞지?"

"나가라고요!"

"알았어. 사이비 신당에 있고 싶은 마음도 없으니까. 어쨌든 내 가게로 오는 사람 가로채면 각오하라고!"

타로는 어기적어기적 신당을 나갔다.

어이가 없었다. 화도 났다. 그래도 잘 참았다. 머잖아 자근자근 밟아줄 날이 올 것을 기대하기 때문이다.

떡을 들고 골목을 돌았다. 점집 골목이니 인사를 하는 게 좋을 거라는 표승의 권유에 따른 것이다.

"가봐!"

쌍골선사는 딱 한마디만 했다.

그는 제법 알려진 관상가. 한 전직 장관이 찾아왔을 때 '총리님 오셨습니까?'라고 인사하면서 전성기를 맞은 사람이다. 그 직후에 그가 국무총리로 내정된 것이다. 그래서 관가 쪽 큰손님들이 많았다.

'전생륜⋯⋯.'

그의 정수리를 주목했다.

그 또한 고관대작들에게는 벌벌 기면서 미류 등의 이름 없는 무속인들은 개무시를 해대는 인종이었다. 그에게도 전생륜은 없었다. 눈을 부릅떠 봐도 마찬가지였다.

다음은 꽃신선녀 차례이다. 그게 이 골목의 서열이었다. 처음에는 그걸 모르고 서열 꼴찌인 옥수부인에게 먼저 들렀다가 두고두고 파편을 맞은 미류였다.

꽃신의 집은 선사의 맞은편이다.

그녀는 무당이다. 삼면 벽에 걸린 무신도가 먼저 눈에 들어왔다. 선반 밑에는 붉은 천으로 만든 주렴이 바닥까지 닿았다. 무신도 앞에는 촛대와 옥수 그릇, 삼지창과 점통(占筒) 등의 무구가 보였다.

격이 높은 무신도를 배경으로 그녀는 호통부터 쏟아냈다.

꽃신선녀는 말 그대로 꽃신으로 점을 보는 사람이었다. 그녀의 영험함 역시 제법 소문이 나 있었다. 대기실에는 두 명의 예약 손님이 기다리고 있었다.

"아까 듣자니 네 몸주가 무슨 신이시라고?"

분으로 떡칠을 한 그녀 역시 실눈으로 미류를 맞았다. 정나미가 뚝 떨어지는 표정이다.

"전생신을 모십니다."

"아까 그 공수는 틀림없는 거렷다?"

"그야 물론… 제 몸주께서 제게 실려……."

따악!

꽃신이 꽃신으로 테이블을 후려쳤다, 그러고는 미류에게 호통을 날렸다.

"나가거라! 요즘 젊은 것들이 술수 하나는 뛰어나다더니 어디 족보도 없는 신을 들인 주제에 우리 동자님을 능멸하려 들다니!"

그녀도 심기 불편이다. 전생신의 전생륜 위력에 대한 시기였다. 그녀의 머리에도 전생륜은 없었다. 성질머리 더러운 거야 이미 알고 있는 일. 접수대에 떡을 놓고 나왔다. 이어지는 사주집과 부채신녀의 반응도 그만그만했다. 타로는 건너뛰었다.

멍석철학원을 지나 옥수부인의 신당에 들렀다. 그나마 미류에게 친절한 건 그 둘이었다.

옥수부인은 동티 전문이다.

신빨이 내리면 영가를 본다. 조금 약해서 헛다리를 자주 짚는 게 흠이다. 그래도 차분하고 친절했다. 미류를 무속인 대접을 해준 것도 그녀뿐이었다.

"아까 보니 공수가 대단하시던데 대박 나세요!"

떡을 받아 든 그녀가 웃었다.

"별말씀을……."

"아니에요. 영험하신 신을 모셨나 본데 언제 저도 좀 지도해 줘요."

"지도는 오히려 제가……."

인사를 두고 옥수부인의 집에서 나올 때였다. 타로가 알랑방귀를 꾸며 쌍골선사 쪽으로 달려가는 게 보였다.

"선사님, 출장 관상 가십니까?"

선사의 벤츠 앞에서 굽실거리는 타로. 하얀 차에 탄 선사는 손을 들어 보이고 도로로 나갔다.

"아, 나도 대박 나서 벤츠 한번 굴려야 하는데……."

허튼 입맛을 다시는 타로를 뒤로하고 돌아왔다. 다시 태어나도 느끼한 놈에 대한 인상은 그대로였다.

청소를 했다. 이 또한 수행이다. 말끔하게 닦여 나가는 먼지처럼 마음속 때도 닦여 나가는 수행.

"법사님!"

문지방의 먼지를 마저 닦아낼 때 발소리가 들려왔다.

'으헉!'

미류가 바로 반응했다. 마침내 승애가 온 모양이다. 발소리에 이어 들린 목소리는 아내의 것이었다.

꿀꺽!

'무조건 돌려보낸다!'

둘 다!

작심을 하고 일어섰다.

승애를 따라와 타고난 색기로 미류를 홀린 윤희. 그녀는 여전히 도발적인 차림으로 신당 앞에 서 있었다. 11년 전 그날처럼.

'아하!'

윤희…….

보는 것만으로도 눈길을 쪽 빨아 당기는 보디라인이다.

가만히 있어도 저절로 웃는 눈에 유혹처럼 빛나는 입술. 나이까지

이십 대 초반이라 볼륨이 만들어내는 몸짓은 색기 발산 그 자체였다. 머리부터 발끝까지 모든 것이 도발이라면는 말이 딱 어울리는 자태였다.

"안녕하세요? 저 승애 친구 서윤희예요!"

인사도 승애보다 앞이다. 바람이 불면 속옷이 드러날 듯 하늘거리는 짧은 스커트를 입은 채 윤희는 수줍은 척 배시시 웃었다.

턱 하고 심장이 막혀왔다.

불끈! 남자의 중심에 신호가 왔다. 굳은 결심도 속절없었다. 본능이 먼저 반응해 버리니 모든 것이 그날을 닮아가고 있었다.

'안 돼!'

죽었다가 돌아온 나야.

안쪽 입술이 피가 나도록 물었다. 그러자 겨우 남자의 욕망에서 바람이 빠졌다. 시선을 가다듬던 미류의 눈길이 허공에서 멈췄다. 윤희의 머리 위로 뭔가가 희번덕인 것이다.

'설마?'

전생류 등장?

숨통이 막히는 줄 알았다. 다행히 전생류은 아니었다. 큐빅을 잔뜩 박은 머리핀에서 빛이 반사된 것이다.

"늦어서 죄송해요."

승애의 인사는 그때서야 들렸다.

"괜찮아."

미류는 신당에서 나왔다. 둘 다 신당에 들이지 않을 참이다. 하지만 윤희의 행동이 청설모처럼 재빨랐다.

"구경 좀 할게요."

그녀는 미류를 지나 신당으로 향했다. 무방비로 교차되는 순간 그녀의 머리가 한 번 더 반짝거렸다. 어떻게든 잡아 세우려고 팔을 내밀던 미류는 그 반짝임의 근원이 머리핀의 반사가 아님을 알고 휘청거렸다.

'뭐야?'

가슴이 철렁함과 함께 윤희의 머리에 시선이 정지되었다.

맙소사!

전생륜이었다.

이마를 짚었다. 열 같은 건 없었다. 윤희를 보았다. 전생륜이 맞았다. 환상이나 착각이 아니었다.

"와아, 예쁘다!"

신당으로 들어간 윤희는 멋대로 신단의 물건들을 만져댔다.

"잠깐요!"

미류가 윤희를 막았다.

"저게 법사님이 모시는 신령님이에요? 너무너무 독특하시다!"

윤희는 막무가내였다.

그때도 그랬다. 그러다 넘어지는 척 미류에게 안겨오던 윤희다. 이번에도 그랬다. 지화를 보려는 척하다 몸이 기울었다. 넘어지게 그냥 내버려 두었다.

"아휴, 좀 일으켜 세워주세요."

쓰러진 윤희가 손을 내밀었다.

"신단의 물건은 함부로 만지면 안 됩니다."

미류는 그 손을 외면했다.

"어머, 우리 법사님 삐쳤나 봐!"

윤희가 일어나 미류 어깨를 두드리며 애교를 작렬했다.

붉은 입술을 가리며 웃는 미소는 미치도록 섹시했다. 가만히 있어도 도화살이 흘러넘치는 눈매와 남자를 끌어당기는 매력적인 입술……

'저 유혹의 칼에 맞으면 최소한 중상……'

미류는 치명적인 유혹의 칼을 피해 시선을 돌렸다.

"법사님, 저 신점 좀 봐주세요. 올해는 애인 생길 거 같아요?"

그녀는 미류의 손을 당겨 신당에 앉았다. 딴에는 옆으로 다리를 모았다지만 스커트 안은 깊은 곳까지 눈길을 허락하고 있었다.

"얘, 신점은 아무 때나 보는 줄 알아? 법사님이 날을 잡아야지."

주워들은 게 있는 승애가 눈총을 보내지만 윤희는 제어되지 않았다. 전생신을 돌아본 미류는 신방울을 들고 윤희 앞으로 다가섰다.

쩔렁!

매도 먼저 맞는 놈이 낫다.

아랫입술을 깨물었다. 피할 수 없으면 먼저 해치워 버리는 게 상책이었다.

"점 봐주시는 거예요?"

그녀가 고개를 들고 웃었다.

"그래야죠. 서로의 미래를 위해서."

미류는 차분하게 대답했다.

"서로요? 누구와 누구요?"

"당신과 당신의 남자……"

바로 나!

그 말은 눈으로 했다.

"복채는 카드 안 되죠?"

"그냥 봐드리지요."

"어머, 그러시면 제가 미안한데. 그럼 제가 나중에 밥 쏠게요."

"……"

"너무 긴장돼요."

윤희는 두 손으로 제 가슴을 쓸어내렸다.

가슴을 쓸어내리는 건지 볼륨감을 자극하는 건지 구분이 가지 않는 행동이다. 여기까지는 과거와 비슷했다. 미류는 그 당시 윤희에게 해준 말을 더듬었다.

"그 사람은 가까이 와 있습니다."

그녀에게 홀린 미류의 작업 멘트였다.

"그 사람이 법사님이면 좋겠어요."

윤희가 대답했다.

그녀에게 녹아버린 미류는 불덩이가 되고 말았다. 이후 둘은 한동안 불덩이가 되었다. 둘이 하나가 되어 훨훨 타올랐다.

절경절경절경!

번잡한 과거의 마음을 높은 방울 소리로 밀어냈다.

부드럽게 흔들리는 삼색천을 보니 마음이 편해졌다. 지금 미류의 생각은 둘이었다. 이혼할 무렵에는 정말 죽이고 싶던 여자. 그러나 죽고 나서 알고 보니 전생에 아픈 인연이 있던 여자.

인과응보!

그녀의 악행을 생각하니 그 단어가 떠올랐다.

과연 그녀에게 배당된 검은색 전생령은 어떤 것일까?

〈선과 악!〉

〈축복과 저주!〉

전 같으면 당연히 후자를 바랐겠지만 이제는 전자를 소망하는 미류였다. 전생신 덕에 '처절한' 그녀와의 전생 인과를 본 까닭이다.

미류의 눈에 검은색 전생령이 서서히 들어왔다. 처음부터 그것만 보았다. 그녀의 다른 전생 같은 건 보고 싶지 않았다.

"······!"

병자령이었다.

간이 썩어 복수가 강물처럼 들어찬 몸뚱이.

한숨이 폭풍처럼 새어 나왔다. 세 번의 케이스를 참고해 예측하면 병상에서 평생을 지낼 수도 있다는 예시였다.

무속인은 영매다. 신과 인간 사이에서 가교가 된다. 신의 뜻을 따르는 사람으로서 신제자의 사명은 명백하다.

—소원성취.

—재수발원.

—무사태평.

—가내평안.

—사고무탈.

모든 신제자의 역할은 이 다섯 가지 안에 포함된다. 여기에 한 가지를 더한다면 그 또한 '신의 뜻'이다. 순천자는 흥하고 역천자는 망하는 법.

'아내의 이 생, 전생에 건강을 망친 삶으로도 모자란 것이 있어 마저 채우라는 건가?'

'하아!'

한숨이 또 밀려 나왔다.

'신의 뜻이라면.'

동정할 필요도 없었다.

어차피 집행할 거라면 천사표인 척 위선을 떨 필요가 없었다. 병자령을 집어 든 미류는 눈 딱 감고 정수리에 밀어 넣어버렸다.

"끝났어요?"

눈을 뜨니 윤희가 윤기 흐르는 입술을 핥으며 바라보고 있다. 저 목소리, 남자의 애간장을 녹이는 애교가 살살 묻어나는 목소리. 그리하여 온갖 남자와 눈이 맞으며 미류의 속을 뒤집던 윤희.

'이번에는 건강창이 뜨려나?'

지금까지의 일을 종합하면 그랬다. 그리고 예상은 빗나가지 않았다. 윤희의 머리 위에 빛이 서리나 싶더니 역시나 운명창 하나를 보여주었다.

[건강운 00 00%]

이번에도 이것뿐이다. 뒤쪽은 빈 듯 찬 듯 읽어낼 수 없는 상황. 운명창 안에도 여전히 뭔가가 희끗거리지만 그저 느낌뿐이다.

'설마 즉사라도 하는 건 아니겠지.'

이마를 저으며 물러섰다. 바로 그때 건강창 부근에서 다른 것들이 선명히 아른거렸다. 하지만 미류는 그걸 보지 못했다. 심란한 마음에 눈을 감아버린 탓이다.

그런데 이번에는 아무 일도 일어나지 않았다. 지금까지를 돌아보면 몸을 비틀거나 몸부림을 치며 뭐든 신빨이 내려야 하는 상황.

5분이 지나갔다.

10분이 지나갔다.

그저 그렇게 시간만 지나고 있었다.

"……!"

미류는 침묵했다.

이제나저제나 반응이 나올까 싶었지만 그 마음도 지쳐 버렸다. 30분이 지난 것이다. 또 어디 가서 졸고 있는 건 아니겠지? 불경한 생각이 들자 파뜩 고개를 저어 떼어냈다. 49일의 시험 기간 동안 부정이 타면 안 될 일이었다.

"저 안 좋아요?"

윤희가 다가앉으며 물었다.

"아닙니다. 그냥 무난하네요."

대충 얼버무렸다. 만사형통이라든가 소원성취 같은 헛된 공수를 줄 엄두는 나지 않았다.

"법사님, 어디 아프세요?"

분위기가 이상했는지 승애가 물었다.

"그냥 좀 피곤해서……."

"기집애, 우리 법사님 오늘은 피곤할 테니 얌전히 굴라니까."

승애가 윤희에게 눈을 흘겼다.

"애는 내가 뭘 어쨌다고. 법사님이 너무 멋지게 생겼으니까 그렇지."

윤희는 하나도 개의치 않는 얼굴이었다.

"가자. 법사님은 좀 쉬셔야 할 거 같아."

승애가 윤희를 끌었다.

"내가 간호해 드리면 안 될까?"

"야아!"

"법사님, 다음에 또 와도 되죠?"

승애와 말을 주고받는 사이에도 윤희의 색기는 잠들지 않았다. 틈만 나면 미류를 향해 윙크를 날리고 보디라인을 꼬며 추파를 던지는 그녀였다.

"가요!"

매정하게 소리를 높여 두 여자를 보냈다. 전처럼 뜨뜻미지근하게 살 생각은 없었다.

그런데 왜 결과가 바로 나오지 않은 걸까?

'그래도 아내였기에 눈앞 참상은 피해준 걸까?'

그랬을까?

늘 예측 불허의 결과를 안겨준 전생신. 그렇기에 그런 가능성도 배제할 수는 없었다.

'내 할 일은 했으니 두고 보면 알 일.'

가부좌를 틀고 신단 앞에 앉았다.

'어디까지 가시럽니까?'

아내였던 윤희까지 시험 대상으로 나왔다.

'내 가는 길을 네게 알려주며 다니랴?'

전생신 무신도가 꾸짖는 것 같았다.

'다른 건 몰라도 어머나 표승 선생님만은 열두 명에 포함되지 않기를 바랍니다.'

전생신이 무조건 대상자를 망치지만은 않는다는 걸 아는 미류. 그러나 아는 사람의 운명이 눈앞에서 행과 불행으로 나뉘는 건 차마 보고 싶지 않았다.

"……."

전생신은 대답이 없었다.

윤희는 어떻게 되는 걸까?

모르겠다. 기왕 벌어진 일, 어떤 소식도 다시 듣고 싶지 않았다. 모르는 게 약이라니 그 또한 나쁘지 않았다. 그러자면 승애의 발길부터 끊어야 했다.

'내친김에 지금 말해두는 게 좋겠어.'

핸드폰을 들었다. 미류가 두 번째로 산 폴더폰이다. 그때는 화면이 크다고 샀던 것. 스마트폰을 쓰던 입장에서 보니 화면이 코딱지만 하게 보였다. 이게 사람의 마음이다.

버튼을 눌러가며 승애의 번호를 찾을 때였다. 미류 전화기가 먼저 울었다. 승애였다.

─법사님!

첫마디부터 공포가 묻어 나왔다.

"왜 그래?"

─저 어떡해요? 무서워서 죽겠어요.

"왜 그러냐니까?"

─아아앙, 윤희랑 집 근처까지 와서 헤어지다가… 윤희가 길 건너 사는 남자 친구 좀 보고 온다고 도로를 건넜는데…….

빠아앙!

끼아악!

미류의 뇌리에 두 개의 굉음이 스쳐 갔다.

첫 굉음은 대형 화물 트럭. 두 번째는 트럭의 급정거 소리였다. 통화를 하며 건너던 윤희는 폭주하던 화물 트럭을 보지 못했다. 가슴을 들이박혔다.

승애 말에 의하면 윤희는 하늘나라로 갔다가 내려왔다고 한다. 얼마나 높이 튕겨났는지 보이지도 않았다는 것이다.

"태상 왈, 황천생아 황지재아 일월조아 성신영아 제선거아 사명여아 태을임아 옥신도아 삼관보아 오제우아 북신상아 남극좌아… 옴옴 급급여율령 사바하 사바하……."

병원에 도착한 미류는 몇 번이고 태을보신경을 독경했다. 옥추경도 읽었다. 잠든 윤희는 겉은 멀쩡해 보였다. 공중에 떴다가 추락한 사고치고는 신기할 정도였다. 다른 곳도 큰 문제는 없었다.

단 하나의 문제는 간이었다.

충격으로 생긴 압력이 내부에 작렬해 간을 터뜨린 것이다. 정확히 말하면 간만 박살 나버렸다.

의사들도 이해할 수 없는 일이라고 했다. 게다가 범위도 컸다. 내과 의사들이 전부 동원되었지만 어쩌지 못했다. 생명을 유지하는 정도로 마감한 게 다행이라고 했다.

'아아!'

미류는 벽에 기대 넋을 놓았다.

전생령의 위엄은 상상 이상이었다. 어떤 방향이냐에 따라 저주도 되고 축복도 되는 것이다.

소소한 사건도 뒤따랐다. 남자들 때문이다. 미류가 있는 동안에도 네 명의 남자가 달려왔다. 그중 둘은 낯익었다. 윤희가 미류와 결혼한 후에도 계속 불륜 상대로 남아 있던 사람들이다.

"응? 별일 아니야. 우리 자기 지금 어디?"

그중 한 놈은 윤희와 쌍벽을 이루는 바람둥이였다. 윤희의 상태를 듣고는 바로 여자를 갈아탔다. 병실 문을 나서기 무섭게 다른 여자와 약속을 잡는 놈을 돌려세웠다.

퍽!

주먹이 날아갔다.

"인생 그렇게 살지 마라!"

쓰러진 인간에게 한마디를 두고 돌아섰다. 아내와 놀아나면서도 당당하던 인간. 그때 날리지 못한 주먹을 이제야 날리는 미류였다.

"전생신님!"

신당으로 돌아온 미류는 무신도를 바라보았다.

"굿판에서 베풀어주신 자비를 이 한 판으로 거두어 가는군요."

"……"

"시험인가요?"

"……"

"당신의 특허를 받을 만한 영매로서의 자질을 알아보는?"

한국 땅에는 5천만 명도 넘는 사람이 살고 있다.

5천만분의 1이라면 로또 당첨보다도 어려운 일. 그런데 하필이면 왜 윤희였을까?

왜?

전생신은 대답하지 않았다.

"후-우!"

날숨을 토했다.

순종해야 한다. 강신은 맨입으로 되는 것이 아니었다. 내림굿을 할 때도 강신이 두려워 접신하지 못하는 사람이 태반이다. 무속에서도 대가 없이 이루어지는 일이란 없었다.

'그래봤자 49일……'

범죄자들이 받는 사회봉사 명령도 아니다. 지긋지긋한 군대 2년도 아니었다.

신제자는 신이 인도하는 대로 간다. 신이 원하면 정성을 바치고 영혼을 바칠 뿐이다. 그건 신과 신제자의 철칙이었다.

순종…….

그 단어를 겸허히 받아들이는 순간 정수리의 술공과 뼈마디가 알큰해 왔다.

시공을 돌아 나온 첫날, 너무 많은 일을 겪었다. 촛불이 가물거리자 미류의 눈꺼풀에도 졸음이 쏟아졌다. 웃었다. 졸음은 목숨이 살아 있다는 증거이다.

'전생 특허……'

그 말을 위안으로 삼으며 미류는 잠이 들었다.

밤이 깊어지자 촛불이 꺼졌다.

바스락!

소리와 함께 전생신이 무신도에서 걸어 나왔다.

—네 말이 맞았다.

전생신이 아지랑이처럼 말했다.

—높은 산에 오르자면 그만큼 고단한 법!

그는 아지랑이 닮은 소리를 밀어내고는 신단에 차려진 음식을 맛보았다.

—능력을 주자면 네 그릇을 봐야 하는 법!

그의 시선이 잠든 미류를 향했다. 천천히 삼생부를 꺼내 들어 이름을 하나하나 짚어나갔다. 세 사람이었다. 어둠 속에 파리하게 빛나는 명단은 미류가 아는 이름들이었다.

—이것만 통과하면 조기 졸업을 시켜줄 수도 있지.

조기 졸업!

솔깃한 단어가 새어 나왔다.

잿빛 안개에 휩싸인 이름은 오직 전생신의 눈에만 보였다.

포스의 조짐들

기다란 신간대 위에 걸린 흰 무명천 세 조각이 바람에 살랑거렸다. 미류가 세운 것이다. 잎이 달린 대나무에서 휘날리는 건 흰색, 회색, 검은색의 삼색이었다. 문에도 작은 이름을 붙였다. '전생방'이다.

"마음에 안 들어!"

화려한 천을 내건 점집을 볼 때마다 표승은 역정을 냈다. 표식은 흰색 하나로 족하다는 것이다. 한번은 표승이 다른 만신과 언쟁이 붙었다. 신간대에 매는 깃발 문제였다.

"무속이 바닥을 치는 것도 모자라 지하실 아래의 지하 토굴 신세 아닌가? 사람들 눈에 띄려고 건 퍼포먼스로 보면 될 것을 무에 그리 정색을 하시나? 우리도 신을 모실 때 오색 화려한 무복이나 쾌자, 철릭을 입지 않는가?"

그 만신의 말이었다.

"시대가 그러면 뭐든 쫓아가야 하나?"

표승은 고집을 꺾지 않았다.

다른 건 몰라도 미류는 그때만은 그 만신 쪽이었다. 세상이 변했다. 만수강산이 변해도 무속의 본뜻은 변하지 말아야 한다지만 그렇게 할 자존심까지도 무너진 상황이었다.

─일제 때 한 번!

─새마을운동으로 또 한 번!

무속은 두 번 사형선고를 받았다. 민속신앙이라는 자존심도 그때 함께 무너졌다.

자존심이란 존재감에서 나오는 것이다. 그런데 세상 사람들의 관심이 무속에서 떠났다. 존재가 흔들리는 판에 어디다 대고 자존심을 세운단 말인가?

그럼에도 불구하고 표승을 무시하지 않는 건 미류가 그의 신아들이기 때문이었다. 무너져서 흔적도 없다 한들 누군가 한 사람은 그걸 지켜야 했다. 그게 표승이었다.

새벽바람에 일어나 치성을 드린 미류는 전생신 무속화를 바라보았다. 그림이 마음에 들지 않았다. 이때의 미류는 석채에 관심을 두고 있을 때였다. 절에서 불화 그리는 그림쟁이에게 배우기도 했고 함께 돌을 갈기도 했다. 석채와 화학 물감은 차원이 다르다. 전자가 자연 미인이라면 후자는 화장으로 떡칠해 눈을 속인 경우라 할 만했다. 화학 물감의 탱화는 10년을 가지만 석채로 그린 조선 불화는 200년이 지나도 그대로라고 했다.

석채.

머리에 그 단어가 가득 찼다. 맹세 때문이다. 어느 신이든 미류 안에 내려주기만 하면, 그래서 신통력을 주기만 하면 마음을 다해 석채로 그려낼 생각이었다. 자신의 몸주에 대한 당연한 예우였다.

내친김에 돌을 갈았다. 시험에 쓰이는 49일. 길다면 긴 시간이다.

그림쟁이에게 얻어 온 것들을 꺼냈다. 주재료의 색은 검은색, 흰색, 회색. 나머지 재료도 무신도 몇 장은 거뜬할 정도이다. 분량은 석 장을 준비했다.

석 장!

아예 전생신을 세 모습으로 분리해 그릴 생각인 것이다. 전생과 현생과 내생의 색으로.

그러나 석채는 돌을 가는 것으로 끝나는 게 아니었다. 배접까지 해야 했다. 배접은 종이나 헝겊을 여러 겹 포개 붙이는 힘든 작업이다. 미류에게 석채를 알려주던 그림쟁이는 무려 열다섯 번 겹을 이루었다. 그래야 색이 잘 먹고 발색이 잘되며 변색을 방지한다는 것.

'해보지, 뭐.'

150겹, 1,500겹도 아니었다. 준비를 하다 아침 시간을 넘겼다. 몰입한 미류의 모습이 거울에 비쳤다. 그 몸에 푸른 영기가 방탄처럼 아른거렸다. 물론 미류는 알지 못했다.

휴식을 겸해 바람이나 쐬려고 차 한 잔을 타서 마당으로 나왔다. 마당이라야 겨우 흉내뿐이지만 그래도 밟을 땅이 있다는 게 좋았다.

"이런 사기꾼 무당들!"

골목에서 고함이 들려왔다. 무슨 일인가 싶어 내다보았다. 부채신녀 쪽이다. 우락부락한 40대가 핏대를 올리고 있었다. 점사가 마음에 안 들게 나온 모양이다. 남의 일이니 신경을 껐다.

마당에 앉아 꽃을 피웠다. 지화 접는 일을 무당들은 꽃을 피운다고 한다. 정성을 다해 접은 지화는 진짜 꽃처럼 몽실몽실했다. 미류는 지화도 잘 만들었다. 디자인을 한 탓에 손재주, 눈썰미가 좋았다. 지화 중에서도 특히 국화와 목단, 연꽃을 좋아했다.

그때 문이 거칠게 열리면서 한 사람이 들어섰다. 조금 전의 그 중년이었다.

"전생점?"

그가 다짜고짜 물었다.

"그렇습니다만……."

"그럼 저쪽 인간들처럼 몇천만 원짜리 굿 하라고는 안 하겠네?"

"……."

"여긴 얼마야?"

"기도 중이라 예약만 받습니다만……."

"그 장난하는 시간에 보면 되겠네."

중년이 10만 원권 수표를 꺼내놓았다. 척 봐도 돈은 많아 보이는 사람이다. 하지만 바른 몸가짐은 아닌 것으로 보아 착실하게 재산을 모은 건 아닌 것 같았다.

"부족해?"

그가 눈을 부라렸다.

"말씀드렸다시피 예약만……."

"이봐, 누군 시간이 남아돌아서 여기 온 줄 알아? 이딴 거 접는 시간에… 읍?"

연꽃 지화를 움켜쥔 중년이 그 자리에 굳어버렸다.

"뭐야?"

머리 위에 전생륜은 없었다. 그런데 왜? 심장마비 같은 거라도 일으키는 걸까?

"이봐요, 대주님!"

놀란 미류가 중년을 부축했다. 중년은 손에 쥔 연꽃을 제 풀에 놓으며 중얼거렸다.

"그, 그거 조화 맞소?"

묻는 중년의 목소리가 떨렸다.

"조화가 아니라 지화입니다. 신당에 바칠……."

"지화라고요? 그런데 왜 마치 생화처럼… 아니, 살아 있는 것처럼 느껴지지?"

"살아 있다고요?"

"그렇소. 한 번 더 만져봐도 되겠소?"

"그거야 어렵지 않지요."

미류가 연꽃 지화를 건네주었다.

"으음……."

중년은 꽃을 안고 신음을 토해냈다. 편안해지는 얼굴이다.

"우리 무당님이 용하신 모양이군요. 펄펄 뛰던 내 마음을 쓰다듬어 놓다니……."

"……."

"그러니 더 여기가 끌리는군요. 미안하지만 대충이라도 봐주시면 안 되겠습니까?"

중년의 태도가 공손해졌다. 지화에서 신명을 느낀 모양이다. 무당과 손님도 궁합이 있어 드물게 이런 경우가 있었다.

"그것까지 내칠 수는 없군요. 들어오시죠."

미류는 중년을 신당으로 안내했다.

"내가 실은 빌딩을 짓고 있는데 삼재라도 든 건지……."

중년이 명함을 꺼내놓았다. 이름은 정택기였다.

지역 건달로 살던 중년, 작은 건설회사를 운영하면서 돈을 좀 모았다. 회사 규모가 조금씩 커지자 무리를 해서 본사 건물 건설에 착수했다. 자그마치 15층짜리 빌딩이었다.

거기서 제동이 걸렸다. 건축 허가까지는 앞, 뒷구멍으로 봉투를 뿌리면서 받아냈는데 온갖 민원과 사고가 줄을 이었다. 며칠 전에는 외벽 가림막이 무너지면서 인부 둘이 죽어나갔다.

크고 작은 사고에도 끄떡 않던 중년은 사망 사고가 나자 생각이 달라졌다. 땅에 귀신이 붙었나 생각하게 된 것이다.

용한 무당을 찾아갔다. 굿을 하자고 했다. 15층 빌딩이니 세 번의 공덕을 더해 4,500만 원짜리 굿판 제안이 나왔다. 거기에 너해 1,500만 원짜리 부적도 써야 한다고 했다.

원래 의심이 많던 중년은 뭔가 사기 같아서 집에서 가까운 이 골목을 찾아왔다. 그러나 꽃신선녀에 이어 부채신녀까지 굿부터 권하자 쌍욕을 하고 뛰어나온 참이었다.

"말이 됩니까? 내가 피땀 흘려 노가다로 번 돈인데 어디서 날로 처먹으려고……."

이야기를 끝낸 중년이 목청을 높였다.

이야기는 듣는 동안에 미류는 알았다. 이 사람이 짠돌이라는 걸. 이 중년은 악질적인 재하청업자라는 걸. 그의 빌딩은 영세 하청업자의 피를 빨아 이룬 마천루였다. 모든 이의 원망이 빌딩 곳곳에 배었을 테니 마천루가 온전히 올라갈 리가 없었다.

중년의 나이를 짚어보니 삼재하고는 상관이 없었다.

"방도가 없을까요?"

중년이 물었다.

"있지요."

미류가 대답했다.

"……!"

대답을 하고도 놀라는 미류였다. 전생륜도 보이지 않는 손님. 그런데 어디서 이런 자신감이 나왔을까?

그렇다고 사기를 치려는 것도 아니었다. 아직 강신하지도 않은 전생신을 믿고 허튼 공수를 내릴 생각도 아니었다.

그건 눈칫점으로 쌓아온 관록의 결과였다. 인과의 모든 것을 신의 공수로 풀 필요는 없었다. 이 중년의 경우가 바로 그랬던 것이다.

"좀 알려주시겠소?"

중년이 고개를 들었다.

"공덕 부족입니다!"

미류는 한마디로 대답했다.

"공덕 부족?"

"원래 높은 것은 공으로 덕으로 이루어가는 것입니다. 그걸 돌아보면 답이 나올 겁니다. 굿이다 부적이다 안 하셔도 좋으니 빌딩 안에 공덕을 채우세요."

"어, 어떻게……."

"혹시 그동안 밀린 공사 대금이 있나요?"

모른 척 물었다.

"조, 조금……."

"공사가 어느 정도 진행되었나요?"

"외벽은 끝나고 이제 내장 공사를……."

"그럼 공사 대금 밀린 분들을 모시고 입구를 닫으세요. 유리가 달리지 않은 창은 잠시 흰 종이로 막으세요. 그런 다음 공사 대금을 청산하시고 그분들에게 거하게 한턱 먹이세요."

"……?"

"그렇게 하시면 빌딩에 공덕이 차게 될 겁니다. 공사 대금을 받은 분들로부터 나온 밝은 기운이 인기(人氣)가 되어 액운을 밀어내게 될 겁니다."

"……."

"한 사람도 빼지 말고 부르세요. 음식은 하다못해 거기서 일하는 잡부나 청소부들까지도 똑같이 푸짐하게 먹이시고요."

"공덕이 없어서 그런다……."

"큰 빌딩은 덕망으로 지어야 합니다. 그런 것 없이 올린 마천루는 신기루에 불과하지요."

신기루!

자칫하면 무너질 수도 있다는 뜻이다.

중년은 말없이 돌아갔다. 미류에게 얻은 연꽃 지화 하나를 꼭 쥐고서.

오후 늦게 중년에게서 연락이 왔다. 미류의 말대로 하청업체 사장들을 불러 밀린 대금을 깨끗하게 정산했다는 것이다. 더불어 푸짐한 출장 뷔페를 불러 거하게 먹였다. 청소부도 잡부도 빠뜨리지 않았다.

효과가 바로 나왔다. 뜻밖의 일에 신바람이 난 사장들은 팔을 걷어붙이고 중년을 도왔다. 그들 전부가 공사 전문가였으니 크고 작은 하자를 다 잡아준 것이다.

나아가 골칫덩어리 민원도 죄다 취소되었다.

그 민원 중의 상당수는 감정을 품은 하청업체 사장들이 아는 사람을 시켜 넣은 것이었다.

"법사님 덕분에 일이 이렇게 풀렸습니다!"

저녁 시간에 달려온 중년은 아까와 달랐다. 그는 더 이상 불량기 넘치는 수전노가 아니었다. 기분이라며 미류에게도 500만 원 봉투를 내놓았다. 사양하지 않았다. 그는 연꽃 지화를 두 개 더 집어 갔다. 그게 왠지 마음을 편하게 한다고 했다.

정성껏 접은 지화가 정말 꽃을 피웠다. 미류에게는 보람을 안겨주고 중년에게는 재난을 면해준 것이다.

'허튼짓만은 아니었네.'

미류는 지화를 보며 웃었다. 쓸모없다고 여기던 지화와 부적 쓰기, 그리고 석채화. 그것들이 슬슬 효과를 내기 시작했다. 문제는 그 당시 미류의 자신감이었다.

미류!

22년 동안 정진해 온 무속에 대한 공부, 그중 하나의 결실을 본 날이었다.

다음 날은 종일 비가 퍼부었다. 하루 종일 미류는 분주했다. 그 첫째는 경면주사 구입이었다. 지화로 번 돈으로 경면주사 구입에 나선 것이다. 이유가 있었다. 길일이었다. 일 년에 여섯 번 든다는 경신일, 그게 바로 오늘이었다.

일 년에 여섯 번.

죽기 전에도 그날은 바빴다. 금값에 맞먹는 경면주사를 쓴다고 마누라에게 면박을 당해도 좋았다. 부적을 그리는 동안만은 행복했던 것이다.

한번은 그 부적함을 마누라가 홀랑 태워 버린 적이 있었다. 부적만 쓰면 돈이 나오느냐는 것이었다.

'그때부터 그녀에게 만정이 떨어지기 시작했지.'

미류는 우산 너머로 떨어지는 빗물을 보며 웃었다.

경면주사를 전문으로 취급하는 곳에 닿았다.

"안녕하세요?"

미류가 먼저 인사를 했다. 11년간 친하던 주인은 그대로였다. 다만 미류가 과거로 돌아왔으니 이제는 친한 상태가 아니었다.

"이 정도면 상품이라오."

주인이 경면주사를 꺼내놓았다. 경면주사라는 게 희귀석이긴 하지만 얼핏 보면 그냥 돌덩이다. 게다가 미류의 나이가 어리니 그저 그런 것을 꺼내놓은 주인이었다.

"그거 말고 안쪽 오동나무 궤짝 걸로 보여주세요."

"……?"

미류의 한마디에 주인의 눈이 휘둥그레졌다. 최상급 경면주사는 그 궤짝 안에 있었다. 죽기 전에 단골이던 미류가 모를 리 없었다. 하지만 주인 입장에서는 낯설고 애동으로 보이는 박수무당. 고개를 갸웃거리며 최상급을 들고 나왔다.

지화 일로 정택기 사장이 주고 간 500만 원을 그대로 내밀었다. 미류는 최상급 중에서도 가장 좋은 조각을 골라 들었다.

"누구에게 신내림을 받았소?"

주인이 물었다.

"표승 만신의 신제자입니다."

"아, 표승 만신. 어쩐지 물건 보는 눈이 예사롭지 않더라니……."

주인은 고개를 끄덕이며 경면주사를 포장해 주었다. 500만 원이나 쾌척했지만 받아 든 양은 많지 않았다.

부적!

미류는 기분이 좋았다. 경신일에는 특히 그랬다. 특별히 부적에 길일이라서가 아니었다. 자신이 잘할 수 있는 일, 그걸 할 수 있다는 게 좋았다.

점집 골목은 한가로웠다. 다만 딱 한 집만은 예외였다. 꽃신신녀의 신당이다. 하얀 벤츠가 선 것으로 보아 굵직한 손님이 온 모양이다. 어쩌면 복부인일지도 모른다. 꽃신신녀는 그런 손님들이 많았다.

타로의 가게 안에도 손님이 보였다. 20대의 여대생들이었다. 쌍골선사와 꽃신신녀가 야구의 장타자라면 타로는 단타에 능했다. 예전에 쌍골선사가 한 관상 평도 그랬다.

"콧날이 동서남북으로 굽은 터에 드물게 콧구멍이 보이니 안으로 어리석음이라. 그나마 봉황의 목에다 어깨 둥글고 귀가 곧으니 빌어먹지는 않을 상이라. 얼굴형은 사각인데 몸이 풍성하니 사람 그리울 새 없겠으나 간문이 어둡고 난삽하니 여색에 묻혀 종칠 생이로다."

그때 받아친 타로의 말도 명언이었다.

"그러니까 제가 하렘을 이루고 산다는 말씀이군요?"

하렘!

타로의 로망이다. 죽기 전에 1,000명의 여자와 자보는 게 소원이라고 했다. 천 명의 여자와 잠자리를 하면 고추는 무사할까? 미류는 하렘 왕국 타로 가게를 뒤로하고 집으로 들어섰다.

자시가 가까워지자 바빠졌다. 세 번의 양치 후에 맑은 물 한 모금을 머금었다가 동쪽을 향해 뱉었다. 이어 북쪽을 향해 7배를 하고 옥수를 올린 신단에도 인사를 했다. 아스라이 타들어가는 향과 초 위로 붓을 들어 세 바퀴를 돌린 후 경면주사 접시를 당겨 놓았다.

―용뇌 가루를 섞어 콩기름, 참기름으로 정성껏 갠 경면주사.

―괴목으로 만든 한지에 황색 물을 들인 괴황지.

―그리고 붓.

준비가 끝난 미류가 주문을 외우기 시작했다.

"밝고 밝으며 양강한 기운으로 꾸짖나니… 내 이 부적으로 명하노니 두루 상서롭지 못한 기운을 제거하고… 요괴를 굴복시켜 길하고 상서롭게 변하게 하도다. 급급여율령!"

미류의 붓이 황금빛 종이 위에 춤을 추기 시작했다. 경면주사의 냄새는 독특하다. 마치 양기의 덩어리를 찍어내는 느낌이다. 어떤 때는 구역질이 나기도 한다.

오늘은 아무렇지도 않았다. 저승에서 천부를 보고 온 탓일까? 부적에 눈이 뜨인 기분이다. 어쩐지 시야가 밝고 어깨도 가벼웠다. 부적을 관장하는 '글문도사'라도 껴안은 느낌이다.

그건 지화를 접을 때와는 또 다른 몰입이었다. 강신무에서 부당이 연풍돌기를 할 때의 그 무아지경, 맴돌기로써 신을 받아들이는 혼연일체가 거기 있었다.

자시에 시작한 미류의 부적 쓰기는 새벽이 가까워서야 끝이 났다.

비가 그친 다음 날, 점집 골목이 부산했다. 꽃신신녀가 주인공이었다. 그녀는 부채신녀의 집에 들르더니 옥수부인의 신당 문까지 열었다. 그녀의 집 앞, 오늘은 흰 벤츠가 무려 석 대였다. 어제 온 손님이 다른 손님을 끌고 온 모양이다.

그리고 그녀는 어쩐 일로 미류의 신당까지 들이닥쳤다.

"안에 있는가?"

꽃신신녀가 소리쳤다.

"무슨 일로······?"

미류가 나왔다.

"혹시 말이야, 표승 만신에게 얻은 부적이 좀 있느냐?"

'부적?'

"있느냐 없느냐 묻지 않느냐?"

"어떤 부적 말씀인지······?"

"만사자리부!"

만사자리부는 부동산 매매에 많이 쓰는 부적이다.

꽃신신녀는 급한 표정이었다. 딱 보니 벤츠 큰손님의 주문 같았다.

꽃신신녀는 원래 부적을 잘 쓰지 않았다. 따라서 다른 무당을 통하거나 불교용품 전문점에서 사다 쓰고 있었는데 급하게 원하는 모양이다.

"있기는 합니다만……."

"하나 빌려주거라. 사례는 할 터이니."

그녀가 재촉하기에 미류는 간밤에 쓴 부적함을 열어보았다. 대초관직부와 횡자부에 이어 만사자리부가 보였다.

"……!"

꽃신신녀가 움찔하는 게 보였다.

"과연 표승이로다. 이름이 헛되지는 않았어."

쓰지는 않으나 볼 줄은 아는 꽃신신녀. 부적이 마음에 드는 모양이다.

"죄송하지만 제가 쓴 겁니다만……."

미류가 넌지시 말했다.

"뭐라? 전생 네가?"

꽃신신녀의 반응이 180도로 급변했다.

"어젯밤이 경신일이라 부적의 길일 아닙니까? 자시부터 열심히 쓴 결과물입니다."

"이, 이게 전생이 쓴 부적이라고?"

"마음에 안 드시면 다른 데 알아보시죠."

미류가 부적함을 닫았다. 동업자로서 긴요할 때 부적 하나 내주는 일이야 어려울 것도 없는 일. 하지만 무시를 당하면서까지 줄 생각은 없었다.

"그게 정말 네가 쓴 거란 말이지?"

그녀의 눈이 안으로 향했다.

그곳에는 부적을 쓴 흔적이 고스란히 남아 있었다. 경면주사가 묻은 접시와 붓, 그리고 누런 종이들. 그녀는 경면주사 접시를 당겨 손가락으로 찍더니 혀를 내밀어 맛을 보았다.

"……!"

그녀의 안색에 또 한 번 지진이 일었다. 질 좋은 경면주사가 분명했다.

"바쁘실 텐데 살펴 가십시오!"

미류는 부적함을 집어 들며 변죽을 울렸다. 그러자 꽃신신녀의 손이 그걸 막았다.

"아니다. 제법 정성을 들인 거 같으니 한 장 빌려 가마."

꽃신신녀는 끝까지 자존심을 세웠다.

"죄송하지만 제 몸주께서 드리지 말라고 하십니다."

미류도 지지 않았다.

"뭐라?"

"그분의 신기를 인정하는 사람에게만 정당한 대가를 받고 드리라고 하십니다."

"……."

"꽃신신녀님이야 저보다 더 격이 높은 신령님들을 모시니 마음에 드실 리 없고… 그러니 이만……."

미류가 돌아섰다.

"아, 아니다. 돈을 내면 될 것이 아니냐?"

그녀의 품에서 나온 건 5만 원이었다.

"죄송하지만 100만 원 받으라 하십니다."

미류는 5만 원을 밀어냈다.

"백, 백만 원?"

꽃신신녀가 휘청거렸다. 미류의 베팅이 좀 컸다. 부적 한 장에 100만 원. 결코 작은 돈이 아니다. 게다가 점사를 받으러 온 손님도 아니고 무당 간의 거래가 아닌가?

하지만 미류는 미동도 하지 않았다.

'꽃신신녀가 인정할 것인가, 말 것인가?'

미류의 관심은 그것뿐이었다. 꽃신이 돈을 낸다면 그건 부적을 인정한다는 뜻이다. 그렇지 않다면 거저 준다고 해도 가져갈 꽃신신녀가 아니었다.

과거 이 골목에서 겪은 11년 동안에는 그런 일이 없었다. 미류가 쓴 부적을 보면 비웃음으로 일관하던 그녀이다.

"내가 발로 그려도 그보다 낫겠다."

그저 흉내만 낸 것이지 영험함이 없다는 그녀였다. 그러나 이제는 죽었다가 돌아온 미류. 지금 쓰는 부적도 그때와 같은지 알고 싶었다. 부적을 보는 꽃신신녀의 눈빛이 달랐기에 던진 베팅이다.

"끄응!"

잠시 신음을 토한 꽃신신녀는 결국 집으로 돌아가 100만 원을 가져왔다.

'돈이나 밝히는 놈!'

부적을 받아 든 그녀의 눈빛이 그랬다. 상관없었다. 그녀라면 복부인들에게 더 큰 돈을 받고 넘길 것이기 때문이다.

100만 원!

꽃신신녀를 털어먹은 100만 원. 속이 다 시원했다. 게다가 이 100만 원은 의미가 달랐다. 뭔지 모르지만 미류가 변하고 있다는 증거였다. 지화에 이어 부적까지, 비 내린 뒤에 땅이 굳는다더니 윤희의 일을 잘 삭여낸 덕일까?

'진짜 꿀 빠는 인생이 다가오는 건가?'

미류는 전생신의 무신도를 향해 두 손을 모았다.

이튿날 기도가 끝나갈 무렵 경락을 훑고 가는 뜨끔함을 느꼈다. 신명을 각성하기라도 하는 걸까? 뜨끔함은 이내 멈췄지만 기분은 괜찮았다. 그때 전화가 울었다. 표승이었다.

"선생님……."

―좋은 꿈 꾸었고?

표승이 물었다.

"네, 선생님 덕분입니다."

―앞으로 창창대길할 게다.

"고맙습니다."

―혹시 오늘 예약 손님 있나?

"아닙니다만……."

―그럼 오후에 시간 좀 내거라. 매아당한테 좀 들르게.

"매아당님이요?"

―그날은 중요한 내림굿이 있다고 안 왔지만 같은 신줄기인데 개업 인사는 해야지.

스승은 매아당을 좋게 말했다. 스승은 그런 사람이었다.

―싫으냐?

"아닙니다. 제가 선생님 댁으로 가겠습니다."

―그러거라.

대답을 듣고 전화를 끊었다.

매아당!

기분이 좋지 않았다. 미류가 좋아하는 사람이 아니었다. 신족보로 보면 신아버지 표승 만신의 신누이뻘이다. 표승의 신어머니인 마고 할매를 통해 표승보다 앞서 신제자가 된 매아당. 따져보면 미류에게도 신고모뻘이었다.

그녀가 무속인의 길을 걸은 지도 어언 60여 년. 서울에서는 한때 우담할망과 함께 양대 산맥으로도 불렸다. 재벌들 사업점도 많이 본 그녀이다. 그러나 그런 영화에도 만족을 못 하는 무당이었다.

그녀는 표승이나 우담할망과 가는 길이 달랐다. 표승과 우담할망이 무속인의 정도를 고집하는 것과 달리 사업 무당 쪽으로 걸었다. 브로커에게 뒷돈을 찔러주고 방송에 출연해 유명세를 타고 돈도 긁었다. 사주점 프로그램도 개발했다. 나중에는 신병(神病) 기미가 있는 사람들에게 내림굿 장사까지 해가며 돈벼락을 맞았다.

그것뿐이면 양반이다. 매아당은 별비 밝히는 것으로도 유명했다. 별비란 굿을 하는 도중에 찔러주는 돈. 굳이 설명하자면 '팁' 정도가 된다. 매아당은 이 별비가 짭짤하게 나오지 않으면 온갖 핑계를 대고 대주와 기주를 털어대는 사람이었다.

그렇다고 재벌이 된 것도 아니었다. 허투루 번 돈은 줄줄 새었고, 결국에는 난봉꾼에 사기꾼을 만나 한입에 탈탈 털렸다. 그쯤이면 자기 잘못을 깨달아 자중할 만도 하건만 늘그막에도 돈독이 사라지지 않아 내림굿 전문으로 나선 사람이다.

한마디로 돈벌레!

이제 신빨이 떨어졌으니 말로 희롱하고 호통으로 때우나 하늘도 무심하여 신기가 내리는 날이 더러 있으니 관록에 더해 오만까지 떨었다.

그 행실이 곱지 않아 표승도 마음에 들어 하지 않았지만 그녀가 신누이뻘인 데다 신어머니의 당부까지 있었기에 대접을 하는 처지였다.

매아당은 입도 쓰레기를 닮았다. 무속인들이야 공수를 하므로 일반인 입장에서 보면 호령하는 느낌을 받지만 그것과는 질이 달랐다. 이건 공수가 아니고 대놓고 쌍욕을 했다.

"이런 쌍년이······."

"지랄 염병을 바가지로 처마시다 오장육부 숭숭 녹아날 놈이······."

차마 열거하기도 낯 뜨겁다.

미류도 여러 번 당한 처지이다. 그럼에도 불구하고 특별한 날, 특히 일 년에 한 번 찾아가는 마고할미의 산신제에서는 꼬박꼬박 만나는 처지라 고스란히 스트레스가 되었다.

'할 수 없지. 이번 인사를 마지막으로······.'

인품 좋은 우담할망도 아니고 매아당. 생각만으로도 몸서리가 쳐지지만 표승을 보아 인사는 차릴 생각이다.

신당에서 나왔다. 타로가 지나가는 사람을 호객하고 있다.

"어이!"

그가 불렀지만 못 본 척했다.

"사람 말 안 들려?"

타로가 다가와 미류의 어깨를 돌려 세웠다.

"왜 이러십니까?"

"어제 꽃신 누님께 부적 팔았다며?"

"······."

이 인간, 소식은 빠르다.

"야박하게 왜 그래? 그냥 바쳐도 시원찮을 판에."

"볼일 끝났습니까?"

"그 돈 돌려 드려. 아, 까놓고 말해서 꽃신 누님이 전생부적 가져다 쓰는 것만 해도 영광 아니야?"

"누가 영광인지는 두고 봐야 알죠."

미류가 웃었다.

"뭐야?"

"그럼 바빠서 이만……."

"어이, 어이, 전생!"

타로가 소리치지만 돌아보지 않았다. 붉으락푸르락해진 얼굴이 볼 만했다.

"곧 점 골목 연합회 환영식 겸 신고식 자리 있을 거니까 그렇게 알라고!"

타로가 목청을 높였다.

그러거나 말거나 미류는 귀담아듣지 않았다.

"후어워어이!"

표승과 함께 매아당의 신당에 들어설 때였다. 손님을 내보내던 매아당이 문 앞에서 뭔가를 휙 흩뿌렸다. 얼굴이 따가웠다. 얼굴을 때린 물건들이 후두두 바닥에 떨어졌다. 쌀알이다.

한때는 명두에 쌀알을 붙이기도 했다는 신기의 매아당이다. 명두에 제석할아비가 들어와 신점을 내린다는 때였다. 쌀알 몇 개 붙이는 무당이야 흔하지만 그녀는 격이 달랐다. 한 줌을 뿌리면 죄다 명두에 달라붙었다는 것이다. 그걸 찍은 사진도 있었다.

미류는 믿지 않았다. 매아당의 말이라면 콩으로 메주를 쑨다고 해도 고개가 저어지는 미류이다. 열 번 양보하고 들어가 그렇다고 치자. 그러나 지금은 말짱 눈속임이라는 걸 알고 있건만 여전히 우려먹은 모양이다.

"이놈아, 어디서 잡귀를 줄줄 매달고 와?"

매아당은 팔선채로 미류의 이마를 때렸다. 못된 버릇 발동이다. 소위 신어머니랍시고 제 신딸들에게도 이렇게 갑질이다. 한두 번 겪는 미류가 아니므로 부채를 막아냈다.

"이놈이 신벌을 막네그랴? 네놈이 잡귀를 주신으로 삼더니 아주 눈깔이 홀까닥 삐었구나?"

"거 또 웬 심통이시오? 축하는 못 할망정."

옆에 서 있던 표승이 웃었다.

"축하는 무슨 축하? 동상이 이러니까 우리 신엄마를 우습게 아는 거 아니야?"

매아당은 주름으로 쭈그렁탱이가 된 얼굴을 구기며 나섰다.

"내가 뭘요?"

이제는 저 심술에 이골이 난 표승이 자리를 잡고 앉았다.

"이런 선무당 날라리 놈에게 축원굿이라니? 늙어 꼬부라지니 노망이라도 난 거여?"

매아당은 표승 앞에서도 팔선채로 허공을 저었다.

성질머리가 지랄 막급이다. 그런데도 좋다고 찾아오는 단골이 있으니 참 모를 일이었다.

"그만하시고 우리 미류에게 축원이나 좀 하시구랴. 이제는 이 아이들 시대라오."

"헛소리하고 자빠졌네. 이것들이 뭘 알아? 말이야 바른 말이지, 접신을 제대로 하나 작두를 타나? 그저 주워들은 풍월로 주둥이 떠벌리며 돈이나 알겨먹는 놈들."

"기력도 없을 텐데 그 입은 아직도 팔팔한 청춘이오? 우리 미류도 새로 모신 몸주에게서 기막힌 쌀 축원을 받았다오."

"홍! 누굴 속이려고. 보나 마나 제 놈이 수작을 부린 게지."

"그 삐딱한 심보, 그만 놀리시오. 손님이 왔으면 차라도 한잔 주실 것이지."

"사이비가 무슨 손님이야? 훠어이, 잡귀야 물렀거라. 우리 천신님, 신령님, 대감님, 동자님 안전인데 어딜 알짱거린단 말이냐?"

매아당이 동서남북으로 팔선채를 휘둘렀다.

정말이지, 머리통이라도 쥐어박고 싶은 미류였다. 저놈의 마음보는 언제나 고와질까?

전생신도 무심하지. 기왕이면 저런 인간에게 벽에 똥칠하는 전생이나 꽉꽉 안겨주면 좀 좋을까?

벼르며 바라봐도 그녀의 꽃갓 위에는 고운 깃털만 수북했다. 너무 몰입했더니 노인네 구린 노린내만 날 뿐이다.

신단도 매아당을 닮았다. 저놈의 신단 음식은 언제 차린 걸까? 떡은 고물이 말라붙을 지경이다. 저승의 꽃을 표현하는 지화 또한 땟물이 줄줄 흐른다. 정말이지, 신이 내려오다가도 돌아갈 것 같았다.

그나마 버티는 건 관록이 밴 물건들 덕분이었다. 특히 명두가 그랬다. 손때가 손 광택을 낸 차보다 반질하여 눈길이 가는데도 일곱 북두칠성 별 조각은 하나도 닳지 않은 신기한 물건. 저 명두는 원래 신할머니가 표승에게 준 것이다.

하지만 자기 서열이 위라며 억지를 부려 매아당이 차지했다. 본시 신할머니가 첫 제자인 자기에게 준다고 해놓고 정신이 오락가락하여 표승에게 주었다는 것이다. 마음 좋은 표승은 명두를 양보했다. 그렇다고 해도 매년 한 번 신할머니의 산제에서 볼 수 있으니 문제 삼지 않은 것이다.

"이놈아, 뭐 해? 냉큼 어깨나 주무르지 않고?"

성하지 않은 관절 탓에 매아당이 생으로 시비를 걸었다. 표승을 보아 또 참았다.

"아이고, 덥다. 이제는 모자도 버거워서 원……."

꽃갓의 끈을 푼 매아당이 모자를 벗어 들었다. 그녀의 민머리가 드러났다. 원형 탈모다. 심술만큼이나 꼴불견으로 듬성듬성 빠진 머리가 세월의 풍파를 실감 나게 해주었다.

참자!

스승님 얼굴을 봐서.

忍!

忍!

忍!

마음속에 참을 인 자 세 번을 눌러썼다. 그렇게 어깨를 주무르던 미류는 결국 숨이 막혀 버렸다.

'맙소사!'

모자를 벗자 드러난 탈모 백발 위용의 매아당 머리통. 그 희멀건 속살의 비듬을 배경으로 전생륜이 피어난 것이다.

전생륜!

틀림없었다.

신당의 신기만큼이나 시들거리는 전생령들이다. 느낌이 왔다. 보아 하니 횡재수 안겨주는 신통력의 전생령은 아닐 것 같았다.

'당신, 끝났군!'

문득 신명 섞인 예감이 느껴졌다. 놀란 미류가 허공을 보았다. 전생신의 강신은 아니었다. 그렇다고 매아당의 신이 미류에게 들 이유도 없었다. 그럼에도 불구하고 울림으로 다가오는 신명의 소리.

슬슬 신명이 열리려는 조짐인가?

영기의 경락이 눈을 뜨려는 조짐인가?

미류!

지화를 꽃피운 엊그제 느낀 그 무엇이 온몸을 짜릿하게 쓸고 지나 갔다. 미류는 매아당의 전생륜을 들여다보았다. 대체 무엇이 미류의 영감을 끈 것인가 궁금증을 안고서.

웅? 그런데 이건 또 웬일?

와르릉!

신당 안에 천둥소리가 작렬하더니 신단 위에 지진이 일었다.

"에구머니나, 우리 신이 노하셨네?"

기겁을 한 매아당이 발작적으로 일어섰다. 그러고는 왈딱 호흡을 멈췄다. 하얗게 뒤집힌 눈알과 불뚝거리는 심장, 활처럼 거꾸로 휜 허리가 미류 눈에 들어왔다.

쩔렁!

미류 자신도 모르게 신방울이 울었다. 방울 소리를 따라 매아당의 삭신 마디마디에서 영가가 맺히는 게 감지되었다. 희미하지만 느낄 수 있었다.

'탈신이다!'

접신은 보았지만 탈신은 본 적 없는 미류. 그러나 본능적으로 감이 왔다. 순간 매아당은 기를 쓰고 신당을 향해 돌아섰다. 나가는 신을 잡으려는 것이다. 그러나 마음뿐이다. 몸이 몸주를 이기지 못하는 판이다.

"몸주께서 나가려는 모양입니다."

잠시 전화를 받고 들어오던 표승에게 미류가 말했다.

"매아당의 몸주가?"

표승의 눈이 휘둥그레졌다.

"뼈마디에서 영가가 나오는 것 같았습니다."

"……?"

표승의 경악은 미류를 향했다. 유일한 신제자 미류. 그러나 큰 재능이 없는 제자였다. 신당개업을 위해 산제를 지내러 가기 전까지는 분명히 그랬다.

그 후로 변했다. 축원굿 때 본 쌀점의 놀라움. 그건 우연이 아닌 모양이었다. 그렇기에 탈신의 영가를 미류가 본 모양이다.

매아당은 기고 또 기어 겨우 문지방에 닿았다. 그 손 하나가 문지방을 넘기 무섭게 매아당은 사납게 밀려났다.

"끄억!"

꿈틀거리는 입에는 피거품이 선연하다.

"……!"

진짜 탈신이었다. 미류는 확신했다. 신당 안의 느낌이 돌연 허해진 것이다. 그나마 헐렁하던 신기(神氣)가 탈수기를 돌린 듯 쫙 빠져 버린 것이다.

"허어!"

표승도 그걸 알았는지 끝내 주저앉고 말았다.

몸주가 나갔다는 것, 무당으로서 숟가락을 놓을 일이다. 물론 다른 몸주를 들일 수 있기는 했다. 하지만 미류는 고개를 저었다. 매아당에게는 폐신(廢神)이었다. 다시는 신을 받을 수 없는 폐신.

신빨이 떨어지자 늘그막에 수비(잡귀, 잡신)까지 끌어들인 매아당. 잡귀, 잡신들이 뭔가를 느꼈다. 그랬기에 알아서 방을 뺀 것이다.

미류는 부축하는 척 그녀의 머리를 확인했다.

대체 매아당에게 배당된 검은색 전생령이 무엇이길래 무신들이 제 발로 짐을 꾸린 걸까?

"……?"

전생령을 확인한 미류의 미간이 일그러졌다. 당첨된 전생령은 정신
병령이었다. 주변이 처연했다. 어쩐지 참담한 삼살(三殺)의 냄새가 나
는 것 같았다. 세살(歲殺), 겁살(劫煞), 재살(災殺)을 합친 삼살은 최악의
재앙이다.

팔난(八難)도 서렸다. 지옥과 축생, 아귀와 장수천, 맹롱음아, 울단
월, 세지변총, 생재불전불후……. 미류는 어깨부터 굳어오는 긴장감
을 간신히 털어냈다.

그 미칠 듯한 긴장감을 박차고 정신병령이 폭주했다. 썩어 문드러
진 팔에서는 피 대신 액체가 흘러내렸다. 병령의 주변은 온통 시체투
성이였다.

순조 당시의 천주교도 토벌 현장이었다.

피로 물든 고을에는 까마귀조차 울지 않았다. 그곳에서 움직이는
건 오직 정신병령 하나였다. 그는 창검과 화살에 꿰뚫린 온갖 시체
의 육액(肉液)을 밟으며 춤을 추었다.

들썩들썩!

신기(神氣)와 광기의 결정체였다. 목과 어깨에서는 십자가와 염주가
덜그럭거렸다.

"……!"

그 눈과 마주쳤다. 보기만 해도 광기가 오싹한 정신병령의 눈빛. 피
가 마르고 오금이 저려왔다. 차마 꿈에서도 보고 싶지 않은 광경이다.

"크에에엑!"

정신병령이 천지사방으로 날뛰며 포효할 때, 미류는 눈을 감아버렸다.

'당신은 끝났어!'

끝났다고!

아까 느낀 영감이 다시 한 번 메아리쳤다. 느낌으로 보아 패가망

신에 백년망조를 더할 일. 어차피 피할 수도 없는 일이기에 매아당의 정수리 안으로 전생령을 삽입해 주었다.

고이고이!

신아들뻘답게 정성을 다해.

"꾸웹!"

매아당은 한 길 높이로 펄쩍 뛰었다. 그 요동이 심해 신낭이 흔들릴 정도였다.

"우웨엡!"

이번에는 덩어리 같은 게 가슴께까지 불뚝거린다. 이어 입술과 복부에도 미칠 듯한 경련이 일기 시작했다. 그러다 마침내 그녀의 입에서 충격적인 말이 새어 나왔다.

"중생 개돼지, 제사개뿔, 옴마니반메훔, 도로아미타불, 아멘!"

"……?"

풀벌레 소리 섞인 괴이한 목청에 희번덕이며 뒤룩거리는 눈. 믿기지 않게도 그녀의 목소리는 공수와 반대, 즉 맥이 풀리고 또 풀리는 소리였다.

"매아당 누님!"

표승이 소리치지만 소용없었다. 신단으로 다가선 그녀는 바로 신단을 엎었다. 천장에 주렁주렁 매달린 주렴도 작살을 냈다.

"잡귀야, 물럿거라. 예수천당, 불신지옥, 옴마니반메훔, 여율령여율령, 아멘아멘……!"

심지어는 촛대를 뽑아 들고 지화에 불을 댕기는 매아당.

"거기 누구 없느냐?"

그녀를 휘어잡은 표승이 소리쳤다. 미류가 불을 끄는 사이에도 매아당은 표승의 품 안에서 발작을 해댔다. 밖에 있던 신딸 둘이 달려왔지만 머리끄덩이를 당기고 치마를 물어뜯으며 짐승처럼 폭주하는 매아당이었다.

"나무관세음보살."

표승이 황급히 보검수진언을 외우기 시작했다.

"옴 데세 데야 도미니 도데 사타야 훔바탁. 옴 이네 이네 이바야 과하 시리에 사바하."

주문을 외운 표승의 손이 매아당의 가슴을 짚자 연기가 솟았다.

"께에엡!"

매아당은 마디마디 부서질 듯 경련을 해댔다. 미류가 합세해 신방울을 울렸다.

쩔렁쩔렁쩔렁!

방울 소리.

신기하게도 매아당의 시선은 방울 앞에서 멈추었다. 터질 듯 불뚝거리던 눈동자가 살포시 감겼다. 그러자 그녀 주변에 어지럽던 수비들의 빛이 꺼졌다. 잡귀가 사라진 것이다.

"휘이워이, 타타타타, 토토토토!!"

매아당은 알 수 없는 말을 쏟아내고는 의식을 잃었다.

"허어, 그렇게 그만 쉬랬더니 그예 험한 꼴을 보는구나."

표승은 겨우 한숨을 돌렸다.

그 한숨 너머로 매아당의 머리가 보였다. 이번에도 운명창이 떴다. 그런데 이 운명창은 여러 겹으로 흔들려 보이더니 중간에서 한 글자가 선명해졌다.

[명예운 中… 00%]

"……?"

운명창을 바라보던 미류는 숨이 막혀왔다. 스쳐 가는 글자 하나가 보인 것이다.

中.

가운데 중이다.

'중?'

무슨 뜻일까? 다른 글자는? 더는 보이는 글자가 없을까? 미류는 뚫어져라 운명창을 바라보았다. 한 글자로 끝난 거란 말인가?

"……!"

지성이면 감천이다.

눈알이 쏟아질 듯 바라본 탓인지 中 자 뒤에서 또 다른 글자가 선명해졌다.

上.

이번에는 위 상이다.

中上.

합치면 중상.

운에 대한 기세를 나타내는 거라면 매아당의 명예운이 약 50점대라는 것. 운명론에 100점은 없으니 나쁘지 않은 운이다.

골똘해 있던 미류는 한 번 더 뒤집어지고 말았다. 그 또한 운명창 때문이었다.

[명예운 中上 58%]

이번에는 뒤쪽의 수치까지 선명해진 것이다.

'아아!'

하마터면 주저앉을 뻔했다.

100년에 한 번 나오는 용한 무당쯤 되어야 읽어낼 수 있다는 운명창의 수치. 그게 미류 눈에 들어온 것이다. 그러나 놀라움은 고작 시작에 불과했다. 넋을 놓은 미류의 눈앞에 이번에는 다른 창까지 주르룩 세트로 떠오른 것이다.

　[가정운 00 00%]

　[건강운 00 00%]

　[학벌운 下下 06%]

　[재물운 00 00%]

　[명예운 下下 08%]

　'아아!'

　미류는 더는 버티지 못하고 그 자리에 주저앉았다.

마침내 강신하다

눈에 들어온 건 모두 다섯 개의 운명창. 당장 읽을 수 있는 건 한두 개에 불과했다. 집중해서 보니 명예운의 수치가 바뀌어 있었다. 처음에는 58이었다. 그러나 지금은 사라진 앞쪽의 숫자 5.

그렇다면 그녀의 명예는 바닥 수준이라는 의미.

미류의 머리가 핑핑 돌아가기 시작했다. 원래 매아당은 무속계의 입지가 괜찮은 편이었다. 그래서 中上이었다. 신어머니와 표승 덕분이다. 그러나 늘그막의 노욕이 모든 것을 망쳤다. 거기에 미류가 더한 전생령이 치명타를 가했다.

그러나 전생은 좀 달랐다. 그녀의 전생은 무려 열일곱 번. 대부분이 도를 이루거나 업적을 이루는 생이었다. 그런데 이번 생에서는 그 반대가 된 것이다. 착실하게 이룬 업적을 슬금슬금 무너뜨린 삶. 그건 전생신의 심술이었을까, 아니면 실패 속에서 자아를 찾으라는 뜻이었을까?

'학벌창…….'

그 안의 숫자를 보는 사이에 다섯 개의 운명창이 희미하게 명멸해 갔다.

미류는 움직이지 못했다. 사람의 운명을 나타내는 상태창. 그게 다섯 개나 한꺼번에 보였다. 어렵지도 복잡하지도 않았다. 볼 수만 있다면 삼척동자도 운명의 해석이 가능한 일이었다.

'두 개는 선명했어.'

미류의 머리에는 아직도 학력창과 명예창이 벼락 줄기처럼 선명했다. 하나도 아니고 두 개나 읽게 된 미류. 얼이 빠지고 또 빠져도 이상한 일이 아니었다.

"미류 법사!"

매아당이 구급차를 타고 가자 표승이 미류를 바라보았다.

"예."

"매아당 일은 볼 낯이 없다만 너는 대견하구나."

"……."

"이제 영가도 보이는 것이냐?"

"아직은 희미하여 영감 수준입니다."

"아니다. 아까 그 탈신, 나는 몰랐다. 나뿐만 아니라 매아당도 몰랐겠지. 오직 너만 안 거야."

"……."

"네 몸주께서 굉장한 신통력을 지닌 모양이구나. 부디 잘 받들어서 신명을 떨쳐보거라."

"노력 정진하겠습니다."

"우리 신누님은 과한 욕심 화를 부른 게다. 결국 이렇게 험한 꼴을 보는구나."

표승이 고개를 저었다.

표승을 먼저 보낸 미류는 침통해하는 신딸에게 다가갔다. 확인할 게 있었다. 매아당의 학력 때문이다. 미류가 아는 매아당은 만년에 학사를 따고 석사 학위까지 가지고 있었다. 툭하면 학위장 흔들며 자랑질을 하던 그녀였으니 틀릴 일도 없었다.

그런데 학벌창에 下下가 나왔으니 궁금해졌다. 어쩌면 운명창이 단순한 환상이었거나 떠나는 수비들의 장난질일 수도 있다고 본 것이다. 그래도 어엿한 석사 출신, 게다가 나름 무속 공부도 했는데 下下로 평가되니 이치에 맞지 않았다.

답이 나왔다.

전생신이 옳았다.

매아당은 학점제 학사를 땄다. 석사도 인터넷 수업을 주로 하는 곳에서 땄다. 그 과정은 전부 한 신딸이 대신했다. 그러니까 졸업장에 자기 이름만 올린 것이다. 무속도 공부는 모양새고 오직 감(感)이었다. 그렇기에 툭하면 욕설로 부족함을 때운 것이다.

그걸 알고 있는 신딸이었다. 원래는 죽을 때까지 비밀로 하기로 했으나 매아당이 저 꼴이 되자 놀란 마음에 입을 열어버린 것이다. 그 또한 전생류에 따른 팔자의 변화가 옳았다.

'이제 편안히 쉬시기를……'

그래도 신고모뻘의 매아당. 그녀를 위한 축원 한 줄은 잊지 않았다.

점 골목 연합회 신고식은 쉽게 이루어지지 않았다. 다들 바쁘기도 하고 마음도 없다는 증거였다. 달리 원하는 일도 아니었기에 신경 쓰지 않았다.

그사이에 전생신 무신도는 완성에 가까워지고 있었다. 석채를 입힐 때마다 마음이 뿌듯해졌다.

보름이 더 지났다.

살짝 초조한 마음이 들었다. 매아당 이후로 전생류의 등장이 뚝 그친 것이다.

매아당의 신당은 끝내 문을 닫았다. 마지막을 정리한 건 표승이었다. 북두칠성이 새겨진 명두는 표승이 챙겨 갔다. 미류에게 부담이 될까 봐 선모만 데려가서 정리를 끝낸 모양이다. 신당에 있던 신딸들은 자기 길을 찾아갔다.

전생 책을 읽었다. 지금까지 공부해 온 무속 책만으로는 알 수 없는 것들이 많았기 때문이다. 책에는 전생을 보는 방법도 있었다. 깃털이나 얇은 옷감, 종이를 통해 사람을 보면 그의 전생이 보인다는 이론이었다. 전체 내용은 무속의 업과 크게 다를 바 없었다. 콩 심은 데 콩 나는 것이다.

전생을 기억하는 실험에 관한 책도 있었다. 그것에 의하면 자기 전생을 기억하면서 사는 사람도 많았다. 저 유명한 피타고라스가 대표적이라고 했다.

티베트의 라마승과 알래스카의 한 부족은 죽을 때 아예 자신이 다시 태어날 것을 예언한다고도 한다. 이들은 자신이 다시 태어날 부모의 이름을 지정하고 그 증거로 죽기 전의 흉터를 그대로 달고 오겠다고 예언했다. 실제로 그런 일이 일어나기도 했다고도 전해진다.

오싹했다.

전생!

어릴 때는 그저 호기심이었다.

"나는 전생에 뭐였을까?"

"너는 먹보니까 돼지였을 거야."

"그러는 너는 오두방정 떠니까 원숭이?"

사춘기 때는 친구들과 되도 않는 대화를 나누기도 했다.

그러다 표승의 갑장인 스님 말씀이 떠올랐다.

중생들은 이생에 공부를 하러 왔다고.

누구든 게임처럼 생의 미션을 가지고 세상에 왔다는 것이다. 그리하여 끊임없이 자신을 교정하며 자아 완성의 길을 간다는 것이다.

―부자는 부자로서 생을 탐구하고,

―거지는 거지로서 생을 탐구하며,

―병자는 병자로서 아픔을 탐구하며,

―외로운 자는 외로움으로 자아를 공부하러 온다는 것.

책을 덮었다. 전생신과의 계약이 효력을 발휘하려면 남은 과정이 있었다.

정해진 날에서 약 45일 경과.

마음이 조급해지기 시작했다.

사람의 마음에는 요물이 들어 산다. 요물은 일만 가지 둔갑술을 벌여 오만 가지 생각을 낳는다. 미류도 그랬다.

'마지막 일곱은 단체로 오려나?'

초조해지는 마음을 달래려 거리로 나갔다.

네거리 카페의 테라스에 앉아 에스프레소를 시켜놓고 오가는 사람들에게 시선을 세팅했다. 그들 머리 위에도 전생륜은 없었다. 커피는 저 혼자 식어갔다.

하루가 저물었다. 그리고 또 하루…….

마지막 49일 차!

운명의 그날이 결국 미류의 하늘에 해를 띄웠다.

겨우 여윈잠을 자고 일어났다. 시간은 새벽 3시였다. 하던 대로 몸을 썼고 새벽 치성을 올렸다. 마지막 합장을 하고 바라본 전생신은 변함이 없었다. 아니, 오늘따라 더 냉담해 보였다.

―드라마틱하게 오늘 밤 자정 즈음에 남은 미션을 단체로 보내려나?

―그런 건 영화 아니면 소설에나 나오는 스토리지.

'그럼 그렇지. 내 복에 무슨……'

잊고 있던 자학이 머릿속에서 바글거렸다.

뭔가 잘못되었군.

천하 박복하니 내 복을 내가 찬 걸까?

아마도 매아당이 문제였던 모양이다. 그때까지는 종종 등장하던 전생류들. 그러나 그날 이후로 완전하게 끊겨 버렸다.

그래, 한 번 죽은 놈이 두 번은 못 죽으랴. 꿀까지는 아니어도 설탕 맛은 조금 본 환생이었지. 탓하지 않기로 했다. 누구도, 무엇도…….

무복을 고이 내려놓고 옷을 갈아입었다.

〈선생님, 고맙습니다!〉

신아버지 표승에게 남기는 메모를 놓고 신당을 나섰다. 마지막으로 어머니를 보려는 생각이었다. 남은 건 오늘 하루. 아들을 알아볼 정신은 아니지만 얼굴이라도 보고 가는 게 옳을 것 같았다.

요양원은 가까웠다.

오늘따라 그랬다.

버스에 올라 창을 내다보는 사이에 도착해 버린 것이다. 근처 상가를 찾았다. 엄마가 좋아하는 커피 맛 스카치 캔디를 사고 감자탕을 1인분 주문했다.

"고기 많이 붙은 부위로 주세요."

잘난 효심이 거기서 작렬했다.

혹시나 식을까 싸고 또 쌌다. 들어간 돈은 8천 원. 못난 아들이 엄마에게 바치는 최후의 만찬이 될 판이다.

'가자!'

요양원 대기실에서 거울을 본 미류는 마음을 다졌다. 이 웃는 얼굴 그대로 엄마와 인사를 하고 떠날 생각이다. 남은 돈 뭉치는 마음 좋아 보이는 간호사에게 맡겼다. 어머니에게 이따금 사탕이라도 사 드리고 생일날 작은 케이크라도 준비해 드리라고.

"들어가세요."

간병인이 문 앞에서 말했다. 살짝 문을 연 미류,

"엄마!"

큰 소리로 외쳤다. 하지만 애써 지은 미소는 문 안의 풍경으로 인해 무너져 내렸다.

"……!"

미류는 굳은 표정 그대로 들어섰다. 병실은 어두웠다. 해가 질 무렵이기도 하지만 전체 분위기가 그랬다. 어머니는 침대에서 엉거주춤 허리를 세우고는 벽을 미는 듯, 쓰다듬는 듯 긁어대고 있었다.

"까꿍!"

잊고 있던 재롱을 한번 떨어보았다. 그제야 어머니가 돌아보았다.

"누구야?"

"누구긴, 엄마 아들이지."

"마들?"

"아들!"

"내가 아들이야?"

"아니, 내가 아들!"

"저리 가. 우리 아들은 용한 무당이야. 그런 옷 안 입어. 예쁜 꼬까 때때옷 입고 덩실덩실……."

어머니의 손이 느리게 허공을 갈라댔다.

"맞아. 나 예쁜 옷 입어. 다음에는 꽃갓에 예쁜 홍철릭을 입고 올게."

미류는 어머니를 침대 난간 가까이 당겨놓았다.

"이거 뭘까?"

스카치 캔디를 입에 물려주고 포장을 가리켰다.

"똥?"

어머니는 사탕을 빠느라 볼을 옴짝거리며 대답했다.

"땡! 틀렸어요. 다시!"

"요강?"

"짜자잔! 엄마가 좋아하는 감자탕. 돼지 뼈 왕건이도 왕창 들었지롱!"

딴에는 마술사처럼 폼 나게 포장을 벗겼는데, 빌어 처먹을 눈물이 멋대로 감자 위에 떨어지고 말았다.

"감자다!"

어머니는 하필 그 감자를 집어 들었다.

젠장!

"이렇게 해봐. 내가 먹여줄게."

눈물샘을 눌러놓은 미류는 감자를 받아 그릇에 넣고 먹기 좋게 잘라 입에다 내밀었다. 스카치 캔디는 잠시 입에서 꺼내(?) 포장지 위에 키핑(Keeping)해 둔 채.

"아!"

"아~!"

어머니가 찢어져라 입을 벌렸다.

"맛있어?"

"똥 맛이야!"

"무슨 똥?"

"황금 똥."

"그게 엄마 똥이야?"

"응, 내 똥 칼라 파워. 우리 요양원에서 젤로 예쁜 똥!"

어머니가 양 엄지를 세우고 흔들었다.

"많이 먹어. 내가 엄마 주려고 살 제일 많이 붙은 걸로 골라 왔어."

이번에는 살점을 발라 먹여주었다.

"똥 맛 최고!"

어머니는 침까지 흘려가며 천진하게 웃었다. 그 미소를 보자니 미류의 눈에 샘물이 출렁거렸다. 미류가 기억하는 어머니가 아니었다. 그 하얗고 곱던 어머니. 미류를 위해서라면 지옥 불길도 마다하지 않던 사람. 실제로 어머니는 폭우 퍼붓는 밤에도 침술의 대가가 있다는 산골길을 마다하지 않던 사람이었다.

단언컨대 신사임당보다도 엄마가 더 예쁘고 자랑스럽다고 생각하던 때의 어머니는 어디로 갔을까?

미친!

범인은 너야.

'이제 와서 효자인 척하기는……'

괜히 숨골이 막힌 미류가 물을 찾았다.

발칵발칵!

쉬지 않고 마셔댔다. 물이 목적이 아니었다. 먹먹해진 가슴을 숨기려는 것이다. 그래도 다행히 눈물은 눈꺼풀 안에서만 찰랑거렸다. 절반의 성공이다. 어머니 앞에서 절대로 울지 않으려던 각오, 반은 지킨 셈이다.

"우리 무당 아들!"

그때였다. 어머니가 돌연 옛날의 목소리로 미류를 불렀다.

"······?"

놀란 미류가 마시던 물을 뱉으며 돌아보았다.

"이제 안 아파?"

어머니가 웃었다. 착각인지 모르지만 예전의 그 미소가 분명했다.

"엄마?"

"같이 먹자. 너도 삶이 고단할 텐데."

"엄마!"

어머니가 맨손으로 감자를 내밀었다. 잠시 정신이 돌아온 걸까?

"에라, 이 미친놈아! 너, 나 잡으러 온 거지? 네 얼굴에 저승사자 냄새가 배었잖아!"

입을 벌리는 순간 돌변한 어머니가 감자로 미류의 얼굴을 뭉갰다.

"엄··· 마!"

뜻밖의 행동에 결국 눌러둔 눈 안의 샘물이 넘쳐 버리고 말았다.

"이놈아, 나 못 잡아. 우리 아들이 천신님, 산신님, 일월성신님에 용궁신녀님까지 부리는데 네깐 게 감히 나를 넘봐?"

어머니는 미류의 머리채를 마구 쥐어뜯었다.

"엄마······."

겨우 그녀의 발광에서 벗어난 미류. 숨을 돌리며 고개를 들었다. 그때였다. 뿌연 시선 앞에 아른거리는 원형의 빛무리가 보였다.

"······?"

미류는 눈을 끔뻑여 꺼풀에 고인 샘물을 밀어냈다. 시야가 밝아졌다. 빛무리가 선명하게 보였다. 어머니의 머리 위다. 전생륜이다.

"엄마······."

미류는 부서질 듯 떨고 있지만 어머니는 얌전하기만 했다. 마치 머리 위의 전생륜이 떨어질까 조심이라도 하는 듯.

여기서?

엄마를?

꿈속의 꿈일까 싶었지만 살을 꼬집어볼 필요도 없었다. 감자로 뭉개진 볼이 아직도 뜨끈했기 때문이다. 미류는 자석에 끌리듯 어머니를 향해 다가섰다.

전생륜…….

천천히 돌고 있었다.

다른 사람들의 전생륜과 다르지 않았다. 행복을 구가하는 전생도 있고, 현명한 학자의 삶을 사는 전생에 펄펄 뛰는 장수령, 고명한 수도자의 전생에 전장에서 애달파하는 여자의 생도 있었다. 그것들의 이미지를 합해보니 어머니의 생이 나왔다. 요양원에 입원하기 전의 어머니. 그 삶이 바로 전생의 종합판이었던 것이다.

"……!"

마지막으로 검은색 전생령을 확인한 미류는 그 자리에서 넘어가고 말았다.

어머니가 당첨된 전생령은…….

그 전생령은…….

근세의 나병령이었다. 그것도 사지가 다 문드러져 나간 최악의 몰골.

비명도 나오지 않았다.

'이런 개신(神)!'

개[犬]는 좋지 않은 접두사. 참고 참았던 분노가 폭발해 버렸다. 이건 농락이자 기만이었다. 단숨에 나병령을 뽑아 든 미류는 그걸 자신의 정수리에다 쑤셔 박았다. 나병령은 들어가지 않았다. 욱이고 또 욱여넣었다. 그래도 되지 않자 결국에는 입으로 삼켜 버렸다.

죽는다.

당장 죽어서 돌아가 따지리라.

내 알량한 부귀영화를 위해 어머니에게 고통을 안기라고?

저렇게 초라해진 사람에게 더 뭘?

나를 위해 모든 것을 바친 사람의 골수 한 방울까지 쪽쪽 빨라고?

"에라, 이 개신(㊉神)아, 내가 당장 죽어줄 테니까 거기서 기다려라!"

"대신 우리 엄마는 손대지 말거라! 털 하나만 건드려도 내가 가만 두지 않을 테니!"

미친 듯이 커튼을 찢은 미류는 한쪽을 침대 다리에 묶고 반대편 줄을 제 목에 감았다. 그런 다음 창을 향해 뛰었다. 어머니 앞에서 차마 할 짓은 아니었지만 그냥 있다가는 어머니에게 해가 될 일이다.

"와아앗!"

미류는 눈을 감고 몸을 날렸다.

파창창!

유리 깨지는 소리, 미류의 혼을 저승으로 데려갈 소리, 그리고 이어질 아득한 추락감……. 진행 과정은 분명 그래야 했다. 그런데 소리가 들리지 않았다. 추락감도 느껴지지 않았다.

"……?"

미류는 눈을 떴다.

그 자리 그대로였다. 줄이 짧았던 걸까? 그건 아니었다. 아니면 뭐에 걸려서? 그것도 아니었다. 순식간에 진공처럼 변한 병실. 황당하게 돌아보는 눈에 안개에 휩싸인 전생신의 모습이 들어왔다.

"미이류우우!"

안개를 닮은 소리가 귀를 파고들어 왔다.

"당신……."

마침내 전생신이 강신했다. 그의 모습은 시리도록 밝았다. 저승에서 본 그대로였다. 아니, 그때하고는 비교도 되지 않게 위엄 가득한 모습이다.

"네 그동안 전생륜을 몇 보았느냐?"

신음이 들렸다. 천둥벽력 같으면서도 고요함이 깃든 소리에는 웅혼함과 자비가 깃들어 있었다.

"오늘까지… 여섯입니다."

"전생륜 말고 또 무엇을 보았느냐?"

"각각의 전생륜들이 보여준 운명창입니다."

"그 창은 모두 몇 개며 무엇 무엇이었느냐?"

"모두 다섯으로 학벌창과 가족창, 재물창, 건강창에 명예창이었습니다."

"그때마다 네 몸은 어땠느냐?"

"때로 뼈마디가 시리거나 머리가 환해지는 느낌이었습니다."

"제대로 겪었구나. 너를 위한 내 시험은 끝났다."

전생신이 오색 안개를 뿜으며 한 발 더 다가섰다. 이제 보니 허공이다. 그는 구름을 밟고 있고 옷에는 삼색의 상징 띠가 너울거리고 있었다.

"시험이라고요?"

"그래, 시험. 이제 곧 너에게 약속한 전생 특허 계약이 발효되리라!"

"하지만… 당신이 말한 건 열두 명이 아니었습니까?"

"숫자는 중요하지 않음이라."

"……."

"신의 영역을 빌려주는 신차(神借)의 특허이니라. 뒤틀린 인간성을 가진 사람에게는 결코 허용할 수 없는 일."

"……."

"첫날부터, 첫 사람부터 그랬다. 너를 시험한 건 희로애락애오욕. 인과를 둘러싼 백팔번뇌의 뿌리가 되는 것이니 그걸 아우르는 인성이 아니고는 신의 대행자가 될 수 없는 법."

"……."

"그동안의 시험 속에서 네 마음을 엿보았다. 기특하게도 신제자로서 무업에 충실함을 보았다."

"……."

"나아가 선한 자를 징치할 때는 두려워하고, 악한 자에게 이익이 될 때는 분노했으며, 어려운 자를 구할 때는 뿌듯해했고, 살이 섞인 인연을 징치할 때는 아파했다. 그리고 오늘 제 부모를 징치할 때는 마땅히 거부했으니 내 나의 전생 권능을 네게 신차하기를 기꺼워함이라."

"……."

"눈을 뜨면 네 어미의 검은 전생륜은 다른 것으로 바뀌어 있을 것이다. 네게 주는 선물이니 흔쾌히 받으라. 그리고 네 어미를 따라가면 내가 예지한 중생이 있을지니 능히 알아볼 수 있으리라. 그들의 생은 이리저리 얽힌 인과라 다소 어려울 수 있을 것이나 지금까지의 자세라면 풀어낼 수 있을 것이니 그들의 인과를 해소시켜 생의 곤란과 근심을 벗게 하고 자아 완성을 도우라."

'인과의 첫 공부?'

"그들을 만나면 마침내 네 열두 경락의 절반이 마저 열리어 나를 맞으리라. 향후의 발전은 네 그릇이 정하겠으나 모쪼록 지상 중생들의 아픔을 달래는 길잡이가 되어 신을 공경하길 정갈하게 할 것이며 영매로서 내 뜻을 전하길 정성을 다하여 네 미래까지 복되게 하라!"

"전생신님……."

"교만하지 않고 더욱 정진하여 진정한 만신의 신가(神家)를 이루길 바라노라!"

"하아, 저는⋯ 그것도 모르고⋯⋯."

마침내 당신을 탓하고 말았습니다.

말이 입안에서 헛도는 사이에 오색 안개가 걷혔다. 동시에 목이 콱 아파왔다. 이제 보니 몸은 허공에 붕 떠 있었다. 창 앞에서 몸이 멈춰 버린 것이다.

털퍽!

진공이 풀리면서 병실 바닥에 추락했다. 아프지 않았다. 줄이 잘 풀리지 않아 이빨로 끊어버리고 어머니에게 달려갔다.

전생륜⋯⋯.

"으아아악!"

비명이 나왔다. 검은색 전생륜이 바뀌어 있었다. 용력으로 펄펄 뛰는 우람한 장수의 그것이다.

"고맙습니다. 고맙습니다, 전생신님!"

북쪽을 향해 세 번 큰절을 올리고 소매를 걷었다. 그때까지도 어머니는 정신이 없었다. 마침내 장수령을 집었다. 누가 뺏어 갈세라 단숨에 어머니의 정수리로 밀어 넣었다. 어머니의 정수리에서 풀썩 오색 안개가 밀려 나왔다. 안개에 물든 건지 미류의 소매 깃에서도 아련한 연기의 흔적이 보였다.

연기?

팔을 천천히 움직여 보았다. 연기가 궤적을 따라 하르르 움직였다. 신기했다.

"꾸에에!"

잠잠하던 어머니의 입에서 잡귀 소리가 흘러나왔다. 얼굴이 붉은 걸 보니 장량귀였다. 소리와 함께 검은 연기가 새었다. 그것들이 눈,

코, 입, 귀에서 나오는 동안 어머니는 진동하듯 경련했다. 그리고 잡 귀의 마지막 흔적이 사라지자 움직임을 멈췄다. 그 머리 위로 운명창이 떠올랐다. 선명했다.

[애정운 下下 06%]

처음에는 애정창이었다. 늙어 병든 어머니, 왜 난데없는 애정창이 먼저일까? 생각하는 사이에 좌라락 창이 줄을 지었다.

[가정운 下上 28%]

[건강운 00 00%]

[학벌운 中上 57%]

[애정운 下下 06%]

[재물운 下上 26%]

[명예운 00 00%]

그리고 선명한 여섯 창 아래에 더해지는 굵직한 새 창 하나.

[총운명지수 00 00%]

'아아!'

목에 걸려 있던 신음이 나왔다. 총운명지수의 등장이다. 여섯 운명의 항목으로 말미암아 알 수 있는 총운명지수의 등장.

신기하고도 신기했다. 신이 아닌 인간. 인간의 눈에 다른 인간의 운명이 읽힌다니. 몇 가지 빈 항목의 창까지 볼 수 있다면 총운명지수의 판단이 가능해지는 것이다.

운명지수까지 나오자 애정창이 변하기 시작했다.

[애정운 上中 72%]

건강창이 아니고 애정창이 바뀌었다. 그것도 下下에서 上中? 이건 또 뭘까? 아버지가 비명횡사했다지만 어머니의 결혼 생활은 무난한 것으로 알고 있는 미류이다. 그런데 下下라니? 홀몸인 어머니에게 왜

上中 상향이란 말인가?

"무슨 일이에요?"

고개를 갸웃거릴 때 간병인이 뛰어들어 왔다.

"에구머니!"

놀란 간병인이 간호사를 불렀다. 그때까지도 어머니의 몸은 큰 움직임이 없었다.

"지정 병원으로 가요!"

간호사가 앰뷸런스를 대기시켰다. 미류도 동승했다.

"서둘러요!"

간호사는 운전기사를 콩 볶듯이 볶아댔다.

지정 병원 응급실은 콩나물시루처럼 북적거렸다. 그렇잖아도 유명세로 붐비는 곳인데 중국인 단체 관광버스의 8중 추돌 사고까지 겹쳐 일대 만원을 이룬 것이다.

복도는 아비규환이었다. 침대는커녕 의자도 모자랐다. 사람이 너무 많아 대기표를 받아야 할 상황이었다.

"아이고, 아파라!"

"사람 죽네!"

여기저기서 비명이 울려 퍼졌다. 그야말로 전쟁터의 야전병원을 방불케 했다. 간호사들은 이리 뛰고 저리 뛰며 환자들을 살폈다. 깨진 환자는 동여매고 터진 환자는 막는 것이다. 영상 촬영이 필요한 환자들은 복도에서 처방을 받고 이동했다.

"이봐요, 간호사님!"

급한 마음에 응급실 간호사를 잡아보지만 소용없었다. 그 야전판에도 나름 순서가 있었다. 얼마나 지났을까? 겨우 침대 자리가 났다.

미류는 늘어진 어머니를 침대에 눕혔다.

'후유!'

그제야 숨을 돌렸다. 그러자 복도의 풍경이 눈에 들어왔다. 빈부귀천에 선남선녀, 남녀노소와 악자약자가 뒤섞인 군상이 거기 있었다.

누굴까?

전생신이 예지한 사람.

그리고 하필이면 왜 병원?

도떼기시장처럼 와글거리는 환자와 보호자들. 누가 예지된 사람인지 알 수 없는 미류였다. 그때였다. 미류 뒤쪽에서 애타는 비명이 일었다.

"의사 선생님, 우리 아들 죽어요!"

미친 듯이 뛰어 들어온 건 30대 후반의 여자였다. 그녀는 어린 아들을 업고 있었다. 머리가 깨진 건지 피가 흥건한 얼굴이다. 의사와 간호사가 달려와 진료를 했다. 피를 닦아내고 머리를 동여맸다. 그러나 고작 서너 살 정도의 어린아이. 맥도 없이 늘어져 눈을 뒤집은 모습이다.

미류는 어머니와 아이를 번갈아 바라보았다. 겨우 차지하게 된 침대. 그 침대를 애절하게 바라보는 아이의 엄마.

'어머니, 죄송합니다.'

미류는 성큼 다가가 아이를 안아 들었다. 여자가 놀랐지만 이내 눈빛을 거두었다. 미류가 아이를 어머니 옆에 누였기 때문이다. 침대의 공유였다. 어머니 덩치가 크지 않기에 가능한 일이었다.

"고맙습니다. 정말 고맙습니다."

여자는 허리가 부러져라 인사를 해왔다.

"머리를 다쳤나 봐요?"

자연스럽게 말을 붙였다. 침대 한편을 내준 사람이니 여자는 미류를 경계하지 않았다.

"예, 소파에서 뛰어내리다가……."

순간, 여자가 쓰다듬는 아이의 머리 위에서 서광이 일었다. 전생륜이었다.

첫 공부!

전생신의 말이 스쳐 갔다. 개시의 대상을 찾은 것이다.

[가정운 下下 08%]

[건강운 上下 67%]

[재물운 中中 50%]

[학벌운 上中 73%]

[애정운 中下 33%]

[명예운 上上 87%]

촤라락!

아이에게서 저절로 운명창이 보였다.

"……!"

미류는 눈을 감았다 떴다. 아직 아무 짓도 안 했는데 운명창이 보인 것이다. 게다가 이번에는 여섯 개의 운명창마다 운 지수가 또렷이 나와 있지 않은가? 그중에서 가장 선명한 게 가족창이었다. 그 창 안에서 아른거리는 글자가 보였다.

[父]

아비 부 자이다. 글자는 꺼질 듯이 희미했다.

"아빠 운이 박하네요."

미류의 입에서 공수가 나왔다. 그건 정말 공수였다. 미류의 의지라기보다 신빨이 실려 온 것이다.

“……?”

그 말에 여자가 격한 반응을 보였다.

사생아!

미류는 아이의 정체를 알았다. 그 또한 신빨 덕분이다.

아이를 보는 척하며 미류는 전생류 몇 개를 확인했다. 먼 전생부터 보았다. 성녀의 생이 보인다. 전쟁터에서 버려진 아이들과 부상자들을 돌보는 일이다. 그녀의 생은 테레사 수녀를 방불케 했다. 다음은 수도원 원장이다. 인성이 나빴다. 고아 아이들에게 가혹했다. 친절은 오직 후원자들이 방문할 때만의 일이었다. 그전 생도 비슷했다. 고관대작의 아들로 태어난 아이, 아버지 없는 하녀의 아들을 장난감처럼 부렸다. 그러다 아이를 연못에 밀어 죽게 했다. 또 다른 생은 사생아. 아이는 벌써 세 번째 사생아로 태어나고 있었다.

아이…….

이 아이의 인과는 그걸 주제로 삶고 있었다.

구원, 가해, 속죄!

구원하고 가해하고 버림받고, 그리하여 마치 제 꼬리를 먹으며 시작과 끝을 이어가는 우로보로스처럼 자아를 찾아가는 것이다.

“……!”

순간 미류의 눈이 동그랗게 변했다. 전생령 하나가 아롱지고 있었다. 검은색이 아니었다. 그러나 그 전생령은 마치 자신을 써달라는 듯 하르르 빛을 발했다.

그건 바로 성녀령이었다. 많은 이들을 구원한 신녀의 전생령. 그렇다면 이번 생에서 지난 인과의 과업을 상쇄할 수도 있겠다 싶었다.

‘써도 될까?’

다소 우려가 되기도 했지만 주저하지 않았다. 그 또한 전생신의 공수와 다르지 않았다. 신녀령이 아이의 정수리 안으로 녹아들어 갔다. 그 빛은 미류의 눈에만 보였다.

화아앗!

푸른 섬광은 짧고 강렬했다. 그리고……

[가정운 下下 08%]

극악의 수치이던 가정운 창의 숫자가 바뀌는 게 보였다.

[가정운 上下 63%]

08에서 63으로 단숨에 좋아졌다. 어쩌면 아빠와의 인연이 좋아질지도 모른다는 신호로 보였다. 다른 창들도 뒤를 이어 밝기가 같아졌다.

[가정운 上下 63%]

[건강운 上下 62%]

[재물운 中中 50%]

[학벌운 上中 73%]

[애정운 中中 41%]

[명예운 上上 84%]

애정운이 좀 박하지만 최악은 아니었다. 거기에 더해 명예운이 최상급인 上上. 아이의 미래는 밝은 편이었다. 희생과 봉사로 살아간 성녀의 명예 차용이 허락된 모양이다.

'이 아이의 생은……'

아이의 미래를 머리에 그려볼 때 총운명지수에 불이 켜졌다.

[총운명지수 上中 72%]

"……!"

놀란 미류가 뒷걸음질 쳤다. 숨도 제대로 쉬지 못했다. 늘 미류를 막아서던 숫자 0이 사라졌다. 그리하여 마침내 총운명지수창에도 불이 들어왔다. 전체를 아우를 수 있게 된 것이다.

총운명지수.

그건 여섯 운명창을 더하고 나눈 것이 아니었다. 더하고 나누면 62%가 되니 上下의 운. 그러나 운은 기세의 우선이니 앞줄 운에서 上(上이 넷), 뒷줄에서 中(中이 셋)이 지수를 대표하고 뒤쪽 숫자의 평균치 2가 달라붙어 있었다. 그렇기에 62%가 아니라 72%가 된 것이다. 다만 극상의 上上이나 극악의 下下가 끼어 있다면 해석을 달리할 수도 있다.

'아아!'

미류는 어깨가 부서질 듯 떨었다.

그토록 알고 싶던 운명지수. 그걸 가늠할 수 없어 선무당 소리로 시들어가던 미류. 영험한 만복부(萬福符)를 받은 것보다도 더 큰 감개무량함에 잠기고 말았다.

고맙습니다!

미류는 정성껏 두 손을 모았다.

"왜 그러세요?"

여자가 물었다.

"아, 아닙니다."

미류는 이마에 맺힌 땀을 닦으며 뒷말을 이었다.

"이 아이… 곧 괜찮아질 겁니다. 그리고 아빠와도 잘될 거 같네요. 자라면… 가능하면 사회사업이나 교육자, 성직자나 복지가 등의 길을 가게 하세요."

"선생님 혹시?"

여자가 눈을 동그랗게 치켜떴다.

"무속인입니다. 믿지 않으실지도 모르지만 그 점괘는 틀리지 않을 테니 꼭······."

그때 아이의 눈꺼풀이 열렸다.

"엄마······."

"성욱아!"

여자가 반색하며 아이를 안았다.

"괜찮아? 너 괜찮은 거야?"

"응, 나 꿈 꿨어."

"무슨 꿈?"

"어떤 무당 아저씨가 아빠 데려오는 꿈. 어, 저 아저씨다!"

아이가 미류를 가리켰다. 그 말과 함께 여자는 넋 나간 표정이 되었다.

"아저씨!"

아이는 미류를 아는 척 손을 흔들었다. 미류도 손을 흔들어주었다.

"그랬어? 저 아저씨가?"

여자는 눈물을 주체하지 못하고 아이를 껴안았다.

그 뒤로 한 남자가 다가섰다. 진한 색을 넣은 안경을 쓴 중년의 신사였다. 고개를 들던 여자와 중년인의 시선이 마주쳤다.

"회장님!"

"주하!"

여자는 목이 메었다.

아이의 아버지, 동시에 여자의 남자. 대충 보니 사장과 비서의 관계 같은 그림이 나왔다.

"미안. 나 아내에게 커밍아웃했어. 언제까지 숨길 수도 없어서··· 더는 주하를 버릴 수 없다고 했더니 아내도 한발 물러서더군. 조금만 기다려. 일단 아이부터 입적하고 당신 문제도 해결할게."

남자의 목소리는 속삭이듯 낮았다. 낮을 만한 사연이다.

"회장님!"

이제는 여자가 아이처럼 남자의 품을 파고들었다.

미류는 보았다.

그들이 애틋함을 나누는 복도 끝, 거기 너울너울 내려오는 한 줄기 서광.

그분…….

그분이었다.

전생신의 강림이다.

그는 훌쩍 날아와 세 가지 색의 빛을 미류의 심장에 밀어 넣었다. 흰색과 회색, 그리고 검정이었다.

딸랑!

빛마다 신기(神氣) 가득한 방울 소리가 났다.

"……?"

미류는 아련한 소리와 함께 자리에 늘어졌다. 의사들이 달려왔다.

"심장이 멈췄어요."

"서둘러!"

의사들이 미류를 침대에 실었다. 심폐소생실로 달렸다. 어머니보다 더 많은 의사들이 달라붙었다. 의사들은 용을 썼다. 제세동기를 쓰는 소리가 병실을 울렸다. 긴박한 소란과는 달리 미류는 이상한 고요 속으로 끌려들어 갔다.

편안했다.

너무너무.

여섯 가지 날씨의 공간이다.

비가 오고, 해가 뜨고, 천둥이 울리고, 벼락이 치며, 무지개가 뜨고, 어둠이 몰아쳤다. 미류는 그 공간에 떠 있었다.

다시 죽은 걸까?

그때와는 조금 다르지만 분명 이승은 아니었다.

일월성신, 즉 해와 달과 별이 함께 보이는 공간. 사주팔자 괘와 셀 수 없는 부적이 함께 지상의 초원 위로 쏟아지는 세상. 초원 위에는 지화가 백화로 만발하고 있었다. 미류는 천천히 손을 움직여 보았다.

둥둥두둥!

둥당둥당!

멀리서 북과 장구 소리가 섞여왔다.

누가 굿이라도 하는 걸까? 소리는 황소 떼의 질주처럼 점점 더 기세를 올렸다. 중모리에서 중중모리, 이어 휘모리를 이루며 숨 가삐 달린다. 소리를 따라 별들이 움직이더니 모이고 모여 성룡(星龍)이 되었다.

가락은 용의 흥을 돋우려는지 격한 울림을 울려댔다. 성룡의 별춤이 시작되었다. 동작의 춤이 아니라 의식의 향연이었다. 이름을 매길 수 없는 불가사의한 춤. 표승에게 말로만 듣던 천무(天舞)가 저것이었을까? 그때 표승이 말했다.

"진짜 신을 맞으려면 네 육신을 버려야 한다."

이해할 수 없는 말이다.

사람이 어떻게 육신을 버릴 수 있단 말인가? 아니, 설령 버린다고 해도 그랬다. 투명인간이 된 용한 무당. 그건 또 무슨 소용이 있을까? 그렇게 미류는 현실적이었다. 용한 무당이 되는 건 미류 자신을 위한 일이지 신당을 찾는 중생을 위한 게 아니었다.

─용한 무당이 되고 싶어.

─신빨이 척척 들어맞는 무당이 되고 싶어.

─방송 타서 유명해지고 사람들 존경을 받고 싶어.

─복채 많이 받아서 외제 차도 굴리고 싶어.

별춤이 어깨로 들어왔다. 아팠다. 별의 모서리들이 어깨를 깨고서야 미류의 것이 되었다.

그제야 알게 되었다. 사념과 욕망의 덩어리를 안고는 바른 무업을 수행할 수 없다는 걸. 수행해서도 안 된다는 것.

다 가져가세요!

미류는 비로소 몸에 미련을 갖지 않았다.

어느새 생각만 남은 넋조차 내놓았다. 이제는 전생신이 전생률의 신차를 주지 않아도 괜찮을 정도로 편했다. 그 과정을 따라가느라 반은 눈을 뜨게 된 무속의 눈. 아쉽긴 하지만 억울하지도 않았다.

가져가요, 다.

생각이 열리자 해방감이 느껴졌다. 내 안의 것이 다 사라지는데도 오히려 시원하기만 했다. 미류는 한 오라기 남은 의식까지 기꺼이 내주었다.

쩔렁!

방울 소리가 들린다. 정수리 안이다. 신기하게도 방울 소리는 미류의 정수리 안에서 별춤에 화답하고 있었다. 울림이 어깨로 내려갔다. 원래 정수리는 신이 들어오는 곳. 어깨도 신을 받는 곳.

후웅!

손을 움직이자 백팔번뇌의 찌꺼기마저 털려 나갔다. 그 자리에 남은 건 맑고 시린 영기였다.

'영기……'

영기가 저절로 손가락에 닿았다. 영기는 중지의 동심원 지문을 타고 들어와 미류의 머리 끝을 향해 번져 나갔다.

꿈틀!

정수리에 용오름이 느껴졌다. 하늘로 오르려는 용오름.

"정신이 들어요?"

여자 목소리를 들으며 미류는 눈을 떴다. 병원 병실이다. 앞에는 어머니와 간호사가 있었다. 침대를 미류가 차지한 형국이다.

"어머니……"

"괜찮니?"

질문하고 대답하는 주체도 변했다. 응급실에서와는 완전히 뒤바뀐 입장이다.

"어머니는요?"

미류가 물었다. 조금은 때늦은 질문이다.

"나한테 기적이 일어났대. 보다시피 머리가 너무 맑아."

어머니는 두 팔을 들고 맴돌이를 해 보였다.

"다행이네요. 어머니를 모시고 온 보호자가 대신 입원한 경우는 처음 봤어요."

혈압을 체크한 간호사가 웃었다. 다시 보아도 병실이 맞았다. 무슨 일이 일어난 걸까? 미류는 어머니를 바라보았다.

"생각 안 나니? 네가 응급실에서 쓰러졌대. 나는 다음 날 깨어났고. 내 대신 네가 며칠을 앓은 거야."

"어머니 대신요?"

"전에 표승 만신 말이 용한 무당은 남의 아픔을 대신 앓을 수도 있다더니… 네가 내 신병을 대신 앓고 떨쳐낸 모양이야. 결국 용한 신을 받았구나."

"……"

"표숭 만신도 다녀가셨어. 그분이 그랬단다. 내 심통(心痛)이 나은 건 네 덕분일 거라고."

미류는 부정하지 않았다.

목숨을 초개처럼 던진 건 분명 어머니를 위해서였다. 자식 잘되기를 바라던 어머니. 어머니를 구한 건 미류가 분명했다.

"내가 며칠이나 여기 누워 있었죠?"

미류가 간호사를 바라보았다.

"나흘요. 어머니가 걱정 많이 하셨어요."

간호사가 대신 대답하며 웃었다.

'나흘⋯⋯'

짧지 않은 시간이다. 꽤 많은 시간이 함께 흐른 것이다.

어쨌든 미션은 끝났다.

두 번이나 강신한 전생신이 증거였다. 증거도 있었다. 눈이 맑아졌고 머리도 상쾌했다. 무엇보다 마음가짐이 변했다. 조바심이나 불안 같은 게 사라진 것이다.

"미류 법사!"

간호사가 나가자 어머니가 미류의 손을 잡았다.

"예?"

미류는 어머니를 바라보았다. 불치의 신병에서 벗어난 어머니였다. 당장은 그것만 해도 더없는 기쁨이다.

"이제 용한 무당이 되셨으니 엄마가 먼저 고백해야 할 것 같아서."

어머니의 눈에 이슬이 서렸다.

"고백이요?"

"아버지 말이야."

"⋯⋯?"

아버지?

갑자기 웬 아버지?

미류가 모르는 사연이 나왔다.

아버지의 돌연사!

그건 돌연사가 아니라 복상사였다. 당시 아버지에게는 다른 여자가 있었다. 그녀와 몰입하다 심장이 멈춘 것이다.

'그럴 수가?'

미류의 눈빛이 격하게 출렁거렸다. 그걸 본 어머니는 미류의 손등을 몇 번 쓰다듬은 후에 고백을 이어놓았다.

"네 아버지 잘못이 아니야."

응?

이건 또 무슨 말씀?

다른 여자와 놀다 복상사를 했다면서 잘못이 아니라니?

어머니의 설명이 이어졌다.

"엄마가 실은 첫사랑이 있었거든. 그 사람, 나를 무척 좋아했지만 집이 너무 가난해서 네 할머니와 할아버지가 반대를 했어. 당시는 그런 일이 흔했어. 그래서 우린 슬프게도 이루어지지 못했어. 그런데… 하필이면 네 아버지가 죽을 즈음에 우연히 그 사람을 다시 만나게 되었어. 한두 번 피치 못할 만남이었는데 네 아버지가 그걸 본 거야. 오해를 한 아버지가 홧김에 다른 여자를 만났지. 그래서 그런 사고가 난 거란다."

"……?"

"그 사람도 상처하고 나는 네 아버지를 잃고… 게다가 너까지 신통(神通)을 잃게 되니 엄마는 죄책감이 이루 말할 길이 없었어."

"……."

"결국 네게 짐이 되는 꼴이 되고 말았는데… 실은 그 사람… 그 이후에 나를 수소문해 찾아와 오랜 시간 간병 자원봉사자로 나를 돌봐주었대. 내 담당 간호사가 말해주더라."

"어머니……."

"말 나온 김에… 나 그 사람하고 여생 같이 지내려고. 이건 어쩔 수 없는 운명 같아. 우리가 어쩌면 전생에 부부였든지……. 너는 이해하겠지?"

"잠깐요."

미류는 어머니의 말을 중지시켰다. 운명창 때문이다. 그때 그 병실, 어머니에게 전생령을 넣고 나서 본 애정창.

[애정창 下下 06%]

처음과는 달리 급격히 바뀐 애정창.

[애정창 上中 72%]

'그럼 어머니의 애정창이 그렇게 변했던 게?'

우릉!

머리에 천둥이 울었다.

뭔가 착각한 것 같다고 생각하던 미류. 그건 착각이 아니었다. 전생신이 보여준 어머니의 운명이었다. 미류가 알았어야 할 부족한 부분이었다. 아아, 그래서 애정창을 강조한 모양이다. 그 상상 불허의 신통력. 그 신출귀몰한 적중력. 미류는 한 번 더 몸서리를 칠 수밖에 없었다.

전생신의 신격(神格).

가히 엄지 척이었다.

"어머니……."

쓰다듬는 손을 채서 미류가 잡았다.

"용서하렴……."

"아뇨. 잘하셨어요. 어머니의 삶인걸요."

"고맙다."

어머니는 고개를 돌리고 눈물을 훔쳤다.

어머니를 당겨 눈물을 닦아주었다. 무슨 짓을 해도 탓할 수 없는 사람이다. 미류가 신열을 하는 동안, 어머니는 얼마나 모진 애를 썼던가. 그 탓에 조금 남은 재산까지 다 털어먹고 폐인이 되었던 어머니.

미류는 진심으로 바랐다. 어머니도 어찌 보면 다시 태어난 목숨. 그 여생에도 광명이 깃들기를. 아버지에게 죄스러운 마음까지 다해 첫사랑과 행복하기를…….

전생 특허 발효되다

"오빠!"

퇴원하는 날 하얀 천사가 병실로 뛰어들었다. 순결한 꽃 같은 아이, 하라였다.

숭덕 큰스님의 절에 가 있던 그녀가 돌아온 모양이다. 하라는 주로 흰옷만 입는다. 과거로 돌아온 후 처음으로 만나는 하라였다.

"하라, 잘 있었어?"

"오빠가 아파서 하라 속상했어."

미류 앞에 서더니 눈물부터 글썽거리는 하라.

"오빠 이제 괜찮아. 다 나았거든."

"그래도… 하라 여기 아파."

하라는 고사리 같은 주먹으로 제 가슴을 쓸었다.

"이리 와. 오빠가 호 해줄게."

"알았어. 자!"

하라가 앙가슴을 내밀었다.

미류는 그 가슴에 호오 입김을 불어주었다.

"고마워. 이건 퇴원 선물!"

쪽!

미류의 볼에 하라의 입술이 작렬했다.

"저 기집애, 미류 법사님 아프다고 따라오지 말라니까!"

뒤따라 들어선 봉평댁이 눈을 흘겼다.

"엄마는 괜히 야단이야. 내가 오빠 낫고 신당 대박 나라고 쌀점 쳐준 거 몰라?"

하라는 미류의 뒤에서 암팡지게 대꾸했다.

"어이구, 그 잘난 쌀점. 제발 방이나 좀 어지럽히지 말아라."

봉평댁이 혀를 차는 동안에 표승과 선모도 들어섰다.

"오빠, 옷!"

하라는 미류를 챙겼다. 신발까지도 신기 좋게 챙겨놓는 하라였다. 미류에게는 둘도 없는 귀염둥이였다.

"저게 지 엄마한테는 쌀쌀맞은 게 미류 법사에게는 치성이라니까."

봉평댁은 기가 찬 듯 웃어버렸다.

"내가 눌러줄게요!"

엘리베이터를 타자 하라가 안내양을 자처하고 나섰다. 하라는 야무지게 버튼을 눌렀다.

이 아이는 봉평댁의 딸이다. 정확히 말하면 친딸은 아니다. 아이가 어찌나 당차고 야무진지 봉평댁도 휘둘리는 아이. 하지만 미류에게는 달랐다. 하라는 무조건 미류 편이었다. 제 엄마의 실수는 꼬치꼬치 다그치면서도 미류의 실수는 싸고도는 아이였다.

오죽하면 미류의 딸이 아니냐는 농담이 돌 정도였다.

땡!

엘리베이터가 멈췄다.

하라가 날쌔게 내려 타려는 사람들을 막았다.

"우리 오빠는 환자예요! 내린 다음에 타세요!"

그 당찬 소리에 사람들은 엘리베이터에 범접도 하지 못했다. 미류는 하라의 머리를 쓰다듬어 주었다. 미류의 마음이 아플 때 작은 위로가 되던 아이였다.

"계산 뽑아주세요."

병원비를 정산할 때였다. 창구의 여직원이 고개를 저었다.

"오상준 씨 병원비는 이미 완불인데요?"

"예?"

미류가 고개를 들었다.

제일 먼저 표승을 바라보았다. 표승이 고개를 저었다. 함께 온 봉평댁과 선모도 고개를 저었다. 어머니는 물론이다.

"어머니, 혹시 그분이?"

미류가 물었다.

"아니, 그러시려고 했는데 아직 인사도 안 한 처지에 실례가 될 수 있다고 그냥 가셨는데?"

어머니도 부인했다.

결국 범인(?)을 잡지 못하고 로비를 나왔다.

"미류 법사, 어디 가서 영양 보충이라도 해줘야 하는 거 아니에요?"

봉평댁이 바람을 잡았다.

"엄마는 눈치도 없이……."

하라가 봉평댁에게 눈을 흘겼다.

이럴 때는 누가 엄마고 딸인지 알기 어려웠다. 표승 역시 큼큼 헛기침을 내뱉었다. 미류와 어머니에게 오붓한 시간을 주려는 것이다.

표승 일행은 인사를 남기고 떠나갔다.

"오빠, 많이 먹고 힘내!"

하라의 목소리가 제일 오래 남았다.

어머니와 생선초밥을 먹었다. 어머니가 좋아하는 음식이다. 원래 무당들은 음식을 가린다. 특히 굿 같은 걸 앞두고는 더욱 그렇다. 가리고 싶어서 가리는 게 아니라 몸주가 말린다. 심한 경우에는 혈육의 초상에도 못 가게 하는 몸주도 있었다.

어기면?

살 맞는다. 몸주가 거부하는 걸 강행하고 가족에 변고가 생긴 무당은 셀 수도 없이 많았다. 다행히 전생신은 큰 태클을 걸지 않았다. 몸과 마음에 별다른 신호가 오지 않는 게 증거이다.

"많이 먹어라."

어머니가 건네준 초밥이 접시 위에 쌓여갔다. 도미초밥부터 광어초밥, 문어에, 군함말이까지 많기도 했다.

"어머니도요."

미류도 질세라 잘 쥐어진 초밥을 건네주었다.

"다시 이런 날이 오다니……."

어머니 볼이 뜨끈해졌다.

"더 좋은 날도 올 거예요."

미류가 응수했다.

"그래야지. 나는 몰라도 우리 미류 법사님은 무속에 이름 석 자 남기실 거야."

그 말과 함께 기어이 울음을 삼키신다.

"어머니."

"응?"

"그거 물어도 돼요? 어떻게 저를 신아버지에게 데려갈 생각을 하셨는지……."

"그거?"

어머니가 웃었다. 푹 파인 볼에 낡은 치아가 엿보인다. 정신은 되찾았지만 세월까지 되찾는 건 무리인 모양이다.

"실은 너 낳을 때 태몽을 꾸었어."

"태몽요?"

"가락지 형상인지 방울 형상인지 모를 빛 세 개가 날아와 내 머리에 앉았어."

"잠깐요. 그 거 혹시 검은색, 흰색, 회색 아니었어요?"

"응? 네가 그걸 어떻게 알아? 혹시 내가 전에 얘기했나?"

"아뇨. 처음이에요. 그냥……."

"오라, 우리 법사님이 심통(心通)까지 트인 모양이시군?"

"그건 아니지만……."

"아무튼 그때 꿈이 이상해서 네 할머니에게 물었겠지. 그랬더니 당신이 아는 당골에게 다녀오셨는데… 어쩌면 네가 신밥을 먹을 수도 있다고……."

"그럼 우리 조상 중에 혹시 무속인이 있나요?"

"옛날에 그런 분이 한 분 있었다고 듣기는 했는데 잘 몰라. 할아버지의 할아버지, 그 윗대의 일이라서……."

"그럼 태몽이 어머니 병 고친 거네요."

"응?"

"제가 모시는 신령님이 그랬거든요."

"정말?"

"역시 우연은 없다니까요."

마지막 남은 초밥은 어머니 접시에 올려주었다. 광어 날개 부위이다. 칼등으로 두드려 기름을 뺀 살점이 고소해 보였다.

"이건 환자가 먹어야지."

어머니는 양보를 해왔다.

"오랜 병원 생활하신 분이 먹는 게 맞아요. 저는 나이롱환자잖아요."

"기간으로 치면 네 병 내력이 더 길지. 네 신통은 스물이 되기 전에 시작되었고 앞으로도 평생을 갈 게 아니냐?"

치명타였다. 그 자신도 모진 병마와 싸운 어머니. 그럼에도 자식이 우선이니 목이 칼칼해 왔다.

신병(神病)!

미류가 앓은 신병.

그것만큼 오래가는 게 또 있을까?

어쩌면 미류는 평생 그 신병을 달게 받으며 정진해야 할 것이다. 마고가 그랬고 표승이 그랬듯이…….

그길로 어머니와 헤어졌다. 요양원에 가서 짐이라도 함께 꾸려 드릴까 싶었지만 어머니가 말렸다. 그분이 오는 모양이다. 일단은 그분이 사는 곳으로 갔다가 새집으로 옮기면 그때 초대하겠다고 했다. 생각해 보니 그게 바른 것 같아 받아들였다.

택시가 집 앞에 멈췄다. 차에서 내렸다. 신당이 가까워지자 신호가 왔다. 영력이 정수리를 당겼다.

신당 앞에서 호흡을 고르고 문을 열었다. 바닥에 둔 메모부터 치웠다. 다시 생을 하직하려던 날 표승에게 남긴 쪽지였다.

'윽!'

그걸 집어 드는 순간, 모양이 변했다. 계약서였다. 저승에서 전생신에게 서명한 그것이다. 계약서는 미류의 손에 고스란히 녹아들었다.

그게 신호였다.

미류는 정수리를 쪼며 들어오는 두 개의 불덩이를 느꼈다. 두 불덩이는 안에 맺혀 있던 불덩이를 만나 셋이 하나가 되었다.

우웅후웅!

"······!"

숭고한 영기가 들어와 일월성신과 하나로 연결되는 느낌. 보이지 않는 힘의 기세를 타고 오는 숭고함과 거룩함의 그물에 걸린 미류는 전생신 앞에 바르게 앉았다.

아아!

열두 경락에 남은 문들이 남김없이 열렸다.

느껴졌다. 눈을 뒤집고 몸서리를 치며 신의 목소리로 접신하는 무당들처럼, 강신무를 추며 온몸으로 몸주를 받아들이는 그들처럼 미류 역시 웅혼한 강신을 느낄 수 있었다.

─지금 이 순간 후로 전생 특허가 발효됨이라!

첫 번째 공명이 울렸다. 미류의 입에서 소리도 없이 새어 나왔다. 본디 크고 큰 것은 형체가 없는 것. 우주의 공명 같은 소리는 가늠조차 되지 않았다.

─전생과 관련된 신차를 허락하노라!

두 번째 공명이 울렸다. 눈으로 글자가 터져 나갔다.

─내 눈으로 보는 것의 일부를 너도 보리라! 내 신력(神力)의 일부를 너도 공유하리라!

세 번째 공명은 복부와 심장 안으로 메아리쳤다. 미륵이나 돌부처의 배에서 나는 맑은 새소리와 같았다.

접신!

그가 느껴졌다.

강신!

그가 보였다. 이제는 네 번째 보는 전생신. 그는 더 이상 낯설고 먼 신이 아니었다. 마침내 미류는 전생신의 특허를 획득한 것이다.

─당신을 위해 무엇을 할까요?

미류가 마음으로 물었다.

─인과의 깊은 뜻으로 인간의 고달픔을 위로하라.

─어떻게 위로할까요?

─다른 무신의 뜻과 다르지 않으나 모든 불행과 불운을 전생 탓으로 돌리는 것은 삼갈 것이다. 이 생의 업과 업장은 모두 다른 생, 모든 다른 인간들과 연결된 모세혈관의 우주와 같으니 욕심으로 자신의 현생을 수정하여 행운을 취하면 이는 곧 타인의 현생을 침해할 수 있음이라. 현생의 고통이 지나쳐 전생으로 말미암아 위로를 받게 되더라도 반성과 참회가 동반되어야 그의 자아 완성에 도움이 될 것이니.

울림이 가슴 가득 뜨겁게 번져갔다.

전생신의 신명(神命)과 신음(神音), 미류는 큰절로 그의 뜻을 받았다.

─이제 검은색 전생령뿐만 아니라 다른 전생류 전부를 다스릴 수 있습니까?

─너는 이미 그랬다. 나는 절름발이 신제자를 원치 않으니.

너는 이미!

맞는 말이었다. 병원에서 아이에게 밀어 넣은 성녀령은 검은색이 아니었다.

─특정한 전생령에 부적의 효과를 가감할 수 있습니까?

─부적은 인간과 신이 통하는 비밀의 부호. 그걸 막을 신은 없을 것이라.

시원한 답이 이어졌다. 지금까지 검은색 전생령만 만져온 미류. 이제 전생륜의 전생령 전부를 컨트롤하는 것은 물론이고 부적의 힘까지 덧붙일 수 있게 된 것이다.

─운명창은 어찌…….

마지막 질문을 쏟아놓는 미류.

─어떤 무속인이든 제 몸주를 정성껏 모시며 신공을 쌓으면 중생의 운명이나 영가를 볼 수 있는 것. 너 또한 진술히 정성을 쌓은 몸이라 내 신기가 덤으로 실린 것이라. 그러니 그것으로 매번 전생륜을 확인하는 수고를 덜라. 작은 것은 작은 대로, 큰 것은 큰 대로 쓰임이 있을지니.

─예!

미류는 자신도 모르게 가슴을 세웠다. 자부심의 발로였다.

(전생방!)

이제 진짜 전생방이었다.

49일의 조바심 따위는 눈 녹듯 사라져 버렸다.

'전생방…….'

미류는 자신의 무가(巫家) 이름에 힘을 주었다. 이는 무속의 전통이다. 무속에서는 강신하는 상황에 따라 무가의 이름을 붙였다.

바느질을 하다가 강신하면 침방이오, 비명에 더불어 절규 샤우팅을 터뜨리면 절규방. 새벽에 정화수 놓고 축원하다 강신이 내리면 옥수방, 용과 한 몸이 되면서 신이 내리면 용방이라는 식이다. 물론 사람의 특징에 따라 점방, 코방, 귀방 등으로 불리는 것도 가능했다.

"저기요!"

그때 누군가 인기척을 냈다. 미류는 절로써 인사를 마감하고 신당 문을 열었다. 마당에는 뜻밖에도 네 살쯤 된 남자아이와 그 엄마가 서 있었다.

"안녕하세요?"

아이 엄마가 인사를 해왔다.

"어떻게 오셨죠?"

"저기요··· 전생점 보시는 거 맞죠?"

아이 엄마가 대문의 〈전생방〉 글자를 가리켰다. 순간, 약속이나 한 듯 모자의 머리에 전생륜이 각각 피었다. 서로 사뭇 다른 느낌의 전생륜이다. 더불어 아이 엄마의 운명창이 좌라락 먼저 세팅되며 눈을 차고 들어왔다.

[가정운 下中 14%]

[건강운 上中 78%]

[재물운 中上 57%]

[학벌운 上中 72%]

[애정운 中中 49%]

[명예운 中中 41%]

[총운명지수 中中 45%]

총운명지수는 우세한 운이 좌우한다. 그렇기에 이 여자의 총운명지수는 52%로 中上이 되어야 하지만 앞뒤로 中이 우세해 中中이 나온 것이다.

절그렁!

손에 든 신방울도 저절로 울었다. 미류는 흔들리는 몸을 간신히 버텼다. 이제는 마음만 먹으면 보이는 전생륜, 거기에 더한 운명창 리딩.

가슴이 미어지는 것 같았다.

감격은 그것만이 아니었다.

[가정운 下中 14%]

아이 엄마의 운명창 중에서 가장 빈약한 창 하나. 그 안에 아른거리는 글자가 또 눈에 들어왔다.

[子]

영가(靈駕)였다.

아들 자(子) 자이다. 여자는 아들 문제로 미류를 찾아온 모양이다.

영가를 보는 영매, 그 또한 실현된 것이다.

영가는 굉장한 도움이 될 것 같았다. 신당에 온 사람들의 바람에 다양하게 접근할 수 있으니 전생신의 배려가 하해와 같았다.

'큰 것은 큰 것대로, 작은 것은 작은 것대로……'

전생신의 공수를 되새겼다. 잣 따는 장대로는 콩을 집을 수 없다. 작은 것 안의 것을 볼 때는 작은 것을 보는 게 효과적이다. 이해가 가슴으로 건너왔다.

―전생류을 보는 무당!

―운명창을 읽는 무당!

―영가를 감지하는 무당!

한마디로 초대박이었다.

이 중 어느 하나만 통달해도 만신 위의 만신으로 불릴 일. 그런데 세 가지 아이템을 갖추게 되니 가히 특허 무당의 위용이 아닐 수 없었다. 미류는 그 자리에서 신당을 향해 허리를 굽혔다.

'겸손하게, 그러나 당당하게!'

미류는 들뜨지 않았다. 개무시를 받으며 살았던 개업 후의 11년. 그 통한을 오만이 아니라 성숙함으로 숙성시킨 것이다.

"아드님 문제로 오셨군요?"

미류가 물었다. 그녀에게 가장 빈약한 운. 모든 인간은 자신에게 가장 부족한 것으로부터 고민이 시작되는 법이다.

"예!"

아이 엄마는 표정이 어두웠다.

"들어오시죠."

먼저 신당에 들어서며 말했다.

"준아, 너는 여기 잠깐 있을래?"

엄마가 아이를 돌아보았다. 아이는 의젓하게 고개를 끄덕였다.

"전생점은 보는 데 얼마인가요?"

그녀가 물었다.

"후불로 하겠습니다. 보시고 만족도에 따라 복채를 내시면 됩니다."

"그럼 안 낼 수도 있을 텐데요?"

"괜찮습니다."

"지불 방법이 마음에 드네요. 하지만 사람이란 들고 날 때의 마음이 다르니 저는 선불로 하겠습니다."

여자가 봉투를 내밀었다. 손님이 원하는 것이니 수락했다. 미류는 그걸 받아 신단 위에 두었다.

복채!

강신한 후에 처음 받은 복채이다. 그렇기에 미류에게는 뜻깊은 복채였다.

"온 이유를 말씀해 보세요."

아이 엄마를 바라보았다.

공수!

일상적인 목소리가 나왔다. 그 소리에 놀란 미류가 무신도를 바라보았다. 본래 신당에 앉으면, 강신을 하면 공수를 내리는 목소리가 변하는 게 보통이다. 그런데 미류의 목소리는 크게 변하지 않았다. 어찌 보면 고마운 일이다. 뒤틀리고 칼칼한 목소리는 미류도 그리 좋아하는 편이 아니었다.

"어디서부터 말씀드려야 할지 모르겠네요."

아이 엄마는 호흡을 가다듬었다. 미류는 차분하게 기다렸다. 신당은 미류의 성전(聖殿)이지만 찾아온 손님을 족치는 취조실은 아닌 까닭이다. 점집을 찾는 사람은 대개 위로가 필요한 사람들. 잘 들어주는 일 또한 좋은 점사에 버금가는 일이었다.

"지켜주러 왔어요!"

숨을 돌린 아이 엄마가 뱉은 첫말이다.

지켜주러 와?

뜬금없는 말에 미류가 고개를 들었다.

"아이가 두 살 지난 해였어요. 함께 낮잠을 자다가 깨더니 문득 그렇게 속삭였어요. '지켜주러 왔어요'라고."

"……?"

—지켜주러 왔어요.

지금 생각해도 그때의 아이는 무척 애절했다고 한다. 하지만 아이는 고작 두 살. 게다가 낮잠을 자고 난 상황. 꿈이라도 꾸었는가 싶어 꼭 안아주고 말았다고 한다.

그런데 놀라운 사건이 일어났다. 정말로 아이가 엄마를 지킨 일이 벌어진 것이다.

그러니까 그해의 초겨울이었다. 심한 몸살이 난 아이 엄마, 병원에서 약 처방을 받았다. 약을 먹고 점심 준비를 했다. 프라이팬에 고등어를 굽다가 소파에서 쉬었다. 그러다 그만 잠이 들었다. 약에 취해 버린 것이다.

얼마나 지났을까?

매캐한 연기와 냄새 속에서 엄마가 잠을 깼다. 누군가 얼굴에 우유를 부어준 것이다. 눈을 뜨니 고등어 생각이 났다. 까맣게 타버린 고등어에 불이 붙고 있었다. 얼른 달려가 수습했다.

"쿨럭!"

창을 열고 숨을 돌렸다. 다행히 견딜 만한 연기였다.

'큰일 날 뻔했네.'

안도감과 함께 그녀는 얼어붙고 말았다.

우유 때문이다. 소파 쪽으로 고개를 돌렸다. 거기에 준이 있었다. 제가 먹던 우유갑을 들고 있었다.

"준아!"

엄마가 아이에게 달려갔다.

"지켜주러 왔어요!"

아이는 우유갑을 들어 보였다. 우유를 부어 엄마를 깨운 것이다.

'우연이겠지.'

그렇다고 해도 대견한 아이였다. 엄마는 아이를 꼭 안아주었다.

그게 시작이었다. 아이는 잊을 만하면 그 말을 다시 했다. 그것도 엄마가 혼자 있을 때만 그랬다. 처음에는 대견하기만 했다. 하지만 자꾸 듣다 보니 이상한 생각이 들었다. 네 살 아이답지 않은 것이다.

아이 엄마는 병원을 찾아갔다.

"아이는 이상 없습니다."

의사의 답이다. 그러나 돌아오는 길에도 아이는 결코 그 말을 잊지 않았다.

—지켜주러 왔어요!

"다른 말이나 행동은 없나요?"

주목하던 미류가 물었다.

"잊을 만하면 그 이야기만 반복해요. 그리고… 책을 참 좋아해요."

책?

"읽거나 하는 건 아니고요, 희한할 정도로 잘 챙겨요. 차곡차곡······."

"사건은 그게 끝이고요?"

"그랬으면 법사님을 찾아오지 않았을 거예요."

"······?"

"엊그제였어요. 아이 아빠가 해외 출장 중이라 아이와 단둘이 지방에 계신 시어머니 생일에 다녀오는 길이었어요. 길이 좀 먼 데다 차가 많이 밀려 피곤했지요. 그래서 갓길에 차를 세우고 잠시 눈을 붙이고 있었어요."

"······."

"그런데 준이가 갑자기 소리 높여 울었어요."

"······."

"달래도 그치질 않아서 차 안이 답답한가 싶어 데리고 내렸지요. 그러다 차에서 조금 멀어졌을 때······."

와아아앙! 퍼엉!

관광버스였다. 순식간이었다. 폭주해 온 고속버스가 미끄러지며 방향을 바꾸더니 엄마와 아이의 눈앞에서 자가용을 타격해 버린 것이다. 운전자의 졸음운전이었다.

"정말이지··· 10초만 늦었어도 아이와 저는 가루가 되었을 거예요."

"그때도 아이가 말했나요?"

"네, 또렷하게."

―지켜주러 왔어요!

그 말은 아직도 아이 엄마의 귀에 생생했다.

"잊을 만하면 그래요. 어떤 때는 아빠 없는 밤에 저를 지킨다고 침대 머리맡에 앉기도 하고··· 가끔은 애가 잘못되는 거 아닌가 겁이 나요. 저 어린 게 그럴 나이가 아니잖아요."

"……."

미류는 모골이 송연해졌다. 네 살 꼬마 아이. 예지의 초능력이라도 있다는 말인가?

"친구 집에 들렀다 가는 길에 여기 점집 골목이 보였어요. 그냥 한 번 들어와 봤는데 법사님 〈전생방〉이 왠지 마음을 끌어요. 그래서 그게 혹시 저나 아이의 전생과 관련이 있나 싶어서……."

"저도 흥미롭군요. 한번 같이 알아볼까요?"

쩔렁!

미류가 신방울을 울렸다. 한 번의 손짓을 따라 아슴푸레한 빛이 흘러내렸다.

"눈을 감아보세요."

미류가 말했다.

"법사님!"

아이 엄마의 입술이 파르르 떨었다. 미류의 손짓에서 나온 빛무리 때문인 모양이다.

"괜찮습니다."

미류가 한 번 더 권하자 아이 엄마가 눈을 감았다. 그 정수리에 전생륜이 맺혀왔다. 그녀의 전생은 모두 셋. 그러니까 이번이 네 번째 생이었다. 그 틈에 아이가 신당에 고개를 빠끔히 디밀었다. 제 엄마가 무얼 하는지 궁금한 모양이다.

'쉬잇!'

미류가 손가락을 입술에 대자 아이는 자취를 감췄다. 동시에 엄마의 전생령 하나가 선명해졌다. 아이와 관련된 전생령이다. 그걸 그녀의 정수리에 넣었다.

"으음!"

여자의 신음과 함께 전생이 펼쳐지기 시작했다.

전생!

전생을 감응하는 것도 전과 달랐다. 마치 미류의 시각처럼 느껴지고 편안했다. 무조건 행하던 그때와는 차이가 났다.

여자가 어깨를 떨었다.

"괜찮습니다."

미류가 달랬다. 떨림은 어깨로부터 잦아들었다.

'차분하게!'

미류가 주문했다. 전생 감응은 미류의 의지에 따라 조절되었다.

그녀의 전생이 이어졌다.

18세기 조선이다. 엄청나게 많은 책이 보였다. 아이 엄마는 그 책방 주인의 딸이었다. 이제 겨우 열한 살이다.

그녀의 아버지 직업은 서쾌(書儈)였다. 책을 필요로 하는 사람에게 중개해 주는 일이다. 당시에는 책값이 너무 비쌌으므로 양반들도 함부로 사지 못했다. 그랬기에 그녀의 아버지는 역사책에 이름을 올린 단골 선비들도 줄줄이 확보하고 있었다.

그러나 영조 때 초대형 사고가 터졌다.

일부 서쾌들이 '명기집략'이라는 조선왕조의 족보를 청나라에서 유통하려다 꼬리를 잡힌 것이다.

그녀의 아버지 이름이 거론되기 시작했다. 경쟁자들의 수작이었다. 분위기가 심상치 않자 심복 무사를 불렀다. 그에게 딸과 함께 귀한 책 몇 권을 맡겼다. 청나라의 지인에게 데려가라고 편지를 써 준 것이다.

심복 무사는 그 명을 받았다. 본시 거지 패로 살던 것을 구해준 주인이다. 폐병까지 고쳐주고 후한 대접을 해준 주인이다. 그는 이미 주인을 위해 죽을 각오가 되어 있었다.

무사는 그녀를 데리고 평양으로 치달았다. 우직하게 말을 달리는 그의 이마에 작은 사마귀가 또렷했다. 평양 가까운 곳의 작은 산성에서 묵게 되었다. 딸은 한양을 돌아보며 아버지를 걱정했다.

까옥!

애절한 그녀의 머리 위로 까마귀가 날았다. 좋지 않았다.

그 밤에 괴한들이 들이닥쳤다. 딸의 아버지와 각을 세우던 서쾌가 보낸 자들이었다. 그들은 어수선한 틈을 타서 경쟁자를 몰락시킬 생각이었다. 귀한 책을 뺏고 딸을 창기로 넘길 생각이었다.

"……!"

무사는 어둠 속에서 움직이는 살기를 느꼈다. 딸이 있는 성채의 별실로 달려갔다.

"아씨, 피하십시오. 괴한들이 오고 있습니다."

"마호!"

딸이 일어섰다. 딸의 초점은 무사의 어깨 뒤였다. 거기 어스름을 타고 괴한들이 성벽을 넘고 있었다. 많고도 많았다.

"악!"

동시에 딸의 비명이 높아졌다. 소리 없이 두 괴한이 그녀에게 다가온 것이다.

츄릿!

무사의 쌍검이 검무를 추었다. 두 괴한은 딸에게 닿기 전에 목이 달아났다.

"마호!"

"뒤쪽으로 가면 작은 문이 있습니다. 앞만 보고 달리세요. 곧 뒤따라가겠습니다."

"마호!"

"가세요! 어서!"

무사는 딸을 태운 말의 엉덩이를 후려쳤다.

히이이잉!

허공을 긁어대던 말이 폭주하기 시작했다. 동시에 괴한들도 폭주를 시작했다.

베었다.

무사는 성벽 아래의 작은 문을 막고 서서 베고 또 베었다. 자신의 목숨보다 귀한 주인의 딸. 그녀의 머리카락 한 올도 다치게 할 수 없었다.

괴한들의 시체가 언덕을 이루고 그들의 피가 내를 이뤄 흘렀다. 하지만 벨 수 없는 것이 있었다. 그 앞에 우뚝 나타난 거한이다. 거한은 제 몸의 서너 배는 됨 직한 바윗덩이를 들고 있었다.

그게 날아왔다. 바위는 무사가 아니라 그 위의 성벽을 후려쳤다. 성벽이 무너지며 무사를 덮쳤다. 바위가 한 번 더 날아왔다. 이번 목표는 무사였다. 간신히 치명상을 면했지만 무사의 몸은 피투성이였다. 그 위로 괴한들의 검무가 날아들었다.

'아씨!'

무사는 문을 내어주지 않았다. 장검이 박히고 화살에 꿰어도 칼을 휘둘렀다. 그러나 이미 부질없는 짓, 무사의 칼은 허덕이고 허덕일 뿐이었다.

딸의 눈에 피를 쏟는 무사가 들어왔다. 그녀의 머리 위에도 복면의 괴한들이 들이치고 있었다. 딸이 단창을 뽑았다. 아버지가 건네준 것이다. 가녀린 그녀지만 필사적으로 저항했다.

"베어라!"

괴한의 수장은 생포를 포기했다.

챙!

앞에서 날아드는 장검을 막는 순간, 딸은 등짝을 꿰뚫는 뜨끔함을 느꼈다.

아버지!

가족들의 얼굴이 느린 등불처럼 스쳐 갔다.

"……!"

그 장면에서 아이 엄마도 등짝을 꿈틀거렸다. 전생 감응의 충격이다. 피만 흘리지 않을 뿐, 자신의 전생을 생생하게 느끼는 것이다.

"마호!"

전생의 그녀가 소리쳤다. 딸은 단창을 떨구었다. 아직 피지도 못한 딸의 가슴이 붉게 물들고 있었다.

"아씨!"

무사의 절규는 메아리가 되어 산성을 울렸다. 목화의 솜털보다 부드러운 그녀의 몸이 대지 위로 무너졌다. 숨이 끊겨가던 무사를 더욱더 애통하게 만들었다.

"용서하세요!"

무사의 목에서 절규가 터졌다.

다음에는 꼭…….

"지켜 드릴게요."

무사의 목은 그 말을 미처 다 끝내지 못하고 몸통을 떠났다. 무지막지한 광도(廣刀)를 든 괴한이 목을 후려친 것이다. 한 맺힌 무사의 피는 적의 피와 섞이지 않았다. 그 피는 딸 쪽을 향해 따로 흘렀다. 하지만 딸에게 닿지는 못했다.

'마호…….'

딸은 목 잘린 호위 무사를 바라보았다. 손을 내밀었지만 그뿐이다. 그 몸짓 또한 딸의 마지막 움직임이었다.

미류는 거기서 아씨령의 전생 감응을 마감했다.

아이 엄마는 울컥 몸을 흔들며 전생 감응에서 깨어났다.

"법사님?"

아이 엄마의 이마는 땀투성이였다. 미류는 티슈부터 내주었다.

"어떻게 된 거죠? 방금 본 그 기억……."

"어머니의 전생입니다."

"……."

"그리고 아드님… 전생의 호위 무사가 과업을 이루기 위해 아들로 온 모양입니다."

"맙소사! 말도 안 돼요!"

엄마는 몸서리를 쳤다. 전생을 체험하고도 차마 믿지 않는다는 표정이다.

"아이 이름이 준이라고 했나요?"

"예."

"들어오라고 하세요."

"아이를요?"

"괜찮습니다."

미류는 미소로 아이 엄마를 안심시켰다.

아이가 들어섰다. 아이는 제 엄마 옆에 의젓하게 앉았다.

"마호야."

미류가 입을 열었다. 강신이다. 전생신의 영기(靈氣)를 아이에게 넣은 것이다.

"……."

"네 멀리도 왔구나. 아씨와 책을 지키기 위해 그 고단한 창검의 끝을 지나 피의 강물을 넘어 여기까지 이른 것이냐?"

"……."

"전생신의 심중으로 묻나니 네 진정 서쾌를 주인으로 둔 호위 무사 마호란 말이냐?"

"……."

"대답하렷다. 네 전생을 주관하는 분이 바로 내 몸주이시니."

"맞아요!"

아이의 입이 열렸다. 무사의 목소리였다.

"네 이름이 마호?"

"네, 아씨를 지키러 왔어요."

아이는 또렷하게 대답했다.

"어쩜……."

아이 엄마는 목이 메어 어쩔 줄을 몰랐다. 그사이에 미류는 아이의 전생륜을 살폈다. 틀림없이 무사령이 있었다. 아씨의 전생과 다르지 않았다.

"어머니의 전생에서 본 무사가 확실합니다. 그 생에서 이루지 못한 과업을 위해 이 생으로 왔네요. 당신의 아이가 되어."

"……."

"전생에서 본 무사의 사마귀 기억나요? 얼굴 명궁에 박힌……."

"예."

"혹시 이 아이의 몸에 그 비슷한 게 없었나요? 모반이라고… 전생의 상처 부위 같은 걸 비슷하게 가지고 태어나는 경우도 있거든요."

"말도 안 돼요."

그 말을 들은 아이 엄마가 와들거리기 시작했다.

"있었군요?"

미루어 짐작한 미류가 물었다.

"있었어요. 그것도 눈썹 사이에. 이제 보니 그 무사하고 비슷한 위치예요. 아이 아빠가 보기 싫다고 해서 두 살 때 성형외과에서 떼어 냈어요."

"그랬군요."

"그럼 우리 준이가……."

끄덕!

미류는 고갯짓으로 엄마의 질문에 답했다.

"그럼 어떻게 되는 거죠? 우리 준이가 그 무사의 기억을 가지고 태어난 건가요?"

"그 밖의 다른 말은 없었나요?"

"책이요. 장난감보다도 유독 책을 좋아하기는 했어요. 하지만 다른 건……."

"무사의 기억 일부만을 가지고 온 것 같습니다."

"그 말씀은?"

"아이가 이미 어머니 목숨을 두 번 구했다고 하셨죠?"

"예, 제가 생각하기로는……."

"원하신다면 해결책을 드리겠습니다. 그 무사는 이미 할 일을 다한 거 같으니까요."

"가능하다면 부탁드려요. 저는 그냥… 우리 준이가 다른 아이들처럼 아이답게 자랐으면 하거든요. 그리고 제 아들은… 제가 지켜야죠."

엄마의 표정은 진지했다.

미류는 아이를 바라보았다. 여전히 영기(靈氣)에 쓰인 아이는 눈만 말똥거리고 있었다. 미류는 아이의 무사령을 뽑아 들었다. 그런 다음 부적 중에서 소멸부를 꺼내 무사령을 돌돌 말았다. 그대로 신단의 촛불에 대고 태웠다. 마지막 연기가 사라지는 순간, 아이가 눈알을 뒤집고 넘어갔다.

"준아!"

놀란 아이 엄마가 아이를 흔들었다.

"그대로 두세요."

미류가 말렸다. 아이는 오래지 않아 깨어났다.

"엄마!"

아이가 엄마를 바라보았다.

"준아, 괜찮아?"

"웅!"

아이 엄마가 미류를 돌아보았다.

"계속 물어보세요."

미류가 말했다.

"우리 준이, 엄마를 어떻게 한다고?"

지키러 왔어!

아이답지 않은 말로 엄마를 놀라게 하던 한마디. 하지만 아이의 대답은 달랐다.

"사랑한다고!"

"정말? 언제는 엄마 지키러 왔다며?"

"지키는 건 군인 형아들이 하는 거야."

"준아!"

"준이는 엄마 사랑해!"

"나도 우리 준이 사랑해."

"엄마!"

아이가 두 팔을 벌리며 엄마에게 안겼다. 미류가 웃었다. 무사령을 태움으로써 아이 본성에 새겨져 있던 전생 기억이 지워진 것이다.

"정말 용하시군요, 법사님. 이 은혜를 어떻게……."

아이 엄마는 지갑에 든 돈을 다 꺼내 놓았다.

"처음에 후불이라고 하셨죠. 점사가 마음에 들었으니 더 드려야겠어요."

"그러시죠."

미류는 기꺼이 접수했다. 마음에서 우러나는 복채라면 받아줘야 저쪽도 마음이 편하다.

"고맙습니다! 고맙습니다!"

아이 엄마는 배웅 나온 미류에게 거듭 허리를 조아렸다.

'후우!'

아이 엄마가 멀어지자 미류는 아뜩한 현기증을 느꼈다. 바로 이거였다. 이게 바로 무속인의 길이었다. 이 짜릿한 기분을 누가 안단 말인가? 미류는 아찔한 행복감에 온몸을 떨었다.

그때 등 뒤에서 분위기 깨는 목소리가 날아왔다.

"어이, 방금 그 손님, 거기서 전생점 봤어?"

타로였다. 묻는 폼이 아이 엄마가 타로의 호객을 뿌리치고 미류의 신당으로 온 모양이다.

"그런데요?"

"사기 제대로 쳤나 보네? 얼마나 해먹었길래 그렇게 히죽거리는 거야?"

'사기?'

정말이지, 멍돌이 눈에는 응가만 보인다더니…….

"말해봐. 뭐라고 립서비스 친 건데?"

"립서비스를 잘하는 것도 실력이죠. 다들 위로가 필요해서 오는 분들 아닙니까?"

미류가 웃었다. 이제는 제대로 강신을 받은 미류. 전 같았으면 우쭐한 소영웅심리로 단박에 뭉개 버렸겠지만 상대하지 않았다. 그는 이미 미류가 상대할 체급이 아니었다.

뿐만 아니라 아는 얼굴이 다가오고 있었다. 병원 응급실에서 본 그 여자였다. 병원에서와는 달리 말쑥한 차림이다. 미류를 보더니 반가운 얼굴로 합장부터 해왔다.

"법사님!"

"여길 어떻게?"

미류가 물었다.

"병원에서… 주소를 좀 부탁했어요. 실례인 줄 알지만 꼭 뵈어야 할 것 같아서……."

"……."

"잠깐 들어가도 될까요?"

"여긴 제 신당입니다만……."

"그렇게 보이네요."

신간대를 바라본 여자가 웃었다. 신당인 걸 안다니 미류로서도 말릴 수 없었다.

"들어오세요."

미류가 그녀를 들였다. 타로는 꼬리를 무는 손님에 고개를 갸웃거리고 있었다.

그녀는 합장을 하고 신당에 들어섰다. 그녀가 신당에 앉는 순간, 그녀의 운명창이 한눈에 보였다.

[가정운 下中 18%]

[건강운 下下 08%]

[재물운 下上 22%]

[학벌운 上中 72%]

[애정운 下下 06%]

[명예운 下中 17%]

[총운명지수 下中 25%]

다시 보이는 총운명창.

보고 또 봐도 여전히 신비롭고 행복했다. 크흠, 목소리를 고르며 바른 자세를 갖췄다. 감탄보다 점사가 우선이었다.

"……!"

박했다. 이 여자는 운은 참으로 야박했다. 여섯 개의 운명창이 그걸 대변하고 있었다. 총운명지수가 下에 속하지 않는가? 일단 애정운부터 뽑아보았다. 극악에 가까운 수치. 이런 운이라면 대개 혼자 사는 게 좋은 때가 많았다.

절그렁!

손에 든 신방울이 무심결에 울었다.

[애정운 下下 06%]

그 창 안에 아른거리는 영가가 보였다.

〈연적(戀敵)〉

글자는 연적이었다. 회장의 부인인 모양이다. 애정운이 마음에 걸렸다. 미류가 기억하기로 여자를 버린 회장이 돌아오려는 분위기였다. 그런데 왜 애정운이 바닥 그대로일까? 건강운은 왜 또 저렇게 어두운 동굴 속일까? 어둠의 사기(邪氣)가 가슴 언저리에 뭉쳐 보였다. 그곳이 좋지 않은 모양이다.

"무엇 때문에 오셨습니까?"

미류는 전생신의 위엄을 대리해 물었다.

"법사님이 구한 우리 아이 성욱이 때문에 왔습니다."

"……."

"병원에서는 경황이 없어 용하신 분을 몰라뵈었습니다. 용서해 주세요."

"별말씀을. 그런데 혹시 제 병원비를?"

"병원비는 회장님이……."

"그러셨군요."

미류가 고개를 끄덕거렸다. 궁금증 하나가 풀리는 순간이다.

"이거……."

여자가 봉투를 내밀었다.

"괜찮습니다. 제 병원비까지 내셨는데……."

"안 돼요. 점이라는 게 공짜로 보면 효험이 없다면서요."

여자가 고집을 부렸다. 별수 없이 복채를 받아 신단에 두었다. 두 번째이다.

"아이가 무사할 거, 그이 마음이 돌아올 것까지 알려주셨죠? 그리고 우리 아이의 미래 직업까지도……."

"제 몸주께서 들려주신 걸 전한 것뿐입니다."

"그 신령님께 한 가지 더 묻고 싶은 게 있어서요."

"말씀하시죠."

"실은 병원에서 만난 그분… 제가 모시던 회사의 회장이셨습니다."

회장…….

그건 짐작한 이야기다. 미류는 그래도 소홀함 없이 귀를 기울였다. 점쟁이든 스님이든 목사든 무조건 잘 들어주는 게 상책이다. 이것만 잘해도 중간은 가게 되어 있는 것.

여자의 고민은 아들이었다.

회장이 병원에서 자기가 한 약속의 후속편을 실행한 모양이다. 그 대안은 아들의 외국 유학이었다. 본처는 딱 거기까지 양보했다. 일찍이 여비서와의 통정을 눈치채고 여자를 사직시킨 회장의 아내. 그녀가 이제 와서 여비서에게 자기 자리를 내줄 리 만무했다.

그러니까 그녀는 피치 못해 핏줄만 끌어안은 모양이다. 그걸 위해 '여자끼리' 따로 만났고, 회장의 아내는 최후통첩을 했다. 그녀로서는 당연한 처사였다.

하지만 이 여자, 여비서의 입장은 또 달랐다. 바라봐서는 안 되는 사람을 바라본 여자. 이루어질 수 없는 사랑. 그런 사랑을 택한 대가는 혹독하고 시렸다. 그 시련의 황야에서 그녀의 위로이자 위안이던 유일한 아들. 아들의 장래를 위한다지만 기둥을 내주는 것과 다를 바 없었다.

"그 아이가 없으면 저는 죽어요."

여비서의 말은 애원이었다. 굉장한 난제를 만났다. 그러나 이 난제 또한 전생신의 가르침에 닿아 있었다.

인과!

병원에서 만난 아이와 그 아이의 엄마인 이 여자, 그리고 회장과 회장의 아내. 척 봐도 좀 꼬였다. 그런 인과를 예지한 전생신. 공부 제대로 해보라는 의미로 받아들였다.

"가까이 오세요."

미류가 손짓했다. 여자는 지척으로 다가앉았다. 여자의 전생륜이 생생하게 눈에 들어왔다. 머리 위에 뜬 건 모두 열두 번의 전생. 이생이 열세 번째 목숨이었다.

전생령들은 저마다의 고유한 느낌을 지니고 있었다. 마치 파스텔 톤을 보는 느낌이다. 오래된 전생령은 빛이 바래고 직전의 전생령들은 조금 선명하게 보였다.

그 머리 위로 손을 올렸다. 미류의 손길이 지난 자리마다 아련한 빛이 하르르 부서졌다.

'너 말고.'

첫눈에 들어온 전생령은 저만치 밀어두었다.

미류가 밀어둔 전생령은 떠난 사랑을 기다리며 망부석이 되는 규수였다.

망부석!

고개를 저었다. 그걸 정수리에 꽂으면 엎친 데 덮친 격이 된다.

그러고 보니 여자의 생은 기다림이 주를 이루고 있었다. 중세의 전장에서는 주군을 기다리는 기사로, 한국의 조선에서는 임금의 부름을 바라는 귀양길의 선비로, 가까운 근대에서는 깨달음을 기다리는 비구니로 살았다.

오래지 않아 이 생의 인과와 바로 연결된 전생령을 찾아냈다. 귀부인령이다. 그 전생을 열었다. 고요한 바람이 가득했다. 그 뒤로 푸른색 머금은 황혼이 소리 없이 흘러갔다. 강물이 보였다. 벚꽃잎이 촘촘하게 내려앉은 물이다.

애잔함…….

고요함…….

경건함…….

물결에 서린 복합된 느낌이 장중하게 건너왔다. 그 일부는 저승길에서 느낀 감정들. 이제 보니 그 또한 미류에게는 좋은 공부가 되었다.

"……!"

미류의 시선이 거기서 멈추었다. 섬나라가 나왔다. 이 생에서 여자는 장수의 정실 처였다.

장수!

수천 군사를 이끄는 그가 현생의 회장일까?

하지만 그건 아니었다. 둘은 명문가의 혈육이었다. 정략결혼을 한 둘 사이에는 아이가 없었다. 방중술부터 약재, 비방까지 쓰며 노력을 다했지만 허사였다.

장수는 전장의 영웅이었다. 가로막는 적들은 그의 발아래 무릎을 꿇었다. 그렇게 또 한 영지를 평정했다. 많은 사람을 죽였지만 적의 하녀 하나를 살려주었다. 차 끓이는 솜씨와 과일 깎는 솜씨가 기가 막혔던 것이다. 그녀의 차는 마술이었고 과일은 예술이었다. 피로가 풀리고 머리가 맑아졌다. 그녀가 바로 현생에 있어 회장의 아내였다. 전생에서는 두 여자의 입장이 뒤바뀌어 있었다.

장수는 하녀를 본가로 데려왔다. 정실 처는 꽃가마 앞에서 그녀를 맞았다. 보는 눈이 매웠다. 반가울 리 없는 일이다.

장수는 영주의 명을 받아 새 원정길에 올랐다. 시간이 오래 걸리는 출병이었다. 장수가 떠난 지 오래지 않아 하녀는 태기를 느꼈다.

"그 아이가 태기가 있사옵니다."

정실 처의 늙은 하녀가 소식을 알렸다. 정실 처는 정색을 했다. 그렇잖아도 눈엣가시 같은 아이였다.

"그 아이를 없애야겠다."

평소 하녀를 고맙게 생각하던 늙은 하녀가 꾀를 냈다. 칼 때문이다. 하녀의 칼 관리는 신기에 가까웠다. 덕분에 늙은 하녀에게 칭찬이 끊이질 않았다. 좋은 칼로 요리한 음식은 맛이 달랐던 것이다.

"아기는 취하시죠."

"아기를?"

"주인의 원정은 2~3년이 걸릴 일입니다. 그러니 아기를 낳게 한 후에 저 아이를 내쫓고 마님이 낳았다고 하시면……."

"……!"

정실은 귀가 솔깃했다. 그럴싸한 방안이었다. 아이를 못 낳는 상황이기 때문이다. 정실은 노파를 시켜 하녀를 따로 관리했다.

"응애응애!"

하녀는 아이를 낳았다. 해산도 하기 전에 정실은 속셈을 드러냈다. 핏덩이 아기를 뺏은 후에 옷 보따리를 던져준 것이다.

"다시 내 눈에 띄면 죽은 목숨인 줄 알거라."

정실의 명령은 추상과 같았다. 하녀는 하혈도 멈추지 않은 상태에서 쫓겨났다.

업보!

그 업보가 이어졌다. 서로가 입장을 바꾸어 태어난 것이다.

눈물!

그녀의 전생을 함께 감응한 미류의 눈에 습기가 홍건했다. 가슴도 쓰리고 애달팠다. 그저 엿보는 게 아니라 그 마음을 공유한 것이다. 그녀의 슬픔과 간절함은 곧 미류의 것이었다.

'이휴우!'

호흡을 가다듬었다.

"전생을 믿으시나요?"

마음을 추스른 미류가 물었다.

"다 믿지는 않지만……."

여자가 입을 열었다. 사모님에 대한 트라우마 같은 게 있다고 했다. 첫 만남 때부터 그랬다고 한다.

─주는 거 없이 미운 사람!

─그러면서도 미안함 마음을 갖게 하는 사람.

자신도 모르게 드는 생각이라고 했다. 미안한 마음은 이해가 되는 것 같았다. 회장과 여비서는 불륜이었으니 죄의식이 드는 것도 당연했다.

"제가 전생 하나를 보여 드리겠습니다."

"제 전생을요?"

"그걸 보시면 지금의 생을 이해하는 데 도움이 될 것 같아서……."

"……."

"보시겠습니까?"

"가능한 일인가요?"

"도와드리지요."

"어떻게 하면 되죠?"

"눈을 감으시면 됩니다. 마음을 편하게 하시고……."

"이렇게요?"

"네."

"……."

"시작합니다."

그 말과 함께 미류는 기묘한 인과의 전생령을 그녀의 정수리에 조준했다. 귀부인령은 사뿐히 날아올라 정수리 안으로 들어갔다.

"아!"

여자의 입에서 신음이 새어 나왔다. 전생 감응의 시작이다. 미류는 여자와 함께 전생을 읽어나갔다.

여자는 이내 전생에 이입되었다.

기세등등한 정실 처가 보였다. 그녀의 전생이다. 핏덩이를 뺏긴 하녀가 쫓겨나고 있다. 하녀가 두 손을 모아 빌었다. 정실 처는 그녀에게 채찍질을 안겼다. 피도 눈물도 없었다.

"으으……."

여자는 바르르 몸을 떨었다. 그 자신의 모진 마음과 하녀의 애통함을 오롯이 느끼는 것이다.

"아아아!"

"안 돼요! 우리 아기를 돌려주세요!"

"아기를 돌려줘요!"

하녀의 한 맺힌 절규가 현실의 여자를 흔들었다.

하녀는 결국 혼이 나갔다.

정신병자가 되어 거리를 떠돌게 된 것이다.

이후 정실 처가 그녀를 보았을 때, 그녀는 오직 한 단어만을 읊조려 댔다. 그녀의 한마디는 명쾌했다.

"내 아기, 내 아기……."

신음 같기도 하고 메아리 같기도 한 하녀의 넋두리. 그 넋두리를 밟고 가는 정실 처의 모습. 희미하게 교차되는 두 여인의 인과는 시공간 속으로 사라져 갔다.

"이제 끝내겠습니다."

미류가 마무리를 선언했다. 그리고 정수리에 꽂았던 전생령을 뽑아냈다.

"아!"

여자는 비명 비슷한 소리를 지르며 눈을 떴다. 표정은 창백했다. 얼음 벼락이라도 맞은 것 같은 얼굴이다.

"어떠신가요?"

"법사님……."

여자는 떨고 있었다.

"당신이 지나온 전생 중의 한 삶입니다. 제 생각에는 그 업보가 돌고 돌아 오늘 그런 인연으로 만난 것 같습니다만……."

미류 역시 마음을 추슬렀다. 아까보다는 덜했지만 가슴이 아리긴
마찬가지였다.

"내가… 내가 그토록 모진 여자였다니……."

설명이 시작되기도 전에 여자가 무너졌다. 여자는 한참을 더 흐느
꼈다. 미류는 말리지 않았다. 말려서 될 일도 아니었다.

"혹시… 전생에 나오는 하녀 말입니다. 현생의 회장님 사모님과 닮
지 않았나요?"

여자의 어깨가 진정되자 미류가 물었다.

"어머!"

놀란 여자는 벌어진 입을 다물지 못했다.

"정말 기막히네요. 거기 나오는 하녀… 회장님 사모님을 빼닮았어요."

"……."

"느낌이 그래요."

"……."

"그런가요? 법사님, 그 하녀가 회장님 사모님?"

"맞습니다."

"……."

"기묘한 업보네요."

"머리가 띵해요. 정신이 하나도 없어요."

"물 한 잔 드릴까요?"

"아뇨. 이게 제가 지은 죄의 인과응보라면… 욕심을 부릴 수도 없
겠네요. 성욱이를 포기하고 떠나야겠어요."

여자의 눈에서 참고 있던 눈물이 흘러내렸다. 더 굵고 더 선명한
눈물이었다.

참회의 눈물.

먼 과거의 일임에도 이 생에서 받아들이는 여자의 자세. 그걸 보자 미류의 마음도 편해졌다. 이 여자는 구원받을 자격이 있었다.

"그 해원을 풀 한 가지 방법이 있기는 합니다만……."

"무슨?"

미류의 말에 여자가 고개를 들었다.

"사모님 말입니다. 제가 좀 만나볼 수 있겠습니까?"

"사모님을요?"

"당신의 운명은 애정운이 서까래입니다. 그걸 먼저 해결하지 않으면 전생에서 당신에게 쫓겨난 하녀처럼 가혹한 풍파의 삶을 살게 될 겁니다. 가슴에 걸린 건강의 적신호도 최악이 되어 파국에 이를 수도……."

[건강운 下下 08%]

下下, 더 갈 데도 없는 밑바닥 운.

애정운과 더불어 극악에 가깝던 운명창을 잊지 않은 미류였다.

"암 말이군요."

"암이요?"

"실은 얼마 전에 폐에서 덩어리를 발견했어요. 지금 검사 중이죠. 결과가 나올 건데 암일 가능성이 높다고 하더군요. 그것까지 아시는군요."

'아하!'

미류의 가슴이 출렁 흔들렸다.

접신하면 신병을 보는 무당이 있다. 그녀 몸에 붙은 귀신을 보듯 아픈 부위를 보는 것이다. 곧 인간 엑스레이의 능력. 미류 또한 그 비슷하게 영가를 보고 있었다.

"아무튼 제 말을 들으시죠. 만약 사모님이 저를 거부하신다면 다른 처방을 찾아보겠습니다."

"다른 처방이라면?"

"건강이라도 지키셔야죠."

미류는 비구니령을 마음에 두고 있었다. 그건 그녀의 또 다른 전생령. 신실하게 득도를 향해 나아간 생이었다. 그 마음이 깃든 전생령에 호신부(護身符)나 건강부(健康符)의 부적을 더한다면 이 여자에게 차선책이 될 것으로 보였다.

"만나는 거야… 하지만 워낙 저를 못마땅하게 여기고 있어서……."

여자는 겁먹은 표정으로 말을 흐렸다.

"업보로 쌓인 한이 많으니 여사님에게 더 모질게 굴겠지요. 제게 맡겨주세요."

"……."

"여사님."

"알겠어요. 다른 이유를 대서라도 약속을 잡아볼게요."

어렵게 여자의 수락이 떨어졌다.

여자를 보낸 미류는 거울 앞에 섰다. 한 가지 확인하고 싶은 게 있었다. 바로 자기 자신의 전생륜이었다.

'내 전생륜도 보일까?'

전생신의 도움으로 저승에서 보기는 했다. 화공령과 소리꾼령 등이다. 머리 위를 뚫어져라 바라보았다. 보이는 건…….

거울 표면의 먼지뿐이다. 중은 제 머리 못 깎는다더니 그 말이 맞는 모양이다.

'푸훗!'

웃었다. 거울을 본 김에 먼지를 닦았다. 스프레이로 물을 뿌렸다. 신문지를 구겨 들고 박박 닦아냈다. 유리 닦는 데는 이게 최고였다.

잡티 하나 없이 닦인다.

수정보다 맑은 거울을 보니 기분이 좋았다. 밤이 깊었으므로 신방울을 안고 잠을 청했다. 절렁하는 듬직한 소리가 좋았다.

—전생륜!

—운명창!

—영가!

자신의 능력이 된 세 가지를 생각하고 또 생각했다. 잠이 오지 않았다. 전생 특허를 받은 첫날 밤, 미류는 전생신 무신도를 바라보며 까만 밤에 물들고 있었다.

쾌도난마(快刀亂麻)

이른 아침, 석채를 갈았다. 기도를 끝내고 몇 가지 주문을 독경하며 마음을 차분하게 만든 미류는 정갈한 손길로 그림을 그려 나갔다. 세 가지 색으로 나눠 그리는 전생신 무신도. 이제 조금만 더 하면 완성이다. 그걸 생각하니 힘들지 않았다.

무신도는 부적 등과 함께 하나의 수련이었다. 색 하나, 붓칠 하나도 허투루 하지 않았다. 그 성심은 부적과 지화로도 이어졌다.

붓질을 끝내고 부적을 꺼내보았다. 부적이라고 아무 때나 쓰는 게 아니다. 길일이 있다. 일반적으로는 천간이 경 자가 되는 날이 최상급 길일이다. 갑 자가 든 날도 길로 본다. 경신일이 최고지만 일 년에 여섯 번뿐.

삼재(三災) 방지 등의 특정한 부적은 날이 따로 있다. 들삼재의 입춘일이 좋다. 다음 해의 입춘일인 묵삼재에 새 부적을 써서 바꾼다. 마지막은 날삼재의 입춘일. 그렇게 세 번을 갈아 지니면 액운을 막을 수 있다.

미류는 주로 자시에 부적을 써왔다. 음기가 강한 때라 귀신의 힘이 강해지는 시간. 그때 신의 영험함을 빌리는 것이다.

자시라고 해서 무턱대고 부적을 쓰는 것도 아니었다. 북쪽을 향해 7배부터 올린다. 옥수를 둔 신단에도 배를 한다. 붓을 들어 향과 초 위로 세 바퀴 돌리고서야 시작에 임하는 것이다.

'전생신님!'

가만히 합장하고 무신도를 바라보았다. 처음에는 낯설고 차갑던 얼굴이 언제 이렇게 신실해졌을까? 이제는 눈을 감고도 그 형상이 자연스럽게 그려졌다.

'오늘 한 업보를 풀어주러 갑니다. 부디 당신의 영험함으로 그들에게 전생의 해원을 얻게 하소서.'

기도를 끝으로 아침을 마무리했다.

"어이, 전생!"

신당을 나올 때 타로를 만났다. 여전히 거들먹거리는 모습이다.

"뭐죠?"

"듣자 하니 당신이 부적 좀 그린다며?"

그가 얄팍하게 물어왔다.

"그런데요?"

"무신도도 진짜 석채화라며?"

"알아서 뭐 하시게요? 타로 카드하고는 상관도 없는데……."

"아, 딱딱거리긴……. 꽃신선녀님이 그러시는데 부적하고 석채화 찾는 사람이 좀 된다고 하더라고. 어때, 나하고 부업 한번 하는 게?"

"부업이라뇨?"

"당신이 그리고 내가 팔고… 돈은 6 대 4!"

"……?"

"내가 6이고 당신이 4야. 뭐 잘 팔리면 5 대 5까지도 생각해 볼 수 있고."

푸헐!

이 인간, 진짜 답 없다.

"일없으니 가보시죠."

미류는 타로의 가게를 가리켰다. 네 가게로 꺼지라는 뜻이다.

"거 쥐뿔도 없는 게 자존심은……. 좋아, 내가 인심 썼다. 5 대 5로 할 테니 신당에서 많이 쓰는 부적하고 무신도 세트로 좀 쫙 뽑아봐."

"필요하면 직접 그려서 쓰세요!"

미류의 손 방향은 여전히 타로 가게를 가리키고 있었다. 타로가 비키자 문을 채웠다.

철컥!

그런 다음 큰길을 향해 걸었다.

"야, 사람이 호의를 베풀면 고마운 줄 알아야지? 너 여기서 망해서 나가는 거 시간문제야! 신빨 없는 주제에 수작부리다 꼬리 잡혀서 쪽박 차는 놈 한둘 본 줄 알아?"

타로의 악쓰는 소리가 허공을 울렸다.

맞는 말이다. 과거의 미류가 그랬다. 하지만 지금은 아니었다.

'나 이제 자격증 있는 몸이거든!'

그 자격의 이름은 특허였다.

들어는 봤나? 전생 특허?

이 가엾은 인간아!

빵빵!

차가 많았다. 강남이라 더 심하다. 이제 거리에 나서면 사람보다 많은 게 차였다. 그 차에도 신(神)은 실려 다녔다. 새 차에 올리는 고사가 그것이다. 저 많은 차들 중에는 눈을 부릅뜬 명태포를 싣고 다니는 차가 있다.

왜 명태일까? 물고기는 항상 눈을 뜨고 있기에 잡귀와 액운을 잘 감시하라는 바람이다. 코뚜레를 해서 거는 것 역시 악귀와 잡귀를 복종시키라는 뜻을 담고 있다. 그렇기에 새 차 고사에 쓰는 북어는 두 눈이 부리부리하고 큰 놈이 장땡이다.

시간과 장소 또한 함부로 잡지 않는다. 대개는 손이 없는 날을 택하며, 장소는 주로 한갓진 삼거리가 좋다. 무사고의 기원을 올리고 나면 실타래로 명태를 감는다. 그런 다음 차 트렁크에 끼우면 된다. 이후에 퍼포먼스가 벌어진다. 바로 계란 밟고 지나가기다.

준비한 날계란을 바퀴 숫자에 맞춰놓은 후에 살며시 지르밟고 가면 끝이다. 액운을 훨훨 날려 버리는 것이다.

이것은 미신이다.

그렇게 생각하는 사람이 많다. 하지만 미신이든 뭐든 무사고를 기원하는 마음은 같다. 때문에 하나의 통과의례로 받아들이면 간단하다. 사람은 누구든 나와 내 가족 잘되기를 바라는 존재니까.

무속 또한 그와 같았다. 무속은 신의 말을 전하는 것이다. 인간에게 다가올 악운과 액귀를 막거나 달램으로써 안위와 행복을 영위하도록 돕는 일이다.

한때는 무속도 국민 신앙으로 맹위를 떨칠 때가 있었다.

멀리는 삼국시대가 그랬고 가까이는 몇십 년 전까지만 해도 무당 없는 마을이 없을 정도였다. 가족에게 흉사가 생기면 병원보다 먼저 찾아가는 곳이 신당이었고, 밥을 굶어도 부적 하나 정도는 쓰는 게 일상이었다.

달은 차면 기운다.

그 말은 무속에 맞춤한 말이었을까? 그렇게 호황을 누리던 무속은 두 번의 카운터펀치를 얻어맞고 퇴락의 길로 접어들었다. 지금은 대동맥과 대정맥까지 잘리고 모세혈관을 목숨 줄 삼아 연명하는 처지가 되었다. 미류도 알고 보면 그 숨 가닥에 붙어사는 셈이다.

"젊은 후배들이 신기탱천해서 무속을 살려야 하는데 다들 용맹정진을 두려워하니……."

더러 표승이 한 말이다. 미류를 두고 하는 말 같아 아팠다.

하지만 지금은 아니었다.

미류는 전자상점에서 작은 녹음기를 하나 구했다. 어제의 일 때문이다. 전생에 감응하면 현생의 사람이 소리를 낸다. 그러나 전생 감응에서 깨어나면 그 자신이 기억하지 못할 수도 있었다. 실제로 최면이나 수면 중에 전생을 읽는 사람 중에는 녹음기를 사용하는 사람이 많았다.

무속과 과학의 결합!

증거로서 쓰려는 것이다. 사람마다 전생을 받아들이는 성향이 다르니 필요하면 쓰는 것이다.

미리 도착한 미류는 사람 구경을 했다. 마침 길거리 광고 촬영이 있었다. 구경꾼들이 구름처럼 몰려 있었다. 톱스타들이 나왔다. 최고 스타로 불리는 송화요도 보였다.

송화요!

라인 종결자로 불린다.

그녀의 곡선은 조각상에 못지않았다. 정말이지, 여신 강림에 다름 아니었다. 저 여자는 어떤 전생을 살았기에 조각 미녀로 태어났을까? 거기에 연기까지 잘해 국민적 사랑을 받고 있을까?

톱스타들의 전생.

진심으로 궁금했다.

송화요가 멀어졌기에 가까이 보이는 스타의 전생류을 보았다. 공부였다. 그녀의 전생류은 그리 특별하지 않았다. 다만 늘 사람을 몰고 다니는 전생이 많았다.

"사인해 주세요!"

막간이 되자 사람들이 스타들에게 몰려들었다. 송화요 쪽의 줄은 끝이 보이지 않았다. 시원한 그녀의 얼굴을 보며 걸었다. 긴 줄에 서서 사인해 달랄 나이는 아니었다.

조금 더 걸어가니 공공기관 개소식이 보였다. 서울시장과 국회의원, 구청장과 시의원들이 바글거렸다.

서울시장!

그 얼굴을 보자 저절로 발걸음이 멈췄다.

'대한민국 지자체의 상징 서울특별시장……'

꿀꺽 침이 넘어갔다. 지금은 2005년. 지금 시장인 저 사람은 곧 대선에 출마해 대통령이 된다. 이 자리에서 슬쩍 접근하거나 신문 방송 인터넷에 '현재의 서울시장이 차기 대통령이 된다'라고 뿌리기만 해도 대선 후에 대박 무속인으로 이름을 떨칠 것은 자명한 일.

'아서라!'

피식 웃으며 지나쳤다. 그건 이미 전생신이 경계하던 일이다. 게다가 한눈팔 생각도 없었다. 지금 득한 전생 특허가 너무나 마음에 들기 때문이다. 미류는 이제 부러운 게 없었다.

약속 장소인 커피 전문점에 들어섰다. 커피를 먼저 시켰다. 가격을 보니 조금 떨리기는 했다. 커피 한 잔이 식사 2인분값이었다. 비싼 향을 맡으니 피식 웃음이 나왔다.

무당과 커피.

이 또한 어울리는 조합이 아니었다. 전통과 서양의 만남은 늘 그랬다. 하지만 지금은 이제 전통과 서양의 만남은 익숙해졌다. 이만한 일에 이질감을 느낀다면 이 시대에 살기 어려웠다.

커피를 마셨다. 여자 윤주하는 그때 도착했다. 여자는 미류를 발견하고 테이블로 다가왔다.

"일찍 오셨네요?"

여자가 말했다.

"앉으세요."

미류는 자리를 권했다.

"사모님은 아직 안 온 거 같네요?"

자리를 잡은 여자가 주변을 돌아보았다.

"그런 모양인데요."

미류도 사모님을 알고 있었다. 전생을 보았기 때문이다. 여기에 들어온다면 모를 리 없는 미류였다.

"어쩌면 안 올지도 몰라요."

여자의 입에서 한숨이 나왔다.

"올 겁니다."

미류는 그녀를 안심시켰다.

이건 신의 계시나 공수가 아니었다. 인연 때문이다. 그동안 미류가 읽어낸 수많은 전생의 책들. 거기서 말하는 카르마에 따르면 현생은 전생과 긴밀한 관계를 맺고 있었다. 어느 한 생은 전생을 마무리하기 위해서, 혹은 연장 수업을 위해 온다는 것이다. 자아의 완성은 생을 거듭하며 도전하는 것이기 때문이다.

카르마는 그 자아의 완성을 방해한다. 이것이 개입하면 원인을 규명하기 어려운 질병이나 액운이 따를 수 있다.

생의 완성을 이루는 균형. 그 균형이 깨진 단서는 인과 고리에서 나온다. 그 시작이 전생이다. 전생의 카르마가 미치는 현생, 그 문제의 연결 고리를 찾아 이어주면 현생은 부족한 부분을 채워 완전한 균형을 잡는다. 그 길을 향해 거듭남을 반복하는 게 생의 과업이었다.

누구라도 그 인과를 느낀 이상 덤덤하게 지나치기는 어렵다. 더구나 사모님은 현생에서 우월자의 지위를 지녔으니 피할 이유도 없었다.

미류의 짐작은 맞았다. 약속 시간에서 30분쯤 지나자 사모님이 등장했다. 검은 외제 세단의 뒷좌석에서 내린 것이다. 입장은 바뀌었지만 전생에서 보았던, 하녀를 보기 위해 꽃가마 앞에 서 있던 정실 처의 등장과 닮은 곳이 많았다.

"누구?"

잠자리 선글라스를 걸친 사모님, 미류를 보자 경계심부터 발동했다. 여자와의 일은 내외에 알려지면 좋지 않은 사건. 낯선 남자가 동석했으니 반가울 리 없는 사모님이다.

"저는 무속 일을 하는 미류라고 합니다."

미류가 먼저 나섰다.

"무속이면 무당?"

사모님이 안경 너머로 미류를 깔보았다.

"예. 두 분 일에 제가 도움이 될 것 같아서……."

"미쳤군. 무당까지 끌어들인 거야?"

사모님의 비난이 여자를 겨누었다.

"그게 아니라……."

여자는 바로 주눅이 들었다.

"아니면? 내가 그렇게 말했는데도 못 알아들어? 이 일은 조용히 처리하자고 했어, 안 했어?"

"알고 있어요. 하지만 이 법사님이 좋은 묘안을 가지고 있어서……."

"묘안? 왜? 몇억짜리 굿이라도 하라고? 아니면 금테 부적을 팔려나? 수작하는 수준들하고는……."

사모님의 경멸은 끝 간 데 없이 달려갔다.

"목에 고질병이 들었군요. 그거 제가 봐드릴까요?"

사모님을 바라보던 미류는 엉뚱한 말을 들고 나섰다.

그런데 그 말을 들은 사모님의 기세가 한풀 꺾였다.

"지금 뭐라고 했어요?"

"목이 동강나는 듯이 아프죠? 정확히 수평으로 잘리는 듯한……."

미류는 눈빛을 거두지 않았다. 이미 그녀의 전생륜을 읽어버린 것이다. 사모님의 전생륜, 그중 하나가 망나니령이었다. 한 생 내내 죄인의 목만 베어낸 백정.

직업의 귀천이 무슨 상관이겠는가만 불행하게도 그 일을 즐겼다. 목을 많이 베면 돈이 많이 생기니 목 벨 일을 바란 것이다. 벨 때도 그들의 안녕을 기원하기는커녕 우악스럽고 잔혹하게 칼을 놀렸다.

나중에는 하나의 유희가 되었다. 자신보다 신분이 높은 자들을 베는 쾌감을 누렸던 것이다. 그게 문제였다. 망나니가 문제가 아니라 즐긴 게 탈이었다. 그 카르마가 쌓여 현생의 목으로 옮겨 온 것이다. 그건 영가로도 보였다. 그녀의 목에 서린 나쁜 느낌이 그것이다.

'운명창은…….'

그리 나쁘지 않았다. 기억해 둔 건 애정창이다. 그나마 그게 가장 나빴다.

[애정운 下上 22%]

남편이 다른 여자를 두었으니 당연한 일. 그걸 감안하면 오히려 좋은 편이다. 다른 건 참고만 하고 넘겼다. 지금은 운명창이 문제가 아니었다.

"당신이 그걸 어떻게?"

사모님이 선글라스를 내리며 물었다. 미류의 떡밥을 문 것이다.

"일단 앉으시죠."

자리를 권했다. 사모님은 별수 없이 의자에 걸터앉았다.

"허튼수작할 생각은 말아요. 목이 아픈 건 사실이지만 사기 같은 것에 넘어갈 사람은 아니니."

"사기는 아니고요, 잠시만 눈을 감아주시면 됩니다."

"눈?"

"잠깐이면 됩니다."

미류가 손을 들었다. 그 소매 끝에 푸른 영무가 아른거렸다. 그걸 본 사모님은 입술을 실룩거리더니 비로소 눈을 감았다. 명품 가방을 두 손에 고이 움켜쥔 채.

전생령 무리를 살펴보았다.

사모님은 매번 가난하고 천박한 삶으로 환생하고 있었다. 망나니 령이 그랬고 소작 농사꾼령이 그랬으며 하녀령이 그랬다. 그러다 지난 생에서 그 고리가 풀렸다. 고관대작의 아들로 태어났던 것. 그러나 여린 심성 때문에 삶을 제대로 누리지 못했다. 결혼한 후에도 소심한 성격에 공처가로 살며 아내에게 시달렸다.

'다음 생에는 여자로 태어날 거야. 남자는 싫어.'

죽는 순간 그의 소원은 그것이었다. 그 바람이 이루어져 이 생에 여자로 왔다. 그러나 그의 전생은 하나가 아니었으니 또 다른 업보를 달고 온 것이다. 바로 옆에 앉은 여자 윤주하였다.

'음⋯⋯.'

전생령을 확인한 미류의 입에서 짧은 신음이 새어 나왔다. 아픈 목에 도움이 될 만한 전생령이 보이지 않았다. 이것저것 뽑아 영기를 가늠해 보아도 뾰족한 수는 아니었다.

'별수 없지.'

때로는 정공법이 최상의 대책인 법. 기왕 전생의 의미를 주려는 참이었으니 조금 질러가는 것도 나쁘지 않았다. 정 안 되면 부적으로 보완할 생각이다.

미류는 망나니령을 들어 올려 사모님의 정수리에 겨누었다. 그리고 테이블 위에 놓인 작은 녹음기를 눌러놓았다.

'축원하소서.'

진심으로 이들의 업보가 화해하는 계기가 되기를 바라며.

"후어어!"

나왔다.

망나니령.

까치집을 진 머리카락을 펄럭이며 펄떡펄떡 칼춤을 추고 있었다. 사모님을 그 속으로 이끌었다. 사모님이 자신의 전생에 녹아들기 시작했다. 감은 눈이 멋대로 뒤룩거렸다. 손과 발에서 엿보이는 경련과 불규칙한 꿈틀거림. 그녀가 전생과 감응을 시작했다는 증거이다.

"퉤에에!"

"푸-우-우!"

기품 있는 사모님이 침 뱉는 소리를 냈다. 실제로 침은 미류의 얼굴까지 날아왔다. 입에 문 물을 뿌린 것이다. 서슬 푸르게 갈아낸 칼을 적시는 것이다.

"훠어이!"

그녀의 손이 망나니처럼 허공을 그어냈다. 참형장이다. 오늘의 참형은 대시수(待時囚), 목을 완전히 절단하는 참형이었다.

"허워업!"

그녀의 손이 위에서 아래로 호를 그었다. 그러다 가지런히 멈췄다. 망나니의 입가에 미소가 스쳤다. 그 미소였다. 사람 죽이는 일을 즐기게 된 망나니. 그리하여 현생의 업보로 따라온 그녀의 목 질환. 그녀는 두 명을 더 베었다.

하나는 대충 베었다. 돈 때문이다. 다른 죄수들의 식솔들은 고통 없이 보내달라고 엽전을 찔러주었지만 그 한 명은 아니었다. 그렇기에 두 번, 세 번 만에 베는 망나니였다.

"신수이처(身首異處)!"

사모님은 그 말을 되뇌었다.

"대시수(待時囚), 부대시수(不待時囚)."

그런 말도 중얼거렸다. 나중에 찾아본 말이지만 그건 소위 참형장의 전문용어였다. 신수이처는 몸과 머리를 떼어낸다는 뜻이고 대시수와 부대시수는 목을 완전히 자르느냐 마느냐의 구분이었다.

"훠이!"

또 다른 여죄수의 목을 잘라낸 망나니에서 전생 체험을 끝냈다.

"……!"

사모님은 벼락처럼 눈을 떴다. 그러더니 터질 듯한 눈알로 미류를 쏘아보았다.

"지금… 무슨 짓을 한 거야?"

사모님은 벌떡 일어선 채 레이저 눈빛을 쏘아댔다.

"전생을 보신 겁니다."

미류가 대답했다. 미류의 목소리 역시 몹시 고양되어 있었다. 심박동도 빨라졌다. 당사자와 함께 느끼는 전생 감응이기 때문이다.

"거짓말, 너희들 지금 무슨 마약 같은 걸 써서 환각을 보여준 거지?"

사모님은 펄펄 뛰었다. 미류의 손이 녹음기를 눌렀다. 거기서 사모님의 신음과 생소한 말들이 튀어나왔다.

―신수이처!

―대시수, 부대시수!

자기 목소리를 들은 사모님이 미류를 노려보았다.

"사모님 전생의 하나가 망나니였습니다. 그래서 그런 단어를 알고 있는 거지요. 아마 배운 적도 들은 적도 없을 겁니다. 하지만 무의식에 딸려 온 전생의 조각이라 데자뷔 같은 게 있는 거지요. 아마도 사모님, 다른 건 몰라도 칼을 좋아할 겁니다. 아닌가요?"

"……?"

사모님의 눈빛이 풀썩 스러졌다. 그건 사실이었다. 이상하게도 칼에 끌리는 그녀였다. 그래서 은장도를 수집했다. 손에 주방 물을 묻히지 않지만 주방 칼은 직접 구입했다. 왠지 모르게 당겼던 것이다.

"내 전생이 망나니?"

사모님은 녹음기의 목소리에 집중했다. 다시 들어도 자기 목소리가 맞았다. 그러고 보니 신수이처라는 단어도 생경하지 않았다. 뭔지는 모르지만 낯설지가 않은 것이다.

"이해가 되시면 이제 성욱이 어머니와 사모님이 연결된 전생을 보여 드리겠습니다만……."

"나와 이 여자?"

사모님의 시선이 여자에게 향했다. 여전히 탐탁지 않은 눈빛이다.

"보고 나서 결정하셔도……."

미류는 조바심 내지 않았다. 선무당이던 전과는 완전히 다른 포스였다. 그때는 서둘렀다. 혹시라도 점 보려는 사람 마음이 변할까 싶어 온갖 잡설을 섞어가며 지갑을 열려고 하던 미류. 이제 특허받은 몸이니 그럴 필요가 없었다.

그제야 알았다. 용한 무당들은 왜 그렇게 여유가 있는지. 그 자신, 믿는 구석이 있으니 안달을 할 필요가 없는 것이다.

"당신이 원하는 게 이거야?"

사모님이 여자를 보며 물었다.

"예."

"좋아, 그럼 응해주지. 대신 명심해. 전생인지 뭔지 끝난 후에 헛소리하면 국물도 없을 줄 알아."

"예……."

"어떻게 하면 되지? 시간 없으니까 빨리 끝내요."

사모님의 시선이 다시 미류에게 넘어왔다.

"눈을 감고 명상에 잠기시면 됩니다. 조금 전처럼요."

"됐어요?"

지그시 눈을 감은 사모님이 물었다. 미류는 그녀의 전생륜에서 찜해둔 전생령을 뽑아 들었다.

'우리는 어디에서 와서 어디로 가는가?'

미류도 그런 의문을 가진 적이 있다. 신제자라면 누구나 그럴지도 모른다. 그건 인간이라면 누구든 한 번은 돌아보는 태초의 의문이기 때문이다.

전생령을 바라보았다.

—어디에서 왔을까?

—여기에서 왔다.

—어디로 갈까?

그건 아직 모른다. 다만 한 가지는 분명했다. 어디로 가든 번뇌하지 않고 평안하기를 바라는 것이다. 이 생의 끝 날까지 각자의 소망이 방해받는 일 없이 이루어지기를 원하는 것이다. 그 방해 요소는 외상도 내상도 아닌 업. 그 업이 인연에 묻어와 몸과 마음의 병소가 되고 병원이 되는 것을 해소하려는 마음. 그 마음을 실어 전생령을 사모님의 정수리로 이동시켰다.

움찔!

그녀의 전생 체험이 시작되었다. 미류도 보았고 여자도 본 그때의 삶. 그러나 사모님의 시각에서 보는 것은 조금 달랐다.

· ● ·

그녀는 하녀였다. 차나 타고 과일이나 깎는 하녀였다. 주인이 원하면 몸도 줘야 하는 하녀였다. 자기 것이라고는 한 번도 가져보지 못한 삶이었다.

전쟁이 났다. 여자였기에 도망도 치지 못했다. 적국의 장수가 진영으로 들어와 주인의 목을 베었다. 다른 사람들의 목도 베었다.

차를 타고 과일 깎는 재주. 여자는 그것 하나로 살아남았다. 여자의 차는 맛이 달랐고 여자가 깎은 과일은 시간이 지나도 변색되지 않았다. 칼 때문이다. 그녀는 과도를 신줏단지처럼 모셨다. 그건 망나니의 업과도 연결되어 있었다.

아기가 생겼다. 감히 정실 처의 자리를 차지할 꿈은 꾸지도 않았다. 그저 아기와 함께 살게만 해주면 고마울 일이었다. 하녀는 일상이 고단했다. 참았다. 아기 때문이었다.

아기를 낳았다. 시원한 산고처럼 앞으로는 좋은 일만 있기를, 아가의 해맑은 미소처럼 그렇기를. 소박한 소망은 단숨에 깨졌다. 장수가 출정하고 없는 집. 정실 처가 곧 법이었다.

그녀는 오직 아기만을 원했다. 아기를 가지면서 몸이 나빠진 하녀가 죽든 말든 관심도 없었다. 아니, 마음 같아서는 채찍으로 목숨을 끊거나 벼랑에서 떨어져 죽기를 바라는 정실 처였다.

"떠날게요, 마님. 아기는 돌려주세요. 다시는 눈에 띄지 않을 테니까 제발 아기를 돌려주세요!"

여자는 애원했지만 돌아온 건 채찍뿐이었다. 하혈이 멈추지도 않은 몸에 머리가 터지고 등짝이 갈라졌다. 그래도 하녀는 그 말을 멈추지 않았다.

"아기를 돌려주세요."

사모님은 마치 재연 배우처럼 그 광경에 몰입했다. 사시나무처럼 떠는 손과 아래위로 다닥거리며 충돌하는 이빨. 눈물로 범벅이 된 얼굴과 더는 나오지도 않는 콧물…….

결국에는 그 입에서 그 단어가 새어 나왔다.

"내 아기… 내 아기!"

보다 못한 여자도 결국 눈물을 쥐어짰다.

"흑!"

사모님에 앞서 그 전생을 체험한 여자. 같은 여자이기에 얽힌 생을 돌아보는 건 슬픈 일이었다.

'그만!'

미류는 전생령을 세웠다. 사모님의 전생류은 두어 번 깜박거리다 명멸해 갔다.

'후우!'

애절함 때문에 맥이 쭉 풀렸지만 참았다. 미류가 먼저 다운되면 곤란한 상황이다.

"이제 깨어납니다."

암시를 주자 사모님이 눈을 떴다. 눈물로 범벅된 얼굴이다. 얼굴에는 아직도 슬픔이 가시지 않았다. 아까처럼 펄펄 뛰지도 않았다. 옆의 여자를 돌아보더니 고개를 저었다.

미류 역시 눈물을 털어냈다. 이제는 익숙해졌지만 아픔은 그녀만의 것이 아니었다. 녹음기는 다시 틀지 않았다. 사모님이 별다른 이의를 제기하지 않은 까닭이다.

"그랬군요. 어쩐지 이 여자… 처음 볼 때부터 왠지 애증이 교차하더라니……."

사모님이 여자를 돌아보았다. 여자는 고개를 숙일 뿐이다.

애증!

그 말이 미류의 마음에 걸렸다. 애증은 미움과 사랑이 동시에 포함된 말. 혈육이나 연인이라면 몰라도 연적 관계에는 적합하지 않았다. 하지만 언어라는 게 계약서처럼 가려 쓰는 게 아닌 것. 중요한 게 아닌 것 같아 그냥 넘어갔다.

"무속인이시라고요?"

사모님이 미류를 바라보았다. 경계와 경멸이 가득하던 아까와는 눈빛이 달랐다. 미류는 비로소 마음을 놓았다.

"별 재주 없이 신당 하나를 차지하고 있을 뿐입니다."

미류는 겸손하게 대답했다.

"결례가 많았네요. 이렇게 영험하신 분인 줄도 모르고……."

"별말씀을……."

"머리가 멍해요. 그 전생, 가슴까지도 먹먹해서… 읍!"

애절함이 가시지 않았는지 사모님이 다시 가슴을 접었다. 여자가 물컵을 건네주었다. 사모님은 그걸 받아 마셨다.

"고맙습니다. 마……."

자신도 모르게 공대하려다 마는 사모님. 전생 체험의 파장 덕분이다.

"아이 이름이 성욱이랬죠?"

사모님이 여자를 바라보았다.

"네……."

"우리끼리 끝난 얘기였는데 어쩌려고 저분을 모셨나요?"

사모님이 물었다. 서슬 푸르게 닦아세우던 아까와는 달리 상대의 의향을 묻고 있다.

"저도 답이 안 보이는 바람에 법사님 찾아갔다가 전생을 체험했어요. 이 생에서의 이런 말이 무슨 소용이 있을지 모르지만 그때는… 미안했어요."

"……."

그 한마디에 사모님의 볼은 다시 눈물로 젖었다. 자신도 모르게 반응하는 무의식들. 그 길고 긴 전생의 한이 시공을 건너와 풀리고 있었다.

"그 말… 이상하게 속이 시원해지네요. 늘 여기가 묵직했는데……."

사모님이 가슴팍을 문질렀다.

"성욱이는 사모님께 맡길게요. 그 생에서 제가 아이를 빼앗아 길렀으니 이 생에서는 사모님이……."

"그렇긴 하네요. 그럼 공평해지는 건가요?"

"……."

"법사님!"

사모님이 미류를 향해 시선을 들었다.

"안 되겠어요. 두 사람, 나랑 같이 좀 가요."

사모님이 돌연 여자를 끌고 일어섰다. 미류도 재촉했다.

사모님은 대체 어디를 가자는 건가?

끼익!

외제 차가 멈춘 곳은 고급 식당 앞이었다. 주인이 직접 나와 사모님을 챙겼다. 오랜 단골이거나 지인 관계 같았다.

내실로 들어갔다.

한적한 절의 산방 느낌이 나는 방이다. 차가 나왔다.

"드세요."

차를 마시는 동안에도 사모님은 별다른 언질을 주지 않았다. 바로 그때 기별이 들어왔다.

"회장님 오셨습니다!"

'회장?'

어쩌면 그럴지도 모른다는 생각을 한 미류, 그 한마디에 정신이 번쩍 들었다.

드륵!

미닫이문을 밀치고 회장이 등장했다. 그는 한 발만 들여놓은 자세로 동작을 멈췄다. 저 혼자 바쁜 건 시선이었다. 여자를 보고 이어 미류를 보았다.

사모님!

무슨 생각으로 회장을 끌어들인 것일까? 미류의 목으로 마른침이 넘어갔다.

두 여자!

―본처와 첩.

그렇게 규정지어진 여자를 한자리에서 만난 회장. 대기업을 호령

하는 그이지만 당혹감만은 감추지 못했다. 나이 먹어 마누라 이기는 남자가 있던가? 더구나 떳떳한 일도 아니다.

—가슴앓이.

회장으로서도 편치만은 않았다. 여자를 만나면 본처에게 미안했고, 본처와 있으면 여자에게 죄를 짓는 기분이었다. 그러나 애당초 허락되지 않은 일. 더구나 남의 눈을 많이 의식하는 한국이다. 사생활의 흠도 사회적 매장의 단초가 되는 나라였다.

그래서 한 번도 꿈꾸어보지 못한 두 사람과의 한자리 회동. 그 장면이 창졸간에 펼쳐진 것이다.

"야, 이년아, 니가 언감생심……"

"까아악!"

"이년아, 너 죽고 나 살자! 이년이 감히 누구한테 꼬리를 쳐?"

"까아악!"

"아이고, 동네 사람들, 이년이 남의 남편하고 붙어 처먹은 년이래요! 이 화냥년 낯짝 좀 보세요!"

악에 받쳐 날뛰는 본처와 머리카락을 잡힌 채 질질 끌려 다니는 불륜녀. 회장의 머리에서 몇 번이고 그려본 최악의 상상이다.

막말로 폭풍 전야였다.

아직 분위기를 파악하지 못한 회장은 엉거주춤 남은 발을 안으로 들여놓았다.

"놀랐죠?"

첫마디는 사모님, 즉 본처에게서 나왔다.

억양은 그리 나쁘지 않았다.

"……"

회장은 대답하지 않았다.

"당신, 솔직하게 대답해 봐요."

"……"

"나 만났을 때, 어디선가 본 것처럼 애달프다고 했죠?"

"그랬지."

"이 사람 만났을 때도 그랬어요?"

사모님의 시선이 여자를 가리켰다.

"여보……"

"묻는 말에나 대답해요."

"……"

"중요한 질문이에요."

"조금… 그… 랬… 소."

회장이 느리게 대답했다.

"어디서 봤어요?"

사모님이 대답의 꼬리를 물었다.

"여보……"

"내가 대신 말해줘요?"

"……?"

"무의식이죠? 본연 같은 거. 어쩌면 저 아스라한 전생에서 스친 것 같은……"

"여보……"

"대답해 봐요."

"믿을지 모르지만… 사실을 말하자면 그렇소."

"그럼 나는요?"

"……"

"말해요."

"당신도 그랬소. 조금 더 애절하긴 했지만……."

"고마워요. 솔직히 말해줘서."

사모님은 거기서 질문의 매듭을 지었다. 하지만 회장은 개운하지 않았다. 느닷없이 물어온 질문. 지은 죄가 있으니 사실대로 이실직고 했지만 그것 하나로 본처가 이해할 일은 아니라고 생각했다.

"법사님!"

사모님이 미류를 바라보았다.

"예."

"혹시 우리 이이가 제 전생의 장수가 맞나요?"

사모님 전생의 장수!

그렇다면 동시에 여비서 전생의 장수이기도 했다. 미류는 그제야 알았다. 사모님이 왜 둘을 회장에게 끌고 왔는지. 그녀는 전생의 장수가 현생의 회장이라고 생각한 모양이다.

육방SDS의 회장!

과연 전생의 장수일까?

"아닌 거 같습니다."

미류는 천천히 고개를 저었다.

"……?"

두 여자가 동시에 고개를 들었다. 여비서까지도 그렇게 생각하고 있던 모양이다. 사실 처음에는 미류도 그랬다. 하지만 이건 교차되고 교차된 인과의 표본이었다. 그렇기에 전생신은 미류의 공부를 위해 이 일을 연결한 것이다.

거기서 '애증'의 답이 나왔다. 사모님이 여비서에게 느꼈다는 애증, 나아가 여자가 느꼈다는 괜한 미안함. 이제 보니 그냥 나온 느낌이 아니었다. 그 답은 회장의 전생에 있었다.

"그럼 이이는?"

사모님이 미류를 바라보았다.

"이 전생연은 복합적으로 연결되어 있군요. 그러니까 두 분은 연적으로서의 전생이고 회장님과 두 분은 혈육으로서의 전생입니다."

부모와 자식은 은으로 엮여서 오고 형제는 원으로 엮여서 온다는 말이 있다. 그러니까 이 케이스는 은원의 인과를 모두 더듬을 수 있는 일이었다.

"혈육?"

이번에는 세 사람이 동시에 놀랐다. 혈육, 그렇기에 '애증'이라는 말이 성립되는 것이다.

"회장님!"

"예?"

"제가 회장님 전생을 감응해 드려도 되겠습니까?"

"보아하니 여기 두 사람은 이미 그걸 한 모양이군요?"

"그렇습니다."

"그렇다면 나도 해주시오."

"두 분, 회장님 손을 잡아주시겠습니까?"

미류가 두 여자에게 오더를 냈다. 뭔가 예지가 온 것이다.

동시 감응!

회장과 사모님, 그리고 여비서.

동시대를 살다 현생에서 만난 사람들. 그렇지만 그 먼 인과의 흔적이 마음에 남았다. 서로 교류할 수 있는 영적 텔레파시의 가닥이 있다는 얘기이다.

미류는 생각했다.

'어쩌면⋯⋯.'

어쩌면 세 사람이 함께 회장의 전생을 감응할 수도 있다고. 물론 주 시각은 회장이 될 것이다. 하지만 나머지 두 여자도 느낌만이라도 공유할 수 있다면 해원에 큰 도움이 될 것이다.

하지만 처음 시도하는 동시 감응. 미류도 긴장감이 역력했다.

'부디…….'

미류는 간절한 마음으로 회장을 바라보았다.

'성공할 수 있기를!'

"세 분, 눈을 감으시죠."

미류가 손을 들었다. 손끝을 따라 하르르 푸른빛이 부서졌다.

회장의 전생륜에서 현생과 관련된 것을 골랐다.

후웅!

전생령이 나왔다.

회장은 그 전생에서 두 여자의 어머니였다. 두 여자가 태어난 시대와 완전히 다른 곳이다.

산이 나왔다. 그 또한 섬나라였다. 회장은 그 생에서 여자 약초사였다. 본래는 남편의 일이었으나 남편이 독사에 물려 죽으면서 뒤를 이었다.

아이는 둘이었다. 둘 다 아들이다. 일곱 살, 세 살 난 아이들은 엄마를 잘 따랐다. 특히나 큰아이가 그랬다. 엄마 없는 동안 기특하게도 제 동생을 돌보고 아껴주었다. 그 아이들이 바로 사모님과 여비서였다. 사모님이 큰아들, 여비서가 작은아들.

"……!"

세 사람에게서 감응 반응이 보였다. 셋 다 전생을 보고 있다는 얘기이다.

'오케이!'

미류는 계속 진행해 나갔다.

엄마는 여자의 몸으로 산을 누볐다. 그 덕분에 오래지 않아 남자 약초사들을 제쳤다. 전략 때문이다. 감이 아니라 철저하게 지형과 햇빛을 분석한 것이다. 고단하지만 힘들지 않았다. 집에서 기다리는 두 아들 때문이다. 돌아가면 아이들이 양어깨에 달라붙어 안마를 하고 무릎을 주물렀다.

"우리 엄마는 최고의 약초사!"

아이들은 늘 제 엄마를 자랑스러워했다.

"엄마, 조금만 참으세요. 제가 빨리 자라서 엄마를 도와줄게요."

큰아이는 입버릇처럼 말했다.

"나는 형아보다 더 많이 커서 엄마를 도울 테야!"

작은아이도 지지 않았다.

둘이만 놀면서도 아이들은 엄마를 보채지 않았다. 해가 지면 늘 산 중턱의 작은 바위 위에 앉아 엄마를 기다리는 착한 아이들이었다.

아침노을이 유난히 붉은 날이었다. 엄마는 간밤에 불길한 꿈을 꾸었다. 불덩이가 두 눈에 떨어진 것이다.

"오늘은 조심하거라!"

두 아이에게 다짐을 두고 산으로 올랐다. 점심때가 되자 약초 뿌리와 냇물로 배를 채웠다. 그런 다음 지형을 따라 올라갔다. 귀한 약초가 나오는 지형이다. 약초가 나왔다. 영주가 특별히 좋아하는 약초였다. 엄마는 두어 시간의 사투 끝에 뿌리까지 온전하게 약초를 뽑아냈다. 아이들을 위해 최고의 약초사가 되어가는 엄마. 기분이 좋아졌다. 빵과 고기를 넉넉히 구할 수 있기 때문이다.

우르릉!

그때 산이 흔들렸다.

"……?"

고개를 드는 순간, 엄마는 중심을 잡지 못하고 그대로 쓰러졌다. 산이 춤을 추고 있었다. 집이 있는 쪽의 산꼭대기에서 불덩이가 터지고 있었다. 수백 년간 조용하던 휴화산. 그 봉인이 열린 것이다.

"안 돼!"

엄마는 약초 망태를 버리고 뛰었다. 몇 번을 굴렀는지 모른다. 아래로, 아래로 달아나는 사람들이 보였다. 산의 목구멍을 넘어온 용암은 벌써 중턱까지 덮치고 있었다.

"류마! 류사! 쿨럭!"

용암의 뜨거운 열기도 엄마의 절규를 막지 못했다. 그녀의 눈은 집에 닿아 있었다. 집은 이미 용암이 삼킨 후였다. 아이들은 조금 떨어진 곳에 있었다. 늘 엄마를 기다리던 작은 바위 위였다. 엄마와 함께 가기 위해 거기서 기다리고 있던 것이다.

"아아악!"

엄마의 비명이 산자락을 찢었다. 용암의 바다가 점점 높아지고 있었다.

"엄마!"

큰아이의 외침에 엄마가 화답했다. 그러나 그녀의 앞에도 용암이 강을 이룬 판국. 한 발만 내밀어도 발목이 녹아날 것이다.

"류마!"

"엄마!"

큰아이가 대답했다. 용암이 큰아이의 발목을 덮치고 있었다. 작은 아이는 큰아이의 어깨에 올라가 있었다. 그 어린것이 그래도 제 동생을 살리겠다고 어깨 위로 밀어올린 모양이다.

"엄마!"

동생을 위해 사력을 다하던 큰아이가 무너지고 있었다.

"걱정 마세요. 동생은 제가 보살필게요."

"류마!"

"그러니까 엄마, 어서 피해요… 읍!"

큰아이 위로 용암의 폭류(暴流)가 스쳐 갔다. 작은아이는 제 형의 이마를 부여잡은 채 기우뚱 넘어갔다.

"형!"

작은아이의 외침은 가늘고 짧았다.

"으아악! 류마! 류사!"

엄마도 용암에 뛰어들었다. 하지만 빠지지 않았다. 이웃에 살던 약초사가 어깨를 당긴 것이다.

"우억, 우억, 우어억!"

엄마는 용암보다 뜨겁게 울었다. 산이 무너질 듯 울었다.

'휴우!'

미류가 먼저 전생에서 빠져나왔다. 굉장한 울림이었다. 정신을 가다듬고 보니 회장이 와들거리고 있다. 두 여자의 어깨도 경련하는 중이다. 미류는 회장부터 깨웠다. 더 몰입하면 해로울 수도 있었다.

"우어억!"

회장은 깨어난 후에도 비명을 토해냈다. 얼굴에는 눈물과 콧물이 선연했다. 뒤를 이어 사모님과 여비서가 현실로 돌아왔다.

"방금 본 거……."

회장은 젖은 소리로 뒷말을 이었다.

"그게 내 전생이란 말이오?"

"현생과 연결된 전생입니다."

미류가 대답했다. 약초사의 생을 살았던 회장. 아이들의 자랑에 보답하기 위해 약초에 평생을 바쳤다. 그리하여 그 생에서 최고의 약초사로 우뚝 서 아이들의 명복을 빌었다. 그 최고의 정신은 현생의 기업 경영에도 뿌리가 되어주었다.

"사모님!"

미류는 사모님을 바라보며 말을 이었다.

"회장님의 전생… 보셨습니까?"

"봤어요. 제 전생 때처럼 선명하지는 않지만 그 느낌과 기분… 그런 건 알 수 있었어요."

"여사님은요?"

"저도요."

여자가 대답했다. 두 여자의 눈에도 샘물이 그렁거렸다.

미류는 고개를 끄덕거렸다. 동시 감응은 성공이었다. 미류는 세 사람 몰래 고개를 끄덕거렸다. 전생 인과에 연결된 사람들의 동시 감응 가능. 이 얼마나 굉장한 일인가?

"그러니까 내 아내와 주하… 전생의 내 아이들?"

회장이 미류에게 물었다.

"예."

미류가 대답했다.

이들 셋의 피할 수 없는 관계, 그리고 사모님이 말한 애증의 첫인상, 여비서가 말한 괜스레 미안함 마음. 그 인과의 실타래가 우르르 풀리는 순간이었다.

"맙소사!"

사모님이 고개를 저었다. 한 생에서는 동생이었고 또 한 생에서는 연적이던 여비서. 두 감정의 흔적이 인과에 묻어왔기에 한 사람은 애증을, 또 한 사람은 미안함을 느낀 것이다.

"……!"

회장은 두 여자에게서 시선을 떼지 못했다. 그러다 큰아이였던 본처의 얼굴을 몇 번이고 어루만졌다. 눈물이 저절로 나왔다. 동생을 살리려고 제 목숨을 먼저 내주었던 아이. 그 듬직함이 아련히 전해왔다. 그랬기에 여비서와의 통정을 알면서도 묵묵히 견뎌준 모양이다.

다음으로 비서의 얼굴도 쓰다듬었다. 작아서 더 애달픈 아이. 두툼한 회장의 손에 눈물이 떨어졌다.

"……!"

다들 말을 잃었다. 방 안에 가득한 건 침묵뿐이었다. 미류까지도 그랬다.

"법사님."

깊은 침묵을 깨고 사모님이 먼저 입을 열었다.

"예?"

"덕분에 아련하던 감정의 뿌리를 알게 되었네요."

"……."

"이 기적을 행한 게 법사님이니 해법도 함께 주셔야겠어요."

"……?"

"제 생각도 같습니다."

여자가 동참했다.

"염치없지만 저도……."

회장도 뒤를 이었다.

"제 생각에는 사모님이 답을 내는 게 좋을 것 같습니다. 한 전생에서는 하녀로서 피해자였고 회장님과의 전생에서는 큰아들로 제 몫을 다했으니까요."

미류는 공을 사모님에게 넘겼다. 결자해지만큼 확실한 게 또 있을까 싶다.

"그래도 될까요?"

"제 몸주께서도 그렇게 말씀하고 계십니다."

"두 분은요?"

사모님이 회장과 여자를 돌아보았다.

"결정에 따를게요."

여자가 답하자 회장도 고개를 끄덕여 공감을 표했다.

"아이 입적은 수락할게요."

사모님의 첫 제안이 입술을 타고 나왔다.

"아이는 외국으로 유학을 보내겠어요."

"……."

"주하 씨가 양육을 맡아주세요. 대신 아이가 아직 어리니 이제부터라도 친엄마는 나라고 주지시켜 주시고 당신은 이모라고 하세요."

"……?"

이모!

그 한 단어에 여자와 회장의 눈빛이 튀어 올랐다.

아이의 곁에 있는 걸 공식으로 허락하는 동시에 동생 대우를 해주겠다는 일이 아닌가?

"약속할 수 있어요?"

"약속해요. 아이 옆에 있을 수만 있다면."

"좋아할 거 없어요. 무보수니까요. 물론 내 아이의 양육을 맡은 것이니 품위 유지에 지장 없을 정도의 생활비는 지원하게 될 거예요. 아이가 성인이 되면 그 후에는 저이가 노후 자금이라도 챙겨주겠죠."

"여보!"

회장의 목소리 또한 울먹거렸다. 회장에게는 솔로몬의 판결에 못지 않은 해법이었다.

"사모님!"

여자도 일어나 허리를 숙였다.

"대신 다른 여자는 쳐다보지도 마세요. 알았어요?"

회장에게 못을 박는 사모님.

"맹세하오."

"서로 한발씩 양보한 셈이에요. 이의 없죠?"

"고맙습니다. 고맙습니다, 사모님!"

여자의 눈에서도 홍수가 나기 시작했다. 사모님은 현명한 결정을 내렸다. 어차피 회장과 윤주하는 막을 수 없는 일. 여자를 외국으로 보내면 둘의 만남도 쉽지 않을 일이다. 아들이 성인이 되려면 약 16년 후, 그때면 회장도 늙어버릴 일이고 주변의 입방아까지도 막을 수 있었다.

주하, 즉 여비서의 입장도 나쁘지 않았다. 명분과 실리, 인과의 균형을 잘 잡은 결정으로 보였다.

다만 회장만은 여전히 어정쩡한 포지션이다. 여비서에게 축하를 할 수도 없고 고마운 본처를 안아줄 수도 없는 눈치다.

"어머!"

판결을 집행한 사모님이 목을 잡고 갸웃거렸다.

"왜 그러오?"

회장이 물었다.

"목이요, 이렇게 움직이는 데도 안 아파요. 전에는 이런 자세를 하면 목이 쏟아질 듯 아팠는데……."

사모님은 목을 기울인 자세를 몇 번이고 반복했다.

"신기해요. 이런 기적이 일어나다니……."

사모님은 믿기지 않는 듯 미류를 바라보았다.

"카르마가 사라진 까닭입니다. 업보 하나를 지웠으니 마음결의 짐 하나가 떨어져 나간 거지요. 그리고 보니 칼이 싫어질지도……."

미류가 웃었다.

"그깟 칼 싫어지면 어때요. 이렇게 날아갈 것 같은데."

사모님은 제자리에서 맴을 돌며 좋아했다.

"어쩌면 여사님 가슴의 상흔도 날아갔을 것 같네요."

미류가 여자를 바라보았다. 암 검사를 받은 그녀. 그녀 역시 인과 의 업을 덜었으니 좋은 결과를 얻을 것 같았다.

"당신은 뭐 하고 있어요? 우리 법사님 복채 안 챙겨 줘요?"

사모님의 엄명이 회장에게 쏟아졌다.

"복, 복채?"

"이이가 시치미 떼는 것 좀 봐? 내 목만 낫게 해주면 몇억도 쓰겠 다고 권 박사에게 말할 때는 언제고……."

"쓰지. 까짓것, 몇백억인들 못 쏘겠어?"

회장이 소리칠 때 여자의 핸드폰이 울렸다. 여자가 망설이자 사모 님이 무심한 척 말했다.

"받으세요. 나는 주변 눈치나 보는 사람에게 내 아들을 맡기고 싶 지 않거든요."

그 말에 힘입은 여자가 전화를 받았다.

"……!"

여자의 어깨가 숨을 멈추는 게 보인다. 눈물도 찔끔 떨어진다.

세상지사 호사다마!

혹시나 나쁜 일?

하지만 그건 기우에 지나지 않았다. 잠시 떨던 여자의 목소리가 또 다른 감격을 쏟아낸 것이다.

"법사님, 저 암 아니래요. 폐 쪽에 덩어리 검사 결과 그냥 양성이라고… 흑……."

순간 미류는 보았다. 그녀의 운명창이 좌라락 재세팅되는 걸.

[가정운 中中 45%]

[건강운 上下 68%]

[재물운 中上 56%]

[학벌운 上中 74%]

[애정운 中中 44%]

[명예운 下中 17%]

[총운명지수 中中 56%]

총운명지수 中中.

원래는 下上이었으니 두 단계가 오른 팔자가 되었다. 50점을 넘으면 나쁘지 않은 운명. 애정운과 건강운의 변화가 큰 기여를 했다. 이 여자는 원래 중년을 넘기기 힘든 수명. 아이 문제가 원만하게 해결되자 운이 열린 것이다. 가슴팍에 보이던 검은 뭉치의 느낌도 보이지 않았다.

'사모님은?'

보지 않을 수 없었다. 다른 운에 비해 빈약하던 애정운.

[애정운 下上 22%]

그 창 역시 재세팅되는 게 보였다.

[애정운 上下 68%]

중간치에서도 가장 낮은 운을 보이던 그녀의 애정운. 단숨에 상급으로 올라갔다. 서먹하던 회장과의 애정이 회복될 조짐이다.

웃으며 밖으로 나왔다.

복잡하고 복잡한 인과를 명쾌하게 정리했으니 쾌도난마(快刀亂麻)의 점사였다. 나아가 동시 감응의 위력이었다.

회장이 찔러준 봉투는 굳이 까보지 않았다. 그보다는 꼬인 인과를 풀어준 보람이 중요했다.

전생의 중요성.

미류도 실감했다.

무속인이 되고서도 전생신을 몸주로 들이리라고는 상상도 못 한 미류. 그저 바라는 게 신통력 빵빵하게 높은 계열의 천신이고 장군신, 대감신이었다.

그런데 알고 보니 이처럼 알짜 신이 어디 있을까? 호통이나 호령이 아니고도 싹싹하게 통하는 전생신의 신력. 거기에 더해준 운명창까지 합치니 품격까지 최고가 아닐 수 없었다.

'고맙습니다.'

아이를 만나러 가는 세 사람을 보며 거듭 속삭였다.

"……."

혼자 남자 봉투 속이 궁금하기는 했다.

'에이, 속물'이라고 자신을 비하하지 않았다. 인간은 누구든 돈을 떠나서는 살 수 없는 존재이다. 무속인도 자원봉사자는 아니다. 그러나 예전부터 무당들은 부자에게는 많이 받고 가난한 사람에게는 조금 받는 편이었다.

부자인 회장이 준 복채는 얼마?

백만 원일까, 천만 원일까?

당당하게 봉투를 열었다.

"……!"

동그라미를 세던 미류는 움찔 흔들리고 말았다. 수표에 찍힌 동그라미가 무려 여덟 개였다.

일, 십, 백, 천, 만, 십만… 다시.

일, 십, 백, 천, 만, 십만, 백만…….

〈100,000,000〉

1억!

대박을 쳤다.

동그라미를 짚어보는 사이, 새까만 어둠이 지평선을 타고 내려왔다.

전생으로 길을 찾다

푹 잤다.

전생신에게 미안할 정도로 잤다. 애간장이 녹는 절망과 슬픔, 허튼 살욕(殺慾)으로 가득 찬 망나니의 삶을 감응한다는 것, 두 아이를 눈 앞에서 잃는 엄마의 생을 동시 감응으로 함께한다는 건 간단한 일이 아니었다. 미류는 정신적으로 피곤했고, 그래서 잠이 필요했다. 일어 나니 동이 터버린 6시였다.

'이런……'

무복을 갖춰 입고 신당을 열었다.

인사를 올리고 제단의 먼지부터 닦았다. 신당에 들어서는 느낌이 신묘하다. 신의 품에 들어서는 것만 같았다. 강신을 제대로 했다는 뜻이다.

표승의 신당에 더부살이할 때는 그렇지 않았다. 늘 허전함과 초조 함, 죄책감에 시달렸다.

선무당!

사이비 돌팔이 무당!

심연 깊은 저곳의 소리가 양심을 흔들었다. 내림굿을 받은 이래 지난 10여 년, 날이 갈수록 미류는 무속의 영험함에서 멀어지고 있었다. 표승은 한 번도 다그치지 않았지만 미류는 알게 되었다. 그날 내림굿에서 받은 신이 죄다 수비(잡귀, 잡신)나 허주들이었다는 걸. 접신은 미류의 착각과 환각에 불과했다는 걸.

든 신이 없기에 갈래도 없었다.

정기적으로 신굿을 해도 보람이 없었다.

그 흔한 애기씨 하나 제대로 들지 않았으니 어찌 무당이었을까?

그래서 늘 가슴이 답답했고, 개업한 후에도 마찬가지였다. 늘 무거운 마음으로 신당에 들어서던 미류였다.

그런데 지금은 가뜬했다.

자신만만했다.

미류는 알았다.

진짜 신을 몸주로 모신 무당의 위엄과 자부심. 무속이 내리막이라지만 그런 무당은 많았다. 전국적으로 미류가 아는 사람만 해도 10여 명이 넘었다. 벽력같은 목소리로 공수를 내뿜는 천둥할미와 쌀 한 줌이면 못 맞히는 게 없다는 선녀공주, 청홍실 두 줄기로 애정 관계를 꿰뚫어 보는 합궁신녀까지.

그들을 만난 적이 있었다. 표승과 함께였다.

천둥할미는 삼지창에 돼지머리를 꿰어 단숨에 세웠다. 신빨이 제대로 먹혔다는 증표인 사슬 세우기. 그녀는 힘도 들이지 않았다.

합궁신녀의 지화는 또 어땠는가? 그녀가 점사를 보면 연꽃과 작약 지화가 바삭바삭 소리를 냈다. 보기만 해도 신기가 넘치는 그들 앞에서 미류는 한없이 초라했다. 늘 도망치고 싶었다.

[神]

강신은 어떻게 하는가?

대개 무당에게 든 신은 조상으로부터 온다. 특히 그 무당의 윗대에 제 목숨을 다하지 못한 사람이 있다면, 신밥을 먹은 사람이 있다면 더욱 그렇다.

'하다못해 비명횡사한 조상도 없단 말인가?'

그때는 별의별 생각이 다 들었다. 하지만 이제는 깨끗이 접었다. 마침내 미류도 몸주를 맞았다. 전생신이다. 그가 미류의 목숨을 환생시켰고, 그 환생된 목숨에 '전생'이라는 능력까지 얹어주었다.

전생!

본래 그는 삼생이라 전생만으로도 이리 큰 울림을 주는데 현생과 내생까지 합치면 어떨까? 신력(神力)이 미루어 짐작이 되었다.

기도를 하고 석채를 가져와 그림을 그렸다. 이제 거의 완성이다. 수삼 일 내로 새 무신도가 끝날 것 같다.

아침 식사를 준비했다. 요리는 익숙한 일이다. 표승과 함께 있을 때도 그랬고 아내와 함께 살 때도 그랬다.

김을 불에 살짝 구워 끓는 물에 넣었다. 간장으로 간을 맞추고 파를 숭덩숭덩. 간단한 것 같지만 담백하기 이를 데 없는 국이다. 귀찮을 때는 아예 밥을 넣고 같이 끓이면 죽이다. 고소한 맛에 숟가락이 절로 간다.

식사를 마치고 동네를 한 바퀴 돌았다. 돌아오는 길에 타로를 만났다. 굿판이 벌어지는 꽃신선녀의 집 앞이었다.

"어이, 전생!"

"……."

"굿할 줄 알아?"

"……."

"하긴 굿은 아무나 하나? 굿판 제대로 놀면 만신무당이지. 더구나이 굿, 한판에 5천만 원짜리거든."

'5천만 원…….'

많았다.

하지만 하나도 부럽지 않았다. 이 인간은 알고 있을까? 미류가 전생 한판으로 1억을 받았다는 것을. 모르겠지. 만약 알게 되면 급성시기성 복막염으로 119 구급대 신세를 질지도 모른다.

띠뽀띠뽀!

소리 높여 치를 떨며.

지화를 접었다. 오늘은 목단이다. 목단의 꽃말은 부귀영화. 신당에 오는 사람에게 좋은 일이 생기기를 바라는 마음이다. 그때 손님이 찾아왔다.

"누구세요?"

나가보니 60줄의 아줌마였다. 낯이 익었다. 지난번 표승이 굿을 해줄 때 있던 사람이다. 그날 공수를 받지 못하는 걸 아쉬워하던 아줌마다.

"법사님!"

그녀는 두 손을 모으며 허리를 굽혔다.

"점 보러 오셨군요?"

"예. 오늘은 될까요?"

"들어오시죠."

미류가 그녀를 맞았다. 이제는 더 미룰 이유가 없었다.

신당에서 그녀를 맞았다. 그녀는 전생신을 향해 거듭 축원을 올리고 미류 앞에 앉았다.

[가정운 中下 34%]

가장 박한 운명창이 보인다.

[學]

그 창 안에 학(學) 자가 아른거린다. 손님으로 온 기주는 60줄. 학벌운을 마저 불렀다.

[학벌운 中上 58%]

나쁘지 않았다.

중상이라면 적어도 고등학교 이상은 나왔다는 것. 이 나이가 되면 의외로 다시 공부를 시작하는 경우가 있다. 그것도 초등학교나 중학교. 과거 먹고살기 위해 나선 사람들에게 한으로 남은 학벌과 공부에 대한 염원이 때늦게 나타나는 게 그것이다.

하지만 고졸 정도면 본인의 한은 아닐 것. 가족 중의 문제로 보였다.

"식구 중의 누가 공부가 제대로 되지 않는군요?"

미류가 먼저 물었다. 신을 제대로 모시고 공부를 게을리하지 않는 무당은 먼저 말한다. 신이 등을 밀기 때문이다. 다 알고 있는데 무엇 때문에 뜸을 들인단 말인가?

"아이고, 역시 용하시네."

"시험에 자꾸 떨어지나요?"

"예. 우리 딸이 교사 임용고시 시험을 보는데 벌써 6년이나 헛발질이랍니다. 학교도 좋은 데 나왔고 공부도 잘했는데 이번에 발표된 시험에서도 미역국을……."

"전생신님이 그 딸을 직접 데려오라는군요."

"예, 그렇죠, 그러고말고요."

아줌마는 마당으로 나가 전화를 걸었다. 딸이 싫다는 모양이다.

아줌마는 역정을 내며 딸을 몰아쳤다.

결국 1시간쯤 후에 딸이 도착했다. 30대 초반의 여자였다. 어쩐지 잘난 척이 쏟아질 것 같은 인상이다.

잡소리 생략하고 전생륜을 불러냈다.

여자의 생은 학자나 연구자의 반복이 많았다. 그중 한 생에서 시선이 멈췄다. 연금술사의 생이다.

연금술사는 중세의 마법사로 불린다. 동시에 화학의 아버지이기도 하다. 그들이 이룬 수많은 실험이 화학의 밑받침이 되었고 특히 조향, 즉 향수의 세계 같은 분야에도 이바지했다.

그 전생을 감응해 보았다.

그녀는 굉장히 높은 수준의 연금술사였다. 황제의 직속으로 엄청난 부와 명예를 누렸다.

그게 화근이었다. 누구든 잘나갈 때 몸을 낮춰야 하는 법. 황제에게 정치까지 조언하다가 정적에게 발등을 찍혔다.

"당신은 쇠로 금도 만들 수 있다고?"

정적은 그 말을 물고 늘어졌다.

"당연하지. 내 연금술은 죽은 자의 영혼도 불러올 수 있으니."

"그럼 이번 국경분쟁에 출병하는 자금을 당신이 만들면 되겠군. 돌은 내가 얼마든지 대드릴 테니."

연금술사는 금을 만드는 수밖에 없었다. 하지만 가짜였다. 겉만 금으로 변한 것이다. 당시 연금술사는 열둘이나 되는 제자를 거느리고 있었다. 연금술사는 그들에게 책임을 돌렸다.

"너희들이 부정한 탓이다. 화로에 몸을 바쳐 살라맨더의 노여움을 풀라."

연금술사는 제자들을 차례차례 화로에 밀어 넣었다.

"빌리암!"

제일 먼저 한 제자의 이름이 호명되었다.

치익!

거친 소리와 함께 그의 비명이 터져 나왔다. 산 채로 화로에 던진 것이다.

"요아킴!"

"으아악!"

"스티그!"

"아악!"

비명은 열두 번이나 이어졌다. 그래도 금은 나오지 않았다. 제자들을 다 죽이고도 남은 건 '추방'이라는 굴욕뿐이었다.

그게 그녀의 카르마였다. 그때 그녀는 스승의 위치에서 많은 제자들의 한을 샀다. 그렇기에 그 한이 이 생으로 날아와 그녀가 선생, 즉 스승이 되는 걸 막고 있었다.

그녀의 전생 감응을 끝낸 미류가 가만히 고개를 들었다. 그 몰인정하고 잔혹한 감정이 머리에 진득하게 남았다. 미류는 고개를 저어 연금술사의 가혹한 기억을 떨쳐냈다.

"혹시 과목 중에 화학을 가장 좋아하지 않으시나요? 아니면 생물이든지."

"어머, 어떻게 아셨어요? 저 화학과 졸업인데. 엄마가 말했어?"

딸이 아줌마를 돌아보았다.

"아니. 쉬잇, 신당에서는 그저 신의 말씀을 듣는 법이다."

아줌마가 도리질로 딸을 눌렀다.

"실험하는 걸 좋아하죠?"

"네."

"그러나 실험할 때마다 실패하는 일이 많았죠?"

"어머!"

딸이 다시 입을 막았다. 그녀의 대학 생활을 족집게로 짚어내고 있는 까닭이다.

그녀는 화학을 좋아했다. 대개의 여학생들이 몸서리치는 화학. 그럼에도 불구하고 끌렸다. 중, 고등학교 내내 그녀는 화학 만점을 받았다. 수능에서도 화학만은 만점이었다. 그 덕분에 원하는 대학에 추가 합격 한 자리를 차지했다. 두 과목 최저 등급을 화학 덕분에 갖춘 것이다. 하지만 실험만은 달랐다. 심할 때는 폭발 사고까지 냈다.

"긴장 푸세요. 점집이라고 선입견 가질 필요 없습니다. 화학의 아버지로 불리는 연금술, 그 연금술사도 중세의 유럽에서는 점쟁이 비슷한 위치였던 적도 있습니다."

"연금술에 관심 있으세요?"

"그럼요. 거기 예비 선생님만큼은 아니겠지만."

"……."

딸의 관심이 쏠리는 게 느껴진다. 어머니의 성화에 겨우 끌려온 딸, 신당을 볼 때는 꺼림칙한 표정을 짓더니 이제는 표정이 밝아지고 있었다.

"전생에 대해 어떻게 생각하세요?"

미류가 물었다.

"전생… 글쎄요."

"만약 당신의 전생이 있었다면 뭐였을 거 같아요?"

"전생이 있다면… 화학자? 아니면 학자나 철학자?"

딸은 자기 전생류에서 돌고 있는 전생 중 세 개나 맞혔다. 무의식 때문이다. 오랫동안 윤회된 삶에서 딸려오는 인과의 의식. 그게 울림으로 남았기 때문에 끌린 것이다.

"내가 그 전생 중의 하나를 보여드리죠."

"그게 가능해요?"

"믿으면 가능합니다. 편안하게 눈을 감으세요."

"이런 건……."

애들 장난도 아니고…….

그녀의 표정이 그랬다. 미류는 재촉하지 않았다. 그저 뭉긋한 눈빛으로 그녀를 바라볼 뿐. 딸은 귀찮다는 듯 눈을 감았다.

"자, 당신의 전생으로 날아갑니다. 그냥 편안하게 생각하세요."

그 말과 함께 연금술사의 전생을 정수리 안으로 밀었다.

"……!"

딸의 감은 눈이 움찔움찔 반응하기 시작했다. 기쁨과 환희, 절망과 포기, 비슷비슷한 감정들이 그녀의 얼굴을 스쳐 갔다. 연금술 때문이다. 성공할 때의 뿌듯함과 실패의 절망, 그걸 오롯이 느끼는 것이다. 그러다 거대한 화로의 장면에서 어깨의 흔들림이 딱 멈췄다.

─보이세요?

─그 화로 낯익죠?

─만져도 괜찮아요.

─당신 거거든요.

─네, 천천히…….

미류의 인도와 함께 그녀의 손이 화로에 닿았다.

"아아아!"

소리 죽인 절규가 바람처럼 새어 나왔다. 딸의 얼굴은 어느새 식은 땀으로 범벅이다.

"법사님!"

놀란 아줌마가 미류를 바라보았다. 미류는 '쉬잇!' 하며 손가락을 입술에 대고 아줌마를 막았다. 딸이 놀라는 장면은 바로 거기였다. 자신의 욕심을 위해 제자들을 제물로 희생시킨 장면. 황제의 신임을 누리는 연금술사였으니 제자 몇쯤 희생하는 것은 문제도 아니었다.

"안 돼……."

딸의 신음이 높아졌다. 경련도 심해졌다. 미류는 거기서 연금술사령을 뽑아냈다.

"아!"

딸이 그 자리에 무너졌다.

"수연아!"

아줌마가 그녀를 부축해 세웠다. 미류는 물 한 잔을 그녀에게 권했다.

"어때요, 당신의 전생?"

겨우 숨을 돌린 그녀에게 미류가 물었다.

"요아킴, 빌리암, 스티그……."

딸이 입술을 떨며 중얼거렸다. 전생에서 그녀가 연금술의 화로에 밀어 넣은 제자들이다.

"내가… 전생에 연금술사였나요?"

"예."

"내가… 연금술사?"

"……."

"그래서 화학이 좋았던 걸까요? 그래서… 향수 같은 것도 보면 분석을 하고 싶었고……."

"그랬을 겁니다."

"그런데 왜 임용고시만 보면 떨어지죠? 공부도 열심히 하는데."

"늘 붙을 것 같은데 결과는 불합격이죠?"

"예."

"당신의 카르마 때문입니다. 당신의 전생에서 만든 그 카르마, 당신이 희생시킨 제자들의 한. 그게 당신이 선생이 되는 걸 막고 있는 거예요."

"카르마……."

"……"

"그럼 저는 선생이 될 수 없는 건가요?"

"그렇지는 않아요. 그 생의 카르마를 씻어내면 되지요."

"굿을… 하라는 건가요?"

딸의 미간이 살포시 구겨졌다. 전생까지는 진심으로 함께한 딸. 미류가 제의를 내걸자 굿부터 떠올린 모양이다.

"아뇨. 저는 굿을 하지 않습니다. 부적은 쓰지만."

"부적… 비싸겠죠?"

"아, 비싸면 어떻고 싸면 어때? 그건 이 엄마가 알아서 할 테니까 너는 입 닫고 있어."

옆에 있던 아줌마가 끼어들었다.

"당신의 경우에는 부적도 필요 없습니다. 그러니 걱정하지 마세요."

미류는 딸의 불손한 상상을 가볍게 지워 버렸다.

"그럼?"

"업보를 지우는 데는 몇 가지 방법이 있지요. 굿도 되고 부적도 되지만 가장 좋은 건 봉사와 희생입니다. 당신이 지나온 업보에 대한 정화 말이에요. 그렇게 되면 당신의 운이 수정될 겁니다."

"봉사와 희생이라면?"

"지금까지 그런 거 해본 적 없죠? 타인을 위한 봉사와 희생."

"……."

딸의 안색이 창백해지는 게 보인다. 자신의 욕심을 위해 제자들을 용광로에 넣은 연금술사. 그 교만이 남은 무의식이기에 묻지 않아도 알 수 있었다.

"선생이 되고 싶다면 봉사하세요. 다만 중, 고등학교 다닐 때처럼 시간 채우기를 하시면 안 됩니다. 한 번을 하더라도 진심으로, 방과 후 학습지도 봉사나 고아원 아이들 과외 봉사 같은 걸 병행하면 꿈을 이룰 수 있을 겁니다."

"봉사로써 제 카르마를 정화하라는 말이군요?"

"예."

"알겠습니다. 마음을 다해 봉사해 볼게요."

딸은 미류의 제안을 받아들였다. 다짐하는 소리도 솔직해 보였다. 미류는 뿌듯했다. 그녀의 어두운 자아에 촛불을 밝힌 사람, 그게 바로 미류였던 것이다.

잠시의 휴식 후 부적 재료를 고를 때 타로가 등장했다.

"좀 들어가도 돼?"

"무슨 일인데요?"

미류가 물었다.

"벌써 잊었어? 상도의."

"상도의?"

"보아하니 계속 내 손님 가로채는 거 같은데 그러면 곤란해."

"뭐가 곤란하다는 겁니까?"

"부적은 대충 쓴다고 들었지만 전생점으로는 나한테 안 돼. 그러니 자꾸 나대지 말라고."

"이봐요, 공길문 씨!"

보다 못한 미류가 소리를 높였다.

"짜식이 나이도 어린 게 어디서 남의 함자를 함부로 불러? 너 이 바닥에도 선후배가 있고 위계질서가 있는 거 몰라?"

타로가 눈알을 부라렸다.

"대접을 받으려면 나잇값을 해야지. 내가 당신 손님을 빼돌리기를 했습니까, 아니면 당신 흉을 봤습니까?"

"그거야 알 수 있나? 신당개업 굿에서도 사기를 치는 판에!"

"이 사람이 정말!"

"말 나온 김에 한번 붙어볼까? 49일 기도 끝났으니 다음에는 100일 치성 들어가신다고 구라 치실 거 같은데?"

타로는 빙긋 웃으며 빈정거렸다.

"점사라는 게 과시를 위함이 아니라는 거 모릅니까? 그게 사사로이 겨루어 우열을 가릴 일입니까?"

"핑계는. 하긴 내 실력 주위들었겠지. 〈전생점연합회〉 총무에 홍대에서 날리던 타로왕. 지금도 케이블 방송 같은 건 나오라고 해도 안 나가고 계신 몸이라는 거."

―전생점연합회 총무?
―홍대에서 날리던 타로왕?

푸홋!

오냐, 네가 기어이 무덤을 파는구나.

이마 주름을 구긴 미류가 뒷말을 이어놓았다.

"정 원한다면 타로왕의 솜씨 좀 보지."

미류의 눈에서 싸한 한기가 밀려 나왔다. 이런 인간은 한 번쯤 제대로 된 맛을 보여주는 게 옳을 것 같았다.

"오케이, 내가 이기면 전생방 간판 내리고, 부적 종류별로 열 장 상납. 알았어?"

타로가 얄팍하게 웃었다.

"내가 이기면?"

"형님으로 모시지."

"동생 삼고 싶은 생각 없으니까 전생신님 모독한 죄로 그 앞에 108배를 하고 가도록."

"어이구, 겁나라. 그거야 뭐……."

타로가 카드를 꺼내 들었다.

"뭐로 할까? 전생? 아니면 과거 맞히기?"

카드를 현란하게 섞으며 깐죽거리는 타로.

"뭐든 당신이 자신 있는 걸로 해. 다만 똑바로 앉아서."

미류가 타로를 쏘아보았다. 전생신을 의식한 타로는 마지못해 자세를 고치고 카드를 나눠놓았다.

"메이저로 갈까, 마이너로 갈까?"

나중에 안 일이지만 타로 카드는 한 종류가 아니었다.

"상관없어."

"오케이. 그럼 명색이 무속인이시니 신성하게 하자고."

타로가 카드를 섞어놓았다.

"뽑아보라고. 한국인은 삼세판이니 세 장이면 되겠지?"

미류는 생각할 것도 없이 맨 앞의 것을 엎어놓았다. 16번 '신전' 카드가 나왔다.

"새 출발한 줄 누가 모르나? 이런 건 과시할 필요 없어. 하지만 여자 문제 조심하고 돌발을 주의해야 해. 전생 옆에는 돌발이 상시 대기 중이야. 다음!"

설명하는 목소리에 힘이 실렸다. 타로는 접신이 아니다. 하지만 그역시 나름 내공이 있기에 해석하는 순간만은 위엄이 깃들어 보였다.

또 한 장을 넘겼다. 처음 것 옆의 카드이다. 이번에는 2번 카드 '여자 교황'이었다.

"전생도 무속인이었군. 그러나 비밀이 많은 건 좋지 않아. 은밀한 허세 또한 언젠가 뽀록나기는 마찬가지지. 게다가 그 대가는 처절할 거야."

"……."

"마지막?"

타로가 이죽거리기도 전에 세 번째 카드를 넘겼다. 그건 11번 카드 '힘'이었다.

"푸하핫!"

카드를 본 타로가 배꼽을 잡았다.

"이봐!"

미류가 신당임을 주지시켰다.

"아아, 좋아좋아. 제법 신빨 있는 척하길래 이러는 거야. 하지만 허세잖아? 전생점이 무슨 힘이 있나? 독불장군 되어봤자 좋을 거 없으니 주변 환경에 적응하라고. 카드에도 딱 나오잖아?"

"끝났나?"

"당신의 전생은 실패한 무속인이야. 왜 실패했을까? 주제 파악을 못 한 거지. 그러니 신당 냈다고 오버하지 말고 주변 선배들 잘 모시라고. 아니면 너는 한 방에 패가망신이야!"

타로의 전생점!

제법이었다. 상당수를 적중시켰다. 하지만 그는 가장 중요한 걸 모르고 있었다. 미류가 새로 태어났다는 것. 그전에는 없던 전생 특허의 권한을 득했다는 걸.

"이제 내 차례로군."

"아마."

타로가 빙그레 웃었다.

"눈 감아!"

"그건 너무 유치하잖아? 좀 다른 버전 없어? 우리 회원들은 독특한 리딩도 많이 하거든."

"감으라고!"

다시 강조했다. 사실 눈을 감길 필요도 없었다. 하지만 효과 때문이다. 공포란 눈을 감은 상황에서 커진다. 미류는 그걸 원했다.

타로는 이죽거리며 눈을 감았다. 미류는 바로 전생륜을 피워 올렸다. 뭐가 있을까? 눈물 콧물을 말로 쏟아낼 만한 전생륜.

중세의 사기꾼 상단이 보인다.

이 나라 저 나라 다니며 가짜 물건을 팔았다. 그러다 한 제국에서 잡혀 살갗이 찢어지도록 채찍형을 당했다.

'약해!'

상단령은 제쳤다. 그다음 전생령이 쓸 만했다. 그 또한 중세의 마녀였다. 마녀로 오해받은 선량한 마법사가 아니라 진짜 마녀였다. 사자를 기르며 어린 노예들을 먹이로 주었다. 그 고통을 지켜보는 게 그녀의 낙이었다.

황제를 위한 영생수를 만든다고 무수한 사람들을 죽였다. 태아부터 60세 노인까지였다. 그 피를 다 모아야 한다며 고로쇠 수액 받듯 피를 뽑아냈다.

그녀에게 눈이 먼 황제가 죽었다. 후대 황제는 마녀부터 잡아들였다. 그녀가 만든 영생수의 숫자만큼 몸에 쇠창을 꽂아 넣었다. 창은 더 박힐 곳이 없었다.

다음에 그녀를 기다리는 건 화형이었다. 온몸이 묶인 채 재가 되어 사라졌다. 죽기 직전 그녀의 저주는 극에 달했다. 그러나 마녀의 마법은 일어나지 않았다. 그녀는 한 줌의 재가 되어 불길 위로 흩어져 내렸다.

타로의 전생은 대개 그랬다. 교활한 혀와 잔머리로 세상을 풍미했다. 그러다 결국에는 임자를 만나 비참한 최후를 맞이하는 삶이었다.

"내게 타로 카드의 신통력을 보여주었지?"

타로의 귀에 대고 속삭였다. 그는 아무 말도 하지 않았다.

"그 답례로 당신 전생을 보여줄게."

"……."

"당신이 '전생점협회' 총무라고?"

"……."

"다른 사람들이 하는 전생 체험보다는 특별히 생생할 거야."

미류는 그 말과 함께 마녀령을 정수리에 강하게 박아주었다. 조금 난폭했다.

"억!"

당장 신음이 새어 나왔다. 마녀의 표독함과 사자의 잔혹함 때문이다. 앞을 잘라내고 그 장면부터 시작한 것이다. 하지만 그건 정말 시작에 불과했다.

"으으……"

타로는 어깨가 부서질 듯 떨었다. 인간 수액 광경이다. 제가 행하고도 전생 감응으로 보자니 피가 마르고 살이 타는 모양이다. 대미의 장식은 쇠창이다.

픽! 퍼억!

창은 느리게, 그러나 또렷하게 날아와 꽂혔다. 그때마다 타로의 몸이 꿀렁꿀렁 반응했다.

퍽퍽퍽!

미친 듯이 경련을 일으켰다.

다음은 화형이다.

불길이 마녀의 몸을 덮었다. 타로의 몸에서도 후끈 열기가 느껴졌다. 벌겋게 달아오른 불길 장면에서는 안면이 미친 듯이 뒤틀렸다.

"우어어!"

미류는 들썩이는 어깨를 눌러 깨어나지 못하게 만들었다.

'아직 관람 시간 안 끝났거든.'

기왕에 시작한 일, 중간에 끝낼 생각이 없는 미류였다.

"으아악!"

드디어 절규가 터졌다. 불길에 녹아나는 장면이다. 미류는 그제야 마녀령을 회수해 주었다.

"우어어, 우어억!"

타로는 웅크린 채 미친 듯이 구토를 하기 시작했다. 위장에 이어 대장의 똥물까지 올라왔다. 그 후에도 꺽꺽거리며 패닉 상태에서 깨어나지 못했다. 밖으로 끌고 나온 미류는 그의 머리에 물을 부었다.

"……?"

"정신 차려. 전생 체험은 끝났으니까."

장벽처럼 버티고 선 미류가 말했다.

"우어어……."

여전히 버벅대는 타로.

쫘악!

미류는 그 뺨을 후려쳤다. 얼빠진 놈에게는 따귀 한 방이 보약이다.

"전생……."

타로의 눈이 제자리로 돌아왔다.

"잘 봤나?"

"……?"

"당신 전생 중의 하나였어. 교활한 마녀. 당신은 늘 세 치 혀와 잔머리로 타인을 등치는 생을 살았지. 이 생에서도 그 굴레는 반복이야."

"……."

"말장난이나 하는 당신의 전생점과는 차원이 다르지."

"……."

"젊어서 교언영색(巧言令色)이라, 늙어지면 시린 육골이니 늘그막에 외로이 요양원에 버려질 빤한 팔자잖아? 한 편 더 보여줄까?"

쩔렁!

미류가 신방울을 울렸다.

"우어어!"

타로는 필사적으로 두 손을 저었다.

"업보를 벗어나는 방법을 알고 싶으면 조용히, 그리고 공손히 다시 와. 알았나?"

"우어어……."

타로가 벽을 짚고 일어섰다.

"아니, 그냥 가면 안 되지. 들어가서 당신이 생산한 오물 치우고 약속 이행!"

"약속?"

"108배!"

미류의 눈에서 불꽃이 튀었다.

"……?"

미류는 넋 나간 타로의 등을 밀었다.

신당에 들어선 그는 미류의 지시를 따를 수밖에 없었다. 잘난 자존심으로 망설이는 순간, 다시 한 번 마녀령을 집어넣은 것이다. 혼비백산한 그는 미친 듯이 절을 올렸다. 전생신의 위력을 제대로 느낀 것이다.

겨우 108배를 끝낸 타로는 기진맥진한 채 기어나갔다. 문을 넘어가는 타로의 눈은 들어올 때의 기세등등한 그것이 아니었다.

마당에서 타로는 미류를 돌아보았다. 그의 눈에는 미류가 태산처럼 보였다.

라이벌로 온 원수

1억!

타로가 기어나간 후 미류는 수표를 꺼내보았다. 회장을 찾아갈 생각이다. 돌려줄 생각은 없었다. 원래 무당의 복채는 부잣집에서 많이 받고 가난한 사람들에게 깎아주는 게 보통이다. 게다가 기꺼이 낸 것이니 굳이 돌려줄 필요도 없었다. 다만 인사를 제대로 챙기지 못했다. 큰돈인 줄 모른 탓이다. 그게 마음에 걸렸다.

억대 복채.

들은 적 없는 건 아니다. 표승도 한참 신빨을 날릴 때는 가볍게 그 액수를 찍었다. 매아당도 그랬고 천둥할미와 선녀보살 등도 그랬다고 들었다. 매아당을 제외하면 그 돈은 무당들이 원한 게 아니었다. 점을 치러 온 사람들이 기꺼이 내준 것이다.

미류도 꿈꾸긴 했다.

1억, 10억!

그런 판 몇 번만 하면 손님 오고 가는 것에 초연해질 것 같았다.

목 빠지게 손님 기다리지 않고 삼수갑산 기도를 다닐 수 있을 것 같았다.

그 1억을 손에 넣었다. 그렇게 꿈꾸던 돈이기에 합당한 고마움을 전해야 할 것 같았다.

구석에 들여놓은 조립 컴퓨터로 검색을 했다. 사양이 구리긴 하지만 불편하지는 않았다.

〈육방SDS〉

회장의 회사가 나왔다. 생각보다 좋은 회사였다. 주식도 꽤 비쌌다. 주소와 전화번호만 땄다. 사모님이나 윤주하에게 물어볼 수도 있었지만 생략했다. 돈은 회장의 주머니에서 나왔기 때문이다.

'내 전화 받으려나?'

어제는 미류 앞에서 겸손했지만 원래는 대기업의 총수. 아무 때나 만날 수 있는 사람이 아니었다.

'일단 시도.'

전화기를 집어 드는 순간, 밖에서 경적이 들려왔다.

빵-빵!

또 누가 남의 자리에 주차를 한 건가? 서울은 주차 지옥이다. 그건 11년 전으로 돌아와도 변한 게 없었다. 걸핏하면 주차 문제로 멱살잡이를 하고 심하면 남의 차에 불까지 놓는 곳이 서울이었다. 이때는 블랙박스가 유행하기 전으로, 거리의 CCTV도 그리 많지 않았다.

빵-빵!

경적이 한 번 더 울렸다. 차가 없는 미류는 자기와는 상관없다고 생각했지만 경적이 높아지니 그냥 있을 수만은 없었다.

문을 열고 나왔다.

"……?"

경적을 울린 차는 철학원 원장의 차였다. 미류의 신당 앞에 선 최고급 세단에게 비키라고 빵빵거린 것이다. 세단이 공간을 내주자 원장 차가 지나갔다. 그리고 세단에서 한 여자가 나왔다. 그녀는 미류에게 공손히 인사를 올렸다.

"미류 법사님?"

"그런데요?"

"문 회장님 아시죠?"

'문 회장.'

"육방 SDS 회장님이세요. 어제 만나셨다고……."

"아, 네."

"좀 모셔오라는 지시를 받았습니다. 언제 시간이 되시나요?"

지시?

가슴이 철렁 내려앉았다. 1억 때문일까?

피식 웃을 만한 에피소드가 스쳐 갔다.

표승이 한창 신빨을 날릴 때의 일이라고 들었다. 한 벼락부자가 부적값으로 5천만 원짜리 수표를 놓고 갔다. 다음 날 그가 운전기사를 보내 수표를 잘못 줬다는 말과 함께 백만 원짜리 수표를 내밀었다. 표승은 처음 받은 수표를 돌려주고 나중의 수표도 사양했다. 이렇게 되면 그 부적에 부정이 들어 효과가 없다는 것이었다. 그렇기에 한 푼도 받지 않은 것이다.

"오늘 힘드시면 시간을 정해 그때 다시 오겠습니다."

여자가 정중히 말했다.

"아뇨, 지금 가시죠."

미류는 미루지 않았다. 그러잖아도 전화를 하려던 참이다. 간발의 차이로 이렇게 되고 보니 더 찝찝하기까지 했다.

'까짓것, 1억이 대수냐. 전생신이 계신데.'

미류는 수표를 챙겼다. 여차하면 그냥 던져주면 된다. 돈보다 귀한 전생점을 보는 능력이 있으니 겁날 것도 없었다.

'돈은 앞으로 벌면 그만이지.'

여유 만만.

미류를 태운 승용차가 출발했다.

육방 SDS는 굉장한 회사였다. 로비부터 시작되는 빈틈없는 보안 시스템. 미류는 두 번이나 체크를 받고서야 회장실이 있는 꼭대기 층에서 내렸다.

"이쪽입니다."

여직원이 오른쪽을 가리켰다. 목에 걸린 사원증이 눈에 들어왔다. 이름은 윤혜선이다.

〈회장실〉

회사 규모에 비해 회장실을 알리는 안내판은 작았다. A4용지 절반 크기에 불과했다.

똑똑!

여직원의 노크 소리가 미류의 귀를 울린다.

문이 열렸다.

톡!

안에서 들린 건 부드러운 타격 음이었다. 회장은 구석에 깔린 녹색 라인 위에서 골프 연습을 하고 있었다.

"아, 오셨군."

미류를 보자 회장은 골프채를 여직원에게 건넸다.

"앉으세요."

회장이 자리를 권했다. 미류는 수표를 꺼내지 못했다. 회장 손이 더 빨랐다. 미류의 팔을 당겨 소파에 앉힌 것이다.

"급하게 모셔서 미안합니다. 결례가 되지는 않았는지……."

"그건 아닙니다. 그리고… 병원비 신세는 고맙게 생각합니다."

회장이 치렀다는 병원비. 그것도 이제야 인사를 하게 되는 미류였다.

"그 일은 미안하게 되었어요. 의사를 물으면 거절할 거 같아서……."

"……."

"그보다 실은 제가 어젯밤에 고민을 좀 했는데……."

고민?

"실은 저도……."

미류가 수표를 꺼내놓았다.

"뭐죠?"

"어제 회장님이 주신 복채입니다."

"……?"

"생각해 봤는데 이 수표는 아무래도……."

"적군요?"

"예?"

뜻밖의 말에 미류가 고개를 들었다.

"그렇지 않아도 그 생각도 했습니다만… 마침 가지고 있던 게 그뿐이라서……."

적, 적다고?

"내 불찰입니다. 그래서 같은 복채로 따로 하나 더 챙겼고……."

미류가 내놓은 봉투 위에 또 하나의 봉투가 올라갔다.

"회장님, 제 말은……."

"다음부터는 무례하지 않도록 조심하겠습니다. 우리 집사람과 주하 말이 복채도 예의를 갖춰 드려야 부정이 타지 않는다고……."

"오해하셨군요. 제 말은 돈이 너무 많다는 뜻입니다. 그래서 돌려 드리려고……."

"어이쿠, 법사님이 진짜 마음이 상했나 보군요. 한 번만 봐주십시오."

회장이 정색을 하고 수습에 나섰다.

"회장님!"

"우리 마누라 말 못 들었습니까? 게다가 나는 경영자입니다. 높은 가치가 있는 물건은 그만한 대가를 치러야 한다는 게 신념이죠. 무조건 후려치면 잡상인과 다를 바 없습니다."

말은 맞았다. 미류는 잠시 말을 잃었다.

"실은 그보다 상의할 게 좀 있어서 모셨습니다."

"상의요?"

"내가 능력도 없는 주제에 많은 사람을 거느리다 보니 이런저런 애로가 많아서 말이죠. 이런 방식의 경영이 옳은 걸까 고심했지만 내가 전생의 신비함을 겪고 보니 예감 같은 게……."

"……."

"우리가 가끔 이런 말을 하지 않습니까? 내가 저놈하고 전생에 무슨 원수를 졌기에……."

"예."

"내 밑에 키우는 이사가 둘 있는데 이 친구들이 딱 그짝입니다. 둘 다 실력은 출중한데 사사건건 대립하고 반목하는지라 회사가 두 패로 갈릴 판입니다."

"……."

"그래서… 번거롭겠지만 시간을 좀 내주시면……."

"……."

"착수금으로 3천만 원, 성과가 나오면 3천만 원 더 드리죠. 부탁합니다."

회장이 또 다른 봉투를 꺼내 3층을 만들어놓았다.

계약 복채 3천에 성공 복채 3천이니 합이 6천.

큰판이 나왔다. 조금 전까지 화두에 오른 돈 1억은 특별한 경우이고, 대개의 길흉화복에 대한 복채라면 100만 원도 적지 않은 돈이기 때문이다.

"적으면 아무래도 큰 거 한 장으로 채워 드릴까요? 제가 복채 개념이 없어서⋯⋯."

미류가 주저하자 회장이 베팅 액수를 올렸다. 보아하니 금액을 높이고 낮추는 건 의미가 없을 자리. 그렇다고 주는 대로 넙죽넙죽 받는 것도 신제자의 도리가 아니었다.

"그럼 이렇게 하지요."

"어떻게?"

"어제 주신 봉투는 그냥 접수하겠습니다. 그러니 오늘 주시는 봉투는 전부 거두어주십시오. 병원비까지 내주셨으니 그것으로 충분합니다."

미류는 원래의 봉투 위에 올려놓은 두 장의 봉투를 밀어냈다. 그러자 회장의 손이 미류의 손을 막아섰다.

"타협하죠. 하나만 거두겠습니다."

"회장님!"

"나는 사업하는 사람입니다. 게다가 여기는 회사이니 회사와 관련된 곳에 베팅하겠습니다."

회장이 빼낸 건 1억이 든 봉투였다.

이 사람은 뼛속까지 사업가였다. 아주 마음에 들었다.

"그럼 그렇게 하겠습니다."

"고맙습니다, 법사님!"

회장은 겸허히 상체를 숙여 보였다. 미류도 허리를 숙여 화답했다.

"그럼 어떻게 할까요?"

회장이 재촉했다. 계약이 끝났으니 이행하자는 뜻이다. 그 또한 사업가의 마인드가 아닐 수 없었다.

"우선 뭘 원하는지 간단하게 설명을 좀 해주시면……."

"아, 내 정신. 털도 안 뽑고 닭을 삶으려 들다니……."

고개를 저은 회장이 설명을 이어갔다.

소찬진 이사와 진기선 이사!

사진이 나왔다.

둘을 육방의 미래 주역으로 키우고 있는 문 회장이었다.

처음에는 문제가 없었다. 한 사람은 미국 지사에서 컸고 또 한 사람은 중국 지사를 발판으로 자리를 잡았기 때문이다. 문제는커녕 두 사람의 보고를 받는 재미에 살았다. 눈만 뜨면 굵직한 낭보와 실적이 날아든 까닭이다.

문제가 된 건 둘이 국내로 들어온 이후였다. 국내 신사업을 이끌기 위해 금의환향한 두 사람은 첫 회의에서부터 격돌했다.

서로가 각을 세운 설전에 회장 이하 다른 간부와 이사들조차 눈살을 찌푸릴 정도였다. 그렇게까지 감정을 내세울 사안이 아니었기 때문이다.

그러다 알게 되었다. 둘은 다른 사업 본부와는 아무런 문제도 없었다. 오직 서로의 사업 본부 일로만 갈기를 세운 것이다.

'전생의 원수인가 봐.'

루머가 돌기 시작했다. 두 사람 다 초고속 승진 가도를 달려온 사람. 우연찮게도 각각 미국과 중국에서 올린 성과의 수치도 우열을 가리기 힘들 정도였다. 그렇기에 상대방에 대한 견제가 지나쳐 반목으로 이어진다는 결론을 내린 문 회장이었다.

두 사람을 화해시키려고 무진 애를 써왔다. 둘을 데리고 등산도 다니고 바다낚시도 다녔다. 방금 전에 친 골프도 둘을 위해 다시 채를 잡은 것이다.

결과는 실패였다. 둘은 차라리 만나지 않는 게 좋을 사람이었다. 별수 없이 다시 해외 지사로 내보내야만 할 판이다. 그러나 이제 그들의 측근 보필이 필요한 회장, 오늘내일 있을 정부 투자 모임과 회사 중역 회의에 둘이 참석하기로 되어 있기에 미류 생각이 난 것이다.

'찔러나 보자.'

그런 심정으로 미류를 찾은 것이다.

"혹시라도 그 둘도 전생에 무슨 카르마가 있어 치유가 된다면 두말할 것도 없고……."

속내를 비친 회장이 마무리를 했다.

"봐드리죠."

미류는 흔쾌히 수락했다. 한 사람의 삶이라도 수정하고 균형을 잡아줄 수 있다면 그 또한 무속인으로서 보람 있는 일이다.

미류는 접견실에서 기다렸다.

대우가 좋았다. 너무 챙겨줘서 황송할 지경이다. 예전의 표승 생각이 났다. 그가 잘나갈 때 그랬다. 남해의 대선주 초대를 받아서 갔을 때다. 대형 어선 두 채를 들인 선주가 굿을 부탁한 것이다.

표승과 황 선생이 날아다녔다. 미류와 선모 등도 밥값은 했다. 굿이 끝나자 굿던 날씨까지 활짝 개었다.

"과연 표승 만신이로고!"

그날부터 2박 3일 동안 내리 대접이 이어졌다. 영주에 사람을 보내 그날 딴 송이를 가져왔고, 안동에서는 바로 잡은 한우를 가져왔다. 바다라고 다르지 않았다. 참돔이며 돌돔, 나아가 그 귀하다는 민어까지도 족족 상에 올린 것이다.

산해진미!

미류는 그때 그 단어를 깨달았다. 아무리 먹어도 물리지 않는 진귀한 맛. 게다가 그날그날 싱싱한 것을 올리니 기가 막히고 코가 막힐 지경이었다.

굿판을 위해 몸을 정갈히 하느라 보름 동안 고기에 손을 대지 않던 표승의 굿 팀, 위가 하나뿐인 게 원망스러울 정도로 대접받은 날이었다.

여긴 그 정도는 아니었다. 하지만 다과가 나오고 생수도 특별한 걸 가져왔다.

이제 됐다고 말했지만 여직원은 말을 듣지 않았다. 그녀에게 떨어진 회장의 엄명 때문이다. 그런데 실은 딱히 그것 때문만이 아니었다. 여직원에게도 계산이 있었던 것이다.

매번 미류가 필요한 걸 귀찮을 정도로 물어대던 여직원은 결국 미류에게 고백했다.

"저기… 법사님."

"예."

"죄송하지만 전생점을 귀신처럼 보신다고 들었어요."

"아, 예, 조금……."

"조금이라뇨? 우리 회장님이 칭찬하실 정도면……."

"그래요?"

"죄송한데 저도 좀 봐주시면 안 될까요?"

"예?"

"딱히 무당을 찾아갈 용기도 없는데 법사님은 무당처럼 무서워 보이지도 않고 점도 전생점이라니……."

"예."

"복채는 100만 원 찾아다 됐는데… 너무 적겠죠?"

"……?"

"……"

여직원이 고개를 숙였다. 회장이 전용차까지 보내 모셔온 고명한 무속인. 그녀에게 있어 미류의 존재는 그랬다. 그런 사람에게 100만 원을 내놓으려니 차마 입이 떨어지지 않는 모양이다.

"제가 기다리는 분들이 오려면 얼마나 남았죠?"

"지금 중국 측이 마지막 발언 중인데… 마무리되려면 한 시간 정도……"

"그럼 봐드릴게요."

"정말요?"

미류가 허락하자 여직원은 뛸 듯이 반색했다.

"대신 100만 원 값어치 안 된다고 딴소리하시면 안 됩니다."

"절대요. 복채는 여기 있습니다."

"그럼 거기 잠깐 앉아보세요."

"이렇게요?"

여직원은 두 손을 스커트 위에 모으고 다소곳이 앉았다. 미류는 그녀의 운명창부터 띄웠다.

[가정운 下中 16%]

애정운이 궁금한가 했는데 가정운이 먼저 보였다.

이유는 모친 같았다.

[母]

가정운 안에서 어미 모(母) 자가 뒤집혀 보인 것.

"어머니하고 좀 안 좋으시군요?"

미류가 물었다.

"어머! 족집게!"

여직원은 불덩이에 등짝이라도 맞은 듯 허리를 세우고 놀란 표정을 지었다. 간단하게 신뢰를 획득한 미류이다.

"어떻게 안 좋으신가요?"

"그게… 아무리 생각해도 엄마가 너무해요. 저를 잘 돌본 것도 아닌데 월급도 자기가 관리한다며 다 써버리고, 툭하면 제 카드도 펑크 내고… 짜증에 욕설에… 제 걱정은 하나도 안 하면서 온갖 걸 다 요구하거든요."

"어머니 기가 세군요?"

"맞아요. 제 말은 씨도 안 먹혀요."

"따져보지도 못했고요?"

"말을 해야지 싶다가도 어머니 앞에만 서면……."

"……."

"저도 이제 돈 좀 모아서 결혼해야 할 텐데……."

울먹이는 여직원 위로 운명창 하나를 더 열었다.

[재물운 下上 24%]

박했다. 여직원의 직장은 괜찮은 대기업이다. 보아하니 대리급의 직급이라 알뜰히 모으면 아쉬울 것 없는 환경이다.

'그럼에도 좋지 않은 下.'

밑 빠진 독에 어찌 물을 받을 수 있을까? 어머니가 낭비의 여왕이라면 연봉이 수억이라 해도 모자란다.

눈을 감게 하고 전생륜을 불러냈다. 전생륜이 천천히 그녀의 머리 위로 배어나왔다. 그녀의 생은 아홉 번째 삶으로 대체로 극과 극을 오가는 삶이었다. 그 테마는 용기와 희생이었다.

'어머니와의 카르마라……'

전생의 빚, 전생의 부채…….

몇 가지를 골똘히 짚어보지만 인과의 전생이 감지되지 않았다. 현생의 어머니와 연결될 만한 일이 없었다.

"흐음."

별수 없이 대안을 찾아보았다. 어머니의 매정함과 낭비벽에 맞설 수 있는 그녀의 전생. 그 생은 봉사와 희생으로 수놓은 수녀 다음의 생이었다.

그 생의 그림이 떠올랐다. 탁한 모래바람이 부는 대륙, 아프리카였다. 킬리만자로가 보인다. 그곳에서 그녀는 마사이의 작은 부족장으로 살았다. 자신의 부족을 지키기 위해 사력을 다했다. 그는 사자를 타고 다녔고, 자기 부족의 가축을 노리는 부족은 용서하지 않았다.

자의식이 강한 부족장의 전생령.

'이 정도면……'

상쇄!

그 단어에 들어맞을 것 같았다. 이 전생을 마음에 품는다면 어머니에게 끌려 다니지 않아도 될 것이다. 부족장령을 그녀에게 감응시켰다. 처음에는 긴장하던 여직원은 조금씩 어깨가 펴지더니 표정도 단단해지기 시작했다.

부적을 하나 꺼내놓았다.

시원하게 그려진 용기부(勇氣符)다. 미류는 새 생수를 따르고 용기부를 태워 물 위에 띄웠다.

"마시세요."

여직원은 미류가 내민 물을 받아 마셨다.

그녀의 귀, 코, 입으로 새어 나오는 아스라한 영기가 보인다. 몸으로 들어간 부적이 부족장령과 반응해 기개를 퍼뜨리는 것이다.

"어때요?"

미류가 물었다.

"어쩐지 막 용감해지는 것 같아요."

여직원의 목소리에 힘이 가득 차 있다.

"그렇죠?"

"세상에, 제가 전생에 마사이족이었어요?"

"여러 생 중의 하나가 그랬죠."

"신기해요. 그러잖아도 저 킬리만자로가 괜히 끌렸거든요. 이 회사에 입사하기 전에는 혼자 배낭여행도 다녀왔고요. 뽈레뽈레!"

"뽈레뽈레?"

"'천천히'라는 케냐 말이에요. 킬리만자로에 오를 때는 누구나 뽈레뽈레 해야 하거든요."

"그 단어가 마음에 들었나 보군요."

"킬리만자로에 간 것도 그래요."

"……?"

"출근하기 전에 어디를 다녀올까 고민하는데 느닷없이 킬리만자로가 생각나는 거예요."

"그렇군요."

"와, 내가 마사이족?"

"어머니 일은 잘 살펴봤는데 전생하고는 상관이 없는 거 같네요.

그래서 현생에 균형을 좀 잡아줄 수 있는 전생을 골라서 부적과 함께 마무리했습니다."

"전생하고 관련이 없을 수도 있는 건가요?"

"대개는 관련이 있지만 제가 아직 미력한 관계로……."

"아무튼 이제 엄마한테 막 따질 수 있을 거 같아요. 이제부터 내 통장은 내가 관리한다고, 엄마도 정신 차리고 사시라고."

자신감!

그녀의 표정에 그게 돌아왔다. 최상은 아니지만 차상의 해결책은 될 것 같았다. 미류의 마음도 훌쩍 가벼워졌다.

"어머, 시간 좀 봐. 저, 회의 끝났나 보고 올게요."

시계를 본 여직원이 놀라 일어섰다.

그녀의 복채 100만 원.

찜찜하지 않았다. 하지만 미류는 그 돈을 받지 않았다. 어차피 큰 복채가 들어올 터다. 무엇보다 여직원의 어머니에 대한 인과 관계를 찾지 못했기에 받을 생각이 없었다. 그래서 그녀가 눈을 감았을 때 유니폼 주머니에 슬쩍 돌려준 미류였다. 표승도 그랬다. 정신 제대로 박힌 무당은 대가 없이 복채를 바라지 않는 법이라고 했다. 그의 신 제자이니 따르는 게 마땅했다.

오래지 않아 발소리가 들려왔다. 노크 후에 여직원이 문을 열었다. 이사 두 사람과 함께였다.

"……?"

미류의 눈이 휘둥그레 반응했다. 한 사람이 여자인 것이다. 둘 다 남자일 것이라 생각한 미류는 역시 선입견 같은 건 길고양이에게 물려 보내야 한다고 생각했다.

그 뒤를 이어 회장이 들어섰다.

"앉지."

상석을 차지한 회장이 말했다. 여직원이 아까처럼 차를 놓고 나갔다.

"들어."

회장이 이사들에게 차를 권했다. 두 사람은 찻잔을 집어 들 뿐 흔쾌히 마시지는 않았다.

"아, 사람들……."

어색한 분위기가 풀리지 않자 회장도 차를 내려놓았다.

"이분은 신통방통 도력 높은 무속인이시네. 내가 이번에 영험한 도움을 얻었기에 자네들을 불렀어. 솔직히 이런 말 믿지 않겠지만 두 사람 사이에 무슨 잡귀라도 씐 게 아닌가 싶어서……."

회장이 포문을 열었다. 그제야 두 사람은 찻잔을 들었다. 찻잔 속에 어색함을 녹여보려는 눈치다.

"내 소원이 뭔지 알지? 두 사람이 협력해서 우리 회사를 이끄는 거야. 고장난명(孤掌難鳴) 알지? 백지장도 맞들면 낫다는데, 두 사람이 의기투합하면 중국의 추격도 무섭지 않아."

"……."

두 이사는 그래도 입을 열지 않았다.

"그래, 안 그래?"

"괜찮으시면 저는 인도에 급한 지시가 있어서……."

여자 이사 진기선이 회장을 바라보았다. 그럴 의사가 전혀 없다는 표정이다.

"진 이사!"

"게다가 저는 무속에는 관심도 없고… 요즘 세상에 귀신이 있겠습니까? 귀신보다 사람이 더 무서운 세상인데요."

"허얼!"

"그럼… 죄송합니다."

진 이사는 극구 자리를 떴다. 전격적으로 일어난 일이다. 대기업의 총수라면, 제국으로 치면 황제의 자리. 그 앞에서 자리를 박차고 나갈 줄은 상상도 못 한 미류다.

'실수……'

미류는 느슨해진 정신 줄을 바로 세웠다. 기회는 늘 보장되는 것이 아니다. 신을 맞을 때도 그렇다. 강신을 하면 정성을 다해 맞아야 한다. 알아서 오겠지 했다가는 물 건너간다.

"자네도 나가려나?"

회장이 소찬진 이사를 바라보았다.

"죄송하지만 저는 기독교 신자입니다."

소찬진 역시 진기선 못지않게 선을 그었다.

"거 사람들, 이게 지금 종교가 중요한 자리인가? 자네 둘이 지금 종교 전쟁 벌이는 거야? 자칫하다간 회사가 두 패로 갈릴 것 같아서 이러는 거 몰라서 그래?"

회장의 질책이 쏟아지자 소 이사는 입을 다물었다. 그 틈을 미류가 물고 들어갔다.

'운명창.'

처음부터 다 띄워 버렸다. 이러다 이 사람마저 엉덩이를 들어버리면 회장 볼 낯이 없어진다.

[애정운 上下 68%]

[건강운 上中 79%]

[가정운 上中 72%]

[명예운 上中 78%]

[재물운 上下 69%]

[학벌운 上上 90%]

[총운명지수 上中 76%]

오, 마이 전생신이시여!

앞줄 上이 올 세븐을 이룬 운명.

탄식이 절로 나왔다.

오복에 더불어 팔복까지도 내린 팔자가 여기 있었다. 점괘에 있어 오복을 갖추면 그야말로 부러울 게 없는 팔자다. 오복은 장수를 상징하는 수(壽), 재산을 상징하는 부(富), 건강하고 평안하게 사는 강령(康寧), 도덕군자로 사는 유호덕(攸好德)에 더해 요즘 말로 9988234, 즉 구십구 세까지 팔팔하게 살다가 이삼 일 앓고 떠나자는 고종명(考終命)을 포함한 말이다.

팔복은 인체의 여덟 부분에 고루 내린 복을 말하는 것이니 두부, 손부, 견부, 배부, 흉부, 음부, 귀부, 발부의 복을 이룬다. 소찬진의 운명이 그랬다. 그야말로 대운을 안고 태어난 사람이었다.

운명창의 앞줄에 나란히 뜬 일곱 개의 上.

카지노에서 세븐(7)의 줄을 맞춘 게 저런 기분일까?

그런데 그것만으로 끝이 아니었다.

"……!"

총운명지수 옆에 또 다른 창이 하나 등장했다. 미류도 처음 보는 창이다.

[행운기]

새 창은 서광을 몇 번 깜박이다가 사라졌다.

'행운 찬스?'

어떤 의미일까? 총운명지수에서 보이지 않던 창. 그러나 이내 사라져 버렸다. 하지만 느낌으로 보아 나쁜 의미는 아닐 것 같았다. 이 사람에게 행운까지 온다는 뜻일까?

"흠잡을 데 없는 운을 타고나셨군요."

미류는 새 창에 대한 궁금증을 미뤄놓고 점사를 설명했다.

"그런 말은 많이 들었습니다."

소 이사가 까칠하게 받았다.

"그냥 드리는 말이 아닙니다. 승승장구라는 말이 이사님의 운명을 보고 하는 말이지요. 하다못해 몸 아픈 곳 하나 없으니 이 사람 눈에도 처음 보이는 귀인이 분명합니다."

"법사님이시라고요?"

"호칭이야 아무럼 어떻겠습니까?"

"회장님께 언질을 들었는데 전생을 보신다고요?"

소 이사가 미류를 바라보았다. 그래도 회장이 권유한 자리이니 회장의 체면까지는 짚어주고 있었다.

"예."

"죄송하지만 제 집안이 목사 집안입니다."

나대지 마라!

짜릿한 경고가 넘어왔다.

"기독교는 주로 전생을 상징하는 윤회와 거리가 있지만 다 그런 것은 아니죠. 유대교의 카발리스 역시 윤회를 믿었다고 하더군요."

미류도 그냥 꼬리를 내리지는 않았다. 주관이 뚜렷한 기독교 집안의 엘리트. 무속을 미신 조장쯤으로 생각하는 사람이니 유대교를 끌어다 댄 것이다.

"그럼 내 전생이 뭐라는 겁니까? 법사님 눈에 보입니까?"

발끈한 소 이사가 떡밥을 물었다.

"예!"

미류는 짧은 대답 뒤에 긴말을 이어놓았다.

"바쁘신 것 같은데 바로 시작하죠. 회장님은 잠시 자리를 비워주시기 바랍니다."

회장을 물리고 소 이사에게 시선을 맞췄다. 속전속결이 필요한 자리였다.

─목사 집안.

─기독교 신자.

무속인이라면 의식하지 않을 수 없는 단어이다. 오랜 과거에는 이 땅에 없던 종교. 그때는 무속이 이 땅의 대세 종교였다. 그러나 이제는 일대 역전이 되어 격세지감이 되어버린 상황.

십자가가 귀신을 쫓는다, 성수는 귀신을 녹인다는 말은 믿어도 부적이 귀신을 물리친다, 무당이 신의 말을 전한다는 말에는 코웃음을 치는 세상이 도래했다. 목사와 신부는 존경을 받아도 만신에는 고개를 갸우뚱거린다. 그렇게 변한 세상이기에 미류 자신도 큰 교회 앞을 지날 때면 왠지 모르게 주눅이 들고 가슴이 답답하던 과거.

그러나 돌아보면 삼수갑산 변한 게 그것뿐이랴?

쇠는 공기보다 무겁기 때문에 뜰 수 없다.

이 말 또한 과거에는 진리 중의 진리였다. 그러나 깨진 지 오래되었다. 하늘에는 쇠로 된 비행기가 날고 바다에도 쇠로 된 배가 떠다닌다.

'고정관념 따위는 필요 없어.'

그 말을 뇌며 손을 휘저었다. 다른 때보다 힘찬 궤적이다. 미류의 손길을 따라 푸른 광채가 돌았다.

"……!"

이사가 움찔 반응했다. 광채를 본 모양이다.

"눈을 감으세요."

미류의 목소리는 부드러웠다. 뒤를 이어 전생륜을 불러냈다.

목사 집안이라도 그가 목사는 아니다.

목사 집안이라도 그도 사람이다.

'전생신이시여!'

신기(神氣)를 오롯이 실어 공을 들이며 소 이사의 머리를 바라보았다.

"……!"

미류는 눈을 의심했다.

거기서 아련한 반짝임으로 빛나야 할 전생륜이 보이지 않았다. 희미한 흔적조차도.

이럴 수가?

왜?

미류는 눈앞이 아찔해 오는 걸 느꼈다. 간절하면 바로 응답하던 전생신의 전생륜. 그게 간 데가 없는 것이다.

'다시 한 번!'

전생륜을 불렀다. 마음을 가다듬고 물아일체로 접신하듯 최선을 다해.

"……!"

나가리!

심심풀이로 화투를 칠 때 듣던 김새는 소리가 허공에서 내려왔다.

'안 돼?'

왜?

그가 목사 집안이라서? 그렇다면 전생륜은 일부 특정 종교 계통의 사람에게는 무용지물이란 말인가?

미류는 오싹해진 척추를 세우며 정신 줄도 함께 세웠다.

실패할 수도 있다. 점도 마찬가지다. 세상에 100%로 보장된 것은 단 하나, 모든 인간은 죽는다는 사실뿐이다. 그러나 그 실패의 짐을 무기력하게 드러내는 건 무속인으로서의 자세가 아니었다.

기억을 더듬어 나갔다.

윤회론은 종교적 세계관의 본바탕이다. 윤회에 대한 믿음은 지구 곳곳에서 시공을 불문하고 확인할 수 있다. 고대의 피타고라스와 플라톤도 윤회론자에 속했다. 가깝게는 에드가 케이시가 있다. 최면 상태에서 타인의 전생을 볼 수 있던 그 역시 독실한 기독교인이었다. 그 탓에 초기에는 그조차 윤회나 전생을 믿지 못했지만 종국에는 누구보다 확고한 신봉자로 남았다.

그렇다면 단순히 특정 종교를 믿는다고 해서 전생륜이 보이지 않을 까닭은 없었다.

그러면 왜?

'왜'를 물고 들어갔다. 저승까지 다녀온 미류이다. 죽음의 깊은 곳까지 체험한 경험이 도움이 되었다. 그때 애타고 비굴하게 굴었더라면 어땠을까? 아무 신이나 붙잡고 신세타령에 팔자 하소연을 했다면?

미류는 그러지 않았다. 마음을 비운 까닭이다. 비웠기에 채워진 것이다. 그제야 세찬 감정 하나가 심연에서 뭉긋 솟아올랐다.

귀신의 한도 한 번에 풀지 못하는 경우가 있다. 표승도 그랬고 그의 신어미인 마고도 그랬다고 들었다. 어느 대갓집에선가는 네 번 만에야 귀신이 물러갔다고 한다. 수술 같은 것도 그랬다. 한 번에 싹 끝나는 게 있지만 다시 오픈해 재수술을 하는 경우도 있다.

미류는 숨을 가다듬었다. 전생륜이 특정 종교를 의식하는 건 아니었다. 의식하는 건 바로 미류의 마음이었다. 그걸 내려놓았다. 저 죽음의 세계에서도 그랬듯이.

'전생륜이여!'

다시 전생륜을 불렀다. 호흡이 밀려 나가 이름이 되고, 이름이 비원이 되어 소 이사의 몸으로 들어가는 게 보인다.

'의심하지 말라!'

미류는 스스로를 달랬다.

절대!

하나, 둘…….

오랜 시간이 걸린 탓일까? 뭔가 잘못되었다는 걸 감지한 소 이사가 눈꺼풀을 떨었다.

"그대로 계세요."

미류가 그의 의지를 눌렀다. 침을 넘긴 소 이사가 눈꺼풀에 힘을 주었다. 그러자 마침내 소 이사의 머리 위로 전생륜이 피어올랐다. 이제는 눈에 익은 그 전생륜이다.

'하아!'

어찌나 반가운지 목뼈에 걸려 있던 날숨이 통째로 새어 나왔다. 그 숨을 다시 고를 사이도 없이 전생령들을 바라보았다.

'아아아!'

미류는 북받치는 신음을 참았다. 소찬진 이사. 현생의 대박 운명은 거기 없었다. 그의 전생은 고생바가지의 고행길이었다. 한 생은 거지로 살았고, 또 한 생은 평생을 불구자로 살았으며, 또 다른 생은 귀족의 노예로, 가난한 가장으로 등골이 휘었다.

그러니까 현생은 과거 그가 이룬 희생과 고난에 대한 보상이었다. 말하자면 이번 생은 누리며 사는 생. 바라보는 미류의 마음이 다 흐뭇할 지경이다.

'이런 생도 있어야지.'

쥐구멍에 볕이 든 게 아니었다. 태양이 통째로 들어간 것이다. 그러나 저절로 떨어진 복이 아니었다. 긴 인과의 사슬 속에서 그가 다한 최선 덕분이었다.

지난 생에서 그는 늘 자신의 삶에 충실했다. 거지의 생에서도 남의 것을 넘보지 않았고, 구걸에 실패한 동료에게 빵 한쪽을 나눠주었다. 불구자로 살 때도 고단한 몸을 끌고 늙은 부모를 챙겼고, 가난한 가장 때에는 새벽부터 밤늦도록 몸을 쉬지 않았다. 그 덕분이었다. 그런 까닭에 현생에서 보상을 받고 있는 것이다.

진기선 이사와의 인과는 노예의 삶이었다.

중세의 깊은 나라 프랑스였다. 두 얼굴이 스쳐 보인다. 엘마라는 노예 소녀 소찬진, 씬디라는 이름의 노예 소녀 진기선 이사.

영력으로 전생령을 뽑아 든 미류는 소 이사의 정수리를 겨누었다.

―시작합니다.

―마음을 편안히 먹으세요.

―힘이 너무 들면 소리를 치세요. 그럼 제가 현실로 인도합니다.

후웅!

전생이 나왔다.

중세의 이른 새벽이다. 사방은 안개로 덮였고 아직 만물이 잠이 깨지 않은 아침, 푸른 오솔길을 따라 두 노예 소녀가 물을 길러오고 있다. 숲은 깊고 덤불은 많았다. 제 몸의 두 배쯤 큰 동이를 인 소녀들은 쉴 수도 없었다. 늘 경쟁이었다. 누구라도 뒤처지면 돌아오는 건 채찍뿐이었다.

좌라락!

두 소녀에게는 뱀의 혀보다 더 싫은 채찍이었다.

며칠 후가 연회였다. 허리 한 번 펴기는커녕 생리 현상을 해결할 시간도 없었다. 오줌 같은 것은 걸으며 싸야 했고 똥이 마려우면 아무 데나 엉덩이를 까고 순식간에 해결해야 했다.

눈물은 사치였다. 이 귀족에게 노예는 소모품에 불과했다. 그의 기사들은 용맹했고 많은 노예를 데려왔다. 누군가 심하게 아프면 죽은 사람들의 구덩이에 밀어 넣었다. 식량을 아끼는 것이다. 그렇기에 두 노예 소녀에게 남은 건 악뿐이었다.

"빨리 움직여!"

물통을 채우기 무섭게 다음 일이 주어졌다. 산더미 같은 빨래였다. 어른도 힘들 빨랫감을 안아 들었다. 엘마가 옷감 몇 개를 씬디 쪽으로 밀었다. 자신의 양이 많다고 생각한 것이다. 씬디가 허용할 리 없었다. 씬디는 더 많은 양을 엘마에게 던졌다.

휙휙!

빨래가 날아다닌다.

그러다 집사에게 걸렸다.

츄릿, 츄릿!

둘은 벌로 채찍 세 대씩을 맞았다. 갈라진 등짝에서 피가 배어 나온다. 둘은 서로를 노려보며 냇가에서 빨래를 했다. 방망이를 세게 두드려 물을 튀게 했다. 서로에게 눈엣가시였다. 하필이면 동년배에 덩치도 비슷했다. 그랬기에 모든 게 경쟁이자 비교가 될 수밖에 없었다.

연회는 그들에게 지옥이었다. 처음에는 몰랐다. 산더미 같은 음식이 장만되는 연회. 그렇기에 최소한 남는 음식이라도 배불리 먹을 수 있겠거니 기대한 그들이다. 그러나 기대는 잔혹한 현실이 되어 돌아왔다.

"우엑!"

한 귀족의 토사물이 그 시작이었다. 두 노예 소녀에게는 이날 임무가 주어졌다. 깨끗한 참나무로 만든 통과 리넨으로 만들어진 향긋한 손수건이 주어졌는데 처음에는 빵이라도 담아내는 일인 줄 알았다. 리넨을 깔고 그 위에 올리는 따뜻한 빵, 그 향긋한 냄새.

'맛있겠다.'

생각만 해도 몸서리가 날 만큼 행복했다. 진흙을 섞어 구워내는 다른 날과 달리 이날은 흙을 섞지 않고 구웠다. 그건 천상의 냄새였다. 코만 벌름거려도 기뻤다.

하지만 첫 번째 귀족의 '우엑'으로 그 환상은 지옥으로 변했다. 두 노예 소녀에게 주어진 일은 빵 담는 일이 아니었다. 귀족의 토사물 관리였다.

프랑스 귀족들은 당시 수삼 일 동안 밤낮으로 연회를 즐겼다. 그러나 인간의 밥통은 한계가 있는 법. 더 맛나고 좋은 음식을 즐기기 위해 그들은 먹고 토했다. 토하고 또 먹었다. 그게 당시의 유행이었다.

쫙!

어리벙벙해 있으면 돌아오는 건 따귀와 발길질이었다. 자칫 실수해 귀족들의 옷에 토사물이 튀면 목숨을 내놓아야 했다. 빵 냄새 대신 시큼털털한 토사물이 쌓여갔다.

절망이 쌓여갔다. 2박 3일 동안 둘은 빵 두 조각만을 받아먹으며 토사물과 사투를 벌여야 했다.

'여기가 클라이맥스로군.'

전생을 함께 감응하던 미류가 마음을 집중했다. 유의한 장면이 나오고 있었다.

두 노예 소녀가 집사에게 불려갔다. 집사는 거만한 얼굴로 천국의 빛 한 줄기를 보여주었다.

"백작 나리께서 이번 연회에 공을 세운 노예 몇을 풀어주라는 명을 내리셨다."

노예 신분 해방!

두 소녀를 동시에 고개를 들었다.

"너희 둘 중 하나는 노예에서 벗어날 수 있을 것이다."

두 소녀의 눈빛이 허공에서 닿았다. 벼린 창칼에서 엿보이는 것보다 더 맹렬한 눈빛이다.

둘 중 하나!

그렇다면 반드시 이겨야 했다.

"3일의 시간을 주마. 3일간 더 좋은 것을 가져오는 사람이 기회를 얻을 것이다."

집사의 말은 그것으로 끝났다. 집사의 잔머리였다. 공작의 명을 받았으나 그 자신도 뭔가 챙기고 싶은 것.

교활하게 조건을 내세운 것이다.

그게 집사의 즐거움이자 치부의 수단이었다. 어린 노예들이라고 예외는 없었다.

"흥!"

씬디가 냉소를 뿜었다.

"치잇!"

그건 엘마도 다르지 않았다.

'너한테는 지지 않아.'

죽어도!

두 소녀는 동시에 어금니를 물었다.

3일!

둘의 경쟁에 불이 붙었다. 나이조차 그들을 돕지 않았다. 몇 살 더 먹은 언니들은 집사와의 동침으로 의무를 면제받았다. 아직 어린 소녀들은 몸을 팔아 귀한 걸 살 수도 없었다. 그렇다고 훔칠 수도 없었다. 그것의 출처를 조사하면 노예 신분을 벗어나기도 전에 목이 잘릴 것이다.

주변에는 호수와 산.

호수에는 커다란 잉어가 살고 있었다. 호수 주변과 산에는…….

산에는…….

두 소녀의 머리에 횃불이 환하게 켜졌다.

〈트뤼플〉

백작과 백작 부인의 상에만 올라가는 귀한 야생 버섯. 떡갈나무 숲으로 돼지를 데려가 캐는 모습을 본 둘이다. 야성의 숲과 신성한 땅에서만 비밀스럽게 자라는 이 버섯은 돌덩어리인지 흙덩어리인지 분간이 안 될 정도로 지극히 못생긴 게 특징이었다. 그거라면 집사가 아니라 백작의 칭찬도 받을 수 있는 일. 금덩어리를 캐지 못하는 이상 그 이상의 것은 있을 수 없었다.

둘은 밤낮으로 호수 주변을 파헤쳤다. 서로 견제하느라 반대 방향을 뒤졌다. 손은 찔리고 까져서 피투성이가 되었지만 한시도 쉬지 않았다.

3일째 되는 날, 엘마는 기적적으로 트뤼플을 발견했다. 돼지도 없이 손으로 땅을 판 탓에 손톱까지 다 부러졌다.

'엄마!'

트뤼플을 안고 그리운 이름을 불렀다. 서러움에 가슴이 북받쳤다. 본 적도 없는 엄마의 그리움이 트뤼플에 겹친 것이다. 엘마는 그걸 치마폭에 감추었다. 흙투성이 손으로 눈물도 지웠다. 그러고는 굳은 표정으로 호수로 내려왔다.

"뭐 좀 찾았어?"

씬디가 다가와 물었다.

"아니!"

엘마는 한숨과 함께 되물었다.

"너는?"

"나도."

씬디가 고개를 저었다. 엘마는 말없이 터덜터덜 걸으며 씬디를 지나쳐 갔다.

그날 밤 씬디는 엘마의 방을 훔쳐보았다. 손바닥만 한 방은 서로 붙어 있었다. 엘마 몰래 뚫어둔 구멍이 있었다. 순간 하마터면 놀라 자빠질 뻔했다. 그녀의 품에 안긴 트뤼플, 게다가 자신의 것보다 훨씬 크고 좋았다.

씬디는 사실 어제 트뤼플을 찾아놓고 있었다. 그렇기에 오늘은 엘마의 꽁무니를 따라붙으며 감시를 했다. 그러다 그녀가 뭔가를 캔 걸 알았다. 다만 거리가 멀어 무엇인지를 확인하지 못한 것뿐이다.

밤새 구멍을 들여다보았다. 엘마는 새벽닭이 울 즈음에야 겨우 잠이 들었다. 아침이 오면 노예에서 풀려날 기쁨에 잠이 오지 않은 것이다.

스륵!

그 문을 씬디가 열었다. 발에는 천을 감아 소리를 죽였고 까치발로 트뤼플로 다가갔다. 그런 다음 자신의 것과 살며시 바꿔치기했다. 씬디는 엘마의 원수가 되었다. 그게 두 사람이 엮인 업보였다.

다음 날, 집사는 두 어린 노예를 바라보았다. 엘마가 헝겊을 열었다.

"……?"

그녀의 눈이 발딱 뒤집혔다.

밤새 안고 잔 트뤼플이 아니었다. 그녀의 트뤼플은 씬디의 헝겊 안에서 나왔다. 집사의 선택은 당연히 씬디였다.

"안 돼요! 그게 내 거라고요!"

엘마가 항변했지만 그녀에게 돌아온 건 채찍질이었다.

"씬디, 그냥 두지 않을 거야! 그냥 두지 않을 거라고!"

엘마의 비명을 들으며 씬디는 새 삶을 찾았다. 경쟁에서 이겨 새 삶을 찾은 것이다. 천국을 만난 씬디와 지옥에 떨어진 엘마.

'여기서 스톱!'

미류는 먹먹해진 가슴을 달래며 전생령을 뽑아냈다. 소 이사가 휘청거린다.

"트뤼플… 씬디……."

소 이사가 중얼거렸다. 아직도 전생 속에 있는 모양이다. 미류는 물에 손가락을 축인 후 그의 얼굴에 몇 방울 튕겨주었다. 물이 닿자 소 이사가 정신을 차렸다.

"……."

"……."

두 사람은 잠시 침묵했다. 소 이사에게는 감정의 정리가 필요했다. 미류 역시 그의 감정을 고스란히 감응했기에 호흡을 고를 시간이 필요했다.

"후우!"

심호흡과 함께 절박함과 긴박감, 그 필사적인 감정과 절망이 겨우 하나둘 떨어져 나갔다.

"제 할 일은 끝났습니다. 방금 보신 것, 믿으셔도 되고 믿지 않으서도 됩니다."

"……."

소 이사는 입을 열지 않았다. 오히려 더 깊은 침묵으로 들어가는 그였다. 특정 종교의 가풍을 가지고 자란 사람이다. 그의 가치관으로는 무시할 수도 있었다. 무시한다고 해가 될 일도 아니었다.

그는 현생에 전생 보상의 대운을 타고난 사람, 지금까지 하던 대로 진 이사와 경쟁하면 될 일이다. 다만 그 숙명적인 경쟁의 인과가 아쉬울 뿐이다.

"그럼……."

가벼운 목 인사를 놓고 일어섰다. 세상이 어디 뜻대로만 되던가? 순천자(順天者)도 있지만 역천자(逆天者)도 있다. 모든 사람이 다 신의 뜻을 받아들이는 게 아니었다. 그렇게 어리석은 게 바로 인간이었다.

"미류 법사님!"

회장은 복도에 있었다. 여직원과 함께였다. 미류는 흐린 미소로 실패를 알렸다. 숨긴다고 될 일도 아니었다.

"허어!"

회장이 장탄식을 하고 고개를 저었다. 미류는 좀 쉬고 싶었다. 복도를 걸었다.

'이 또한 수련이 될 터…….'

그렇게 얼마나 걸었을까? 벌컥 문 열리는 소리가 들렸다. 그리고 거짓말처럼 소 이사의 목소리가 미류의 어깨를 잡아 세웠다.

"법사님, 잠깐만요!"

잠깐?

나를 부르는 건가?

아주 잠시 동안 그 말이 믿기지 않았다. 천천히 고개를 돌리는 사이 소 이사가 벌써 다가와 있다.

"그냥 가시면 어떡합니까? 나도 생각할 시간이 필요하잖아요."

생각할 시간?

"전생… 잘 봤습니다."

"……."

"처음에는 믿기지 않았는데… 이 인간이 무슨 술수를 쓴 건가 싶었는데… 전생의 기억이 지나간 일들과 마구 매치가 되기 시작하는 거예요."

"……."

"특히 진 이사를 처음 봤을 때의 그 느낌, 막연하면서도 오랜 상흔처럼 따라붙던 거부감, 사사건건 의식이 되던 일들, 유럽 출장에서 처음 본 트뤼플에 가슴이 먹먹하던 기분……."

"……."

"당신이 신이 아닌 다음에야 그런 것까지 디테일하게 조작할 수는 없는 일이지요."

"……."

"뭔가 깊은 숙제 같은 걸 해결한 느낌이네요. 가슴에 묵은 질시의 원인을 봤다고나 할까요."

"……."

"아무튼 고맙습니다."

소 이사가 인사를 해왔다. 미류도 같은 자세로 인사를 받았다. 소 이사는 그대로 회장에게 돌아섰다. 그리고 밝은 목소리로 말을 이어 갔다.

"회장님, 이번 프로젝트는 진 이사에게 양보하겠습니다. 제가 볼 때 국제적 원자재 시장의 동향과도 잘 부합하고 전체적인 세계 경제

불황에 걸맞은 투자라고 생각합니다."

"소 이사?"

이번에는 문 회장의 동공이 커졌다.

"아까 회의장에서 던진 제 반대 의견은 지나친 기우였습니다. 다른 시장이라고 투자의 성공이 보장되는 것은 아니니 진 이사에게 전권을 주시기 바랍니다. 진 이사가 원한다면 제 테스크포스 팀의 자료도 다 넘겨 드리겠습니다."

"……?"

"진 이사에게 전권, 허락을 부탁드립니다."

소 이사는 진심이었다. 그의 표정과 자세에서 고스란히 드러나고 있었다.

"자네……."

"제정신입니다. 처음에는 꿈도 꾸지 않은 일인데 법사님과 전생 체험을 하고 나니… 딱딱하게 뭉쳐 있던 것이 풀린 기분입니다. 그럼 저는 독일 팀과 남은 합작 회의가 있어서……."

소 이사가 총총걸음으로 사라졌다.

"미류 법사님!"

회장이 바라보자 미류는 그저 고개만 숙여 보였다. 말이 필요 없는 순간이다.

"허헛, 이거 우리 법사님이 내 고민을 두루 풀어주시는군요. 저 친구들 승진도 고민이었는데 소 이사 쪽으로 마음을 정했습니다."

회장의 말을 들은 미류의 뇌리에 새 창이 떠올랐다.

[행운기]

그 의미로 보였다. 선택 여하에 따라 다가온 행운을 거머쥘 수 있다는 암시. 그 행운이 소 이사의 현실로 나타나는 순간이었다. 그럼 액운기도 있는 걸까? 문득 궁금해졌다.

짝짝!

잠시 이어진 정적을 깬 건 여직원의 박수였다. 그 또한 아주 작았다. 가장 작은 박수 소리로 가장 큰 응원을 보내는 그녀였다.

3천만 원!

그 돈을 더 받았다. 여직원은 미류가 불편해하지 않도록 작은 선물과 함께 내밀었다. 해외여행 상품권이었다.

"회장님께서 중요한 지인들에게 드리는 건데 법사님께 드려도 될 것 같아서요. 중국 일주권이라 별로라 생각하는 분들도 있던데 법사님처럼 운명을 다루는 분에게는 괜찮을 것도 같아서… 베이징과 상하이, 난징과 길림에 하얼빈, 광둥의 여섯 성도 비행기 티켓과 호텔 선택권을 갖춘 거니 한가로울 때 한번 다녀오세요. 아니면 지인에게 선물을 하시든지."

보너스였다. 미류는 사양하지 않고 받았다. 소 이사의 전생 체험은 미류로서도 공을 많이 들인 경우이기 때문이다.

현관 밖으로 나오니 햇살이 맑았다. 1억짜리 수표를 돌려주려 왔다가 혹으로 붙어 나온 6천만 원. 액수가 너무 크다 보니 실감이 나지 않았다. 그렇게 막 햇살 속으로 들어섰을 때다. 누군가 헐레벌떡 앞을 가로막고 나섰다.

"잠깐만요!"

그녀는 숨을 조절하며 미류를 세웠다. 이번에는 진 이사였다.

'진 이사?'

"회장님께 얘기 들었어요. 소 이사의 말도."

"……."

"법사님이시라고요."

"예."

"전생점을 보신다고요?"

"예."

"대체 소 이사에게 뭘 보여준 거죠? 뭘 어떻게 했길래 그 인간이 나를 전폭적으로 밀고 나오냐고요. 이건 하늘이 무너져도 있을 수 없는 일인데……."

"……."

그녀는 숨도 쉬지 않고 남은 말을 이었다.

"그거 나도 한번 보여줄 수 있어요?"

"……?"

"부탁합니다."

그녀는 진심이었다.

빙고!

당신은 구원받은 거야.

스스로 찾아왔으니.

전생신이 그녀에게 납셨다.

그러잖아도 벼르고 있던 미류이다. 그러나 그녀가 거부했던 것. 그런 차에 원한 것이니 사양할 필요가 없었다.

결론을 먼저 밝히면 그녀 또한 제대로 전생 감응을 했다. 자신의 마음속에 든 알지 못할 미움의 원인을 알게 된 것이다. 그녀는 소 이사보다 더 많이 떨었다. 회사 의무실의 의사가 달려왔을 정도였다. 겨우 숨을 돌린 그녀가 토한 말은 회장을 또 한 번 감동시켰다.

"이 프로젝트는 소 이사가 맡는 게 맞습니다."

그녀의 설명도 소 이사와 다르지 않았다. 그녀 역시 소 이사의 계획안을 높이 평가했다. 다만 알 수 없는 질시 때문에 약점만을 부각

시키며 반대 의견을 냈던 것이다.

결론은 회장이 내주었다. 둘에게 합작을 맡긴 것이다. 창사 이래 처음이었다. 두 이사가 막강한 팀이 된 것. 더구나 한마음으로 기꺼이 원한 일이다. 소문은 금세 회사 전체로 퍼졌고, 미류가 다시 현관을 나올 때는 엄청난 환호가 건물을 뒤흔들었다.

그리고 마지막 절정은 미류에게 쏟아졌다. 소 이사와 진 이사의 팀원들이 창문을 열고 열렬한 박수를 보내준 것이다. 미류는 뜨거웠다. 두 사람의 화해가 뜨거웠고 직원들이 보내주는 박수가 뜨거웠다. 무엇보다 뜨거운 건 그 자신의 자부심이었다.

─무속은 미신!

─툭하면 굿이나 하라고 하고 부적이나 팔아먹는 종자들!

많은 사이비들 때문에 오명까지 쓰고 있는 판에 진심으로 쏟아지는 성원에 어찌 행복하지 않으랴. 미류는 오랫동안 그들을 향해 손을 흔들어주었다. 그 박수가 바람에 닿아 다 사라질 때까지.

지금 가고 있어요

'나의 몸주님!'

신당으로 돌아온 미류는 무복을 갖춰 입고 전생신을 바라보았다. 궁금한 걸 물었다.

[행운기]

새로 본 운명창이다.

"그것이 알고 싶더냐?"

전생신이 강신하며 물었다.

"예!"

"네 이미 그것의 쓰임을 알았노라."

전생신은 간단하게 대답했다. 그리고 그 말은 옳았다.

"그렇다면 그것은 언제 보이는 것입니까? 나아가 그것의 음양을 따져 액운기도 있는 것입니까?"

"시간이 지나면 네 마침내 모든 경우를 경험하리라."

전생신의 말은 간결했다.

"알겠습니다."

그의 신명을 받았다.

거실로 나와 쉬었다.

세 명에게 시도한 전생 감응.

쉬운 일이 아니었다. 그나마 다행인 것은 세 명의 전생이 극한으로 처절하지는 않았다는 것. 이제 미류도 알았다. 목숨이 오가는 전생 체험이거나 애가 녹고 타는 체험의 공유는 미류의 영적 에너지까지 바닥내어 버린다.

'그럼…….'

재미난 추측 하나가 떠올랐다. 추잡한 전생을 체험하는 게 영적 에너지에 어두운 대미지를 준다면…….

'그 반대는?'

둘이 죽고 못 사는 사람들이 있다. 어떤 집안에는 부모 자식 간이 그렇고 누군가는 친구 사이가 그렇다. 자매가 그렇기도 하고 남매가 그렇기도 하다. 혹은 이웃 간에도 혈육보다 정답게 서로를 이해하고 챙기는 사이가 있다.

'고운 사람들의 전생을 보면 영적 에너지가 충만해지는 건가?'

그럴 것 같았다. 여전히 가늠하기 힘든 전생 특허의 위력. 허튼 상상만으로도 즐거웠다.

그러나 그런 체험은 하기 쉽지 않을 것 같았다. 본래 행복한 사람은 점을 보러 오는 경우가 드물다. 점이나 사주 같은 걸 찾을 때는 주로 힘든 때이다. 본인의 힘으로 버거운 삶이기에 위로받고 기댈 곳을 찾는 것이다. 나갈 길의 점지를 묻는 것이다.

휴식을 끝내고 목욕재계를 마쳤을 때 아이가 들어섰다. 처음에는 하라인 줄 알았다. 하지만 하라가 아니었다. 어린 숙녀는 다섯 살쯤 되어 보였다. 남색 원피스를 입고 있는 그녀는 엄마의 손을 잡고 당차게 서 있었다.

"미류 법사님?"

엄마가 물었다.

"예."

"전생을 잘 보신다고 해서 찾아왔습니다. 우리 현아가 자꾸 이상한 소리를 해서요."

"내 이름은 현아가 아니고 금비예요. 그리고 절대로 이상한 소리 아니고요."

옆에서 아이가 바로 대꾸했다.

"일단 들어오시죠."

미류는 아이와 엄마를 신당으로 들였다.

"어!"

아이가 전생신 무신도를 보더니 입을 쩍 벌렸다.

"왜?"

미류가 물었다.

"저분, 어디서 본 거 같아서요."

"우리 전생신님을 어디서 봤을까?"

"꿈인가? 아니면 시장? 아무튼 본 것 같아요."

아이는 무신도 앞에서 고개를 갸웃거렸다.

"어떻게 오셨나요?"

미류가 엄마를 바라보았다.

"그게… 우리 아이가… 병원에도 가봤는데 아이가 별 이상은 없고… 지어내는 걸 좋아하는 모양이라고 하는데……."

엄마는 소리를 낮춰 말을 이어갔다.

아이의 이름은 이현아, 하지만 본인은 금비라고 주장한단다. 갓 돌을 지난 어느 가을이었단다. 욕실에서 목욕을 마치고 몸을 말린 현아가 소파에서 햇살을 받다가 갑작스럽게 말을 쏟아냈다.

"은규 씨!"

은규 씨? 돌잡이 아이가 할 말이 아니었다. 그렇다고 아빠의 이름도 아니었다. 삼촌들 이름도 아니었다. 엄마는 물론, 단 한 번도 그런 말을 가르친 적이 없었다. 하지만 아이는 하루에도 몇 번이고 그 이름을 불러댔다.

은규 씨, 은규 씨!

노래처럼 불렀다.

세 살이 되자 뒤에 다른 말이 붙었다.

─기다려요. 내가 갈게요.

말만 놀라운 게 아니었다. 그 말을 할 때면 아이의 눈에 눈물이 그렁거렸다. 아는 친척 할머니 하나가 전생을 가지고 태어난 거 아니냐는 말을 전해왔다.

전생?

엄마는 아빠와 함께 앉아 아이에게 물었다.

"은규 씨가 누구야?"

"내가 제일 좋아하는 사람."

"어디 사는데?"

"장위동."

"뭐 하는 사람?"

"대학생."

"그런데 그 사람이 우리 현아 기다리는 거야?"

"현아 아니고 금비!"

"그래, 금비 기다리는 거야?"

"응."

"어디서?"

"경희대 앞 돌담."

"왜?"

"좋아하니까."

"우리 현… 아니. 금비랑?"

"응!"

"금비는 좋겠네?"

"아니, 슬퍼."

"왜?"

"금비, 경희대 가야 해. 나 데려다줘."

아이가 부모를 바라보았다. 정말이지, 간절함이 바다처럼 출렁거리는 눈망울이었다.

"그래, 언제 아빠랑 가보자. 까짓것, 못 갈 게 뭐야?"

아빠는 아이를 안아 들었다. 하지만 가지는 않았다. 경희대는 현아가 태어난 병원이다. 그래서 아이가 어른들이 하는 말 속에서 병원 이름을 들었나 보다 넘긴 것이다.

빈도가 조금 줄기는 했지만 현아의 금비 타령과 경희대 타령은 멈추지 않았다. 어느 날 아빠는 출장길에 경희대에 들렀다. 아이가 워낙 진지했기에 혹시나 싶었던 것이다. 경희대 앞을 다 뒤졌지만 돌담 같은 건 보이지 않았다.

'후우!'

아이 머리가 이상한 건가? 한숨을 쉬며 돌아섰다. 조금 더 크면 괜찮아지겠지, 하며.

엄마의 설명이 끝났다.

"윤주하 아시죠? 제 친구예요. 그 친구가 외국으로 갈 예정이라 만나서 얘기하다가 우연히… 법사님이 전생을 잘 보신다기에……"

엄마는 걱정이 한가득한 얼굴을 숙였다. 윤주하의 친구, 말하자면 손님 소개로 온 손님이다.

"얘, 너 이름이 뭐라고?"

미류가 아이를 바라보았다.

"금비요. 황금비."

"은규 씨 찾는다고?"

"네."

"은규 씨가 누구?"

"금비가 제일 좋아하는 사람이요."

"제일 좋아하는 건 엄마 아빠가 아니고?"

"그건 현아일 때죠."

아이는 두 개의 개체를 구분하고 있었다.

"그럼 아저씨가 은규 씨가 어디 있나 확인해 줄까?"

"은규 씨는 경희대 앞 돌담에 있어요."

"알았어. 우리 금비, 잠깐만."

미류는 미소를 머금은 채 아이의 전생륜을 띄워 올렸다. 전생령은 단 하나였다. 덕분에 고르고 말 것도 없었다.

'아!'

전생령을 살피던 미류는 바로 탄식을 토했다. 전생령 속의 아이. 전생을 마치기 전의 장면부터 생생하게 보였다. 대학생이고 예쁜 옷을 차려입고 있었다. 남색 원피스였다. 가벼운 화장을 하고, 거울을 한 번 더 보고, 가방을 둘러멘 채 명랑하게 집을 나섰다.

그런데 문제가 생겼다. 차가 막힌 것이다. 앞길에 사고가 난 모양이다. 버스에서 내려 택시를 탔다. 이제 와서 지하철을 타기도 어중간한 지점이었다.

"빨리 좀 가주세요!"

금비가 재촉했다. 그러나 마음뿐이었다. 급하긴 했지만 그렇다고 택시에 날개를 달아줄 수는 없었다. 대로가 막히자 이면 도로로 몰려나온 차량도 만만치 않았다.

내려서 뛰었다. 약속 시간에 늦으면 안 되는 날이었다. 며칠 후면 그가 입대한다. 그야말로 고생 끝에 잡은 입대 일자였다. 연이어 추첨에 떨어지면서 결원 입대에 겨우 성공한 것이다.

입대에 앞서 둘이 여행을 하기로 약속했다. 상봉동에서 떠나는 마지막 버스를 타야만 했다. 그러나 2박 여정이다 보니 집에 핑계 대기가 마땅치 않았다. 그래서 조금 빡빡하게 나선 게 사달이었다.

하필이면 배터리도 아웃이었다. 어젯밤 배터리를 충전한다는 게 헛발질을 한 모양이다. 여분의 것으로 갈아 끼우고 나왔지만 게이지는 올라가지 않았다.

―미안해!

―열심히 가고 있어.

―꼭 기다려 줘.

―사랑해.

네거리만 건너면 이제 경희대로 접어드는 도로. 파란불이 깜빡거렸지만 뛰던 탄력으로 횡단을 시도했다. 그게 화근이었다.

끼아악!

허공에 급브레이크 밟는 소리가 울려 퍼졌다. 금비는 허공에 높이 떠 있었다. 목까지 차올라 따갑던 호흡이 느껴지지 않았다. 총천연색의 세상이 은빛으로 변했다.

—안 돼.

—은규 씨를 만나야 해.

금비는 앞으로만 향했다. 그제야 알았다. 자기 어깨에 날개가 돋았다는 걸. 차라리 잘된 일이었다.

약속 장소로 날았다. 서툰 날갯짓으로 퍼덕이며 날았다. 하지만 한 발도 나가지 않았다.

—안 돼.

—은규 씨, 나 지금 가고 있어.

—가고 있다고.

은규…….

그녀의 시야에 마지막으로 은규가 맺혔다. 성실한 얼굴의 청년이었다. 금비에게 더없이 정다운 연인이었다. 둘은 한 번도 싸우지 않았고, 한 번도 마음을 상하게 하지 않았다.

—우리 천생연분인가 봐.

—그러게. 사실 나 서강대 추가 붙었지만 그냥 여기로 왔는데 자기 만나려고 그랬나 봐.

—나도. 아빠가 한양대 나와서 거기 밀었는데 난 여기에 끌렸거든. 사랑해!

둘은 예쁘게 사랑했다. 어디서나 붙어 다녔지만 남들 눈살 찌푸리는 행동은 하지 않았다. 버스에서 쪽쪽 빨고 지하철에서 쪽쪽거리는 행동 따위는 하지 않았다. 둘은 그저 손을 잡고 눈빛만 보아도 행복했다. 호칭도 '은규야'에서 '은규 씨'로 바뀌었다. 둘이 함께 본 영화 때문이다. 거기에 나오는 연인이 부르는 호칭이 마음에 들었다. 어쩐지 배려가 엿보인다고 생각한 것이다.

돌담이 보인다. 선명했다.

"……!"

미류는 가슴뼈에 멈춰 있던 숨을 몰아쉬며 전생 감응을 끝냈다.

'후우!'

"잠깐 볼까요? 금비는 거기 잠깐 있고."

미류는 아이 엄마를 마당으로 불러냈다.

"나쁜가요?"

지레짐작한 엄마가 물었다.

"그건 아니고요."

"……."

"저 아이, 금비가 맞네요."

"예?"

엄마의 눈이 쏟아질 듯 휘둥그레졌다. 미류는 전생에서 읽은 금비의 생을 말해주었다.

"금비가… 맞다고요?"

엄마가 떨리는 목소리로 물었다.

"현아… 어디에서 낳으셨나요?"

"거기 경희대 병원……."

"시기로 보아 사고 직후… 며칠 만에 현아의 생으로 태어난 거 같습니다."

"무슨 말도 안 되는!"

엄마가 목청을 높였다.

"아무리 전생이라는 게 있다고 해도 그럴 수가 있어요? 그럼 금비라는 대학생이 죽으면서 그 영혼이 현아 태아로 들어왔단 말이에요?"

"전생령으로 봐서는……"

"이봐요, 당신 정말 사기꾼이군요? 다음은 뭔가요? 몇천만 원짜리 굿을 해서 우리 현아 속에 든 전생 귀신 쫓아내야 한다? 아니면 부적?"

"어머니."

"복채 먹고 떨어지세요. 그리고 양심껏 해요. 기가 막혀서……"

엄마는 신당으로 들어가 아이를 안아 들었다.

"하! 전생신 좋아하시네. 어디서 기생오라비 같은 그림 하나 붙여 놓고는……"

흥분한 엄마의 입에서 막말이 나왔다. 몸주에 대한 모독. 미류는 그것만은 참을 수 없었다.

"성심껏 봐드렸건만 말씀이 너무 심한 거 아닙니까?"

미류의 목소리에 힘이 들어갔다.

"됐거든요. 그럼 경희대 근처에 돌담이 왜 없어요? 당신도 보고 우리 아이도 말하는 그 돌담이 왜 없냐고요? 하나를 보면 열을 알지."

"어머니가 말하는 돌담은 어떤 돌담입니까?"

"아, 한국 사람 아니에요? 담도 몰라요? 돌로 만든 담!"

엄마의 역정은 수그러들지 않았다. 그 흥분 사이로 미류의 목소리가 들어갔다.

"미안하지만 금비가 말하는 돌담은 그런 담이 아닙니다. 카페 이름이지요."

"뭐라고요?"

"맞아. 돌담은 카페야. 예쁜 카페!"

품에 안긴 아이도 또렷하게 말했다.

"아, 됐어요, 됐어. 어떻게든 사기 치려고 애한테 맞추기는……"

"어머니!"

"왜요?"

계속 쏘아보는 아이 엄마.

"말씀 삼가세요. 사기? 그렇게 못 믿으시겠으면 확인시켜 드리죠."

미류는 오기가 발끈 작동했다.

어리석은 중생은 그저 눈으로 봐야 믿는 법!

· ● ·

택시가 경희대 앞 도로를 돌았다. 안에는 미류와 아이, 그리고 엄마가 타고 있다. 멀리 경희대 안내판이 보일 때다. 아이가 까치발을 하고 뒷좌석에서 일어섰다.

"나 여기 알아요!"

아이가 소리쳤다.

"앉아! 다쳐!"

엄마가 아이를 눌렀지만 아이는 오히려 그 손을 뿌리쳤다.

"아저씨, 저기 편의점 앞에요! 저기다 세워주세요!"

이제는 장소까지 지정하는 아이.

택시가 멈추자 아이는 엄마 허리를 비집고 먼저 내렸다.

"애!"

엄마가 부르지만 막무가내다. 아이는 쓰러질 듯 뒤뚱거리며 골목으로 내달렸다. 그러다 20여 미터쯤 멀어지고서야 걸음을 멈췄다.

"......!"

그 앞의 간판을 바라본 엄마, 휘청 중심이 흔들리는 게 보인다. 간판의 이름이 또렷하게 보였다.

〈돌담〉

아이가 말한 그 돌담이다.

"여기야!"

아이가 카페를 가리켰다. 그리고 또 혼자 안으로 뛰었다.

"이제 아셨습니까?"

가게 앞에서 미류가 말했다. 엄마는 대답하지 못했다. 가게 간판 앞에서 심장이라도 멈춘 표정이다. 미류를 향한 미안함과 실존하는 돌담에 대한 당혹감 때문이다.

안으로 들어선 아이는 주위를 둘러보았다. 카페에는 아무도 없었다. 그도 그럴 것이 오전이었다. 들리는 건 안쪽에서 새어 나오는 물걸레질 소리뿐이다.

아이는 창가 테이블 앞에서 울먹거렸다. 그때 안에서 사람이 나왔다.

"어, 너 누구야? 여긴 꼬마 아가씨가 들어오는 데가 아닌데?"

울먹이던 아이가 고개를 들었다. 소리의 주인공을 확인한 아이가 천둥처럼 소리쳤다.

"은규 씨!"

"응?"

"은규 씨!"

아이는 한달음에 달려가 청년의 다리를 안았다.

"우와! 너 누군데 내 이름을 알아?"

청년이 자세를 낮추며 물었다.

"미안해. 나 이제 왔어."

아이의 눈에서 눈물이 핵폭발로 터졌다. 두 손으로 받을 수 없을 만큼의 홍수였다.

"……!"

입구에서 그 광경을 본 엄마는 또 한 번 넋이 나가 있었다.

"엄마 잃어버렸니? 아저씨가 도와줄 테니까 뚝!"

청년이 아이의 눈물을 닦으며 말했다.

"아니, 나 금비야. 금비라고."

"……?"

이번에는 청년의 넋이 나가는 게 보인다.

이름 한마디가 시작이었다.

"금… 비?"

"미안해. 차가 막혔어. 그래서 오다가……."

"트럭에?"

그 말은 아이와 청년이 동시에 했다. 청년은 그 말에 또 한 번 눈을 뒤집었다.

"미안해."

아이는 청년의 다리를 부여잡고 눈물을 쏟아냈다. 황망한 청년은 망연자실해 아이를 바라볼 뿐 말을 잇지 못했다. 그 앞에 미류가 등장했다. 미류 역시 콧날이 시큰해 말을 잇지 못하기는 크게 다르지 않았다.

전생!

그로 인한 인과와 사연. 처음 겪는 것도 아니다. 하지만 이건 달랐다. 자신의 전생을 상당수 기억하고 있는 아이였다. 그녀가 기억하는 전생의 남자를 현실에서 만나 버린 것이다.

"미류라고 합니다."

미류가 조용히 말했다.

"……."

청년은 거친 숨을 쉴 뿐 대꾸하지 않았다.

"당신이 은규 맞나요?"

"그렇습니다만……."

"당신이 사귀던 여자가 금비 맞나요?"

"그렇습니다만……."

"5년 전에 이 카페 앞에서 만나기로 한 거 맞나요?"

"그렇습니다만……."

"금비가 당신과 입대 전 여행을 가려고 만나러 오다가 트럭에 치여 숨진 것도 아니요?"

"그렇… 습니다만……."

"맙소사!"

"당신은 누구죠? 그리고 이 아이는요?"

"나는 전생점을 보는 사람입니다. 그리고 그 아이는… 뭐라고 설명하기 어렵지만 금비 양의 환생입니다."

"……!"

청년이 비틀거렸다. 미류는 청년의 손을 잡아주었다.

"잠깐 앉아서 얘기할까요?"

미류가 테이블을 가리켰다.

네 사람이 빈 테이블에 앉았다. 미류와 아이 엄마가 한쪽에 앉고 청년과 아이가 같이 앉았다. 아이는 청년 팔뚝에 달라붙어 떨어지지를 않았다.

"그러니까 이 아이가 말을 할 수 있을 때부터 계속 제 이름을 불렀다고요?"

미류의 설명을 들은 은규가 물었다.

"그렇다고 하는군요."

대답은 미류가 했다. 엄마가 사시나무처럼 떨고 있었기 때문이다.

"믿을 수가 없군요. 금비하고 크게 닮은 얼굴도 아닌데……."

"그런데 은규 씨는 어떻게 지금까지 여기에……?"

"그게……."

담담하던 은규의 눈가에도 끝내 물기가 서렸다. 청년은 감정을 조절한 후 다시 말을 이었다.

"그날… 나는 자정 무렵까지 금비를 기다렸어요. 트럭 사고 소식은 그다음 날 들었죠. 아무리 기다려도 오지 않아 화가 많이 났어요. 나를 사랑한다더니 내가 군대에 간다니까 고무신 거꾸로 신는구나. 전화도 꺼져 있고 문자도 답이 없고… 정말이지, 배신을 때려도 이렇게 때리나 어이가 없었죠."

"……."

"다음 날 뉴스를 보고 금비에게 사고가 난 걸 알았어요. 병원으로 달려갔더니 금비 부모님이 그래요. 금비가 공중에 떴다가 추락해서도 경희대 쪽으로 몇 번을 기었다고. 간절하게 기었다고. 그제야 알았어요. 내가 얼마나 나쁜 놈인지. 금비는 죽어가면서도 내게 오려고 애썼는데 그것도 모르고 화를 내고 있었으니……."

은규의 어깨가 떨리고 있다. 그러자 아이가 물컵을 밀어주었다.

"장례식 후부터 매일 돌담에 왔어요. 믿겨지지 않았죠. 기다리면… 금비가 올 것만 같았어요. 비가 오면 우산을 쓰고, 눈이 오면 흰 눈을 따라……."

"……."

"학교를 졸업하고 취업한 후에도 퇴근 후면 빠짐없이 들렀어요. 그러다 이 카페가 임대로 나오길래 제가 인수했어요. 여기서 금비를 기다리려고요."

맙소사!

미류는 또 한 번 그 단어를 곱씹었다. 금비의 신속한 환생. 그건 우연이 아닌 모양이다. 이 생에서 이토록 애달프게 기다리는 사람이 있어서 그런 것이었다.

"나는 믿을 수 없어요."

듣고 있던 엄마는 고개를 저었다. 잠시 후 아빠가 합류했다. 엄마의 전화를 받고 달려온 것이다. 아빠 역시 넋을 놓기는 다르지 않았다.

"그러니까 청년이 우리 현아 전생의 연인?"

"현아 아니고 금비예요."

청년의 곁에서 아이가 또렷하게 강조했다.

"좋아요, 좋아. 여기 전생 전문 법사님도 계시고 내가 못 찾은 돌담도 있고, 다 좋다 이거예요. 하지만 이것만으로는 전생이라는 걸 인정할 수 없어요. 그럼 나는요? 나는 뭐의 후생입니까? 청년은? 제 와이프는? 그리고 법사님은요?"

아빠는 숨도 쉬지 않고 의견을 피력했다.

당연한 일이다. 전생을 가지고 태어난 사람이 모두 자신의 전생을 기억하는 건 아니기 때문이다.

결국 미류의 제안으로 확인 작업에 들어갔다. 미류는 전생령으로 확인한 그녀의 정보에 대해 일언반구도 내색하지 않았다.

"현아야!"

검증자로 아빠가 나섰다.

"금비라고요."

"그래, 금비. 이제 은규 씨 만나서 좋겠구나."

"응!"

"그래, 그래. 그럼 말이지, 은규 씨에 대해 아는 대로 말 좀 해줄래? 그러면 아빠, 엄마가 네 말 믿어줄게. 네가 금비라는 거 말이야."

"은규 씨?"

"응."

아빠의 목으로 마른침이 힘겹게 넘어갔다.

"은규 씨는 착해. 나를 좋아하고."

"오케이. 또?"

"공부도 잘하지."

"그런 거 말고, 예를 들면 별명이나 특징 같은 거. 뭘 좋아하는지, 아니면 싫어하는지."

"그런 건 잘 생각 안 나는데?"

아이는 고민스러운 듯 고개를 갸웃거렸다. 아빠가 미류를 바라보았다. 설명해 달라는 눈빛이다.

"전생이란 하나의 기억이에요. 전생을 기억한다고 해서 그 생의 모든 걸 기억하지는 못합니다. 꿈이라고 보면 간단하죠. 두 분도 그렇잖아요? 꿈은 시간이 지나면 잊어버리게 되지요."

미류가 설명할 때 아이의 입이 열렸다.

"무좀!"

"무좀?"

"응, 발가락 무좀. 그래서 웃긴 양말 신고 다녔어."

"……?"

아빠가 청년을 바라보았다.

"맞아요. 금비 만날 때 발에 무좀이 있어서 발가락 양말을……."

청년이 설명했다.

"다른 건? 잘 생각해 봐."

"은규 씨 아빠 이름 오창만, 엄마 이름 채가영."

"……?"

이번에도 아빠의 시선이 청년에게 옮겨갔다.

"맞아요. 제 부모님 이름."

"또 있어. 은규 씨 타는 버스 201번, 도서관 자리 288번, 전화번호 뒷자리 0516."

"……."

"잘 먹는 건 치킨, 못 먹는 건 낙지."

"……!"

이번에는 청년도 함께 자지러졌다. 모든 것이 사실이었다. 뒷자리 번호 0516은 지금도 여전히 쓰고 있었다.

"또 하나 있는데 그건 비밀."

금비는 야무지게 입술을 다물었다.

"뭔데?"

"안 돼. 비밀이야. 다른 사람에게 말하지 않기로 약속했는걸."

생글거리는 금비의 시선이 청년의 배로 향했다.

"으아악!"

청년은 절규를 터뜨리며 아이를 와락 끌어안았다.

"금비 맞네요! 애, 진짜 금비예요!"

청년이 배를 보였다. 비밀은 그의 배꼽이었다. 다른 사람에 비해 갑절이나 커서 툭 불거져 나와 있다.

"아아!"

결국 아빠도 현기증을 일으키고 말았다. 시간이 지나면서 검증은 하나둘 늘어났다. 그리고 그것은 대개 다 맞아떨어졌다.

"이제 그만 일어나야겠네요."

미류가 말했다.

"이렇게 가시면 우리 현아는?"

"그보다 먼저 선행되어야 할 일이 있습니다."

"무슨?"

"복채요. 출장비를 따로 계산해 주셔야겠습니다."

"예?"

"아까 제게 하신 행동 기억 안 나십니까?"

"아, 아까는 죄송했어요."

"좀이 아니죠."

미류의 눈빛은 단단했다. 미류는 자원봉사자가 아니다. 그렇다고 이런 일로 한밑천 잡을 생각도 없었다. 등가교환이다. 확실하게 전한 신빨의 대가를 바랄 뿐이었다.

"죄송합니다. 여기……."

엄마가 봉투를 만들어 내밀었다.

"궁금한 게 뭡니까?"

봉투를 받아 든 미류가 물었다.

"우리 현아… 저 아이는 현아인가요, 금비인가요?"

"아이가 기억하는 전생이 제법 또렷합니다. 하지만 시간이 지나면서 조금씩 퇴색하게 될 겁니다."

"그럼?"

"무작정 막지 마시고 청년과 가끔 만나게 하는 것도 괜찮다고 봅니다."

"그래도 괜찮을까요?"

"그냥 전처럼 아이를 대하세요. 전생을 기억한다고 해도 저 아이는 현아입니다. 예를 들어 공자가 어머니 아들로 환생했다고 해서 공자로 사는 건 아니니까요."

"그 말을 들으니 마음이 놓이네요."

"정 문제가 생기면 찾아오세요. 망각부 같은 부적은 그냥 드릴 테니까요."

"아무튼 오늘은 정말 결례가 많았어요. 너무 고맙습니다."

"괜찮습니다."

미류는 깍듯이 예를 갖추고 나왔다.

전생.

생각할수록 신기한 인과의 그물.

그 그물은 오늘도 저 많은 인파와 얽히고설키며 희로애락을 수놓고 있었다.

따지고 보면 다 미류의 예비 고객들로 돈맥이었다.

돈맥.

그 가운데 멈췄다. 이제는 신빨 날리는 미류. 전생점 특허는 믿어 의심할 필요가 없었다. 꿀 빨게 해준다는 말 또한 유효했다.

그렇다면 큰 그림을 그려야지.

그저 분주하게 점사만 뽑아대며 살 것인가? 꿀 속에 빠져 배부른 개돼지가 될 것인가?

아니지.

미류도 꿈이 있는 사람이었다.

톱스타 송화요

집으로 돌아왔다. 신당에 들어서니 방석 위에 놓인 복채가 보인다. 아이 엄마가 두고 간 복채였다. 추가로 받은 것까지 합쳐 신단 위에 놓았다. 전생신의 무신도가 눈에 들어온다. 미류는 겸허해졌다.

전생…….

'정말이지, 상상 불허로군요.'

죽어서 환생한다는 말은 이미 티베트의 라마승과 알래스카 부족의 예에서 들은 일. 하지만 막상 겪고 보니 혀를 내두르는 미류였다.

─죽을 때 아예 다시 태어날 것을 예언하는 사람들.

─자신이 다시 태어날 부모의 이름을 지정하는 사람들.

─그 증거로 죽기 전의 흉터를 그대로 달고 나오는 사람들.

이제는 믿지 않을 수 없는 일이었다.

처음 미션으로 지나간 맛보기 전생 파워.

그리고 이어진 미류 자신의 강신 파워.

재벌의 회장부터 임용고시생, 라이벌 중역과 타로에 대한 응징, 그리고 방금 끝내고 온 기묘한 환생까지.

이제 미류는 완전한 특허권자였다.

특허!

게다가 무늬만 특허인가? 아니다. 무려 사람의 인생을 뒤바꿀 수도 있는 특허였다.

정갈한 마음으로 붓을 들었다. 무신도를 끝내려는 것이다. 마무리 몇 군데와 눈을 그리니 석채화가 완성되었다. 나름 길고도 긴 과정이었다. 엄숙히 예를 갖춘 후 삼색 무신도를 걸었다. 신당이 꽉 차는 것 같다.

"몸주님!"

미류가 접신을 했다.

"네 정성이 갸륵하구나."

전생신 목소리가 들려왔다.

"마음을 다할 뿐입니다."

"공수를 내릴 때도 석채를 그리듯 하라."

"명심하지요."

미류의 입가에 미소가 스쳐 갔다. 스스로 생각해도 만족스러운 무신도였다. 게다가 자신만이 모시는 신이 아닌가.

"몸주님!"

"듣고 있노라."

"진정한 자아 완성은 무엇입니까?"

"인간의 과업은 저마다 다르니 정하여 말할 수 없노라."

"저는 어떤 길을 가야 합니까?"

"네 길은 이미 네 마음속에 있노라."

전생신은 긴말 없이 멀어졌다.

내 마음속.

미류는 마음을 들여다보았다. 철없는 애동일 때 미류는 생각했다.

'왜 어디 가서 떳떳하게 직업을 말할 수 없는 걸까?'

나는 무속인 오상준이다!

'무속은 민족 신앙이라면서 왜 변변한 신당 하나 없는 것일까?'

불교나 천주교, 기독교과 이슬람교 등은 대표적인 성전이 있다.

'무속은 왜 민족 신앙의 맥을 잇지 못하고 흥밋거리로 전락하고 있는 걸까?'

세 가지를 돌아보면 역시 강신과 공수 때문이었다. 신이 내리면 신의 대행자가 되는 무당. 그러나 그 오싹한 신기 때문에 꺼리는 사람이 많았다.

보통 한 분야가 발전하는 계기가 있으려면 그 분야에서 대성하는 사람이 나와야 한다. 돌아보면 다른 종교는 그랬다. 그 시대를 이끄는 지도자가 나오고, 그 시대를 어루만지는 성자가 나왔다.

무속도 그렇기는 했다. 하지만 대중 속에서 멀어지면서 무속인만의 위안으로 끝났다. 세파에 얼룩지면서 진정한 만신조차 경쟁자들의 헐뜯기 대상이 되었다.

미류의 피가 뜨거워졌다.

무속의 침체기는 길었다. 바꿔 말하면 땅바닥을 찍고 올라갈 때가 되었다.

국민의 존경을 받는 무속인.

국민의 정신적 지주가 되는 무속인.

그런 사람이 필요했다.

그 뒤로 부록이 따라붙었다.

모든 무속인의 긍지가 되는 무속 성전 설립.

지속적인 사회봉사로 무속 이미지 고양.

첫 번째는 쉽지 않았다. 국민의 정신적 지주가 되려면 무속과 함께 철학에 경륜까지 갖춰야 한다. 독불장군은 없으니 정계, 재계, 학계, 관계, 문화계, 예술계의 인맥도 넓혀야 한다. 성전도 마찬가지다. 타 종교 수준의 성전을 짓거나 지속적 사회봉사를 하려면 천문학적인 돈이 들어가야 한다.

모두 예전에는 꿈도 꾸지 못할 이야기들.

그런데 지금은 달랐다. 왠지 그게 요원해 보이지 않았다. 왜냐고? 미류에게는 특허가 있기 때문이다. 지상 모든 인간의 전생을 아우를 수 있는 전생 특허.

'표승 선생님 뵈면 자세히 상의해 봐야겠어.'

미류는 마음을 정했다. 사욕이 아니라 무속의 부흥을 위해서였다. 혼자만 잘 먹고 잘살면 무슨 재미인가? 투잡, 쓰리잡을 하면서도 신제자로서 꿈을 키워가는 애동제자들에게도 힘이 될 일이었다.

사락사락!

지화를 접었다. 그때 골목에서 쾅 하는 소리가 들려왔다. 이어 운전자들의 고함 소리가 높아졌다.

"아니, 이 여자들이 정신을 어디다 두고 운전하는 거야?"

접촉 사고가 났다. 한쪽의 운전자가 여자였다. 미류는 혹시나 다친 사람이라도 있나 싶어 현장으로 다가섰다.

"……?"

사고 현장을 본 미류는 두 번 놀랐다. 우선은 차 때문이다. 덩치만 큰 고물 그랜저가 앞차 옆구리를 박았다. 앞차는 조금 작지만 가격이 만만치 않은 외제 차. 그랜저에서 노년의 남자가 내리는데 후줄근한 폼이 막일하는 사람으로 보인다.

사태를 모르는 노년의 남자는 삿대질로 자신의 과실을 묻으려 하지만 여자들은 상대도 하지 않고 보험회사를 연결했다.

두 번째 놀란 건 여자 때문이다.

'송화요?'

설마?

미류는 눈을 의심했다.

조각 몸매로 텔레비전 광고에 나와서 한국 남자들의 시선을 용광로처럼 달군 여자, 그 송화요가 맞았다. 지난번과 달리 캐주얼 차림임에도 도드라진 몸매와 미모는 숨겨지지 않았다. 오죽하면 그녀의 광고 사진을 들고 가는 팬들까지 등장했을까?

그녀 옆의 여자는 수나였다. 톱스타는 아니지만 역시 방송에서 심심치 않게 보던 연예인이다.

시내나 젊은 사람이 많은 곳이었다면 팬들로 난리가 났을 일. 그나마 뒷골목이라 조용히 넘어가나 싶었는데 그건 아니었다. 골목 반장 타로가 그 광경을 본 것이다.

"어, 인기 스타 송화요 씨?!"

타로는 비명부터 내질렀다.

"혹시 점 보러 오셨습니까?"

추파까지 던지지만 화요는 눈길조차 주지 않았다.

신경 끄세요!

딱 그 태도였다.

그제야 미류를 의식하는 타로. 오지게 당한 기억이 남았는지 슬그머니 자기 가게로 들어가 버렸다.

보험회사 직원이 도착했다. 두 사람이었다. 노년의 남자는 핏대를 올렸지만 그가 부른 보험회사 직원은 사색이 되어 있었다.

"······!"

노년의 남자도 기어이 죽상이 되었다. 직원의 귀띔을 들은 것이다.

"이 양반들아, 그런 게 어디 있어? 저건 살짝 파인 것뿐인데."

직원들이 도출한 결론은 가해자 과실 8 대 2. 잠정 수리비만 해도 2,800만 원을 물어줘야 하는 것으로 나온 것이다. 남자의 핏대는 더 치솟았다. 자기 보험회사 직원의 태도 때문이다. 이 인간, 오히려 저쪽 여자들에게 더 친절하지 않은가?

"저분, 톱스타 송화요예요. 모르세요?"

직원이 남자에게 속삭였다.

"몰라. 화요고 나발이고."

남자는 타이어를 걷어찼다. 적당히 우겨서 때우려 하다가 임자를 제대로 만난 것이다.

"다행인 줄 아세요. 두 분이 다친 데는 없다잖아요."

"당신 대체 누구 편이야?"

직원의 과잉 친절에 가해자가 폭발하고 말았다.

'풋!'

미류는 웃음이 나왔다. 사고는 그렇게 수습되었고, 미류는 신당으로 돌아갔다. 견인차와 보험회사 직원들까지 떠나고 나니 남은 건 두 여자뿐이다.

"이 매니저가 차 가지고 온다며? 언제 온대?"

수나가 화요에게 물었다.

"한 30분 넘게 걸린다네요."

"그럼 가까운 데 가서 차나 마시면서 기다리자."

수나가 먼저 걸음을 옮겼다. 화요가 그 뒤를 따랐다. 화요의 시야에 미류의 신당 깃발이 눈에 들어왔다.

(전생방)

작은 안내판도 합세해 '나 좀 보세요' 하며 시선을 끌었다.

"어머, 여기 전생점 보는 곳인가 봐?"

화요가 걸음을 멈췄다.

"······??"

"언니, 우리 차 마시지 말고 차라리 전생점이나 볼까? 재미있을 거 같지 않아?"

"재미는 무슨… 여기 보니까 다 점집 같은데."

수나의 목소리는 생기가 없었다.

"이리 와봐. 차 마시러 가봤자 사람들 몰려오면 피곤해질 거 뻔하잖아. 그냥 여기서 시간 때우고 있자고."

화요가 수나를 끌었다. 미류의 전생방이다.

"안녕하세요?"

마당에 들어선 화요가 신당을 향해 기척을 냈다.

"무슨 일로 오셨죠?"

미류가 나왔다.

"여기 도사님이세요?"

"도사까지는 아니니 법사라고 불러주세요. 여기가 제 신당인 건 맞습니다."

"전생점 좀 보려고요. 지금 돼요?"

말투마다 자신감과 매력이 묻어나는 화요. 그에 비해 수나는 시름으로 똘똘 뭉친 표정이다.

톱스타의 방문.

이건 사실 절호의 기회였다. 사진 찍고 사인부터 받아 거는 무속인도 있었다.

〈유명 연예인 누구누구가 다녀간 집〉

최소한 중박은 날 수 있다. 그렇기에 타로도 작업을 걸었던 것이다. 미류 역시 전 같으면 큰절을 해서라도 그녀가 다녀갔다는 증거부터 만들 판. 하지만 그러지 않았다. 이제는 대통령이 온다고 해도 그저 한 사람의 손님일 뿐이다. 미류를 통해 전생신의 공수를 받는.

"어머, 분위기 완전 독특해."

신당에 들어선 화요가 주위를 살피며 말했다.

"어느 분이 보시겠습니까?"

미류가 물었다.

"우리 언니요!"

화요가 대답했다.

"너나 봐. 내가 이런 거 봐서 뭐하겠어."

수나는 여전히 시들거렸다. 세상을 다 내려놓은 듯한 말투다.

"내 말 듣고 한번 봐. 누가 알아? 언니도 이제부터 쨍 하고 해 뜬다고 나올지."

화요가 봉투를 밀어놓았다. 수나는 마지못해 동의했다.

'유명인들의 전생이라…….'

미류도 궁금했다. 그래서 전생령부터 띄웠다. 운명창은 보지 않았다. 가볍게 수나의 머리 위를 더듬는 미류 손에서 어슴푸레한 연기가 배어 나왔다.

"……!"

옆에 있던 화요의 눈이 동그래지는 게 보인다.

수나의 전생령이 보인다. 참담했다. 이 여자는 네 번의 전생 모두 자살로 목숨을 마감했다. 네 번 다 나름 노력을 했다. 하지만 성공은 여자를 외면했다. 그게 몇 차례 거듭되면 삶을 포기했다. 두 번은 나무에 목을 달고, 또 한 번은 물에 뛰어들었다. 나머지 한 번은 장군의 부장으로 전장에 나갔다. 그리고 절대적으로 유리한 상황에서 대패를 당했다. 치욕이라 생각한 그는 단신으로 적진에 뛰어들어 자살에 가깝게 삶을 마감했다.

'자살 윤회를 업으로 안고 태어난 생?'

미류가 번쩍 두 눈을 떴다.

'하아!'

안타까운 굴레였다. 숨을 고른 미류가 수나의 운명창을 띄웠다.

[건강운 中中 44%]

"……?"

나빴다. 수치가 나쁜 게 아니었다. 그녀의 건강창 안에 낀 어두운 느낌. 오장육부를 다 가리고 있으니 죽음에 가깝다는 뜻이다.

"우리 언니 어때요?"

화요가 결과를 물었다.

"이분이 수나 씨죠?"

"어머, 법사님도 드라마 보세요?"

그 또한 화요가 물었다.

"그럼요. 팬인걸요."

맘에 없는 소리를 해주었다. 한두 번 화면에서 보기는 했지만 그렇다고 큰 관심은 없는 미류였다. 11년 전 이때, 미류는 소득 없이 바쁜 시기를 보낼 때였다. 윤회에게 이끌려 '성냥팔이 소녀의 재림'과 '지구를 지켜라' 같은 걸 보기는 했지만 별 느낌은 없었다.

"우리 언니 전생에 뭐였어요? 공주? 왕비? 시녀?"

한 무릎 더 다가앉는 화요. 상체가 기울자 가슴의 볼륨이 탄력 있게 출렁거린다.

'시험에 들게 하지 마소서!'

미류는 화요의 몸매를 애써 외면하며 이야기를 시작했다.

"저분… 왕궁의 유명한 요리사였네요."

요리사.

수나의 전생령 중의 하나이다. 프랑스 동부 지방에서 남자로 태어나 왕의 요리사로 일했다. 이름은 바렌.

당시 그가 모시던 왕은 미식가였다. 여러 나라의 국왕을 초대한 자리에서 자신의 요리사들을 극찬하게 되었다. 그때 러시아 황제가 제안을 해왔다.

"요리 대결 어떻소?"

프랑스 왕은 기꺼이 그 청을 받아들였다. 엄청난 황금을 내기로 걸었다. 그리고 국빈들 앞에서 호언장담했다. 자신의 요리사가 무조건 이길 거라고.

그는 마음의 준비를 마쳤다. 하지만 그는 그 배틀에 나가지 못했다. 왕이 다른 요리사를 지명한 것이다. 그의 요리가 독특하기에 다른 요리사를 내세운 것이다.

결과는 러시아 요리사의 일방적인 우위였다. 러시아의 음식 문화는 당시 프랑스와는 비교도 되지 않을 만큼 압도적이었다.

망신을 당한 왕은 앓아눕고 말았다. 수나의 전생도 함께 앓아누웠다. 그에게는 더없는 큰 치욕이었다. 왕의 인정을 받지 못했다는 걸 알게 된 것이다. 스스로 궁을 나온 요리사는 초야를 방랑하다 스스로의 무게를 이기지 못하고 폭포 위에서 몸을 날려 새가 되었다.

"어머, 그래서 언니가 요리를 잘하는구나? 언니, 왕궁 요리사였대."

대답은 여전히 화요의 입에서 나왔다. 여전히 별 감흥이 없는 수나였다.

"전생을 보여드리죠."

미류는 요리사 전생령을 뽑아 그녀의 정수리로 밀어 넣었다. 무덤 덤하던 수나의 몸이 움찔하며 반응했다.

다닥다다닥!

주방이다. 네모난 푸줏간 칼이 춤을 춘다. 빛나는 수련기였다. 온 갖 고초를 겪으며 수련했다. 때로는 독초도 맛보았고 때로는 재료 배 합을 잘못해 열흘 넘게 배탈 사투를 벌이기도 했다. 그 수련이 오롯 이 쌓여 왕궁 요리사가 되었다.

사실 그는 그때 넘버원 자리를 원하지 않았다. 스승이 폐를 버려 일찌감치 낙향하는 바람에 졸지에 왕궁 주방을 떠맡게 된 것이다. 대우도 스승에 미치지 않았다. 그래도 불평하지 않았다. 왕이 원하 는 그 어떤 요리라도 묵묵히 만들어 바쳤다.

그때의 그 과정들…….

사각사각!

토닥토닥!

보글보글!

썰고, 자르고, 끓이고, 구워내던 그 땀방울. 그녀는 자신에게 주어 진 일에 충실했다. 언젠가는 최고의 맛을 만들 거야. 나만의 맛을 만 들 거야. 러시아의 요리까지도 평정하는…….

'여기까지만!'

거기서 전생령을 뽑아냈다. 더 진행되면 자살 장면이 나오기 때문 이다. 정수리에 안개가 살포시 서리나 싶더니 수나는 전생의 감응에 서 깨어났다.

"……?"

수나가 고개를 들었다. 눈이 자두만 하게 커져 있다. 생생한 전생이 믿기지 않는 모양이다.

"내가… 진짜 프랑스 요리사……?"

그녀는 자기 손을 바라보았다.

"이름은 어떤가요? 낯익지 않나요?"

미류가 물었다.

"그러고 보니… 바렌, 어디서 들어본 거 같아요."

"바렌? 그거 언니 집에 있는 프랑스 고전 요리 사전에 나오는 이름이잖아? 괜히 그 이름 끌린다고 별표도 쳐놓고선."

화요가 나서서 그녀의 기억력을 상기시켜 주었다.

"어머, 그러고 보니… 아까 그 왕도 거기서 본 것 같아?"

수나가 고개를 돌렸다. 미류 방의 컴퓨터 쪽이다. 미류는 그녀의 의도를 알았다. 미류의 수락을 받은 수나가 컴퓨터를 켜고 검색을 했다. 프랑스의 왕 초상화가 떠올랐다.

"어머!"

수나는 사색이 되었다. 그녀가 방금 전의 전생에서 본 왕의 초상이 거기 있었기 때문이다.

"어머, 어머!"

수나는 전생점의 신빨에 놀라 벌벌 떨었다.

"당신의 전생은 환상이나 착각이 아닙니다."

다시 신당에서 미류가 말했다.

"……."

"그리고 그 전생에서 당신은 정말 열심히 살았습니다. 아마 지금도 그렇겠죠."

"그럼요. 우리 언니, 다들 몰라서 캐스팅 안 하는 거지 연기력 공부는 누구도 못 따라가요."

화요가 부연을 했다.

"얘는⋯⋯."

"수나 씨의 전생은 꽃 피기 전에 스러지는 카르마를 여러 차례 반복하고 있습니다."

"어머, 그래서 우리 언니가 못 뜨는 거예요?"

다시 화요의 목소리.

"영향이 있지요."

"그럼 어떻게 하면 뜰 수 있죠? 부적 같은 거 쓰면 되나요?"

또 화요였다.

"부적은 필요 없습니다. 마지막만 거꾸로 뒤집으면 뜰 수 있을 겁니다."

"그게 무슨 소리예요?"

화요가 미류를 바라보았다.

어쩐다?

전생신을 돌아보았다. 점사를 내리려면 자살 인과를 감출 수 없었다. 그렇기에 조심스러운 미류였다. 미류의 마음을 읽었는지 공수가 바로 내려왔다.

'피하지 마라!'

신의 공수!

어찌 피할 것인가?

끄덕 고갯짓을 한 미류는 그녀의 인과를 그대로 들려주었다.

"수나 씨의 전생은 큰 장벽을 만나 자살을 했습니다. 그것만 극복했다면 일찍이 프랑스 요리의 대가가 되었을 겁니다. 그러니까 지금 만약!"

거기까지 말하고 수나에게 시선을 맞추었다. 놀란 그녀가 고개를 숙였다.

"수나 씨가 자살을 생각하고 있다면 뜰 날이 다가온 겁니다. 그 마음을 뒤집으세요. 자살을 거꾸로 해서 '살자'로 바꾸면 빛이 내리기 시작할 겁니다."

"언니, 설마 자살 생각했어?"

놀란 화요가 수나의 손을 잡았다.

"……?"

"그래서 나보고 느닷없이 시간 내라고 한 거야? 나한테 마지막으로 잘해주고 죽으려고?"

"흑!"

침묵하던 수나가 무너졌다.

"언니……"

"미안해… 미안해……."

수나가 흐느끼기 시작했다. 미류는 화요에게 눈짓을 보냈다. 울게 그냥 두라는 의미다. 그녀는 울어야 했다. 울어서 죽겠다는 생각을 눈물 속에 빠뜨려야 했다. 그렇지 않으면 십중팔구 그녀는 자살을 택할 것이다. 전생과 운명창 두 가지에서 엿본 것이니 비껴갈 수도 없었다.

"실은……."

한참을 운 수나가 품에서 약병을 꺼내놓았다.

"그동안 잘해준 너한테 신세 갚고… 너 서울로 올려 보내고 난 후 죽을 생각이었어."

"언니, 미쳤어? 그래서 나한테 평생 먹고 싶은 요리 다섯 가지 해준다며 같이 가자고 꼬신 거야?"

"그래도 나 챙겨주는 건 너뿐이었으니까."

"말도 안 돼. 그럼 나는 어떡하라고!"

"법사님!"

수나가 미류를 바라보았다.

"예."

"저 정말 전생에서도 자살했어요?"

"……"

"궁금해요. 정말 그때도 패배자로 살았는지……."

"눈을 감으세요."

미류가 주문을 던졌다. 이미 언질을 준 상황. 그렇다면 충격은 완화되었을 것이다.

수나가 눈을 감자 아까 보던 전생령의 뒷부분이 이어졌다. 시름에 겨운 방랑 요리사였다. 지치고 초라한 모습이다. 폭포 위로 올라간 그는 저 아래의 용소를 바라보았다. 그리고 시든 나무토막처럼 용소로 곤두박질쳤다.

―안녕!

―고단한 내 인생!

"……!"

다시 수나가 눈을 떴다.

눈물 없이도 아까보다 더 떨고 있다. 그건 몸서리였다. 삶의 역경에 도전하지 못하고 꺾이고 마는 못난 생. 자기 자신의 전생이지만 삼자의 눈으로 보니 한심하고 또 한심한 모양이다.

"내가 저렇게 죽었다고요?"

"예."

"그 이전의 생에서도요?"

"그전의 생에서도요."

"에이 씨!"

수나의 입에서 오기가 새어 나왔다.

"법사님!"

"네."

"아까 그 말 말이에요. 그 말 맞아요? 이 고비만 넘으면 성공할 수 있다는……."

"그럼요. 죽지 말고 사세요. 그걸 넘는 게 당신 생의 굴레에서 자아 완성일지도 모릅니다."

"자아 완성?"

"당신은 할 수 있어요."

"좋아요! 나 안 죽을래요!"

수나가 약병을 미류 손에 건네주었다.

"전생에서 한 자살을 이 생에서 또 하고 싶지는 않아요. 그럼 너무 바보, 똥개, 말미잘, 내장탕 같잖아요!"

"잘 생각했어요."

"고맙습니다, 법사님. 법사님이 아니었으면……."

수나의 눈가에 눈물이 이어진다. 그래도 얼굴에 생기가 엿보이기 시작했다. 그녀의 체념이 눈물에 씻겨 나갔다는 증거이다.

"와아, 신기! 법사님 나도 좀 봐주세요. 나는 전생에 뭐였어요?"

지켜보던 화요도 호기심이 발동한 모양이다. 톱스타도 사람인 것이다.

"얘, 전화. 이 매니저 왔나 봐."

가방 속의 전화 소리를 들은 수나가 말했다.

"놔둬, 언니. 좀 기다리라고 하지, 뭐."

수나의 기분 전환을 위해 들어온 화요였다. 그런데 정작 그녀가 전생점에 빠진 꼴이다.

"흐음, 어디 보자."

미류도 살짝 뜸을 들여 분위기를 띄웠다. 무속인에게도 이미지가 필요했다. 자기만의 분위기를 내야 하는 것이다. 그렇다고 으스댈 생각은 없었다.

"어머!"

미류의 손이 다가오자 화요가 움찔거렸다. 미류 손끝에 어리는 연기 때문이다. 어쩌면 북극 하늘에 번지는 오로라와도 같은 것. 나비처럼 하늘거리는 연기는 신비감을 더하기에 그만이었다.

"그거 드라이아이스예요?"

화요가 물었다. 이 아가씨는 솔직하다 못해 당돌했다. 무당의 면전에서 그렇게 물을 수 있다니. 미류는 소매를 까 보였다. 뭐가 나올리 없다.

"어머, 죄송……."

사과도 빨랐다. 스타라서 유세를 떠는 게 아니라 성격 같았다.

"눈을 감아주세요."

다시 미류가 말했다. 이번에는 얌전하게 지시에 따르는 화요. 감은 눈 위로 수려하게 내려앉은 눈썹, 그 아래로 청수하게 뻗어가는 콧날, 마지막으로 도톰하게 옴쭉거리는 입술은 정말이지 미녀의 정수를 제대로 보여주고 있다.

'꿀꺽!'

그녀 몰래 마른침을 넘기고 전생륜을 피워냈다.

미류가 먼저 전생령을 살폈다.

기분 때문이겠지만 수나의 전생륜보다 생생하게 보였다. 그녀의 전생령도 수나와 비슷한 면이 있었다. 방랑하는 음유시인도 있고 기방의 기생 삶도 보였다. 다른 점이라면 화요는 항상 정상에 있었다는 것. 그러니까 그녀는 대중의 사랑을 받는 일의 최고봉에서 생을 수놓고 있었다.

직전의 전생이 그랬다. 다만 옥에 티가 있었으니 그녀의 성공 역시 반석은 아니었다.

그녀는 한성 기방의 기생이었다. 장안 최고의 인기를 구가했다. 한말의 내로라하는 재력가와 인물들이 그녀의 치마폭에서 허덕거렸다. 심지어는 코쟁이 서구인과 러시아인도 있었다.

도움을 주는 귀인이 있었다. 새끼 기생들을 교육시키는 '춘심'이가 그 장본인이다. 이때의 기생들은 엄격한 수련 과정을 통해 배출되었다. 그녀는 화요를 혹독하게 수련시켜 반듯한 기생으로 만들었고 남자 관계까지 조율해 주었다.

처음에는 사이가 좋았다. 하지만 인기가 오르자 춘심의 말이 잔소리로 들렸다. 마침 새로 차린 요릿집에서 전속 제안이 들어왔다. 일본인 자본가가 한국인 자본가와 손잡고 짓는 요릿집이었다. 조건은 장안에서 최고였다.

대궐 같은 기와집을 준다고 했고, 이천과 여주의 금싸라기 논까지 올려놓았다. 당시 기생들이 우산을 쓰고 하는 행렬 광고에도 빼주겠다고 했다.

"가지 않는 게 좋겠다. 좋은 주인이 아니야."

춘심이 말렸다.

"흥, 내가 아직도 코흘리개인 줄 아시나?"

오만이 고개를 들었다.

자리를 옮겼다. 그게 그녀의 실수였다. 개업한 지 일주일도 지나지 않은 날, 계약금만 받은 상황에서 두 주인이 한날한시에 독립운동가의 총에 맞아 죽었다. 그녀의 꿈은 포말이 되어 사라졌다.

'신의를 배신한 기생.'

주홍 글씨 낙인이 새겨졌다.

스승은 그녀를 받아주지 않았다. 다른 곳에서도 그랬다. 오롯이 성심을 다해 화요를 키운 춘심. 기방에서의 영향력이 지대했으니 다른 요릿집에서도 춘심의 손을 들어준 것이다. 순간의 오만이 그녀를 파멸의 구렁텅이로 몰아넣은 셈이다.

아팠다.

그래도 착한 새끼 기생이 있어 그녀의 병구완을 받으며 몸을 추슬렀다. 이후 지방 권번으로 내려갔다. 소문은 그곳까지 따라왔다. 화요는 그 생에서 소문에 치여 타락했다.

좋은 인연……

그 이전 생을 하나 더 살펴보았다. 그 생에도 춘심이 있었다. 그때는 화요가 귀족의 공녀였고 춘심이 몸종이었다. 화요는 춘심을 아껴 사람 대접을 해주었다. 춘심은 그다음 생에 기방의 스승으로 먼저 와 화요에게 은혜를 갚았다. 하지만 그는 전생의 몸종. 그 기운이 남아 떠나는 화요를 강제하지는 못했다.

'수나가 아니었군.'

미류는 혹시 춘심이 수나로 태어났나 싶었다. 자살하기 전에 마지막으로 봉사하고 싶은 인연. 그 정도의 연이라면 그럴 수도 있기 때문이다.

그때 다시 전화가 울었다. 또 매니저인 모양이다.

"받으세요."

미류가 손을 거두었다.

"어디예요?"

거실로 물러난 화요가 핸드폰을 열었다.

"그럼 거기 보시면 점집 골목 있죠? 네, 작은 골목으로 이어지는 전생방. 거기에 수나 언니하고 같이 있어요. 아네요. 우리가 금방 끝나고……."

덜컥!

통화가 끝나기도 전에 거실 문이 열렸다. 작은 체형의 매니저였다. 나이는 미류와 비슷해 보였다.

"실례합니다."

말은 그렇게 하지만 하나도 미안한 기색이 아니었다.

"그렇게 막 들어오면 어떡해요? 지금 점 보고 있는데."

화요의 입에서 볼멘소리가 나왔다.

"아, 요즘 세상에 무슨 점을 본다고……."

"빨리 나가 있어요."

"됐고, 빨리 일어나. 우 감독님, 지금 내 차에 계셔."

"우정규 감독님이요?"

"그래. 화요가 블록버스터 왕의 여자에 도장 찍을까 봐 노심초사해서. 나도 입장 곤란하니까 화요가 차나 한잔 마셔주면서 꿈 깨라고 해드려."

"아직 얘기 안 된 거예요?"

"그럼 어떡해? 옛날 정을 들추며 마지막 기회를 달라고 징징거리는데 거기다 대고 '우리 화요, 역대 최고 대우받으면서 왕의 여자로 갑니다' 하고 사형선고 내려?"

"알았으니까 일단 나가 있어요. 얼른 끝내고 나갈 테니까."

화요가 매니저의 등을 밀었다.

"이봐요, 무당 아찌!"

매니저가 게슴츠레한 눈으로 다음 말을 이었다.

"오늘 아찌 운수 대통이네요. 그런데 미리 말하지만 우리 화요 사진 몰래 찍어서 유명 연예인 단골 점집 이런 거 홍보하지 마세요. 바로 고소 들어갑니다."

"……."

"전생점? 나 참, 요즘은 별 점이 다 있네."

매니저는 전생신 무신도를 향해 냉소를 쏟아내며 돌아섰다.

순간,

절렁!

미류가 신방울을 울렸다. 몸주에 대한 모욕. 그건 참을 수 없는 일이었다. 방울 소리는 초음파처럼 매니저의 머리통을 관통해 갔다. 머리가 뜨끔해진 매니저가 미류를 돌아보았다.

"교양 있는 분 같은데 예의는 지켜주시기 바랍니다."

미류의 목소리는 한없이 싸했다. 매니저는 헛기침과 함께 건성으로 인사를 남기고 신당을 나갔다.

"죄송해요. 우리 매니저님, 워낙 직설적이라 피디나 감독들한테도 저래요."

화요가 대신 사과의 말을 전했다.

"괜찮습니다."

웃어넘겼다. 한 번 정도는 이해할 수 있는 미류였다.

"얘, 나가봐야 하는 거 아니야? 우 감독님, 진짜 오해하시겠다. 네가 주연 맡아줄 거라고 철석같이 믿고 있나 본데 자기 무시하는 걸로……."

옆에 있던 수나가 조바심을 냈다.

딩동당동동동!

또 화요 전화기가 울렸다.

"우 감독님이야."

번호를 본 화요가 중얼거렸다. 벨 소리가 잠시 끊겼다. 하지만 이내 또 울렸다. 화요도 당황스러운 표정이 되었다.

우 감독과 화요!

감이 왔다.

보아하니 가방 들고 나갈 수밖에 없는 분위기였다. 거기에 미류는 아직 전생을 감응시키지 못한 상태.

'운 없는 날.'

전 같으면 별수 없이 손을 들었을 미류이다. 하지만 다시 태어난 마당에 입에 들어온 떡을 뱉어낼 생각은 없었다. 선제공격이라는 단어는 괜히 있는 게 아니었다.

"혹시 두 영화 사이에서 고민 중이신가요?"

미류가 돌직구를 던졌다.

"예?"

화요가 고개를 들었다.

"우정규 감독님……."

"……?"

"그분 떠나지 마세요."

처음부터 대못을 쾅 박아버리는 미류.

"예?"

"그분하고 일하시기 바랍니다."

"법사님이 우 감독님 아세요?"

"방송이나 잡지에 나오는 걸 봤습니다."

"영화 자주 보세요?"

"뭐 가끔……."

"어쩐지… 그분이 저번, 그 저번에 만든 영화가 완전히 죽 쒀서 투자자 다 끊기고 주연 맡은 제가 개망신당한 건 모르시죠?"

"……."

"언니는 잘 맞히는 거 같은데 저는 별로네요. 요즘 우 감독님, 배우들에게 기피 감독 1호예요. 그분하고 찍으면 아무리 인기 있는 연예인도 맛이 간다고요."

"……."

"아셨어요?"

"그래도 그분하고 찍으시길 바랍니다."

"법사님!"

"당신을 도우려고 온 분입니다. 당신의……."

미류는 잠시 숨을 고른 후 뒷말을 붙여놓았다.

"전생에서……."

"됐어요. 우 감독님하고 짰셨나? 잘 나가시다 왜 이런대? 언니, 가자."

화요가 수나를 끌었다. 두 번의 흥행 참패. 그 참담한 절망의 트라우마가 깊이 각인된 모양이다. 수나는 뻘쭘하게 인사를 하고 화요를 따라 나갔다.

미류는 그대로 있었다. 화요의 향수 냄새가 신당의 촛불에 녹아 조금씩 사라졌다.

'잘 나가다가 왜 그러냐고?'

미류는 웃었다.

신의 공수였다. 그러니 어찌 왜곡할 것인가.

우정규 감독, 그는 화요 전생에 나오는 스승 춘심이 분명했다. 남자와 여자, 완전히 다르지만 공수가 온 것이다. 그 춘심이 이 생에 왔다. 우정규 감독으로 태어나 화요를 스타로 키운 것이다.

비슷한 맥락으로 반복되고 있는 생. 그렇다면 두 사람은 전생에 못 마친 인과가 있다는 뜻이다. 그 공부가 이 삶에서 이어지고 있다는 것이다. 물론 거기까지는 알 리 없는 화요이다.

그게 인간이지.

발등에 불이 떨어져야만 뜨거운 줄을 아는.

그때가 되면 화요가 다시 올까?

미류는 그렇게 믿었다. 그녀가 제 발로 신당에 들어온 게 이유였다. 그녀는 스스로 인과를 풀 기회를 얻었다. 말하자면 작은 사고가 행운이었던 셈이다.

그렇기에 사고 가해자도 그녀의 전생과 연결된 사람. 어느 생에선가 화요가 지나가며 베푼 은덕을 이 생에서 지나가며 갚은 것이다.

이래서 전생은 심오하고 오묘하다.

송화요 씨!

당신, 나한테 외상 빚진 거야.

암.

미류는 확신했다.

꽃신선녀와 쌍골선사

"미류 법사!"

화요가 돌아가기 무섭게 타로가 고개를 들이밀었다. 이제는 호칭
도 억양도 완전히 변한 그였다. 까칠함이 사라졌다.

"어? 그림 바뀌었네?"

"무슨 일이죠?"

"아까 그 스타들 말이야. 전생점 보고 간 거야?"

타로는 미류의 눈치를 살폈다.

"그렇습니다만……."

"우와, 대박! 대대대대대애박!"

타로는 아부성 호들갑을 작렬했다. 자기 가게로 돌아간 후에도 지
켜본 모양이다.

"사진 찍었어? 인증 샷?"

"그런 걸 왜 찍죠?"

"안 찍었어?"

"예."

"으아, 내 이럴 줄 알았다니까. 아, 그런 유명인들이 오면 복채 대신 사진을 찍어야지."

"나는 무속인이지 사진사가 아닙니다."

"그럼 달콤한 점사나 공수 팍팍 내려줬어?"

"달콤한 점사가 나와야 내려 드리죠."

"어휴, 덩굴째 굴러온 호박을 찼구먼, 찼어."

타로는 제 가슴을 두드리며 혀를 찼다.

"그건 두고 봐야 압니다."

"아직 경험 부족이라 그러는 거 같은데 다음부터는 유명 연예인이 오면 아부를 떨어서라도 잡아. 그게 대박 나는 지름길이야."

"송화요는 다시 올 겁니다."

"응?"

"내기 좋아하시니 내기를 해도 좋습니다."

"……?"

"이번엔 뭘 걸까요?"

"알았어. 그건 그렇고, 시간 있지?"

타로가 화제를 돌렸다.

"왜 그러시죠?"

"아, 사람 그렇게 까칠하게 보지 말고. 전에는 내가 전생 실력을 몰랐으니까 그런 거잖아."

"……."

"공식적으로 사과할게. 됐어?"

"뭐, 그렇죠."

미류는 사과를 받아들였다. 세상에는 이런 사람도 있고 저런 사람도 있는 법이다. 내미는 손을 잡지 않으면 미류 또한 밴댕이 소갈딱지가 되고 말 것이다.

"그런데… 미류 법사, 은근 실력 있네? 꽃신 누님 말이 부적도 쓸 만하다고 하고 가만히 보면 손님들도 격이 좀 있고."

"언제는 돌팔이에 사기꾼 사이비라더니……."

"에이, 그때는 몰라서 그랬다니까."

"……"

"그래서 말인데, 쌍골선사 님하고 꽃신 누님이 좀 보자시더라고."

"그분들이 왜요?"

"그 양반들이 이 골목에서는 스타 무속인이잖아? 사실 나한테도 슬쩍슬쩍 손님 보내주시거든."

"……?"

"내친김에 한번 가보자고. 그분들도 이제 미류 법사 실력 알아야지. 톱스타 송화요까지 손님으로 다녀갔다고 하면 다시 볼 거야. 그 양반들도 연예인들이 더러 오기는 하지만 레벨이 다르니까."

타로가 미류를 잡아끌었다. 인증이 필요한 건 아니지만 끌려가 주었다. 첫 대면 때는 전생신의 신차와 공수가 내리기 전이었다. 하지만 이제는 달랐다. 공공연히 자행되는 몸주 전생신에 대한 무시나 비하는 방지하는 게 옳다고 판단했다.

"꽃신 누님 계시지?"

꽃신선녀의 신당에 들어선 타로가 물었다.

작은 상담실에 두 명의 신딸이 컴퓨터를 보며 시시덕거리고 있었다. 화면을 보니 송화요였다.

"곧 점사 보실 건데?"

신딸이 고개를 들었다.

"걱정 마. 누님이 허락한 거니까."

타로는 상담실 옆문을 열었다. 신당으로 이어지는 문이다.

"누님, 미류 법사 왔는데요?"

타로가 신당 문을 열었다. 꽃신선녀는 제단 앞에 있었다.

"들어가 봐. 난 밖에 있을게."

타로가 미류의 등을 밀었다. 미류는 꽃신의 신당 안으로 들어섰다. 책을 보던 꽃신선녀는 별안간 한기를 느끼고는 화들짝 고개를 들었다. 그 시선이 미류와 마주쳤다.

"······!"

"······!"

두 침묵이 신당의 허공에서 만났다. 꽃신선녀는 얼굴을 실룩거릴 뿐 말을 하지 못했다. 조금 들어 올린 손도 마찬가지였다. 뭐라고 손짓을 할 것 같은데 딱 거기서 멈추었다. 그 어색한 얼굴 사이로 운명창이 좌라락 열렸다.

초전박살!

기왕 들어선 적진이라면 주저하는 건 개나 줄 일이다. 그게 미류의 생각이다.

[가정운 下下 08%]

[건강운 中下 31%]

[재물운 中下 33%]

[애정운 下下 09%]

[학벌운 中上 57%]

[명예운 中上 52%]

[총운명지수 中下 35%]

그리고 운명 지수 옆에 아련하게 반짝이는 또 하나의 딸림창.

"……?"

[액운기]

그 창에서 아른거리는 건 액운기였다. 육방 SDS 이사에게 읽은 행운기. 그 반대의 운이 꽃신에게 엿보였다.

극악의 운명창은 가정운이었다.

무당이라면 그럴 수 있었다. 꽃신 역시 현재 독신이다. 과거사야 자세히 모르지만 행복한 가정이 없는 사람의 가정운이 좋을 리 없었다. 애정운 역시 비슷한 맥락으로 보였다.

다만 그보다 더 나쁜 게 있었다. 운명창 중에서 명예창이 흔들린 것. 액운기와 연결되면서 뭔가 나쁜 일이 예정된 것으로 보였다.

딸깍!

신당 관리를 맡은 신딸이 열린 문을 닫아주었다. 신딸은 한둘이 아니다. 꽃신 역시 굳이 따지자면 매아당에 가까운 돈 밝히는 무당이었다. 돈이 되는 일이라면 가리지 않았다.

방송에 나가 무속과 관련 없는 생쇼를 한 적도 있고 굿당과 기도터를 소개하고 소개비도 챙겼다. 주변 무당과 신딸들의 신당개업 시에 무속용품 영업자를 붙여 소위 리베이트도 챙긴다.

내림굿 또한 마찬가지였다. 때로는 천만 원이 넘는 돈을 요구했다. 그렇게 인연을 맺은 것으로도 모자라 공으로 부려먹는다. 무업을 전수받는 게 아니라 몸종이 되는 것이다. 오지 않는 점사 손님을 기다리는 상담실 생활. 미류도 알고 있다. 때로는 감옥과 다름없다. 어쩌다 온 손님이 그냥 돌아가기라도 하면 그 추궁은 신딸의 몫이었다.

―오는 밥을 차느냐?

―무슨 수를 쓰든 점을 보게 만들어야지.

―양심이 밥 먹여줘?

허접한 무당의 경우에는 상담실 조작이 자행되기도 했다. 상담하면서 미리 알아낸 내용을 무당에게 건네는 것이다. 무당은 그걸 바탕으로 손님을 조진다.

무속의 혼란!

먼 곳에 있는 게 아니었다. 게다가 꽃신은 '내 신이 최고야!'에 속하는 무당이었다. 다른 무당이 잘되는 일은 시시콜콜 딴죽을 걸어 폄훼했다.

—굿값이 잘못됐네.

—부적이 바가지네.

—점사는 그렇게 보는 게 아닙네.

한마디로 내로남불, 내가 하면 로맨스요, 남이 하면 불륜이라는 심보였다.

지금 꽃신의 최고 목표는 굿당을 가지는 것이었다.

굿당!

사람들은 모른다. 그곳의 정확한 실체를.

물론 굿당은 굿을 하는 곳이다. 과거에는 따로 없었다. 하지만 70년대 말부터 굿을 전문으로 하는 공간이 생겨났다. 아무 곳에나 대들보를 세우고 서까래를 올리는 게 아니었다.

우선 신목이 있어야 한다. 용궁을 갖춘 산신각이 있다면 더욱 좋다. 안으로 들어가면 무신도와 명도거울 등이 있다. 굿을 할 무당은 제수 음식만 갖춰오면 된다. 그조차 번거롭다면 다 준비해 준다. 말하자면 일종의 임대업이 된 것이다.

쓸 만한 곳은 대성황을 이룬다. 그러다 보니 괜찮은 굿당은 바로 '돈'이 되었다. 그렇기에 꽃신도 거기 꽂혀 환장을 하고 있는 사람 중 하나였다.

애동제자들은 투잡, 쓰리잡으로 버티느라 코피 터지기 직전이지만 꽃신선녀는 부자가 되어갔다. 내림굿을 받은 신딸이 많을수록 통장 잔고가 늘어나는 것이다. 표승과는 완전히 반대되는 무속인이었다.

'으음.'

미류는 내색 없이 신당의 무신도를 바라보았다. 지난번에는 푸대접을 받느라 제대로 보지 못했다. 꽃신선녀가 가까이 모시는 건 어린 애기씨였다. 제단 아래로 점사용 꽃신이 보인다. 궁중 꽃신부터 평범한 것까지 많기도 했다. 애기씨가 사탕을 좋아하는 걸까? 제단 위에 사탕도 눈에 띄었다.

다른 무신도도 많았다.

제석할머니에 산신동자, 선녀부인과 삼신제왕, 약사도사 칠성명두까지. 전해들은 말에 의하면 그게 다 선녀의 조상이라고 했다. 미류는 일단 신단을 향해 예를 갖추었다.

"네놈이 요즘 돈 귀신이 제대로 강신했다지?"

선녀가 뱀눈을 하며 물었다. 뭐 눈엔 뭐만 보인다더니, 부적값 100만 원에 대한 앙금이 남아 있는 모양이다.

"열심히 기도하고 공수를 내리다 보니 손님 몇 분 받은 것뿐입니다."

미류가 가볍게 응수했다.

"이놈아, 영험한 우리 애기씨가 웃는다. 누구 앞에서 감히 공수를 운운해?"

"몸주가 시키는 대로 할 뿐입니다."

"오냐. 그럼 네 그 잘난 몸주하고 우리 애기씨 신력 좀 대보자꾸나. 누가 용력이 높은 신이신지."

"제 몸주께서는 허튼 일로 겨루길 싫어합니다만……."

"그게 다 자신이 없어서 하는 핑계 아니냐?"

선녀가 언성을 높였다.

똥개도 제 집에서는 50% 먹고 들어가니 등 뒤에 가득한 몸주를 믿고 폭주하는 꽃신이다.

"그렇게 원하십니까?"

"오냐, 네 타로는 어찌 속인 모양이다만 나한테는 안 되지."

"그렇다면 응하죠."

미류가 대답했다.

"그럼 손님을 들이겠다. 무슨 뜻인지 알겠느냐?"

손님!

손님 점사로 승부를 보자는 뜻이다.

"손님 들이거라!"

꽃신선녀가 신딸에게 호령했다. 중년의 여자가 들어섰다. 미류는 구석으로 한 걸음 물러나 앉았다.

"네무슨일로지지리궁상을얼굴에뒤집어쓰고왔느냐?"

눈알을 홱 뒤집은 꽃신선녀가 여자를 쥐 잡듯 다그쳤다. 공수가 어찌나 빠른지 잘 알아들을 수 없을 정도였다.

"남편이 속을 썩어서……."

"에라이, 못난년. 이거나신어보거라."

선녀가 꽃신 몇 짝을 던져주었다. 여자는 검은색이 섞인 자줏빛 꽃신을 골라 신었다.

"신었으면일어나서걸어라!"

선녀의 지시에 따라 여자가 신당을 한 바퀴 걸었다.

"잡년, 서방이집을나갔구나?"

"아이고, 신령님!"

선녀의 말을 들은 여자가 그 자리에서 큰절을 올렸다.

"잡년아, 보아하니주머니에재물이가득인데무엇때문에이제야찾아왔느냐? 네서방죽고죽어해골이된후에나찾으려느냐?"

"아이고, 신령님!"

여자가 한 번 더 곡소리를 냈다.

"우리애기씨말에틀린곳이있더냐?"

"아닙니다. 족집게, 족집게, 이런 족집게가 어디 있겠습니까? 우리 남편 집 나간 지 네 달이오, 제 주머니에 돈 봉투가 든 것도 맞습니다."

여자가 거푸 고개를 조아리자 검은자위를 드러낸 선녀의 눈이 미류에게 향했다.

─봤냐, 우리 애기씨의 영험함?

─공수란 이런 것이니라!

그런 눈빛이다.

"네 남편 찾을 테냐, 말 테냐?"

선녀의 눈빛이 다시 여자를 겨누었다.

"당장은 생사만……."

"이 잡년아, 심보가 그 모양이니 남편이 집을 나간 것 아니겠느냐? 네 남편 안 찾으면 집안 꼴 될 일이 없을 것이다. 줄초상 날 거야."

여자가 쩔쩔매자 꽃신선녀의 목소리가 조금씩 정상으로 돌아왔다.

"하지만 남편이 너무 모질고 오싹해서……."

"그거야 네년 탓이지. 잠깐 나가서 재수 없는 눈물일랑 닦고 들어오거라."

선녀가 여자를 내보냈다.

"생사 점사를 한번 맞혀볼 테냐?"

선녀가 미류를 바라보았다. 미류의 실력을 보려는 것이다.

"……"

"자신 없으면 집어치우고."

"제 답입니다."

미류는 답을 적은 종이를 엎어놓았다. 선녀도 글자를 적었다. 동시에 종이를 뒤집었다. 답은 서로 상반되게 나왔다.

미류는 生!

선녀는 死!

"어허, 이놈이 죽은 사람을 산 것으로 해서 마르고 닳도록 재물을 갈취하려는 거로구나?"

"산 게 맞습니다."

"뭐라? 우리 애기씨 말이 어둠 속을 헤매고 있다는데 어둠이란 곧 저승이 아니더냐?"

"저승이 아니고 밤에만 활동하는 사람입니다."

"이놈이 세 치 혀에 재물 후리는 재미가 제대로 들렸구나!"

"제 점사는 그렇게 나왔습니다."

"어이가 없구나. 족보에도 없는 전생신 따위를 섬기더니 이런 걸 점사라고 내놓는단 말이냐? 타로에게 영가를 보여줬다길래 그래도 뭔가 한가락 하는 줄 알았더니……"

"말씀 삼가시죠. 선녀님도 저와 같은 무속인이 아닙니까?"

"같은 무속인? 어아하핫!"

꽃신선녀가 뱃살을 잡으며 웃었다.

"오살할 놈. 신당만 꾸리면 다 무속인이라더냐? 문고에 잉크도 안 마른 놈이 감히… 무속에도 격이 있고 줄기가 있는 것."

문고라면 무당의 증서이다. 그녀의 오만함은 훨훨 나래를 펴고 날았다.

"제 말이 맞으면 어쩌시렵니까?"

"내가 네놈에게 큰절을 하마."

"뒤의 몸주님들께 맹세할 수 있습니까?"

"못 할 게 뭐냐?"

"그럼 신들이 보증을 선 겁니다?"

"오냐. 그러니 이번에는 네놈이 점사를 맡아보거라!"

선녀가 방울을 흔들었다. 나가 있던 여자가 들어섰다. 미류가 그 앞으로 다가섰다.

"저는 전생신을 모시는 미류라고 합니다."

일단 공손히 인사부터 올렸다.

"……?"

"여기 꽃신선녀님께서 저와 공조를 하는 바 제가 먼저 공수를 드려도 될까요? 혹 만족스럽지 않으면 선녀님이 다시 봐주실 겁니다."

"그, 그러세요."

여자는 얼떨결에 고개를 끄덕거렸다.

남편의 생사!

그건 미류의 짐작이 아니었다. 여자가 들어설 때 이미 그녀의 운명창을 보았다.

[가정운 下下 04%]

[재물운 下下 08%]

그녀의 운명창 중에서 가장 박한 두 개를 읽었다. 가정운 안에 서린 글자가 바로 지아비 부(夫) 자였다. 그 글자에는 생기가 한 올도 남아 있지 않았다.

"혹시 남편 사진이 있으신가요?"

미류가 물었다.

"여기……."

여자는 지갑 속에서 명함판 사진을 보여주었다.

"……!"

미류의 동공이 출렁거렸다. 하지만 이내 시선을 가다듬었다.

"손님께서 근심의 뿌리로 가지고 있는 남편은 죽지 않았습니다. 하지만 찾으시면 안 됩니다."

"예?"

"잠깐 눈을 감아보시겠습니까?"

"이, 이렇게요?"

여자가 눈을 감자 미류의 손이 그녀의 얼굴 부위를 휘저었다. 그 궤적을 따라 푸른 연기가 아른거렸다. 꽃신선녀는 눈을 부릅뜨고 연기를 바라보았다. 영기였다. 틀림없었다. 선녀의 눈꼬리가 떨리는 것을 미류는 못 본 척 넘겼다.

미류는 미리 찜해둔 전생령을 여자의 정수리로 밀어 넣었다.

"아!"

여자의 입에서 탄식 비슷한 소리가 새어 나왔다. 전생 감응이 시작되었다. 일제강점기였다. 암울한 지하실이 나왔다. 여기저기 피딱지가 보인다. 여자의 몸이 떨기 시작했다.

─괜찮습니다.

─제가 보호해 드리겠어요.

─천천히 따라오세요.

미류가 앞서 걸었다. 칙칙한 곰팡이와 피 냄새를 따라 녹슨 창틀이 펼쳐졌다. 시선은 거기서 막혔다. 습기 축축한 지하실 복도의 끝이다.

"으아악!"

비명이 새어 나왔다.

여자가 다시 떨었다. 미류는 그 손을 잡아주었다.

―괜찮아요.

―하나의 꿈이라고 생각하세요.

몇 번 속삭이자 그녀가 진정되었다. 녹슨 창틀의 문이 열렸다. 고문실이다. 안에 스무 살 언저리의 여자가 있다. 점을 보러 온 여자의 전생이다. 자줏빛 저고리에 노랑 치마를 받쳐 입은 그녀. 그러나 치마까지 핏물로 자줏빛이 된 지 오래였다.

"이놈의 불령선인!"

눈앞에서 몽둥이가 춤을 추었다. 물에도 처박히고 고춧가루를 탄물도 코로 들어왔다. 여자는 독립군에게 자금을 준 죄로 끌려왔다. 마음을 준 게 죄였다. 그녀의 손님 하나가 독립군이 되었다. 그가 만주로 떠나면서 작별의 밤을 보냈다. 속치마 안에 꼬깃꼬깃 몸을 팔아 모아둔 돈을 건네주었다. 거창하게 독립 자금까지는 아니었다.

그 연인이 평양을 지나다 헌병대에 검거되었다. 그가 고문을 받았다. 헌병들은 돈을 준 사람의 이름을 원했다. 말하지 않으려 했지만 자신도 모르게 새어 나왔다. 남자는 그 비통함에 혀를 물고 죽었다.

급전을 받은 경성 경찰들이 여자를 체포했다. 머리에 동백기름을 바르고 손님방으로 가려는 차였다.

까옥!

까마귀가 울었다.

'저게 왜 울꼬? 그이에게 무슨 일이 생겼나?'

그 생각이 끝나기도 전에 검은 옷의 순사들이 달려들었다. 그녀는 연인이 죽은 걸 몰랐다. 혹시라도 연인에게 해가 될까 봐 이름을 팔지 않았다. 고운 허벅지가 터지고 입술이 찢어졌다. 심지어는 가슴의 봉우리까지도 고문의 대상이 되었다.

만신창이가 되어 풀려났다. 동무들의 도움으로 겨우 인력거에 올랐다. 고문하던 형사가 말했다. 한국인으로 일본에 협력하던 친일파였다.

"네년은 언제고 내 손에 죽을 거다!"

그가 이를 가는 이유가 있었다. 여자에게 자백을 받지 못한 이유로 잘린 것이다. 그로 인해 치를 떠는 형사였다. 인력거가 종로 방향으로 달릴 때 경찰서 쪽에서 쾅 하는 폭음이 터졌다. 형사가 서 있던 그 자리다. 독립군 하나가 폭탄을 던지고 달아난 것이다.

형사와 순사 넷이 폭사했다. 형사는 죽으면서도 여자를 원망했다.

―저년 때문이야.

―그냥 두지 않겠어.

숨을 거두기 전의 몸부림. 그건 악마의 재현에 다름 아니었다. 형사의 독기 어린 저주까지 확인한 미류가 창기령을 뽑아냈다.

여자의 헌신!

그 생의 여자는 고달팠다. 소작농의 딸로 태어나 어린 나이에 포주에게 팔려왔다. 모진 아버지 때문이다.

'계집애를 어디다 쓴단 말인가? 입이라도 덜어야지.'

창기가 된 건 아버지의 결정이었다. 울고불고 말리는 어머니까지 매타작을 놓는 아버지였다. 가족들은 그 돈을 밑천으로 만주로 갔다. 조선 땅에는 아무런 연고도 없었다.

창기 생활은 고난의 연속이었다. 일본인 주인은 사정 따위 봐주지 않았다. 몸이 아파도, 그날이 와도 손님을 받아야 했다. 그러다 그 남자를 만났다. 조국의 장래를 걱정하는 청년이었다. 술김에 들른 그는 여자의 딱한 사정을 알고 몇 번 더 찾아왔다. 그냥 손만 잡고 잤다. 고마웠다. 처음으로 마음을 준 남자였다. 애달픈 사랑은 그의 만

주행으로 끝났다.

그리고 만나게 된 또 한 명의 남자, 고등계 형사. 그는 지옥의 화신으로 불려도 모자랄 인간이었다. 인간으로서는 차마 자행할 수 없는 방법으로 그녀를 고문한 인간.

아버지!

애인!

친일 형사!

세 남자 모두 그녀에게 말할 수 없는 상처를 남겨주었다. 남자들로 하여 망친 생이었다.

그런데 그중 한 남자가 이 생으로 따라왔다. 바로 현생의 남편이다.

"깨어나세요!"

미류가 말하자 여자는 움찔 흔들거렸다. 그러고는 와들와들 떨었다.

"법사님?"

그녀의 시선이 미류에게 향했다.

"맞습니다. 현생의 남편, 바로 전생의 그 형사입니다."

"어, 어떻게?"

"그 사람, 적반하장으로 당신에게 한을 품고 죽었어요. 이 생에 태어나 다시 당신을 만났지요. 처음에는 둘 다 몰랐겠지만 어느 순간 인과가 개입한 겁니다. 여사님은 본능적으로 위험을, 그 사람은 본능적으로 살의를……."

"맞아요. 결혼하기 전에는 몰랐는데… 결혼하고 살을 섞으려니 괜한 공포가 느껴졌어요. 그래서 거부했더니 사람이 돌변해서……."

"결혼 전에는 관계가 없었나요?"

"있기는 했어요. 딱 한 번이요. 그때는 으슥한 노래방에서 옷을 입은 채……."

"그러셨군요."

"그럼 그 사람이 이 생에서도 저를 괴롭히려고?"

"다시 돌아올 겁니다. 돌아오면 전보다 더 여사님을 괴롭힐 겁니다. 그러니 찾지 마시고……."

미류는 잠시 숨을 돌린 후 남은 말을 이었다.

"비구니가 되시는 게……."

"비구니라면 스님이요?"

"예."

"……."

"혹시 이 생에서도 남자와의 인연이 박하지 않았나요?"

"맞아요. 초등학교 때부터… 저는 이상하게도 남자들에게 괴롭힘을 많이 당하며 살았어요."

"당신의 전생 카르마가 얽혔습니다. 그러니 이 생에서는 남자와의 인연은 포기하시고 여자들과 함께 지내시면 남은 생이 편안해질 겁니다."

"……."

"그리고 여사님 주머니의 큰돈, 그건 빌려오신 거죠?"

"어떻게 아셨어요? 꽃신선녀님이 용하다기에 그 사람 생사를 알려고 사채 대출을……."

"여사님 운명에는 재물운이 없으니 당연한 일이지요."

"그 또한 전생과 같군요? 그 생에서는 똥구멍 찢어지는 소작농의 딸이더니… 사실 이번 생에서도 돈만 벌면 모조리 남자들이 다 가로채 가는 통에……."

"……."

바로 그때.

딩당딩당디당당!

여자의 폴더폰이 울렸다.

"받아보세요."

미류가 말했다. 여자는 선녀의 눈치를 살피더니 전화를 받았다.

"......!"

여자의 심장이 얼어붙는 게 보인다. 여자는 벌벌 떠는 손으로 통화를 끝냈다.

"아이고, 족집게 위의 돋보기시네요. 남편 친구인데 그 사람 안 죽었네요. 어젯밤에 노름판에서 그 사람을 봤다는 전화예요."

─여자의 남편은 살았다.

─돈은 복채를 위해 빌려왔다.

한마디로 게임 오버!

"나머지는 꽃신선녀님과 마무리하시죠."

위엄을 떨친 미류가 느긋하게 선녀를 돌아보았다. 선녀는 신방울을 떨구고 탁자에 쓰러졌다.

딸랑! 탁자의 방울 소리도 매가리가 없었다.

"거기… 나가 있어!"

선녀는 막힌 목구멍을 열며 간신히 소리쳤다. 여자가 신당을 나갔다. 선녀는 목을 문질렀다. 안쪽까지 시린 한기 때문이다. 미류의 전생신, 속임수 공수가 아니었다. 자신이 모시는 신보다 몇 단계나 위라는 얘기다.

"보셨습니까?"

미류가 넌지시 꽃신선녀를 바라보았다.

"이, 이놈이 감히 우리 몸주님을 능멸하려 들어?"

발끈한 꽃신이 일어섰다. 그녀는 미친 듯이 방울을 흔들며 몸서리

를 쳤다. 접신을 하는 것이다. 저 뒤에 즐비한 어떤 신 하나를 더하
려는 것이다. 제석할머니에 산신동자, 선녀부인과 삼신제왕, 약사도사
등 몸주를 차례로 접신한 꽃신의 몸이 불덩이로, 혹은 얼음덩이로
변하며 오싹한 기운을 뿜었다. 미류는 하나도 두렵지 않았다. 신제자
의 바른 길을 가고 있기 때문이다.

"아이고, 삼신제왕님, 약사도사님!"

꽃신은 동서남북으로 펄펄 뛰었다. 눈에는 지진이, 목에는 천둥이
내려왔다. 보통 사람이라면 벌써 오금이 저려 무릎을 꿇었을 일이지
만 미류는 눈도 깜짝하지 않았다.

"이노옴, 삼신제왕님에 약사도사님, 영험한 애기씨까지 납셨다! 어
서 꿇지 못할꼬!"

꽃신이 공수를 내쏘았다. 그러나 미류에게 통하는 공수가 아니었다.

절렁!

미류가 삼색의 신방울을 흔들었다. 놀란 꽃신이 허둥거리며 물러
섰다. 전생신은 저승에서도 손꼽히는 신. 꽃신의 조상신이 범접할 만
한 수준이 아니었다.

"어이쿠!"

신들이 빠져나가자 꽃신은 제풀에 무너졌다.

"선녀님!"

미류가 한 발 다가섰다.

"……?"

"선녀님 몸주들 신빨이 넘친다고요? 제석할머니와 삼신제왕, 약사
도사와 애기씨……."

"……."

"이건 제 몸주의 신빨입니다. 한번 보기나 하시죠."

미류의 손이 작은 원호를 그렸다. 원호를 따라 시리도록 푸른빛이 하르르 번졌다. 미류는 선녀의 전생룡 하나를 그녀의 정수리에 겨누었다.

요란한 공수도 강신도 없었다. 본래 큰 것은 소리가 없는 법.

'억!'

비명도 없이 그녀가 흔들렸다. 그녀는 눈을 부릅뜬 채 전생 감응을 했다. 샤먼이 나왔다. 먼 동남아의 캄보디아였다. 그녀는 한 부족의 길흉사를 맡고 있었다. 그러나 부족의 안녕보다는 재물이 우선이었다. 신의 뜻을 핑계로 부족민을 수탈했다.

그녀의 최후는 도끼로 마감되었다. 억울하게 당한 일가가 그녀를 습격했다. 그들 손에는 날 선 도끼가 들려 있었다.

픽!

도끼가 허공을 가르자 선녀의 눈알이 뒤틀렸다.

퍼억!

한 번 더 가르자 거친 신음을 내며 넘어갔다. 미류는 보고만 있었다. 부족민의 일가가 그들의 원한을 다 풀 때까지.

퍼억!

마지막 도끼질이 날아들 때, 비로소 전생 감응을 끝내주었다.

"에엑!"

꽃신선녀를 제 머리통을 붙잡고 신음을 토했다. 눈, 코, 입에서 액체가 나오고 있다. 그 참담함과 공포감은 이루 말할 길이 없을 것이다.

"당신 전생 중의 하나입니다."

"……"

"같은 무속인으로 말씀드리는데 현생의 선녀님 운에도 먹구름이 끼었습니다. 액운기죠. 보아하니 관재수가 가까운 것 같으니 점사 때

너무 사람들 뒤통수치지 마시기 바랍니다."

"……."

"같은 무속인, 인정하나요?"

끄덕!

꽃신이 고개를 숙였다.

"무여율법 아시죠? 상담실에 있더군요."

"……."

"나이가 좀 되시니 혹시 뜻을 잊었을지도 모르겠군요. 행적은 수시로 깨끗하게 하여 모르는 사이에 귀(鬼)가 되지 않게 하고, 막혀 마귀가 되지 않도록 하며, 인간의 세상으로 하여금 밝게 통하여 하나라도 장애가 없도록 하라, 그 말 말입니다."

"……."

"잠시 잊은 것 같아 짚어보았습니다. 복채는 됐고, 약속이나 지키십시오. 당신의 몸주를 걸고 한 거니까요."

미류는 허덕거리는 그녀를 눈빛으로 윽박질렀다.

―절을 하셔야죠.

그 뜻이다.

미류의 주변으로 빛이 너울거린다. 마치 전생신의 현신처럼 보였다. 선녀의 신당에 가득 찬 무속신에게 밀리지 않는 신기(神氣). 그건 강철보다 강력한 신력이었다. 그 힘에 끌린 선녀가 비틀거리며 일어섰다. 그녀는 무엇에 홀린 듯 미류에게 큰절을 올렸다. 미류는 끄덕 고갯짓을 남기고 신당에서 나왔다.

미류가 나오자 꽃신선녀의 비명 같은 외침이 터졌다.

"물, 물!"

부름을 받은 신딸 하나가 생수를 들고 들어갔다. 숨을 돌린 꽃신선녀는 혼비백산하여 신당에서 뛰어나왔다.

"법사가 모시는 신이 뭐라고?"

그녀가 물었다. 하대하는 호칭이 아니라 타로처럼 깍듯이 '법사'였다.

"전생과 현생, 내생을 다스리는 전생신이십니다."

"왜 그러십니까?"

안에서 벌어진 사정이 궁금하던 타로가 물었다.

"족보 없는 신이 아니야. 격 높은 공수가 제대로 내렸어. 타로, 자네가 한 말이 맞는 것 같군."

꽃신선녀는 창백한 얼굴로 고개를 끄덕였다. 미류에 대한 인정이다.

"우와, 이거 정말… 믿기지가 않네."

골목으로 나온 타로가 탄성을 터뜨렸다.

"뭐가 말입니까?"

"꽃신선녀님 말이야. 웬만해서는 상대를 인정 안 하거든. 솔직히 저 옆 부채신녀하고 옥수부인은 무당으로 쳐주지도 않는다니까."

"……."

"그런데 저 눈빛 좀 봐. 완전히 맛탱이가 간 얼굴이잖아?"

"……."

"아무튼 존경스러워. 그런 실력이 있으면서도 그동안 숨겨왔단 말이지. 그러니까 첫날 내림굿 받을 때 일어난 기적도 다 실력이었구먼."

"……."

"이제 쌍골선사께 가보자고. 꽃신선녀님이 뒤집어진 줄 알면 그 양반도 한 수 접어줄 거야."

타로가 방향을 틀었다. 쌍골선사의 집은 꽃신선녀의 맞은편 위쪽이다.

"선사님, 저 왔습니다!"

타로는 제 집처럼 문을 열고 들어갔다. 심부름을 하던 애제자가 타로를 맞았다. 쌍골선사는 거실에서 사람 얼굴을 그리며 관상 공부를 하고 있었다.

"웬일이야?"

그림에서 관골과 명궁을 짚던 그가 물었다.

"전생이 왔습니다."

"그래?"

그가 고개를 들었다. 그의 시선이 미류와 마주쳤다. 순간, 선사의 머리카락이 우수수 일어서는 게 보인다. 선사는 뭔가에 홀린 듯 자리에서 벌떡 일어섰다. 그가 미류에게 다가섰다.

"선사님!"

타로가 입을 열자 그를 밀쳐 버렸다. 선사는 미류의 얼굴상을 뚫어져라 바라보았다.

"이 친구 집에 톱스타 송화요까지 다녀갔답니다. 꽃신선녀님도 신통력을 인정하던데 관상이 어떻습니까? 저번에는 안 좋다고 하셨는데 관상은 변한다면서요?"

타로가 조심스레 물었다. 선사는 대답 대신 그 자리에 주저앉았다. 그리고 당혹스러운 듯 중얼거렸다.

"이놈, 이제 보니 사람이 아니라 귀신이잖아? 귀신 관상은 안 보니까 빨리 데리고 나가!"

사람이 아니라 귀신!

그 말을 들은 미류의 심장이 출렁거렸다. 쌍골선사의 실력 때문이다. 그는 전생신이 강신하기 이전의 미류와 이후의 미류를 정확하게 구분해 냈다. 그 내공에 깊은 예를 표하고 골목으로 나왔다. 그의 전생이야 하나도 궁금하지 않았으니까.

송화요가 다녀간 날, 미류는 점집 골목에서 완전한 공인을 받았다. 이때부터 누구도 미류가 모시는 전생신에 대해 시비를 걸지 않았다. 쌍골과 꽃신이 인정한 실력이기 때문이다.

—신은 자랑하지 않는다.

—그러나 무시당하는 것도 원치 않는다.

그래서 미류는 뿌듯했다.

위상의 고속 상승이었다.

점 보는 사람들

이틀 후, 하라가 찾아왔다. 봉평댁과 함께였다.

"미류 오빠!"

흰옷의 하라가 훌쩍 도약해 미류의 품에 안겼다.

"어이구, 저건 정말 누구 딸인지……."

밑반찬을 가져온 봉평댁이 혀를 찼다.

"와아, 무신도가 멋지게 바뀌었어. 오빠가 그린 거야?"

"응."

"내 얼굴도 그려줘."

"그러지, 뭐."

"약속!"

하라가 새끼손가락을 내밀었다. 하도 부드러워 솜털이 닿는 것만 같았다.

"웬일이세요?"

방으로 들어와 미류가 물었다. 하라는 미류 옆에 바짝 붙어 앉았다.

"응, 그냥… 반찬 좀 가져다주려고……."

대답하는 봉평댁이 버벅거리는 게 거짓말을 하고 있다. 봉평댁은 그런 사람이었다. 사람이 소박해 마음을 숨기지 못했다.

"엄마, 왜 거짓말해? 만신 어른이 오빠 뭐 하나 보고 오랬잖아."

방문 목적은 하라에 의해 폭로되었다. 하라는 누가 뭐래도 미류 편이었다.

"아유, 저 촉새. 너 이리 못 와?"

봉평댁이 눈을 흘겼다.

"메에!"

하라는 혀를 내밀어 응수했다. 표승의 신당에서 흔하게 보던 풍경이다.

"선생님께서 왜요?"

"응, 그게 말이지……."

"어르신이 대주님 한 분 봐달라고 하서."

이번에도 하라가 폭로에 앞장섰다.

"그래, 아주 니가 다 말해라. 어휴, 속 터져."

봉평댁이 가슴을 두드렸다. 영악한 하라를 당해낼 수 없는 것이다.

"대주님?"

미류가 하라를 바라보았다.

"어르신 지금 용궁사에 가셨어. 까까머리 쭈글탱이 숭덕 스님이 부르셨거든. 그런데 거기 계신 대주님 점사가 잘 안 나오나 봐."

"용궁사?"

"그래서 오빠 한가하면 내려와서 그 손님 좀 봐주라고. 그렇지?"

하라가 봉평댁에게 확인 멘트를 날렸다.

"그래, 너 똑똑하다, 이년아!"

봉평댁은 거푸 눈을 흘길 뿐이다.

"하라 말이 맞아요?"

"맞아. 어제 전화가 왔는데… 큰스님하고 두 분이 힘을 합쳐도 대주님 안에 든 귀신병이 나가질 않는다네? 그래서 미류 법사에게 가서 올 상황인지 좀 보고 오라고……."

숭덕 스님과 표승!

두 사람이 보낸 SOS. 미류의 고개가 갸웃 움직였다. 숭덕 큰스님의 법력은 자타 공인이다. 때문에 국가 지도자급 인물들과도 교류가 두터운 분이다. 거기에 더해 표승 만신. 둘 다 지는 해이기는 해도 두 힘으로 다스리지 못하는 잡귀라니?

"선생님이 못 하는 일을 내가 하겠어요?"

"만신 어른 생각은 다르더라고. 미류 법사는 이제 뜨는 별이라 신명에 신력이 충만해 가능할 거라고……."

"선생님 지금 용궁사에 계신가요?"

"응."

"그럼 제가 이따가 통화해 보겠습니다."

"그렇게 해. 사정이 딱한 대주님인가 보더라고."

"아이코, 내 정신. 우리 하라, 뭐라도 사다 줘야지? 뭐 먹을래?"

미류가 하라를 돌아보았다.

"하라 배 안 고파."

"그래도… 오빠 손님인데……."

"하라 신당 구경할래."

"신당?"

"응!"

하라가 야무지게 고개를 끄덕거렸다.

"야, 이년아, 또 무슨 사고를 치려고? 법사님 신당에다 쌀 개락을 하려고 그래?"

봉평댁이 쌍수를 들고 말렸다.

"엄마는, 어르신 신당은 신빨이 떨어져서 그래. 미류 오빠 신당은 새 신당이니까 잘될지도 모른단 말이야."

하라는 한마디도 지지 않았다.

"쌀 붙이려고?"

"응!"

미류가 묻자 하라가 환하게 웃었다.

쌀 붙이기!

대개는 명두와 함께 행한다. 쌀은 신으로부터 오는 것이니 쌀이 명두에 붙으면 공수가 제대로 내리고 있다는 증거가 된다. 과거의 무당들은 그런 사람이 많았다. 명두는 물론 부채에도 붙었다. 허공에서 쌀이 내려와 저절로 붙는 것이다.

생구라라고?

처음에는 미류도 그렇게 생각했다. 하지만 실제로 본 후로는 믿게 되었다. 저 남쪽 산골의 당골무당이었다. 그녀의 나이 72세. 마을이 생긴 이후로 400년간 마르지 않던 저수지가 바닥을 드러내자 마을 굿을 올렸다. 미류가 표승의 애동제자로 들어선 다음 해의 일이다.

늙은 무당이었지만 6대를 이어 무업에 종사해 온 만만찮은 내공의 소유자. 그녀는 자신이 태어나고 자란 마을의 우환을 없애기 위해 모든 치성을 바쳤다. 그때 허공을 휘저은 그녀의 명두에 쌀이 붙어 나왔다. 자그마치 작은 종지로 하나 분량이었다.

보름 후부터 저수지에 물이 고이기 시작했다. 그러나 그녀는 정작 저수지에 물이 들어찬 나흘 후에 숨을 거두었다. 자신의 신명을 다

한 것이다.

미류의 눈에 지금도 선했다. 명두에 붙은 쌀알, 유난히도 희게 반짝이던 그 쌀알.

"해봐. 전생신께 허락부터 받고."

미류는 기꺼이 하라의 등을 밀었다.

"미류 법사!"

봉평댁이 울상을 지었다. 신당이 얼마나 신성한지 아는 그녀이다. 물론 미류라고 그걸 모를 리 없다. 하지만 하라는 지금 장난을 한다는 게 아니었다. 어린것이 기특하지 않은가? 적어도 전생신은 그만한 아량이 있을 것 같았다.

"쌀 어디 있어?"

하라가 물었다. 미류는 쌀 한 줌을 하라에게 건네주었다.

"엄마, 잘 봐!"

제 엄마를 향해 힘을 준 하라는 그대로 신당 안으로 들어갔다. 두 손을 모으고 합장하는 폼은 내림굿을 받은 신딸에 못지않았다. 하라 역시 보고 들은 것이 있었다.

그렇게 무신도를 바라보던 하라가 부채 하나를 집어 들었다. 그러고는 제 머리 위로 쌀을 홱 뿌렸다.

후두둑!

쌀알은 하라의 주변으로 낱낱이 흩어졌다.

"아휴, 저 미친년."

그 꼴을 보고 있던 봉평댁이 가슴을 쳤다. 몇 초 동안 움직이지 않던 하라가 수평으로 벌리고 있던 두 팔을 거두었다. 그러고는 부채를 살핀다. 쌀알이 붙었나 보는 것이다.

"으악!"

하라가 소리쳤다.

"오빠!"

이번에는 미류를 부른다.

"내 저년을 그냥……."

팔을 걷어붙이는 봉평댁을 말리며 미류가 신당으로 들어섰다.

"오빠, 이거 봐! 쌀알이 붙었어!"

하라가 부채를 내밀었다. 거기엔 정말 쌀 세 톨이 붙어 있었다. 이게 바로 하라가 말하는 쌀알 붙이기였다.

"야, 이년아. 니가 부채에 침 발랐지?"

봉평댁이 소리쳤다.

"아니야. 저번에는 그랬지만 오늘은 진짜로 붙은 거야."

하라는 한사코 도리질을 했다.

"됐으니까 빨리 신당이나 치워. 너 정말 가다가 죽을 줄 알아."

"엄마는, 오빠는 아무 말도 안 하는데. 그치, 오빠?"

하라는 미류의 지지를 원했다.

"그래. 처음에는 실수도 하고 그러는 거지. 그래도 세 톨이나 붙이다니… 우리 하라, 대단한데?"

"정말?"

"그럼. 오빠는 그거 한 톨도 못 붙이거든."

"잠깐만, 오빠. 내가 이 쌀로 신점 쳐줄게."

하라는 부채에 붙은 쌀알을 떼어냈다.

"신점?"

"오빠 오늘 식복 있겠는데?"

쌀 세 톨을 굴리던 하라가 말했다.

"미친년, 엄마가 밑반찬 가져온 걸 갖다 붙이기는."

"그거 아니야. 다른 식복이 있다고. 그리고 인기도 빵-빵, 빵-빵-빵!"

하라가 빽 소리쳤다.

"알았으니까 궁둥이나 들어라, 이년아. 벌받으려고 신당을 이렇게 어질러 놔?"

빗자루를 들고 들어선 봉평댁이 하라를 밀어냈다.

"오빠, 또 올게."

마당에 내려선 하라가 미류의 볼에 뽀뽀를 작렬시켰다.

"저년은 전생에 미류 법사 배필이었나? 지 엄마한테는 생전 뽀뽀도 안 하는 게."

봉평댁이 하라의 손을 잡아끌었다.

하라가 떠나자 갑자기 눈길이 허전해졌다. 하얀 천사가 쏙 빠져나간 기분이다.

'전생의 배필.'

봉평댁의 말이 울림으로 남았다. 언제 기회가 되면 하라의 전생을 한번 살펴봐야겠다는 생각이 들었다.

내친김에 표승에게 전화를 걸었다. 그는 진짜 용궁사에 있었다. 봉평댁의 말도 사실이었다.

─허깨비가 든 것 같은데 도무지 퇴치가 안 돼. 딱한 사정의 젊은 이이니 한번 봐주면 좋겠네만.

표승의 말이다.

"능력은 없지만 내려가 보겠습니다."

미류는 표승의 신뢰를 받아들였다. 못난 제자를 20여 년간 지켜본 표승. 이제는 그도 제자 자랑 좀 할 때가 되었다. 게다가 나아갈 바에 대해 표승의 조언도 필요하던 마당이다. 미류가 표승과 날을 잡았다.

그때 타로가 들어섰다.

"미류 법사!"

"웬일이세요?"

"이거… 내 단골이 보내준 산머루 발효액이야. 맛이 기가 막히니까 피곤할 때 한 잔씩 마셔."

"그쪽이나 드시지 웬 걸."

"에이, 왜 그래? 나도 다 지은 죄가 있으니까 보시 좀 하려는 건데."

"그럼 이번만 받겠습니다."

"그건 그렇고, 저녁에 시간 좀 내야겠어."

"왜요?"

"쌍골선사 님이 미류 법사 환영식 벌여주라고 명령 날렸어."

"환영식이요?"

"원래 새 점집이 개업하면 친목 삼아 해주는 게 전통인데 워낙에 스케줄이 안 맞다 보니……."

타로가 말끝을 흐렸다. 허튼 말이다. 지금까지 미류를 인정하지 않았기 때문이다.

"뭐 굳이 그러실 필요까지는 없는데요."

"무슨 소리야? 미류 법사 정도면 당연히 환영식을 해야지! 앞으로 여기 간판이 될 사람인데!"

타로가 목청을 높였다.

"간판은 아니지만 여기 관습이라면 잠깐 참석하죠."

"오케이! 그럼 이따 보자고."

타로는 시원한 대답을 남기고 나갔다.

환영식!

그 말을 들으니 하라의 점패가 스쳐 갔다.

'오빠 식복 있겠어. 인기도 빵빵!'

하라의 점괘가 맞은 걸까?

기특하네.

"자, 그럼 새로 오신 전생 전문 미류 법사님의 인사 말씀이 있겠습니다."

저녁 무렵, 해물찜 전문집에 자리를 잡은 타로가 숟가락을 마이크 삼아 설레발을 쳤다. 미운털이 박힌 사람이지만 저럴 때는 귀여운 면이 있기도 했다. 나이 먹고 재롱떨기도 쉬운 일은 아니다.

"뭐 해, 어서 한마디 하라고?"

타로가 미류의 등을 밀었다.

"다들 바쁘실 텐데 이런 귀한 자리 마련해 주셔서 고맙습니다. 이제 겨우 신당을 연 주제이니 앞으로 많은 가르침 부탁드립니다."

미류가 일어나 인사를 전했다.

박수가 나왔다. 참석한 사람은 모두 20여 명이다. 그중에는 쌍골선사의 제자와 다른 무당들의 신딸들이 섞여 있었다.

"자, 그럼 각자 마실 수 있는 걸 따라서 건배!"

타로가 외쳤다. 테이블의 음료수는 종류가 많았다. 관상을 보는 쌍골과 사주를 보는 명석철학관 원장은 술을 가리지 않는다. 하지만 무당에 속하는 무속인들은 가리는 이가 있었다. 미류는 막걸리를 받았다. 표승과 더러 마신 적이 있는 까닭이다. 다행히 받아 든 손에 아무런 느낌이 오지 않았다. 전생신의 허락이다.

"건배!"

가까운 잔끼리 부딪치며 술과 음료가 넘어갔다.

"미류 법사님!"

맥주를 비워낸 부채신녀가 미류를 바라보았다.

"예?"

"우리 총무님 말을 듣자니 부적을 제대로 쓰신다면서요?"

"아닙니다. 그냥 흉내만 내는 정도지요."

"언제 들를 테니까 구경 좀 시켜줄 수 있어요?"

"그거야 어렵지 않지요."

"내 말은 앞으로 나도 부적 좀 대달라는 거예요. 부적 써주던 스님이 계신데 작년 봄에 열반하셨거든요. 그분 제자 것을 받아오는데 영 효험이 없어요."

"언제 오셔서 직접 보고 쓸 만하거든 말씀하십시오."

"아유, 이제 겨우 한숨 덜었네. 요즘 부적 제대로 쓰는 사람이 없어설랑……."

"그러니까 내가 직접 배우라고 하지 않았나? 그래야 막힌 관상이 뚫린다고."

듣고 있던 쌍골이 한마디 거들었다.

"선사님은… 부적은 아무나 쓰는 줄 아세요? 무당도 다 자기 잘하는 분야가 있는 거라고요."

"눈썹이나 잘 간수해. 그나마 눈썹이 눈꼬리보다 길어 이리저리 변통할 상이지만 그거 빠지면 바로 낙장불입이야."

"쳇, 그래서 내가 눈썹 문신도 못 하잖아요. 선사님만 아니면 벌써 밀어버렸지."

"제 앞가림도 못하는 것들이 무슨 신명을 전한다고… 쯔쯧!"

쌍골이 혀를 찼다.

"아따, 그러는 선사님도 저기 미류 법사 관상은 못 본다면서요?"

"뭐라?"

"다 들었어요. 선사님도 그럴 때가 있으면서……."

"그럼 저놈 얼굴에 귀신이 들어앉았는데 무슨 관상? 백운학 거사가 와도 귀신상은 못 봐!"

"언제는 간문이 너저분해서 여자에 치여 죽을 거라더니……"

"이봐, 부채. 관상은 변하는 거라고 했어, 안 했어?"

"예, 관상도 변하고 세상만사도 변하죠. 암요. 명심하겠습니다요!"

부채신녀는 애교 섞인 입담으로 논쟁을 끝냈다.

"저기……"

소리 높은 대화가 잦아들자 옥수부인이 미류에게 말을 건네왔다.

"예?"

"톱스타들도 단골로 두었다던데 비법 좀 알려줘요. 저는 이러다 산 입에 거미줄 치겠어요."

"옥수 님도 손님 많던데 왜요?"

"그게 다 3만 원, 5만 원짜리거든요. 돈 벌려고 하는 짓은 아니지만 무속용품 사고 제단 꾸미자면 카드 돌려 막느라 정신없어요."

"……"

"언제 지도 좀 해줘요? 알았죠?"

옥수부인은 다짐이라도 받으려는 듯 막걸리를 꼭꼭 눌러 따라주었다.

"그러고 보니 쌍골선사님하고 꽃신 누님, 미류 법사, 사주 원장님이 한 사람을 놓고 점괘를 뽑아보면 재미날 거 같네요. 퍼펙트할 것 같지 않습니까?"

타로가 나섰다.

"이놈아, 아예 이 골목 점집을 하나로 합치지 그러냐?"

쌍골이 바로 핀잔을 주었다.

"그것도 나쁘지 않겠군요. 그건 그렇고, 곧 대선이 시작될 것 같은

데 이렇게 모이기도 힘드니 대통령 한번 점지해 보는 거 어떨까요?"

타로가 대선 운을 띄웠다.

대통령 선거, 그리고 대권의 향방!

무속인들에게는 중요한 '대목'이었다. 어느 정도 유명세가 있다면 그걸 궁금해하는 손님을 맞을 가능성도 컸다.

'누가 대통령이 되겠습니까?'

사람이나 사업에 따라서는 그게 필요하다. 미리 알 수만 있다면 큰 도움이 된다.

"이번 대통령은 여자야!"

꽃신선녀가 먼저 입을 열었다. 공수를 내리듯 걸쭉한 목소리였다.

"내 생각도 그래요. 여당에 선거의 여왕이 있지 않습니까? 요즘 옛날 향수 생각하는 사람이 많아서 여자 대통령 한번 나올 거 같습니다."

대운사주 김대운 관장도 꽃신 편을 들고 나섰다. 이건 당시의 분위기였다. 각종 여론조사에서 여당의 여자 후보가 부각되고 있던 까닭이다.

"우리 쌍골선사 님은?"

타로가 쌍골을 바라보았다.

"이놈아, 관상에서 대권 발설은 금기야. 그런 거 떠들고 다니는 놈은 다 공부를 제대로 하지 않은 인간들이지."

"그럼 다들 다음 대권은 여자 대통령 쪽입니까?"

타로가 좌중을 돌아보았다.

"제가 보기엔 서울시장도 대권 운이 있어 결국 나갈 눈치던데……."

반기를 든 사람은 뜻밖에도 옥수부인이었다.

"야, 그 사람이 뭘 알아? 술수나 부리지 정치판에 인맥이 짱짱한 것도 아니고. 그깟 기업 성공 신화 하나 믿고 나대는데 막말로 그 기업이 자기 거야? 그것도 다 거기 회장의 대운을 타고 놀았던 거라고."

꽃신이 당장 반박에 나섰다.

"하지만 여자 후보는 구중궁궐에서 자라 사회 경험이 거의 없잖아요? 반면 서울시장은 기업하면서 임기응변에도 능할 테고… 정치 인맥이 약하다지만 나가기만 하면 재계가 밀 테고… 그러면 또 다르지 않나요? 선거도 결국 돈으로 하는 것이니……."

"허어, 이거 또 정치 전문가 나셨네. 우리 애기씨, 대감님, 천신님이 이구동성으로 여자 대통령 나온다는데 그럼 그게 헛공수라는 거야?"

"뭐 그런 뜻은 아니지만……."

옥수부인이 말끝을 흐렸다. 논쟁에서도 현재의 입지가 고스란히 드러나고 있었다. 인기를 구가하는 꽃신선녀, 그에 비해 근근이 신당을 이어가는 옥수부인. 신빨에서도 말발에서도 밀리는 그녀였다.

그런데 이 점지만은 옥수부인이 옳았다. 그걸 아는 건 오직 미류뿐이다. 다음 대통령은 여자가 아니라 남자였다. 바로 서울시장 출신이다.

"그렇게 자신 있으면 나랑 내기 걸자고. 500만 원 빵!"

꽃신은 계속 기세를 올렸다.

"500만 원은 너무……."

"쩨쩨하긴. 그럼 100만 원?"

"아아, 잠깐만요, 잠깐만요."

둘의 논쟁에 타로가 끼어들었다.

"내기 좋지요. 기왕이면 뭔가 걸어야 재미도 나고. 그럼 우리 아주 말 나온 김에 단체로 내기 거는 게 어떻겠습니까? 그래서 돈 모이면 단체로 해외여행도 한번 가고."

"그거 나쁘지 않군."

김대운이 찬성했다.

"나도 공감. 우리도 중국 한번 다녀와야지?"

멍석철학원장도 공감을 표했다.

"좋습니다. 그럼 100만 원 빵 들어갑니다. 자, 여당의 여자 후보가 대통령이 된다?"

타로가 묻자 손이 좌라락 올라간다. 모두 여덟 명. 그 안에는 꽃신선녀와 쌍골선사 등이 포함되어 있었다.

"다음으로 서울시장이 대통령이 된다?"

서울시장!

그편을 든 손은 단 하나, 옥수부인뿐이다.

"우리 미류 법사는?"

타로가 미류를 바라보았다.

"……"

미류는 잠시 생각했다. 미류에게는 뻔한 내기. 그러나 전생신과의 약속이 있어 발설치도 못하는 상황. 잠시 주저하던 미류는 옥수부인 쪽으로 손을 들었다. 발설이야 못 한다지만 그편을 드는 것까지 금지된 건 아니기 때문이다.

"뭐야? 신명 좀 안다더니 서울시장? 전생점 전문이라 대권 쪽은 영 아닌가?"

누군가 혀를 찼다.

"그건 두고 보면 알겠죠."

미류는 웃어넘겼다. 다 아는 일을 모르는 척하는 것도 쉬운 일은 아니었다.

"미류 법사도 서울시장? 에라, 그럼 나도 서울시장이다!"

타로는 미류를 쫓아왔다.

즉석에서 서류가 작성되었다.

"이건 내일 제가 공증을 서겠습니다. 나중에 딴소리할 생각 마세요!"

타로는 일동을 향해 못을 박았다.

환영회가 끝났다. 무속인들과 신딸들은 제각각 취향대로 흩어졌다. 여기도 물론 2차가 있었다. 술이든 차(茶)든. 무속인 역시 희로애락에 묻혀 사는 '사람'인 것이다.

"미류 법사!"

계산을 끝낸 타로가 다가왔다.

"그냥 가려고?"

"예, 할 일도 있고 해서……."

"혹시 내일 저녁에 예약 손님 있어?"

"특별한 건 없는데요?"

"그럼 나랑 모임에 같이 갈래?"

"모임이요?"

"실은 내일 우리 전생점 멤버들 정기 모임이 있거든. 내가 미류 법사 자랑질 좀 했더니 멤버들이 좀 모셔오라고 생난리지 뭐야."

"전생점연합회라는 데 말이군요?"

"그래. 솔직히 미류 법사만은 못하지만 그래도 독특하고 쓸 만한 사람들 많거든. 의사도 있고, 스님도 있고, 웹디자이너에… 가서 한 수 지도 좀 해줘."

"지도까지야……."

"갈 거지?"

타로가 한 번 더 재촉해 왔다.

"그러죠. 다른 분들은 전생을 어떻게 보시나 궁금하기도 하고."

흔쾌히 수락했다. 책을 보면서도 궁금한 사항이다.

신당으로 돌아온 미류는 거실에서 전생 자료를 펼쳤다. 불교에 나오는 육통이다. 육통은 여섯 가지 신통력을 말한다. 천안통(天眼通), 천이통(天耳通), 타심통(他心通), 숙명통(宿命通), 신족통(神足通), 누진통(漏盡通)이 그것이다. 전생은 숙명통과 연결된다. 이 숙명통으로 말미암아 자신과 타인의 전생을 읽을 수 있는 것이다.

외국은 물론이고 한국에도 전생을 리딩하는 사람들이 있었다. 타로가 말하는 사람들 중의 일부이다.

특허권자는 미류지만 그들 역시 전생을 업으로 사는 사람들. 전생신의 능력과는 어떻게 다른지 궁금했다.

'전생점을 보는 모임이라……'

전생이라는 공통점 때문일까? 내일이 기대되었다.

"미류 법사도 차 한 대 뽑지그래?"

다음 날, 도로에 올라선 타로가 말했다. 미류는 조수석에 있었다. 타로의 자가용은 폭스바겐 비틀로 2인승이다. 컬러는 소라색. 독특해 보이기는 했다.

"천천히 생각해 보죠."

"남자는 말이야, 곧 죽어도 마이카가 있어야 해. 이건 무속인도 예외가 아니라고."

"예."

"일단 나 좀 보라고. 솔직히 별것도 없지만 이거 딱 끌고 나가면 여자들이 관심을 표해요. 일단 차가 귀엽잖아?"

"그렇군요."

"그건 그렇고, 어제 회식에서 말한 차기 대통령 말이야. 자신 있는 거지?"

"그럴 겁니다."

미류는 기꺼이 대답했다.

"확률은?"

"100%?"

미류가 웃었다. 단순한 내기이니 에둘러 말하는 건 큰 문제가 없을 것이다.

"오케이. 내가 그럴 줄 알았다니까."

타로도 반색했다.

대선.

무속인들 사이에서는 월드컵 우승국 맞히기보다 중요한 일이다. 모르긴 해도 이제부터 무분별하게 예언이 쏟아질 것이다. 이 예언들은 어처구니없이 폭주하기도 한다. 노 대통령과 양 김 씨 때도 그랬다.

당시 양 김 씨의 단일화를 염려한 노 후보, 모 역술가를 통해 비방을 받았단다. 그 비방은 수많은 부처를 모시면 당선된다는 것이었다. 그걸 위해서 10원짜리 동전의 도안을 바꾸었다는 설이 나왔다. 다보탑의 계단 부분 김(金) 자 형체를 엇갈리게 하는 동시에 탑 중간 부분에 새겨진 돌사자상을 불상으로 보이게 하는 암각을 시도했다는 것. 이것 외에도 무책임한 예언은 셀 수도 없을 정도였다.

"그리고……."

타로가 다시 미류를 돌아보았다.

"말씀하세요."

"저번에 내 업보 벗어나는 법을 알고 싶으면 다시 오라고 했잖아?"

"그랬죠."

"나 이제 무조건 미류 법사 믿으니까 한가할 때 불러서 비방 좀 줘. 쌍골선사님이나 꽃신 누님 것은 뜬구름 잡기 같아서 원……. 성격 고치고 노력하면 잘되는 거 누가 모르나? 그게 어려우니까 그렇지."

"그러죠."

"자, 다 왔습니다. 저기가 바로 우리 전생점연합회 아지트입죠!"

아담하고 노란 건물 앞에 차가 멈췄다. 타로가 들어선 곳은 평범한 찻집이었다. 안으로 들어가자 사람들이 보인다. 여자 셋에 남자 둘이다.

"소개합니다. 전생점계의 신성 무속인 미류 법사님!"

타로가 소리 높여 미류를 소개했다.

"만나서 반갑습니다."

미류가 인사를 했다. 미류까지 일곱 명이다.

"말씀 많이 들었습니다. 송창명입니다."

"진순애예요!"

진순애!

그녀는 40대의 신경과 전문의였다. 의사와 전생 리딩가. 별로 어울리지 않는 것 같지만 이안 스티븐슨처럼 유명한 정신과 교수도 전생 연구에 평생을 바쳤다.

"저는 노찬숙!"

멤버들이 여기저기서 손을 들었다. 사람들이 좋아 보인다.

"그런데 공 총무님께 듣자니 전생 감응이 동영상처럼 쨍쨍하다면서요?"

송창명이 물었다. 다른 사람들도 귀를 쫑긋 세웠다. 무척이나 궁금한 눈치들이다.

"과찬입니다. 그냥 성심껏 전생점을 보는 것뿐입니다."

"에이, 겸손하시긴. 우리 총무님이 남 밟는 거는 좋아해도 띄우는 쪽은 아니거든요. 웬만해서는 칭찬 안 하는데 하는 거 보면 견적 나옵니다."

"예."

미류는 간단하게 대답했다. 아직 이들의 면면을 모르는 상황이기 때문이다.

"법사님은 전생을 어떻게 리딩하세요? 무당이시라니 접신을 해서 신의 도움으로 보는 건가요?"

이번에는 진순애가 물었다.

"뭐… 비슷합니다."

"어머, 막 궁금해지네. 나는 그저 영감에 불과한데……."

"그러지 말고 다들 차례차례 소개들 하세요. 우리 미류 법사님, 여기는 처음이지만 곧 전생점으로 대한민국을 흔들어대실 거사님이니까."

타로가 괜히 목에 힘을 주었다.

전생 전문가들의 방법이 나오기 시작했다. 송창명은 상호 감응이었다. 상대의 손을 잡으면 전생이 보인다고 한다. 하지만 성공률은 약 절반이었다. 그러니까 두 명을 보면 한 명만 성공하는 것이다. 그는 그 재주를 타고났다. 다만 열여섯이 넘으면서 타인의 전생을 조금 더 또렷하게 볼 수 있다는 것으로 설명을 끝냈다.

다음에는 의사 진순애였다. 그녀는 송창명과 달랐다. 그녀의 전생은 공간이면 되었다. 사방이 막힌 공간 안에서 상대 몸에 흰 천을 두르면 전생을 리딩할 수 있었다. 그녀 역시 제한은 있었다. 상대에 따라, 자신의 컨디션에 따라 성공률이 달라진다고 한다.

노찬숙과 채병일 역시 송창명과 유사한 방법이었다.

"그럼 제 전생을 좀 부탁드려도 될까요?"

설명이 끝나자 미류가 송창명에게 손을 내밀었다. 타로의 말 때문이다. 오면서 듣기로 송창명이 나름 실력이 괜찮은 사람이었다. 그러니 궁금할 수밖에.

"아, 이거 관우 앞에서 청룡언월도 흔드는 꼴 아닌가 모르겠네?"

송창명이 앞으로 나섰다.

"셋을 세면 전생 리딩에 들어갑니다. 긴장 푸세요."

셋! 둘! 하나!

카운트는 금세 이루어졌다. 미류는 집중했다. 남을 통해 전생을 보기는 두 번째다. 전생신에게서 한 번, 그리고 지금.

"……!"

한순간 머릿속에 진동의 파동이 지나가는 것 같았다. 영적 에너지 주파수를 맞추는 모양이다. 잠시 후 수많은 문이 보인다. 낡은 것도 있고 새것도 있다. 발아래도 어지럽게 흔들렸다. 지상인지 수면 위인지 구분되지 않았다. 문들은 쉴 새 없이 다가오다 멀어졌다. 붓과 종이, 그리고 타악기가 보인다. 옛날 사람들이 보인다. 점을 보는 책도 몇 권 떠올랐다.

"아하!"

한숨은 송창명의 입에서 먼저 나왔다. 그의 손이 격하게 떨리고 있었다.

"전생이… 조금씩 보입니다. 고려 시대쯤 되는 것 같습니다. 당신은… 그림을 그립니다. 그리고 궁중에서 노래를 하고 있습니다. 그리고… 또 다른 모습이 있습니다. 주역 책… 점쟁이 같군요. 당신은 저 잣거리에서 점을 보고 있습니다. 그리고… 하아!"

그가 한 말이 희미하게, 그림이 되어 미류의 뇌리를 스쳐 갔다. 포커스가 맞지 않은 화면처럼 선명하지는 않았다.

"후우!"

가쁜 숨과 함께 송창명이 눈을 떴다. 미류의 머리도 정상으로 돌아왔다.

"끝?"

타로가 송창명을 바라보았다.

"아, 진짜 힘드네요. 이런 분은 처음입니다."

송창명이 혀를 내두르며 고개를 저었다.

"왜 그러시죠?"

미류가 물었다.

"그게 아니라… 전생문이 시원하게 안 열리고 띄엄띄엄해요. 다른 사람 같으면 문만 보였다 하면 다 열리는데……"

"그래서? 그게 다야?"

타로가 결과를 다그쳐 물었다.

"법사님 전생은 아마 화가나 소리꾼이었을 것 같아요. 그리고… 점쟁이?"

식은땀에 젖은 송창명이 미류를 바라보았다.

"……!"

미류는 내심 뜨끔했다. 미류처럼 스토리가 있는 전생 감응은 아니지만 대략 짚어냈다. 전생신에게 들은 것과 일부가 겹친다.

"흐음, 미류 법사가 석채화도 기막히게 그리고 부적도 잘 쓰니… 대략 맞는 건가?"

타로가 고개를 갸웃거렸다.

"대단하네요."

미류는 기꺼이 박수를 쳐주었다.

"그럼 저도 법사님께 전생 리딩을 좀 받을 수 있을까요?"

송창명이 조심스레 말했다.

"그러시죠."

사양하지 않았다. 그에게 전생 리딩을 받았으니 기브 앤 테이크는 당연했다.

"눈을 감아야겠죠?"

송창명이 물었다.

"상관없습니다."

미류는 다른 경우와 달리 송창명에게는 제약을 두지 않았다. 그 역시 전생을 읽는 사람, 굳이 형식을 두고 싶지 않았다. 미류는 그대로 두 손을 들어 올렸다. 궤적을 따라 하르르 푸른 연기가 비치자 멤버들의 입이 벌어졌다.

송창명의 전생령은 네 개였다. 현생은 그의 다섯 번째 삶이었다. 눈에 띄는 공통점이 있었다. 모든 전생령에 발전이 없다는 것. 그는 네 번의 삶에서 모두 무기력한 위치에 있다가 생을 마쳤다.

'중간만 가면 돼!'

'세월이 좀먹나?'

딱 그 스타일이었다. 그중에서 필사공령을 선택했다. 나태한 모델이다. 어떻게 보면 평범해 보이지만 답답하기 그지없었다.

기상, 수도원 작업장, 시키는 일만 함, 작업 끝, 잠자기.

그는 지루한 생의 패턴이 어떤 것인지 정석으로 보여주었다. 꿈이 없는 인간의 생은 참으로 무미건조하다. 남들이 승급하고 보상을 받을 때도 그는 늘 제외되었다. 더러는 작심해 보기도 하지만 유효기간은 3일. 감응을 하자니 짜증이 날 정도였다.

'에라, 모르겠다.'

새로운 필사본을 들여다보다 벌렁 누워버리는 필사공. 미류는 그 장면에서 전생 감응을 끝냈다.

"……!"

현실로 돌아온 송창명이 눈을 끔뻑거렸다. 참고 점사를 위해 재물창을 띄웠다.

[재물운 下上 24%]

좋지 않았다. 학벌창을 하나 더 띄워보았다.

[학벌운 中下 32%]

그 또한 좋은 편은 아니었다. 두 자료는 전생을 비추는 좋은 거울이 된다.

"기분이 어떻습니까?"

미류가 물었다.

"방금 그게 제 전생?"

"전생 중의 하나입니다. 수도원에서 일하는 필사공이시더군요. 혹시 기록하는 걸 즐겨하지 않으시나요?"

"맞습니다. 제가 온라인 시대지만 육필을 좋아해요."

"다른 전생까지 고려하면 길고 정체된 쳇바퀴의 굴레가 과업인 듯합니다. 매사에 작심삼일이죠? 주제넘지만 자아를 완성하시려면 각고의 노력으로 인과를 넘으셔야……."

"어이쿠, 정곡을 찌르시는군요. 제가 뭔가 좀 하려고 해도 엉덩이가 진득하질 못해서……."

송창명이 뒷목을 긁었다.

"송 쌤!"

여자들이 송창명을 바라보았다. 소감을 묻는 눈빛이다.

"굉장해. 우리하고는 차원이 다르시네. 한마디로 화소가 높은 동영상을 보는 느낌이야."

"어머, 정말요?"

여자들의 눈에 호기심과 동경심이 교차하고 있다. 미류는 그들을 향해 가벼운 목례로 답했다. 그때 타로가 시계를 보며 말했다.

"우리 흡혈귀는 안 오는 건가, 진 선생님?"

타로가 진순애를 돌아보았다.

"간호사들 학회가 있다고 들었어요. 조금 늦을 겁니다."

진순애가 대답했다.

'흡혈귀?'

단어에 끌린 미류가 타로를 바라보았다.

"아, 그런 멤버가 있어. 남의 피를 맛보며 전생을 리딩하는 간호사 채나연!"

피를 맛보고 전생을 읽어?

미류의 귀가 쫑긋 각을 세웠다.

채나연!

그녀가 등장한 건 한 시간쯤 지난 후였다. 호리호리한 체구의 그녀는 우수가 깃든 얼굴이었다.

"안녕하세요?"

목소리도 가녀렸다. 미류는 고개를 숙여 그녀의 인사에 화답했다.

"빨리 좀 오지. 여기 미류 법사가 얼마나 기다린 줄 알아?"

타로가 공치사를 했다.

"죄송해요. 오늘 학회가 좀 길어져서……."

그녀는 마시던 커피를 내려놓았다.

"진짜 대단한 분이서. 맛보기 시범 좀 봤는데 나하고는 완전 차원이 다르네. 쪼렙과 만렙의 차이 같아."

송창명이 경과보고를 했다.

"어머, 그래요?"

그녀가 미류를 돌아보았다. 가지런한 흰 이가 눈길을 끈다.

"여긴 채나연이라고, 흡혈귀 전생 리딩가. 오래 사용한 물건으로 전생을 투시하는 양종길 선생하고 둘이 개성파지. 우리 천재 동자승 회장님 빼면 실력도 알아주는 편이고."

타로가 설명을 덧붙였다.

"아유, 정말… 기왕이면 좀 좋게 말해주세요. 흡혈귀가 뭐야, 흡혈귀가."

채나연이 웃었다.

"그럼 뭐라고 그래? 비포어 라이프 블러드 리더?"

"됐어요."

그녀가 손을 내저었다. 이제 갓 서른쯤 되어 보이는 여자. 귀여운 구석이 있다.

"아무튼 늦은 벌로 미류 법사 시식, 아니, 시혈(始血) 어때?"

타로가 채나연을 바라보았다.

"싫어요. 굉장한 고수시라며 어떻게 감히……."

"저도 궁금한데요? 부탁합니다."

거기서 미류가 끼어들었다. 피로 읽어내는 전생. 어쩐지 관심을 끌었다.

"좋아요. 그럼 한번 해보죠, 뭐."

"오케이! 주사기 일발 장전!"

타로가 소리쳤다.

주사기?

대체 피를 얼마나 뽑는다는 얘기일까? 막연히 피라고 생각하다 주사기가 나오니 살짝 긴장되는 미류였다.

하지만 그녀가 꺼내 든 건 주사기가 아니라 란셋이었다. 손끝을 천자해 소량의 피를 뽑는 란셋.

"조금 따끔할 거예요."

채나연이 미류의 약지 끝을 찔렀다.

흘러나온 피가 방울졌다.

이걸 어떻게 맛을 본다는 건가?

스윽!

혀로 핥아서? 아니면 입에 대고 쥐어짜서 쭙쭙?

궁금한 찰나에 생수 잔이 나왔다. 피는 그곳에 떨어졌다. 몇 방울 방울지자 물 색이 변하기 시작했다.

"법사님은 어떤지 모르지만 저는 피 맛을 보면 영적 주파수가 맞아져요. 그럼 그 사람의 전생을 볼 수가 있지요."

채나연은 그걸 마셨다. 그런 다음 한동안 눈을 감고 집중했다.

"······!"

다들 침묵했다. 오래지 않아 그녀가 눈을 떴다. 눈은 미류에게 세팅되었다. 부드러운 눈빛이다.

"흐음······."

채나연이 눈빛을 거두었다. 전생 리딩이 끝난 모양이다.

"어렵네요. 법사님 영적 에너지가 저랑 너무 차이가 나요. 그래서 동시 리딩은 불가능하고··· 더러 읽어내긴 했는데··· 앙꼬 없는 찐빵 전생이네요."

"······?"

그녀의 한마디에 미류의 눈이 휘둥그레졌다. 미류의 전생, 개고생을 하다가 성공의 직전에서 파산당하는 질곡의 삶. 전생신이 말한 것과 다르지 않았다.

"그림을 그려요. 그리고··· 전생에도 무당이 보였어요."

채나연의 시선이 미류에게 날아왔다.

짝짝짝!

미류는 박수로 보답했다. 그녀 역시 괜찮은 실력. 미류의 입장에서는 아주 흥미로운 경험이었다.

간단한 미팅 후에 시연이 시작되었다. 전생점연합회의 정기 행사였다. 이때 참석한 일반 회원은 약 20여 명. 젊은 커플부터 60대의 아줌마까지 보였다. 전생 전문가들은 실비로 전생을 봐주며 전생에 대한 홍보에 나섰다.

"미류 법사!"

타로가 미류를 불렀다.

"왜 그러시죠?"

"저기 저분 보이지?"

타로가 창가의 여자를 가리켰다. 얼룩덜룩한 몸으로 담배를 피우고 있다.

"난해한 회원님이라 우리가 매번 오지게 당하고 있는데 또 왔네. 미류 법사가 간 좀 봐줄 테야?"

"간이요?"

"우리가 보는 전생은 시시하다는 거야. 한동안 안 나오더니 무슨 바람이 불었대?"

"······."

"어때? 못된 송아지 좀 혼내주고 복채도 확 뜯어내면 내 속이 다 후련할 거 같은데. 쩐은 좀 있는 사람이거든."

타로가 미류의 의향을 물었다. 슬쩍 보니 몸뚱이 자체가 움직이는 화판이었다. 얼굴만 빼고 문신이 없는 곳이 없었다. 더구나 좋은 그림도 아니고 거칠고 조악한 문신.

"딱 제 스타일이군요."

마음에 들었다. 특허는 괜히 있는 게 아니다.

"제대로 된 전생점을 원하신다고요?"

"오빠가 보시게?"

고개를 든 문신녀가 연기를 내뿜었다. 연기가 미류의 눈에 닿았다. 그녀의 이름은 박상숙이었다.

"담배는 좀 꺼주시죠?"

"왜요? 신당 향불 연기나 담배 연기나……."

"다르거든요."

미류가 눈빛을 뿜었다.

"이 오빠, 뉴 페이스?"

문신녀가 타로를 바라보았다.

"방금 계룡산에서 득도하고 하산한 미류 법사님이십니다. 전생점으로는 국내 최고죠."

타로가 분위기를 띄웠다.

"설레발은… 아무튼 눈빛이 마음에 드네. 얼마짜리로 볼 수 있어요?"

문신녀가 담배를 비벼 끄며 물었다. 미류의 그릇을 보려는 모양이다.

"가볍게 천만 원으로 시작하면 되겠습니까?"

"얼마?"

"천만 원!"

"오, 세게 나오시는데?"

"약하면 오천이나 억도 괜찮습니다만……."

"구라 세시네. 오빠 점이 그만한 가치가 있어?"

문신녀가 다리를 꼬았다.

"마음에 안 들면 돈 안 받죠. 대신 마음에 들면 천만 원 더 올려놓으시죠."

"어머, 이 오빠, 완전 화끈하네. 좋아요, 못 먹어도 한번 고해보죠."

문신녀가 판을 허락했다.

"원하는 게 뭡니까?"

"전생점이니까 당연히 전생이죠. 나는 전생에 뭐였을까? 여기 전생 도사들에게 보기는 했는데 말이 조금씩 다르더라고요. 그러니 다 사기 같아서……."

그녀의 시선이 자기 팔뚝으로 내려갔다. 굵은 쇠사슬과 배에서 쓰는 쇠고랑이 새겨진 팔뚝이다. 허벅지 아래로도 문신이 빼곡했다. 그 또한 조악한 뱃사람들의 소품이다. 이 여자, 전생이 선원이라도 되는 걸까?

"배를 좋아합니까?"

"아뇨, 싫어해요."

"그런데……."

"아, 이 문신이요? 나도 모르게 이걸 하면 아픈 데가 잠시 사라지는 것 같아서……."

문신녀가 어깨를 으쓱해 보였다. 미류는 일단 운명창부터 띄워놓았다.

[가정운 下上 24%]

[건강운 下下 04%]

[재물운 上下 69%]

[학벌운 中中 42%]

[애정운 下中 12%]

[명예운 下上 24%]

"……?"

운명창을 본 미류가 놀랐다. 겉보기와는 달리 극악에 가까운 건강운 때문이다.

'이건 또 무슨 경우?'

건강창을 바라보았다. 두 글자가 아른거린다.

[腦][肩]

뇌와 어깨?

뇌를 보았다. 희뿌연 영가가 보인다. 어깨에도 뭔가가 잔뜩 서린 듯했다.

"눈을 감아보세요."

아무래도 전생륜이 필요했다. 눈을 감게 하고 전생륜을 불러냈다.

"……?"

전생륜이 보이자 미류가 꿈틀 움직였다.

문신녀 뒤에서 느껴진 영가들 때문이다. 많았다. 집중하려 할 때 조명이 현란하게 바뀌었다. 조명 때문에 영가가 보이지 않았다.

'잘못 봤나?'

다시 전생륜에 집중했다. 그녀는 부(富)를 주제로 삶을 살았다. 주제 속에서는 대략 성공한 인생이었다. 하지만 마지막 반전이 있었다.

물, 불, 바람.

반전을 만든 원인이다. 애써 일군 어마어마한 농장과 안정된 부, 그리고 선단에 마가 낀 것이다. 성공의 구가는 늘 그렇게 마지막 고비에서 대단원의 막을 내렸다.

물이 빼앗아갔다.

불이 가져갔다.

바람이 뭉개 버렸다.

그녀는 매번 살아났지만 재산은 지킬 수 없었다. 소중한 것들도 지킬 수 없었다. 그의 힘으로는 불가항력이었기 때문이다.

그 인과가 현생에 묻어온 걸까? 그녀의 문신에?

그래서 그 인과의 흔적을 몸에다 새기는 걸까? 전생류 중에서 하나를 들어냈다. 노예 상단이다. 전 재산을 털어 사들인 노예. 그들을 팔기 위해 다른 나라로 가던 배가 폭풍을 만났다. 돛이 망가지면서 표류하게 되자 별수 없이 노예들을 버렸다. 식량을 아끼기 위한 조치였다.

'아차!'

거기서 미류는 머리를 치고 가는 짜릿함을 느꼈다. 전생 감응을 잠시 중지한 채 문신녀를 바라보았다. 보였다. 그녀의 어깨 뒤, 현란한 조명이 고요하게 바뀌자 선명해졌다.

'젠장!'

미류가 치를 떨었다. 영가가 맞았다. 바다에 버려진 노예들이었다. 그것도 한둘이 아니었다.

'일단은 전생부터 보여주고.'

미류는 침착하게 입을 열었다.

"시작합니다."

동시에 노예상령을 정수리에 넣었다.

"……!"

문신녀가 전생을 감응하기 시작했다.

치이익!

연기가 피었다. 살 타는 냄새도 코를 자극했다. 지하 선실이다. 문신녀는 그 배의 주인이었다. 불에 벌겋게 달궈진 인두를 들고 있다.

"다음!"

그가 말하자 선원 둘이 노예의 양팔을 제압한 채 다가섰다.

치익!

벌건 인두가 노예의 어깨에 닿았다. 내 노예라는 표식을 하는 것이다. 선실 구석의 노예들은 두려움에 떨고 있었다. 어린아이도 있고 소녀도 있었다. 주인은 남녀노소를 가리지 않았다. 그들은 인간이 아니라 그저 돈에 불과하기 때문이다.

휘이잉!

바다가 거칠어지기 시작했다. 닻이 날아갔다. 돛대도 부러졌다. 마침내 노예들을 바다에 수장하는 장면에 도착했다. 문신녀는 크게 놀라는 표정이 아니었다. 미류는 감응을 끝냈다.

"보셨나요?"

미류가 물었다.

"그게 내 전생인가요?"

"그렇습니다만."

"다른 도사들하고 다르긴 한데… 나 그런 꿈 더러 꾸는데?"

문신녀가 말했다.

"꿈을 꾼다고요?"

"그래요. 바다에서… 사람들을 빠뜨리는 거… 어릴 때부터 그랬어요."

'맙소사!'

그녀의 전생은 무의식으로 남았다. 그랬기에 놀라지도 않는 것이다. 꿈이라고 해도 이미 익숙해진 일이므로. 그래, 그건 나쁜 일이 아니었다. 나쁜 일은 따로 있었다. 바로 그 노예들이 무의식 속에 따라왔다는 것.

"혹시 문신 좀 자세히 볼 수 있을까요?"

미류가 말했다.

"왜요?"

"전생의 인과를 보는 데 필요해서요."

"그러세요."

그녀가 등짝을 걷어 보였다. 과연 노예와 관련된 문신들이 있었다. 상당수는 쇠사슬과 손발의 쇠 팔찌 등이었다. 노예들을 결박하던 장치다.

"이 문신의 그림들, 당신이 원한 건가요?"

"......"

문신녀는 대답하지 않았다.

쩔겅!

신방울을 울렸다.

소리를 들은 문신녀의 안면이 뒤틀리기 시작했다.

절겅절겅!

한 번 더 방울을 울렸다. 그러자 여자의 입이 열렸다.

"우리가 원했다!"

문신녀의 머리에서 비틀린 음성이 나왔다. 어찌나 섬뜩한지 리딩하던 멤버들이 미류 쪽을 돌아보았다.

"나쁜 영가에 물들었군요?"

채나연과 송창명, 진순애가 다가왔다. 그들은 이런 영가를 느낄 수 있는 모양이다.

"게다가 많은데요?"

이번에는 채나연이다.

"전생에서 따라온 원혼들입니다. 그녀의 의식 속에 남아서 문신을 부추겨 몸을 망쳤어요. 문신을 잘 보면 노예들이 주로 쓰던 물품들입니다."

그녀의 문신은 억울한 원혼들의 한이 시킨 일이었다. 그렇게 그녀의 몸을 망쳐가며 원한을 풀고 있었던 것이다.

미류는 부적을 꺼내 들었다. 퇴마부다. 그걸 문신녀의 이마에 붙이며 태을보신경을 외웠다.

"태상 왈 황천생아 황지재아 일월조아… 천지만물 각각자순 각각 자복 팔방제신 자연복종… 옴옴 급급여률령!"

주문이 끝나기도 전에 문신녀가 강시처럼 굳어진 채 넘어갔다.

"미류 법사!"

놀란 타로가 외쳤다.

"쉬잇!"

미류가 타로를 진정시켰다. 원혼들 때문이다. 희미하게 날아가는 원혼들의 영가. 미류는 그들에게 전생신의 뜻을 전했다.

'억울한 그 인과는 너희의 다음 생에 보상을 받으리라!'

그 마음이 전해졌을까? 영가들은 미류 앞에서 작은 원을 그리며 사라졌다.

잠시 후에 문신녀가 깨어났다.

"아우, 머리야!"

그녀의 목소리는 얌전하게 변해 있었다. 동시에 그녀의 건강창 지수가 바뀌는 게 보였다.

[건강운 中下 34%]

좋아졌다.

나이에 비해 좋다고 볼 수는 없지만 아까보다는 나아졌다.

"어떠세요?"

미류가 물었다.

"머리가 시원해진 것 같아요."

"어깨는요?"

"어깨도 가벼워진 것도 같고."

"아직도 문신하고 싶어요?"

미류가 묻자 여자는 고개를 절레절레 저었다. 노예 원혼들의 잔재가 지워진 모양이다.

"전생 보셨죠?"

"예."

"바다 좋아하지 않죠?"

"예."

"어릴 때부터 꾸었다는 그 꿈, 그냥 꿈이 아니라 당신 전생의 일부였어요. 아까 본 전생처럼요."

"제가 사람을 그렇게 많이……?"

죽였나요?

문신녀의 말줄임표 속에 숨은 말이다.

"지난 생의 일입니다. 그러나 그 인과가 이 생에 미치고 있어요. 그러니 현생에서는 속죄하고 반성하는 마음으로 사세요. 다행히 전생의 재물운이 함께 붙어와 돈은 잘 따르는 것 같으니 그 수익금 일부로 외국의 빈민들을 도우면 만사가 잘될 것 같네요."

"아아, 그래서 그런 꿈만 꾸면 며칠씩 몸살이 나고… 막 문신이 하고 싶어졌던 거로군요? 그리고… 문신을 하면 한동안 괜찮아지고……."

"맞아요. 그때 당신이 그들에게 새긴 문신, 아니, 노예 표식의 카르마였습니다."

"카르마……."

"채 선생님!"

미류가 채나연을 돌아보았다.

"예?"

"선생님 병원에 신경과 있나요?"

"그럼요."

"그럼 내일 이분 좀 모셔서 검사 좀 진행하시면 좋겠어요. 제 생각에는 머리에 질병이 있는 거 같아서요."

"그러죠. 제가 예약해 두겠어요."

"꼭 가보세요. 그럼 무겁던 몸이 더 가벼워질 겁니다."

미류의 당부가 이어졌다.

"고맙습니다, 법사님!"

문신녀 박상숙은 기꺼이 복채 봉투 하나를 더 올려놓았다. 점사가 만족스러우니 약속을 지킨 것이다.

"와아, 제 속이 다 시원했어요! 저저번에 그분에게 얼마나 무시당했던지……."

일반 회원들이 돌아간 자리, 노찬숙이 소리를 높였다.

"여러분 체면을 세워주게 되어 다행으로 생각합니다."

미류는 겸손하게 답했다.

"저… 법사님 제자로 받아주면 안 돼요?"

노찬숙이 물었다.

"어, 나돈데?"

다른 회원도 합창했다.

"뭐야? 다 내 라이벌이네? 내가 법사님 꼬셔보려고 했더니?"

채나연도 볼에 바람을 넣었다가 빼냈다. 회원들과의 만남은 그렇게 끝났다.

짝짝짝!

멤버들의 박수를 받으며 자리를 떠났다.

"다음에 또 오세요!"

진순애와 나란히 선 채나연의 목소리가 가장 높았다. 흡혈귀 전생 리딩녀. 이름만으로도 평생 잊지 못할 여자이다. 피 맛을 보고 전생을 리딩하는 간호사라니. 세상은 과연 넓었다. 섭섭한 건 회장이 오지 않았다는 것.

어린 동자승이라는 회장 선강 스님. 그는 염주를 맞잡고 신통력 서린 법력으로 상대의 전생을 읽어낸다고 한다. 그렇다면 불교에서 말하는 육통 중에 숙명통을 타고났다는 것. 게다가 나이는 고작 열한두 살이라니? 동자승 회장을 못 보고 가는 게 두고두고 아쉬운 미류였다.

"잠깐만요!"

신호 때문에 차가 멈췄을 때 미류가 말했다. 요양원 앞이다. 휠체어로 이동하는 입소자가 뒤틀려 튀어나온 보도블록에 바퀴가 걸려 끙끙대고 있었다.

미류가 내려 휠체어를 밀었다.

"고맙습니다."

어눌한 인사가 나왔다. 70대의 노인은 치매 환자로 보였다. 입구가 가깝기에 계속 밀고 갔다. 어머니가 있던 차라 요양원 분위기는 익숙한 미류였다. 요양원 안으로 들어섰다. 시든 냄새가 진동했다. 작은 빌딩 안에 아기자기 시설을 갖춘 요양원. 휴게실에 나온 노인들은 또 한 번의 충격이었다.

어머니가 있던 곳도 그랬지만 요양원은 단어의 뉘앙스와는 거리가 멀었다. 인간의 인격을 누릴 수 있는, 이 생의 고단한 인과를 마감하고 정리하는 분위기가 아니었다.

맑은 공기!

쾌적한 분위기!

시원한 산책길!

고귀한 생을 마감하는 사람이라면 누구나 그런 시설에서 눈을 감을 권리가 있다. 부자들뿐 아니라 가난한 사람들도.

노인의 힘거운 인사를 받으며 건물을 나왔다. 미류 머리에 등댓불이 켜졌다.

이미 다가온 고령화사회. 사회 참여와 사회봉사의 가닥이 잡힌 것이다. 이 생의 마무리는 윤회의 한 과정이니 미류에게 더욱 의미가 있을 것이다.

다음 날, 미류는 부적을 챙겼다. 표승의 부탁을 위해 충북 음성의 용궁사로 가려는 것이다. 막 문을 잠그고 돌아설 때다. 뒤쪽에서 경적이 들렸다.

빵빵!

돌아보니 육방의 사모님 송미선이다.

"법사님!"

"오셨습니까?"

미류는 겸손히 그녀를 맞았다.

"어디 가세요?"

"아, 예. 지방 절에서 찾는 분이 계셔서……."

"어머, 역시……."

"그런데 여긴 어떻게?"

"어떻게요, 법사님 보러 온 거죠."

"예? 저는 지금 나가야 하는데……."

"괜찮아요. 어디로 가세요?"

"동서울터미널……."

"타세요. 거기까지 태워다 드릴게요."

"아닙니다. 그렇게 신세를 지면……"

"타세요. 저도 부탁할 게 있거든요."

부탁?

하긴 일없이 이 골목을 지날 사모님이 아니다.

"그럼 신세 좀 지겠습니다."

미류가 차에 올랐다.

"괜찮으시면 제가 음성까지 태워다 드려도 되는데… 중부로 가면 금방 도착하거든요."

"아, 아닙니다. 그건……"

미류가 손사래를 쳤다.

"알았어요. 법사님 인품에 그렇게 신세를 지는 건 싫으시겠죠."

"부탁이라는 건 뭐죠?"

미류가 화제를 돌렸다.

"아, 다음 주에 시간 좀 내주실 수 있나 해서요."

"다음 주요?"

"죄송하지만… 제가 탁구방을 하나 맡고 있거든요. 송송탁구방이라고……"

"송송탁구방이오?"

미류의 눈이 동그래졌다. 골프장도 아니고 탁구방이라니?

"진짜 탁구방이 아니고 마음이 맞는 친구들 모임이에요. 거기 멤버들이 법사님을 뵙고 싶어해서……"

"능력도 없는 사람을 띄우신 모양이군요."

미류가 웃었다.

"능력이 없다니요? 저 법사님 덕분에 무속을 믿게 되었어요."

"과찬입니다."

"시간 좀 내주세요. 아니면 친구들이 저 그냥 안 둘 텐데……."

"어떤 분들인가요?"

"동창도 하나 있고… 나머지는 경영인 안사람들이에요. 또래끼리 몇이 만나서 사회봉사도 하고 지원금이나 후원 물품 같은 것도 보내고 하는데 나이가 나이라서 그런지 다들 전생에 관심이 많더라고요."

"제 주제에 낄 자리는 아닌 거 같은데……."

"아니에요. 제발 제 체면 좀 봐주세요."

"……."

"법사님!"

"그렇게 하죠."

"와우, 고맙습니다!"

미류가 수락하자 사모님은 아이처럼 좋아했다.

차는 동부간선도로를 나와 천호대로로 접어들었다. 거기서 법원 쪽으로 빠지니 바로 터미널이 나왔다.

"조심히 다녀오세요!"

사모님은 차에서 내려 인사했다. 미류도 겸허히 마주 인사를 하고 버스에 올랐다.

인과 해소!

그 단어가 스쳐갔다.

어쩌면 오랜 시간 동안 속앓이를 해왔을 사모님. 그랬기에 첫인상에도 수심과 짜증이 엿보인 사람. 하지만 남편과 여비서의 인과를 해소한 지금은 더없이 쾌활해 보였다. 전생론으로 치면 자아 완성에 조금 더 다가선 기세이다.

하지만 그 인과의 해결 또한 우연은 아니었다. 사회봉사를 하고 있다지 않은가? 그 봉사에 진정성이 있다면 마땅히 받아야 할 생의 선물이다.

좌석에 앉아 신문을 펼쳤다. 서울시장 정대협 관련 사진이 보인다. 옆에는 여당의 간판인 여자 국회의원이 지역구를 방문하는 사진도 보인다.

'이 두 사람은…….'

어떤 인과를 타고났을까?

머잖아 대권을 두고 다투게 될 것이니 분명 우연의 만남은 아닐 터. 궁금증을 안고 지면을 넘겼다. 그러다 연예 지면에서 시선이 멈췄다.

날개 펴는 미류 법사

"……?"

〈영화감독 음독자살〉

영화감독이 자살?

개봉한 작품이 죽을 쒔나?

대충 보고 넘기려 할 때 사진이 눈에 닿았다.

"……!"

미류는 신문을 놓치고 말았다.

우정규.

그 사람이었다. 신당에 들렀던 송화요의 전생연. 송화요를 기르고 그녀의 과욕을 말리던 그 전생연. 재빨리 기사를 읽어나갔다.

―스타 감독 우정규, 신작 캐스팅 실패로 투자자들 외면하자 상심해 음독.

─경쟁작으로 과열 캐스팅을 유발한 영화사 도의적 책임으로 제작 중단 선언.

─영화 팬들, 톱스타 송화요를 변절녀로 공격, 소속사 홈페이지 마비.

'허얼!'

가쁜 한숨이 나왔다. 송화요는 본의 아니게 전생과 비슷한 나락에 떨어진 것이다.

송화요는 두 번 죽었다.

한 번은 춘심이와의 전생에서 과욕을 부리다 제풀에 몰락했고, 이생에서는 우정규 감독으로 온 춘심이가 죽어버림으로써 또 한 번 나락으로 떨어졌다.

'송화요……'

제 발로 신당을 찾아온 그녀. 그러나 그때는 그녀의 일이 아니라 수나 때문이었다. 그렇기에 진정한 기회라고 보기 어려웠다. 그래서 인지 매니저가 초를 쳤고 전화가 방해를 한 것이다. 하지만 일이 이렇게 되고 보니 그녀가 다시 올 확률이 더욱 높아졌다.

─외상값 받을 기회가 오겠군.

─무례에 대한 사과를 받을 기회도.

우정규의 행복해 보이는 가족사진을 보며 신문을 덮었다.

"승객 여러분께 안내 말씀드립니다."

터미널에 도착한 버스에서 안내 방송이 나오기 시작했다. 미류는 신문을 두고 일어섰다. 당장은 다른 일이 우선이었다.

"용궁사로 가주세요!"

미류는 택시에 올랐다.

산길에 올라서자 자장면 냄새가 났다. 용궁사가 가깝다는 방증이다. 절에 웬 자장면이냐고? 용궁사에는 자장면이 있었다. 숭덕 스님이 좋아하기 때문이다. 아니, 실은 동자승들을 위한 메뉴이다. 다만 혹시라도 손가락질하는 사람이 있을까 봐 자기가 좋아한다고 방패를 자처하는 스님이다.

물론 고기를 넣지 않는다. 대신 버섯과 산채가 들어간다. 그래도 맛은 썩 훌륭했다.

"이어, 미류 법사 왔는가?"

숭덕 스님은 소나무 아래 있었다. 옆에 손님이 있다. 척 봐도 거물이다. 스님은 막걸리 병을 들고 있었다. 소나무에게 주면서 마신다. 숭덕 스님은 술도 마신다. 일없이 마시지는 않는다. 절 마당에 벽을 이룬 소나무와 은행나무에 막걸리를 주는 날만 마신다. 소나무와 건배를 하는 것이다.

"안녕하셨습니까?"

택시에서 내린 미류가 인사를 했다.

"득도를 하셨다고?"

스님이 물었다.

"별말씀을……."

미류는 얼굴을 붉혔다. 지금은 노쇠했지만 한때는 대한민국 최고의 법력으로 꼽히던 스님이다. 그 앞에서 득도라니 가당치도 않았다.

"아니긴, 전하고 완전히 다른 얼굴인데. 몸에서 영기가 팍팍 뿜어져 나오지 않나?"

"저희 선생님은?"

"내 작업장에 있을 걸세. 목어에서 기를 좀 받겠다고 하시네."

"예……."

"아, 인사나 드리시게. 이분은 선일주 대주님. 유명하시니 이름 많이 들어봤을 거야."

'선일주?'

어디서 많이 본 것 같더라니. 그는 포항에 기반을 둔 유명 정치인이었다. 부총리로 재직하다 부처에 문제가 생기자 과감하게 사퇴하고 쉬고 있는 중이다.

"안녕하십니까?"

"반갑습니다. 큰스님이 법사님을 기다린다기에 궁금했는데 신성이 시군요."

미류의 인사를 받은 선일주가 손을 내밀었다.

악수를 마치고 목어 작업장으로 향했다. 숭덕 스님은 목어 제작에도 일가견이 있었다. 몇 백리 안에 있는 절의 모든 목어가 저분 작품이라고 봐도 과언이 아니었다.

표승은 목어 작업장에 있었다. 단청이 절반쯤 올라가 목어 앞에서 정좌하고 있다. 방해가 될까 봐 미류는 걸음을 멈추었다.

"오느라 수고 많았다."

표승은 알고 있었나 보다. 눈은 감은 채 조용히 입을 열었다.

"방해해서 죄송합니다."

"아니다. 곧 끝나니 잠시 기다리거라."

표승이 금강경의 일부를 독송하기 시작했다.

"보리본무수(菩提本無樹), 명경역무대(明鏡亦無臺), 불성상청정(佛性常清淨), 하처유진애(何處有塵埃)라……"

깨달음에는 본래 나무가 없고,

밝은 거울 또한 틀에 얽매이지 않은 것.

본래에 한 물건도 없거늘,

어느 곳에 먼지가 일어나리오.

미류도 아는 부분이다. 숭덕 스님에게 주워들은 적이 있다. 잠시 물러나 나무 냄새를 맡았다. 목어를 만들기 위해 쌓아둔 재목들이다. 표승은 한참 후에야 나왔다.

"바쁜데 온 것이 아니냐?"

표승이 물었다.

"바람도 쏘일 겸 잘된 일이지요."

"그렇다면 다행이다만……."

"선생님은 언제 오신 겁니까?"

"나야말로 기약이 있느냐? 바람 부는 대로 쏘다니는 거지."

"……"

"혹시 나돌다가 객귀가 되거들랑 명두는 네가 챙겨가거라."

"별말씀을……."

"뭐, 그보다 더 중한 것도 챙겨가면 좋고."

"……"

"식사해야지? 마침 주방에서 자장면을 만드는 모양이던데?"

"냄새 맡고 알았습니다."

"가자. 우리 것 한 사발에 인색할 숭덕 스님이 아니시니."

표승이 앞섰다. 식당에 들어서자 숭덕 스님이 손을 들어 신호를 보냈다. 표승과 미류는 그 옆에 앉았다. 배식구 쪽에 동자승 몇 명이 입맛을 다시고 있다.

후룩!

자장면은 제대로 만든 것이었다. 사실 주방 스님도 그랬다. 그는 출가하기 전에 진짜 중국집 주방장이었다. 어린 나이에 요리를 배웠지만 뜻한 바 있어 스님이 된 것이다.

스님들과 함께 식사를 할 때 신도들이 들어오기 시작했다.

"보거라. 저 사람이 그 대주시다."

표승이 나지막이 말했다. 30대 후반의 남자가 그 주인공이었다.

'고시생?'

첫눈에 감이 왔다. 스타일이 그랬다. 실제로 용궁사에는 전부터 고시생이 더러 있었다. 언젠가 청년 세 명이 들어와 공부를 했다. 셋 다 붙었다. 그중 하나는 수석 합격했다. 그 소문이 나면서 해마다 몇 명씩 찾아와 공부를 하고 있었다.

남자는 숭덕 스님과 표승에게 인사를 하고 구석 테이블에 자리를 잡았다. 그냥 봐서는 특별할 게 없었다. 오랜 고시 생활로 찌든 표정이라는 것 외에는.

"느낌이 어떠냐?"

표승이 물었다.

"그냥 평범한데요?"

"그래?"

표승은 더 묻지 않았다. 숭덕 스님도 별다른 말이 없었다.

"쿨럭!"

표승과 숭덕이 합창으로 기침을 쏟아냈다. 식사를 끝낸 미류는 밖으로 나왔다. 대웅전 쪽으로 가려는데 남자가 보였다. 식사를 마치고 나온 모양이다. 그는 반야용선(般若龍船)을 보고 있었다.

반야용선.

말 그대로 극락으로 가는 배다.

그 그림에는 재미난 장면이 있었다. 반야용선의 줄을 잡고 매달린 동자이다. 극락으로 가기 위해 줄을 놓지 않는 것이다. 남자의 시선은 동자에 꽂혀 있었다. 인간에게 있어 극락은 유토피아의 하나. 사법 고시생에게 유토피아는 합격. 그래서 시선이 꽂힌 것일까? 어떻게든 합격의 줄을 잡아 사법 고시에 붙고 싶은 마음에?

'떡 본 김에 제사도 지내볼까?'

미류는 그의 운명창을 불러냈다. 어차피 겪을 일이라면 미리 준비해서 나쁠 게 없었다.

"……?"

그런데,

'응?'

아무것도 보이지 않았다.

다시 한 번.

"……!"

결과는 같았다. 남자의 운명창은 반응하지 않았다.

'뭐가 잘못됐나?'

미류는 지나가는 스님의 운명창을 띄웠다.

좌라락 운명창이 떠올랐다.

[가정운 中下 36%]

[건강운 上中 78%]

[재물운 下上 25%]

[학벌운 上中 72%]

[애정운 下下 05%]

[명예운 上下 66%]

[총운명지수 上下 75%]

'뭐야?'

이상 없었다.

한 번 더 시도하는 미류. 그래도 남자의 운명창은 떠오르지 않았다.

'그렇다면 전생륜은?'

미류의 시선이 남자의 머리를 더듬었다. 남자 머리 위에 흰빛이 반짝거린다. 전생륜이 아니라 비듬이었다.

"……!"

그 또한 한 번 더 점검을 거쳤지만 별다른 변화가 없었다.

"저한테 볼일이 있나요?"

기척을 느낀 남자가 물었다.

"아, 아뇨."

미류는 고개를 저었다. 남자는 대웅전에 합장을 하고 자기 숙소를 향해 걸어갔다.

'허엇!'

황당했다. 그 앞에서 미류는 완전하게 무기력하게 되고 만 것이다. 얼빠진 시선은 바글바글 달려가는 동자승들의 소리를 듣고서야 제자리로 돌아왔다.

저녁 시간.

미류와 표승, 숭덕 스님이 마주 앉았다. 스님이 거처하는 방이다. 휘이휘이호호오, 멀리서 귀신새가 울었다.

"바쁜 사람 수고를 끼치게 해서 미안하네."

숭덕 스님이 말했다.

"아닙니다. 덕분에 스님께 인사도 드리고 좋지요."

"표승 만신에게 얘기 들었겠지만 이 처사가 하도 딱해서 말이야."

"제가 미력하여 도움이 될지 모르겠습니다."

"만신 말씀이 부적에도 일가견이 있다고 하시던데?"

그 말에 미류는 부적 몇 장을 꺼내 보였다. 숭덕 역시 한때는 부적의 대가로 명성을 날리던 사람. 다만 노안에 녹내장까지 겹치자 시력이 저하되어 손을 놓았을 뿐이다.

"나무관세음보살!"

부적을 본 스님이 황급히 합장을 했다.

"이게 법사께서 쓴 거란 말인가?"

놀란 눈으로 물어왔다.

"예."

"허어, 장족의 발전이군. 내 전부터 법사께서 부적을 잘 그리는 것은 알았지만 그때는 신기 없는 흉내에 급급해 보였는데 이제는 하늘의 신성을 담아낸 것 같지 않은가? 이 정도면 오 검사 잡귀 사냥에 문제가 없겠어."

"과찬이십니다."

"아니네. 이건 내가 한창 부적을 쓸 때보다 훨씬 나아. 듣기 좋으라고 하는 소리가 아닐세."

"고맙습니다."

미류는 고개를 숙여 보였다.

숭덕이라면 립서비스나 날릴 사람이 아니었다. 그렇기에 마음이 뿌듯한 미류였다.

"표승 만신이 그렇게 자랑하시더니 과연 강신을 제대로 하신 모양이군. 과연……."

"제가 뭐랬습니까? 우리 미류 법사는 대기만성이라 언젠가 이 늙은이를 넘어설 거라고 하지 않았습니까?"

표승도 흐뭇한 표정을 감추지 않았다.

"아무튼 부탁하네. 삭은 두 늙은이가 애태우는 일, 법사께서 도와주시길 바라네. 잡귀가 든 것 같기는 한데 도무지 퇴마가 되지 않아서 말이야."

"성심을 다해보겠습니다."

잠시 후 남자가 들어섰다.

그는 호흡을 가다듬고 미류 옆에 앉았다.

"오 검사, 그 친구가 바로 내 신아들 미류 법사라네. 오 검사를 돕기 위해 내가 불렀지."

표승이 입을 열었다.

오 검사 오정방.

37세의 사법 고시생이었다.

올해로 10수째였다. 1차에는 세 번 붙었지만 2차에서 물을 먹고 재도전하기를 10년. 강산이 변한 것이다.

여자 복도 없었다. 첫 도전에 1차에 합격하자 사귀던 여자와 약혼을 했지만 2차에 거푸 쓴잔을 마시며 깨졌다. 이후 다시 1차에 합격하자 집안에서 약혼을 주선했다. 참하고 예쁜 여자였지만 그녀 역시 변죽만 울리고 파혼.

지금 만나고 있는 여자 역시 최후통첩을 해왔다. 이번에도 불합격이면 보석 수입을 하는 동창에게 가겠다는 통보였다. 유난히 여난을 겪는 남자. 이번 여자 역시 놓치기 싫지만 그 결정권은 '합격'에 달려 있었다.

그의 별명은 오 검사. 그렇게 정한 건 그의 꿈이 검사이기 때문이었는데 현 상태로는 요원하기만 했다.

사념과 잡념이 문제였다. 아무리 집중하려고 해도 그놈이 막아섰다. 맥을 이어가지 못하니 효율이 떨어지는 것이다.

10여 년의 긴 꿈. 오매불망 꿈꾸는 합격의 기쁨. 오정방의 마음 또한 간절했기에 이번에는 스님에게 부탁을 해왔다. 자기 마음에 든 잡념 귀신과 잡귀를 쫓아달라고. 합격을 도와달라고.

안타깝게 생각한 스님이 1차 간 보기에 나섰다. 실패했다. 마침 표승이 왔기에 표승의 손을 끌었다. 표승 또한 실패했다. 오정방의 마음속에 들어찬 잡귀를 내치지 못한 것이다.

"어떤가?"

표승이 미류를 바라보았다.

"잠시만요."

화장실을 가는 척하며 밖으로 나왔다. 기대가 많은 스승이다. 그렇기에 미류를 불러낸 것이다. 그런 그 앞에서 '역부족입니다' 하고 바로 두 손을 들 수는 없었다.

물론 속단할 일은 아니다. 이제는 미류 혼자가 아니었다. 숭덕과 표승이 곁에서 도울 일이기에 상황이 바뀔 수도 있었다.

하지만 낮의 일이 마음에 걸렸다. 그렇기에 미류는 오정방의 방을 보고 싶었다. 동티가 붙은 물건이라도 나온다면 도움이 될 일이다. 공부방을 열었다. 남자 냄새가 진했다. 고시생이라지만 30대의 건장한 남자. 이 안에서 공부만 한 건 아닌 듯했다.

법전을 뒤졌다.

맨 아래의 법전에서 사진이 나왔다. 음화였다. 오정방의 취향에 맞춘 10여 장이다. 모두 인도와 일본의 포르노 물이었다. 다른 책에도 음화는 많았다. 건강한 남자라면 음화 한두 장 보는 게 대죄는 아닌 것. 하지만 큰마음 먹고 공부하러 온 사람치고는 너무 많았다.

'포르노 감독으로 갈 것도 아니고……'

그때 기척이 느껴졌다. 오래지 않아 방문이 열렸다. 오정방이 들어섰다. 다행히 미류는 벽장 안으로 숨은 후였다. 좁은 틈으로 오정방을 내다보았다. 그는 법전을 치웠다. 특히 AV 사진이 든 법전들이다. 그리고 다시 방을 나갔다. 미류도 벽장에서 나왔다.

마당에서 표승과 숭덕 스님을 만났다. 오정방도 나와 있다. 미류가 합류하자 일동 오정방의 방으로 자리를 옮겼다. 그제야 알았다. 오정방이 왜 자기 방을 다녀간 건지. 혹시나 치부가 드러날까 미리 조치를 취한 것이다.

"스님 말씀이… 오 검사 공부방에서 퇴마를 하는 게 좋겠다고 하셔서……."

표승이 미류를 바라보았다.

"예."

미류는 백번 공감했다.

자정이 왔다.

절의 자정은 서울과 달랐다. 애월충이 울고 풀벌레들 합창 소리도 들렸다. 쓰르르 찌에에, 쓰르리 찌에에, 가만히 그 소리를 가려보는 것도 나쁘지 않았다.

"그럼 시작해 볼까?"

숭덕이 소매를 걷고 나섰다.

"준비하시게."

표승의 시선이 미류에게 건너왔다. 퇴마에 실패한 두 사람은 미류와 함께 퇴마 공세에 나섰다. 세 사람은 삼각을 이루며 자리를 잡았다. 오정방은 그 중심에 두었다.

합장을 한 숭덕과 표승의 독경이 시작되었다. 열두 거리 굿에서 잡스러운 기운을 몰아내는 주당물림 과정과 같았다. 열린 문 밖으로 싸한 기운이 빠져나갔다.

"천상부정 지하부정 원가부정 근가부정 대문부……."

부정경이 뒤를 이었다. 지상의 모든 부정을 막아내고 들은 부정을 소멸하는 데 사용하는 부정경이다. 숭덕과 표승이 합창하는 부정경은 살갗이 따가울 정도로 힘이 있었다.

"원근 가내 대중 소문 부정소멸 계견 우마 금석 수화 토석 인물 부정소멸 오방 사해 침구 측거 조정 방청 내외 부정소멸… 옴 급급여율령 사바하!"

다음으로 보검수진언이 뒤따랐다.

"옴 제세제야 도미니 도제삿다야 훔바탁"

이는 모든 귀신의 항복을 받는 주문. 오정방도 그를 따라 벼슬을 구하는 보궁수진언을 함께 독송해 나갔다.

"옴 아자미례 사바하, 옴 아자미례 사바하……"

주문의 끝자락에 스님의 목탁 소리가 높아졌다. 표승의 방울 소리도 빈 곳을 메우며 액귀를 몰아쳤다

"우욱!"

오정방의 목이 자극을 받기 시작했다.

이윽고 그 자극은 눈으로 올라갔다.

"……!"

미류는 오정방에게 집중했다. 잡귀의 반응이 분명했다.

하지만 꼭꼭 숨어라! 머리카락 보인다!

그 꼴이 되고 말았다.

스님의 법력과 만신의 강신으로 겁을 집어먹은 잡귀가 오정방의 안으로 들어간 것이다. 덕분에 오정방의 몸부림도 괴이하게 뒤틀렸다. 움츠리고 또 움츠린 것이다.

똑똑똑!

짤랑!

목탁과 신방울이 동시에 소리를 접었다.

"자네가 나서보시게. 우린 여기까지이니 보조만 하겠네."

표승의 명이 떨어졌다. 자정이 넘은 시간, 방 안에 버티고 있는 스님과 표승. 웬만한 귀신이라면 이미 두 손을 들고 튀어나왔을 텐데 단단히 버티는 걸 보면 보통내기가 아니었다.

미류가 집중했다.

때는 자정을 넘은 시간, 이제는 지상의 모든 음기가 깨어나 활보할 때였다. 게다가 숭덕 스님과 표승의 법력과 무력이 잡귀를 윽박지른 상황. 그 기세를 업고 나가야 한다.

미류는 다섯 장의 부적을 꺼내 들었다. 백귀불침부(百鬼不侵符)였다. 다섯 부적을 동서남북과 중앙의 방위에 붙였다. 마지막 부적을 붙이자 오정방의 신음이 높아졌다.

'이래도?'

미류의 눈에 불이 붙었다. 그것은 스승의 기대와 전생신의 자부심이 깃든 눈빛이었다. 보여라, 전생륜. 미류는 합장한 채 공수를 내렸다.

"꺼꺼억!"

오정방이 슬슬 몸을 뒤틀었다. 눈알도 조금씩 흰빛으로 변해갔다. 두 고수 덕분인지 미류의 강신이 통하는 게 느껴졌다.

"그만하세!"

독경으로 보조하던 표승이 미류를 말렸다. 자칫하다가는 오정방이 골로 가는 수가 있었다. 하지만 미류는 뜻밖의 말로 받아쳤다.

"죄송하지만 이제부터는 혼자 해보겠습니다!"

"……?"

두 대가가 미류를 바라보았다.

대가들이 주저하는 사이에 미류는 사방의 부적을 떼어 거꾸로 붙여놓았다. 미류가 생각한 승부수였다. 큰 바위 밑으로 들어간 도둑고양이 꼴. 바위를 뒤집을 수 없다면 먹이를 던져주는 게 나았다.

부적이 거꾸로 붙자 성성하던 퇴마의 기운이 뚝 끊겼다.

"키헥!"

뒤틀리던 오정방이 몸을 바로 세웠다. 숨어 있던 잡귀가 고개를 든 것이다. 눈알이 뒤룩거리기 시작했다. 결국 잡귀의 영가가 드러나기 시작했다. 오정방의 술공 쪽이다.

"오오, 과연……."

숭덕이 신음을 토해냈다. 버티고 또 버티던 영가의 존재를 확인하는 순간이다.

쩔렁!

미류의 신방울이 울었다.

오정방이 돌아보는 사이에 머리를 집중했다. 영가가 나왔다. 그 머리 위에 마침내 전생류 둘이 떠올랐다. 하필이면 잡귀의 영가가 전생류의 통로를 막고 있던 모양이다. 그렇다면 전생과 연결된 영가가 틀림없었다.

"끼이엑!"

놀란 오정방이 미류에게 달려들었다.

절렁!

미류는 방울 소리와 함께 악귀불입부(惡鬼不入符)로 막았다. 눈을 뒤집은 오정방의 손이 미류의 팔뚝을 잡아챘다. 순간, 미류의 몸에서 삼색 정기가 터져 나갔다.

"페에엑!"

오정방은 몸서리를 치며 버둥거렸다. 잡귀가 범접할 정도로 만만한 전생신은 아니었다. 미류는 재빨리 전생령을 읽어냈다.

그 전생은 18세기 인도의 판관이었다. 그의 주변은 온통 여자뿐이었다. 일단 아내만 열둘이었다. 당시는 일부다처제가 용인되던 시절.

그렇다고 해도 많았다. 이유가 있었다. 판관을 역임하던 그의 술수였다. 미인을 아내로 둔 범죄자가 오면 석방의 조건을 내걸어 아내를 가로챈 것이다.

그러다 향신료상 하나를 잡아왔다.

동남아를 오가며 향신료 무역을 하던 상인이다. 죄는 없었다. 단지 연년생인 그의 네 딸이 미인이었기 때문이다. 향신료상은 판관의 제안을 거절했다. 그러자 그에게 살인죄의 누명을 씌워 참형을 내리고 아내와 네 딸을 손에 넣었다.

일단 향신료상의 아내부터 구슬렸다. 그녀는 물론 거절했다. 뿐만 아니라 딸들과 합세해 판관에게 저주를 퍼부었다. 남편의 무고함을 아는 까닭이다. 격노한 판관은 이들 다섯을 몽땅 남편의 뒤를 따라 보냈다. 참형을 선고한 것이다.

다섯 여자는 죽었다. 그러나 죽음과 동시에 색귀의 영가가 되어 하나로 뭉쳤다. 색에 미친 판관을 색으로 망치기 위해서였다.

'전생귀?'

본능적인 영감이 뇌리를 치고 갔다.

전생귀!

그 한이 사무친 자매의 일가. 죽은 후에 혼으로 떠돌다 판관의 후생을 찾아낸 모양이다. 문신녀의 경우와 유사하다고 볼 수 있었다.

"끼이이!"

오정방은 치를 떨며 미류를 노려보았다.

하지만,

쩔렁!

삼색천 출렁이는 방울이 울면 혼비백산해 몸을 움츠렸다.

"저것은 전생귀가 아닌가?"

표승 옆의 숭덕 스님도 긴장하고 있었다. 그 역시 전생귀를 보기는 오랜만이다.

"넷에 하나를 더하니 다섯이로구나?"

미류의 입에서 공수가 터져 나왔다. 부드럽지만 위엄이 서린 목소리였다.

"키이이!"

영가가 바르르 떨었다.

쩔렁!

미류는 한 번 더 방울을 울렸다. 영가는 발악하듯 흔들렸다.

"전생신의 신차를 빌렸으니 달아나지는 못한다."

"키이이……."

"너희 모녀의 억울함은 내가 보았다. 뼈에 사무치고 골수에 찰 한이다."

"키이이……."

"하지만 그 판관에게는 딸린 인과가 있었을 것."

"알아."

풀벌레 같은 전생귀의 응답이 나왔다.

"그렇다면 이제 그만 한을 풀고 저승으로 가거라."

미류가 말했다.

"그렇게는 못 해."

"못 한다고?"

"전생신도 우릴 어쩌지는 못해. 우릴 쫓으면 저 인간도 죽게 될 테니까."

"……!"

순간 오정방의 오장에 사기(邪氣)가 엿보였다. 오장은 심장, 폐장, 비장, 간장, 신장의 5개의 장기. 모녀들이 하나씩 저주를 내린 모양이다. 어느 하나라도 치명상을 입으면 죽음을 면치 못할 일이다.

"리자!"

미류가 이름을 불렀다. 향신료상 아내의 이름이다.

"……."

"잘 들어라. 너희는 이미 오랜 굴레를 지나와 힘이 바랬다. 판관, 아니, 오정방을 괴롭힐 수는 있지만 죽일 수는 없어. 그건 잘 알고 있겠지?"

"……."

"너는 어머니, 내 말을 새겨들어야 할 것이다. 내 말을 따르면 너와 네 딸이 다음 생에 다시 태어나 하나의 생명으로 품었던 꿈을 이어 나갈 수 있을 것이다. 하지만 오정방 안에서 한을 풀기 원한다면 그 기회는 영영 사라질 것이다."

"꾸에……."

"딸들을 위한 길이다. 네 원혼의 몸이라 내 몸주이신 전생신을 알아본다면 내 말에 틀림이 없음을 알 것이다."

쩔렁!

신방울을 울렸다. 전생신의 위세 과시였다.

"……."

"어떻게 할 테냐?"

미류가 부적을 뽑아 들었다. 차디찬 느낌의 소멸부였다.

"키이……."

그녀의 소리를 따라 소멸부가 반짝거렸다. 먹이를 노리는 범의 눈과 다르지 않았다.

"받아들이지."

"……."

"하지만 당신도 알 거야. 저 인간… 법관이 될 수는 있어도 여자와의 인과는 쉽게 풀리지 않는다는 것."

"안다."

미류가 답했다.

오정방, 즉 판관의 인과는 깊었다. 그렇기에 이번 생에서는 여자와 인연이 박했다. 어쩌면 다음 생에서도 그럴 것이다. 그의 생에는 여자의 색(色)이 살(殺)로 박혀 있었다.

역설적으로 보면 그렇기에 미련과 집착은 더 강거졌다. 죽기 살기로 공부하러 온 법당에 음란한 사진을 뽑아온 게 증거였다. 전생의 육욕을 잊지 못한 것이다. 덕분에 모녀의 영가는 오정방을 유혹하기 쉬웠다. 육욕에 사로잡힌 오정방이 음란한 사진을 보면서 자아가 흔들리면 영가들이 활동하기가 쉬운 까닭이다.

—천하를 다스리는 것보다 마음 다스리기가 어렵다.

미류는 고개를 끄덕거렸다. 오정방이 그랬다. 마음이 인과를 투영하기 때문이다.

"전생신의 사자를 만났으니 그만 떠나마. 하지만 표시는 남길 거야."

"표시?"

"그의 인과, 이건 당신도 막지 못해."

"이봐!"

"억울해. 이 인간의 생을 두 번만 전에 만났더라면… 그랬더라면 우리 모녀와 남편의 한을 마음껏 풀 수 있었을 것을……."

리자의 말과 함께 사기는 다섯 갈래로 나뉘었다. 그 첫 갈래는 심장으로, 어머니 리자의 것이다. 남은 네 딸 역시 각기 남은 오장으로 향했다.

"억!"

오정방이 신음과 함께 주저앉았다.

미류가 다급히 부정경을 외웠다. 하지만 소용없었다. 다섯 사기의 검은빛은 한 줄기로 내려와 음경부에서 명멸했다. 오정방이 거품을 뿜으며 넘어갔다.

"전생귀가 나갔어!"

표승이 소리쳤다. 미류의 다리가 풀려왔다. 머리까지 빙빙 돌았다.

"옴 제세제야 도미니 도제삿다야 훔바탁!"

어지러운 의식을 따라 숭덕 스님의 독경 소리만 아련했다.

토독토독!

연잎 위로 비가 내린다.

뎅뎅데에엥!

처마 밑의 풍경도 울었다.

미류는 가만히 눈을 떴다. 눈앞에 까까머리 동자승 묘우가 보인다.

"큰스님!"

동자승이 소리쳤다.

"법사님이 깨어나셨어요!"

한 번 더 소리쳤다.

발소리와 함께 표승과 숭덕 스님이 들어섰다.

"괜찮나?"

표승이 물었다.

"예, 그분은?"

미류가 상체를 세우며 물었다.

"그 친구도 방금 일어났다네."

숭덕 스님이 대답했다.

"제가 많이 잔 건가요?"

미류의 시선이 표승에게 향했다.

"아니, 이제 겨우 점심때를 넘겼으니 한 열댓 시간?"

"전생귀는?"

"소멸된 모양이네. 스님과 내가 체크해 봤는데 영가의 흔적이 느껴지지 않았네."

"다 미류 법사 덕분이 아닌가?"

표승에 이어 스님이 웃었다.

"혹시 부작용은?"

미류는 전생귀 리자의 말을 잊지 않고 있었다.

"글쎄… 겉보기에는… 머리도 개운하다고 하던데?"

"다행이군요."

"용장 밑에 약졸 없다더니 정말 대단해. 덕분에 내 체면이 서게 생겼네."

스님은 흡족한 미소를 머금고 나갔다.

"미류 법사."

표승이 웃었다. 자애로운 스승의 눈빛이다.

"처음에는 안 될 줄 알았는데… 다 두 분이 버티고 계신 덕분입니다. 저는 괜히 요란만 떨었을 뿐."

"됐다. 네 발전은 내가 더 잘 알고 있으니."

"그보다 선생님."

"할 말이 있는 눈치로구나."

"선생님 덕분에 다행히 남은 강신을 받았습니다. 다행히 운도 좋아 그사이에 여러 손님을 만났습니다."

"좋은 일이로구나."

"그래서 드리는 말씀인데… 아직 애동 재주 주제에 여쭐 말씀은 아니지만 큰 무속인이 되려면 어떤 길을 가야 합니까?"

"큰 무속인?"

"기왕 가는 길이니 꿈이라도 반듯해야겠기에……."

"과연 미류 법사로구나. 신당 하나 차지하고 쓸 만한 손님 한둘 드나들면 과시하기 바쁜 판인데……."

"……."

"그런 말이라면 숭덕 스님 계실 때 여쭐 일이지. 내가 개똥벌레 똥구멍에 달린 코딱지만 한 빛이라면 그분은 아침 해가 아니더냐?"

"하지만 그분은 무속인이 아니지 않습니까?"

"그러나 무속을 제대로 대우해 무속 또한 무교(巫教)로 불려야 한다고 챙겨주는 분이시지."

무교!

오랜만에 듣는 말이다. 무속인 중에도 저 단어를 아끼는 사람들이 있었다. 무속 또한 종교로 자리 잡아야 한다는 말이다.

"그래, 네 생각은 무엇이더냐? 품은 뜻이 있기에 내게 묻는 거겠지?"

"제 생각은……."

미류는 잠시 목청을 다듬고 뒷말을 이어갔다.

"현재의 무속이 국민의 사랑을 받으려면 초대형 만신이 나와야 한다고 생각합니다."

"옳거니!"

"다른 분야들도 대형 스타가 나옴으로써 그 분야가 활성화되고 인지도와 함께 국민들의 인식이 개선되는 경우가 많잖습니까? 예를 들면 요리사도……."

"계속하시게."

"마고 할머니도 말씀을 하셨지만 그 시대의 초월자에 버금가는 무속인이 나와 양지로 나서야……."

"무속에 대한 인식이 바뀐다?"

표승이 웃었다.

"제 말은 다른 종교처럼 국민의 존경을 받는 만신이 나오고, 그리하여 국민의 정신적 지주가 된다면 무속인의 위상도 한층 높아지고 보다 더 떳떳하게 무업을 행할 수 있을 것 같다는 겁니다. 대통령 선거 때도 보면 각 종교 지도자를 찾아가고 국정이 어려울 때 또한 그분들과 나랏일을 상의하는데 5천 년 역사의 무속인은 끼어들지도 못하지 않습니까?"

표승의 동공이 커졌다. 그건 정말이지 전설이 된 일이다. 고려 때만 해도 왕실이 국무당(國巫堂)을 아꼈다.

"되시게!"

듣고 있던 표승이 군더더기 없이 잘라 말했다.

"선생님!"

"말은 안 했지만 미류 법사에게 서린 영기가 날로 융성해지고 있네. 영기의 맥이 터진 거지. 아직은 조금 거칠지만 조금 더 수련하고 경험이 쌓이면 근 100년 이래 최고의 만신이 될 수도 있을 걸세."

"선… 생님!"

"실은 아까 숭덕 스님과도 미류 법사 얘기를 나눴네. 나 혼자만의 생각이 아니더군."

"……."

"우린 지는 해를 따라 넋 놓고 세월을 보냈네. 기다리고 기다리면 그 영화가 다시 올 줄 알았지. 그렇게 무기력한 무당이었으니 감히 후배들에게 무슨 말을 하랴마는 다행히 신어머니 마고의 신 줄기가 네 대에 이르러 숨을 틔웠으니 이 늙은이의 보람이라."

"선생님!"

"네 하나의 꿈은 진정한 나랏만신이구나. 전통 문화의 일부로 끼워 넣고 챙겨주는 나랏만신이 아니라 과거 왕과 백성들의 신뢰를 받던 그 진짜 나랏만신."

"그저 꿈일 뿐입니다."

"다음은 또 뭐가 있느냐?"

"모든 무속인의 긍지가 되는 무속신당을 건립하고 애동제자들도 마음껏 사용할 수 있는 무료 공동 굿당을 만들고 싶습니다. 나아가 가난한 이들이 생을 평안하게 마감할 수 있도록 요양원 같은 걸 만들어 사회봉사에 기여하면……."

"허어, 청출어람이라더니 과연 네가 이 늙은이를 부끄럽게 만드는구나. 그건 내 신어머니 마고와 나도 넘보지 못한 일이니……."

"허황된 꿈은 아닐까요?"

"그게 허황된다면 허황되고, 또 허황되어도 좋을 일. 네 몸주를 믿고 정진해 보거라. 네가 꿈꾸는 것 모두를."

"고맙습니다."

"너는 할 수 있을 거다."

표승의 손이 다가와 미류의 어깨를 토닥여 주었다. 스승의 이해를 받은 미류는 행복했다. 벌떡 일어나 큰절을 올렸다. 좋은 스승을 만난 기쁨, 모르는 사람은 모를 일이다.

잠시 휴식을 취한 후 밖으로 나왔다. 마당에 있던 묘우가 우산 대신 커다란 연잎을 내밀었다. 비가 잦아들어 딱 맞춤한 우산이다.

"고맙다."

연잎을 받아 든 미류가 웃었다.

"법사님!"

미류 뒤를 쫓아오며 묘우가 말했다.

"왜?"

"전생점의 달인이시라면서요?"

"달인은 무슨, 그저 흉내만 내는 거지."

"실은 서울 간 내 친구도 전생점 잘 보는데……."

"친구?"

"서울에 있는 절로 옮겨갔어요. 지금은 더 잘 볼지도 몰라요."

"그래?"

"저 전생 한번 봐주시겠어요? 제 친구는 제가 전생에 산적이었대요. 그래서 이 생에 열심히 도를 닦으며 업을 씻어야 한대요."

묘우가 고개를 빤히 들었다.

파르스름한 머리 아래 등대처럼 밝은 검은 눈. 볼수록 선한 아이인데 산적이라니. 미류는 동자승의 전생륜을 불러냈다.

"……?"

미류의 눈이 휘둥그레졌다. 거기 산적령이 있었다. 무고한 양민을 마구 죽이고 재물을 뺏는 악한이었다. 그렇게 죽인 사람이 수십 명이 넘었다.

"친구가 전생점의 대가네. 전생이 산적 맞아. 불법 열심히 닦아서 좋은 스님이 되어야겠어. 숭덕 스님처럼."

"법사님이 봐도 산적이에요?"

묘우는 울상이 되었다.

"바꿔 말하면 이 생에 큰스님이 될 찬스야. 나쁘지 않잖니?"

미류는 동자승의 까칠한 머리를 쓰다듬어 주었다.

젖은 돌담을 지나 오정방의 거처로 향했다. 확인할 게 있었다. 운명창도 그렇고 전생륜도 그랬다. 표승과 숭덕 스님의 법력을 빌리고서야 불러낼 수 있던 오정방의 전생륜.

'지금은 보일까?'

1차로 그게 궁금했다.

담을 돌아 나오자 작은 연기가 보인다. 숲 앞의 소각장이다. 거기 오정방이 있었다. 그는 누가 올세라 주변을 살피며 뭔가를 태우고 있었다. 마지막 한 줌을 불에 넣은 그가 숙소로 향했다.

그가 떠난 자리에 미류가 섰다. 불에 타는 건 음화들이었다. 인과의 한으로 쫓아온 영가들의 잠을 깨우던 음화. 자발적으로 태우는 걸 보니 전생귀가 사라진 게 확실해 보였다.

"어!"

문을 열던 그가 돌아보았다. 뒤따라온 미류를 발견한 것이다.

"법사님!"

그가 먼저 인사를 해왔다. 미류는 조용한 묵례로 답례했다.

"고맙습니다."

"별말씀을……."

인사말을 나누며 운명창을 열었다.

[가정운 下中 16%]

[건강운 中中 42%]

[재물운 中中 45%]

[학벌운 上中 72%]

[애정운 下下 03%]

[명예운 中上 56%]

[총운명지수 中中 44%]

과연 애정운은 바닥이었다. 사법 고시에 패스해도 결혼운은 없는 편. 그는 평생 여자를 꿈꾸지 않아야 편할 삶이었다. 고개를 끄덕일 때 그의 중심부에서 검은 흔적이 보였다. 사타구니였다.

'표시……'

미류는 고개를 끄덕였다.

전생귀의 말뜻을 알 것 같았다. 그들은 나갔지만 자취는 남겨놓았다. 마지막 길에 남자의 중심을 지나면서 음욕의 뿌리를 작살내 버린 모양이다.

인생 조진 걸까?

그렇게 생각하지 않았다. 차라리 행운이다. 근원이 없다면 싹을 틔울 생각조차 하지 않게 된다. 오히려 번민을 끊어준 셈일 수도 있었다.

―그래서 음화를 태웠군.

―그러나 이제 사법 고시의 꿈은 이룰 수 있겠군.

"……?"

돌아서던 미류가 걸음을 멈췄다. 앞에 사람이 있다. 선일주였다.

"놀라셨나?"

그가 웃었다.

"아닙니다."

미류는 겸손하게 대답했다.

"고시생의 잡귀를 몰아내셨다고?"

"큰스님과 만신께서 하는 일을 조금 거든 것뿐입니다."

"젊은 사람이 수양이 되었군."

"……"

"법사께서 전생점을 특히 잘 보신다고 하던데?"

"그저 몸주의 뜻에 귀를 세우는 정도입니다."

"해서 말인데… 나도 한번 부탁할 수 있을까?"

"대주님께서요?"

미류가 고개를 들었다.

"마음을 비우려고 절에 왔고… 큰스님께 좋은 법문까지 들었는데도 마음이 비워지기는커녕 번뇌가 사라지질 않아. 그럴 바에야 오히려 현실을 외면하지 않고 부딪치는 것도 좋을 거 같아서……."

"……."

"수고 좀 해주시겠나?"

선일주.

장관과 부총리, 거기에 더해 지역구 의원까지 지낸 사람이다. 포항의 재력가 아들로 태어나 아버지보다 더 큰 부를 이룬 사람.

거물이다.

'이 사람의 마음을 산다면…….'

정계의 인맥을 확보할 디딤돌이 될 수 있었다.

재계에는 이미 육방 SDS의 문 회장과 사모님을 통해 첫 단추를 나름 잘 꿰었다.

거기에 화요가 찾아와 주면…….

그녀의 인과를 잡아 마음을 산다면 정계, 재계, 방송계에 거점을 확보하는 일.

좋은 기회였다. 미류가 그리기 시작한 꿈, 그 꿈을 이루려면 다양한 인맥의 확보가 필연적이다.

"송구하게도 제 몸주께서 복채를 많이 받으라 하십니다만."

미류가 베팅에 들어갔다.

공짜 점사로 마음을 살 생각은 없었다. 정면 승부로 미류의 가치를 확인할 작정이다. 몰라본다면 선일주와는 인연이 아닌 것이다.

"원하는 대로 드리겠네."

선일주는 시원하게 받아들였다.

"그렇다면 대주님의 손 크기만큼 담아주시기 바랍니다."

"호오, 손 크기라……."

"궁금한 것이 무엇입니까?"

솔길을 걸으며 미류가 물었다. 뾰족한 잎에서 풍겨 나오는 향이 좋았다.

"용궁사는 소나무 숲길이 장관이지."

선일주가 걸음을 멈췄다. 무릎이 아픈지 슬골을 자주 문질렀다.

"그렇군요."

"여기 있는 나무 중에서 어느 것의 향이 가장 진할까?"

선일주가 몇 그루의 거목을 바라보았다. 두 사람을 둘러싸고 여러 거목이 전개되어 있다.

"솔 향을 좋아하시는군요."

"한국 사람들이 대개 그렇지 않나?"

"한국 사람은 은행나무도 좋아하지요."

"……?"

엉뚱한 답에 선일주가 고개를 돌렸다.

"대주님도 들었는지 모르지만… 숭덕 스님께 듣자니 저 은행나무는 고명한 스님이 꽂아둔 지팡이가 싹을 틔운 거라고 하더군."

"소나무도 멋지지만 은행나무에 미치지는 못합니다. 은행나무는 소나무보다도 훨씬 전에 생겨났고 수명도 길지요. 게다가 향도 호불호를 떠나 더 진하고 멀리 가지 않겠습니까?"

"법사!"

"제 답은 그렇습니다."

"법사!"

"소나무들은 다음 기회, 다음 기회에 유용할 겁니다."

미류가 잘라 말했다.

"다음?"

"예."

"확신하는 거요?"

"예!"

미류는 주저함이 없었다.

그건 전생신의 공수가 없어도 당연한 일이었다. 이번 대선에는 서울시장을 지낸 정대협이 당선되는 것. 다만 그걸 콕 집어 말할 수 없는 게 답답할 뿐이었다.

"잠시 눈을 감아보시겠습니까?"

"법사……."

"지금 어느 나무에 거름을 줘야 하는지를 알고 싶은 거 아닙니까?"

"……."

"제 말이 틀리지 않다면."

"알겠네."

호흡을 가다듬은 선일주가 눈을 감았다. 그의 머리 위에서 전생륜이 나왔다. 미류가 원한 건 서울시장과 인과가 닿은 전생령이다.

다행히 있었다.

전생에 선일주는 사원의 수도자였다. 그랬기에 산중의 절에 끌리는 것이다.

다행히 그의 제자 중에 정대협이 있었다. 정대협은 사고를 많이 쳤다. 수도자가 늘 수습했다. 정대협은 수완이 좋아 수도자의 대표가 되었다. 제멋대로 사원을 운영했다.

하지만 스승만은 무시하지 못했다. 자신의 뒷수습을 하느라 고생한 걸 아는 까닭이다.

'이만하면 나쁘지 않군.'

미류는 수도승령을 뽑아 들었다. 스승과 수제자의 관계는 아니었지만 스승과 말썽꾸러기의 관계 정도는 되었다. 그러니 무관한 것보다는 백배 나았다.

"으음……."

낮은 신음과 함께 선일주의 전생 감응이 시작되었다.

눈을 뜨세요.

사원이 보이죠?

중앙의 종탑 아래에 수도자가 있습니다.

그게 대주님의 다섯 번째 전생입니다.

그 인과가 현생과 닿아 있습니다.

대주님은 무난한 수도자의 길을 걸었습니다.

그 생의 골칫거리라면 어떤 제자가 유일하죠.

네, 지금 보이는 그 제자입니다.

완전 말썽쟁이죠?

저런 또 사고를 쳤군요.

그래도 수완은 좋아 나중에 수도자의 대표가 됩니다.

그 얼굴을 잘 봐두세요.

이제 현실로 돌아옵니다.

절컹!

미류가 신방울을 흔들었다. 선일주는 숨을 멈춘 채 눈을 떴다.

"법사……."

"방금 전에 보신 것, 그게 대주님의 전생 중 하나입니다."

"오오, 이럴 수가……!"

선일주는 믿기지 않는 듯 두 눈을 비볐다.

"그 제자 기억나나요?"

"제자?"

"대주님과 인과가 있는 사람입니다."

"그 제자가?"

"제자로 생각지 말고 얼굴 이미지를 생각하세요. 이미지."

"이미지라면 정대협 시장?"

선일주가 입을 쩍 벌렸다.

"예!"

미류는 한마디로 대답했다.

"정대협 시장이 전생의 내 제자?"

"바로 대주님이 거름을 줘야 할 나무입니다."

"……."

"다행히 거름을 줄 시간도 충분하군요."

"법사……."

"만약 제가 틀리면 오늘 대주님께서 주실 복채의 세 배를 물어드리겠습니다."

"그건 매력적인 제안이군."

"제게도 매력적이죠. 틀릴 것을 대비해 대주님의 베팅이 커질 수도 있으니까요."

"좋네. 숭덕 스님의 말처럼 법사를 믿어보지."

선일주는 쿨하게 나왔다.

"이건 서비스입니다만 혹시 집에 삼각산 모양의 돌이 있습니까?"

"삼각산 모양의 돌?"

"예!"

"삼각산이라… 아, 그러고 보니 얼마 전에 선물로 받은……."

"무릎과 엉치가 아프시지요? 여기와 여기."

미류가 선일주의 관절을 가리켰다. 운명창의 건강운에서 본 부위다.

"신묘하시군. 여기 오기 전부터 은근하게 아파서 CT를 찍었지만 별 문제가 없다고 해서 신경통으로 알고 있는데……."

"사모님께 전화하셔서 그걸 내다 버리라고 하십시오. 그럼 아픈 게 사라질 겁니다. 아픈 다리를 끌고서야 큰 꿈을 꿀 수 없지요."

"그래?"

선일주는 반신반의하며 전화를 꺼냈다.

그는 아내를 시켜 수석을 치우라고 전했다. 둘은 동자승 묘우가 가져온 약수를 마시고 일어섰다.

"웅?"

선일주가 무릎을 내려다보았다.

"왜 그러시죠?"

"무릎… 엉치… 아무렇지도 않은데? 앉았다 일어나면 뜨끔한 느낌이 있었는데."

"잡귀가 붙은 돌을 들이면 주로 관절이 아프게 되지요. 이제 괜찮을 겁니다."

"허어, 여기서 내 집의 돌을 보았단 말인가?"

"저와 운때가 맞았기 때문입니다."

미류는 겸손하게 답했다.

"과연 신성이로고. 내 철석같이 법사를 믿고 시킨 대로 하겠네."

선일주는 천만 원을 미류 통장에 꽂아주었다. 아울러 보너스도 챙겼다.

게다가 미류가 가난한 이들을 위해 무료 요양원사업을 시작하면 기꺼이 돕겠다고 약속했다.

선일주!

인맥의 다리 하나를 더 놓았다.

미류는 기뻤다.

액수보다 통장에 찍힌 그의 이름이 마음에 들었다.

아침 공양을 얻어먹고 절을 나섰다. 발걸음이 가벼웠다. 미류는 내처 걸었다. 손에는 택시 전화번호가 있었지만 부르지 않았다.

"법사님, 또 오세요!"

묘우와 동자승들이 돌담 위로 고개를 내밀고 손을 흔들었다. 그리고 오정방도 보인다. 그는 미류를 향해 겸손히 인사를 전해왔다. 미류도 걸음을 멈추고 그 인사를 받았다.

소나무 숲을 따라 걷다 보니 작은 돌탑들이 보인다. 세 개, 혹은 다섯 개씩 올려놓은 돌탑들. 그 하나하나마다 소원을 담고 풍상을 버티고 있었다.

—사랑이 이루어지게 해주세요.

—합격하게 해주세요.

—취업하게 해주세요.

—건강하게 해주세요.

—사업이 잘되게 해주세요.

작은 돌탑들이 속삭임을 냈다.

미류도 그 소박한 소망에 합장을 보태고 돌아섰다. 미류가 사라진 소나무 숲에서 두 사람이 나타났다. 표승과 숭덕이다.

"만신께서 소원 성취하셨군."

"별말씀을. 미류의 성취는 온전히 저놈의 정진 탓입니다. 다른 사람 같으면 이미 때려치웠을 것을 묵묵히 정진했으니까요."

"우리 선 장관님도 만족해하며 돌아갔네."

"다행이군요."

"그래서 말인데, 말일 날 상경 때 미류 법사를 나오라 했네."

"효자동 말입니까?"

표승의 눈이 휘둥그레졌다.

"놀라시긴, 우린 이제 늙었어. 게다가 이 먼 데까지 불러 자장면 한 그릇 먹고 부려먹었으니 빚도 갚아야 하고."

"하지만 효자동 대주님은……."

"미류 법사 몸주가 전생신이라고 하셨나?"

"예."

"내가 전생하고 연이 있는 모양이군. 전에 서울 현암사로 보낸 선강이 녀석도 전생을 좀 흉내 내더니……."

"아, 그랬죠."

"아무튼 전생이라면 현생, 내생과 더불어 순환의 고리가 아닌가? 늙은 고리 닳아빠지면 젊은 고리로 바꾸는 건 부처님 뜻하고도 일맥상통한다오."

"……."

"저만한 법사를 못 알아본다면 그 양반도 이제 일선에서 물러나야 하고."

"그래서 선 장관님에게 보이는 동티 건도 말 못 하게 하셨군요?"

"밀려면 화끈하게 밀어야지. 쉬운 거 챙겨먹고 생색내면 죄악 아닌가? 올라가서 솔차나 한잔 우리세. 바람에 실려오는 소나무의 향기를 맡으니 차가 당기는구먼."

숭덕은 잔기침을 뱉으며 솔길을 따라갔다. 그 소리에 전염된 표승도 쿨럭 기침을 쏟아냈다.

『특허받은 무당왕』 2권에 계속…

특허받은
무당왕 1

가프 장편소설

초판 1쇄 찍은 날 § 2016년 11월 23일
초판 1쇄 펴낸 날 § 2016년 11월 30일

지은이 § 가프
펴낸이 § 서경석

편집책임 § 조현우
디자인 § 신현아
마케팅 § 서기원

펴낸곳 § 도서출판 청어람
등록번호 § 제387-1999-000006호
등록일자 § 1999. 5. 31
어람번호 § 제8-0076호

주소 § 경기도 부천시 원미구 부일로 483번길 40 서경B/D 3F (우) 14640
전화 § 032-656-4452 팩스 § 032-656-4453
http://www.chungeoram.com
E-mail § chungeorambook@daum.net

© 가프, 2016

ISBN 979-11-04-91051-7 04810
ISBN 979-11-04-91050-0 (세트)